二見文庫

その言葉に愛をのせて

アマンダ・クイック／安藤由紀子＝訳

GARDEN OF LIES
by
Amanda Quick

その言葉に愛をのせて

登 場 人 物 紹 介

スレイター・ロクストン	貴族エドワード・ロクストンの庶子
エドワード・ロクストン	スレイターの父親、数カ月前に死亡
リリー・ラフォンテーン	スレイターの母親、元女優でメロドラマ作家
レディ・ロクストン	エドワードの若い未亡人、 嫡出子2人の母親
ブライス・トレンス	スレイターの元探検パートナー
グリフィス	スレイターの馬車の御者
ウェブスター夫妻	スレイター宅の執事と家政婦の夫婦
アーシュラ・カーン	秘書派遣会社経営者
アン・クリフトン	アーシュラの部下であり親友
マッティ・ビンガム	アーシュラの部下
ミセス・ダンスタン	アーシュラ宅の家政婦
フルブルック卿	貴族
レディ・フルブルック(ヴァレリー・フルブルック)	フルブルックの年の離れた若い妻
エヴァンジェリン	高級娼婦
ミセス・ワイアット	娼館の経営者
ロズモント	調香師
ダミアン・コッブ	アメリカ人実業家
ハバード	コッブの侍者
ギルバート・オトフォード	大衆紙の記者

プロローグ

きらびやかな装飾に彩られた墓室。スレイター・ロクストンが壁に掛けられた不思議な光を放つ絵画に見入っていたとき、墳墓に仕掛けられた罠が起動した。

不気味な轟音、そして岩の奥深くに固定された大昔のからくり仕掛けがさも苦しげに立てるギイギイという音が、迫りくる崩壊を予知させた。スレイターの頭にまず浮かんだのは、フィーバー島全体におおいかぶさる形でそそり立つ火山の噴火だが、神殿の出口へと通じる通路のどっしりとした天井の岩が部分ごとに一枚、また一枚と水平に移動して口を開きはじめ、その口から大きな石が雨のように落ちてきた。

通路のはるか先、出口に近いほうからブライス・トレンスの声がこだまする。

「スレイター、早くそこを出ろ。急げ。たいへんだ」

スレイターはすでに動いていた。一刻の猶予もならないと考え、カンテラもスケッチも写真機もその場に残して墓室の出口めざして走ったものの、神殿の出口へと通じる長く曲がりくねった石の通路の先をうかがうや、即座に悟った。逃げ遅れた――。

目の前で通路の天井の岩がつぎつぎに開いていった。そこから石の雨が凄まじい音を立てて通路に降り注ぐ。瞬く間に何トンもの石が山をなし、トンネルをふさいでいく。たとえ安全な場所に向かって全力疾走を試みたとしても、間違いなく落石に叩きつぶされてしまうだろう。スレイターはとっさに踵《きびす》を返した。どんな探検家もいまだかつて足を踏み入れたことのない洞窟墳墓の奥へ向かう迷路に逃げこむ以外道はない。

墓室を猛然と突っ切りながらカンテラをあわててつかみ取ると、奥へとつづく通路に駆けこんだ。曲がりくねった通路の先は漆黒の闇だが、上から石の雨は降ってこない。

通路内をひとしきり走ったあと、それ以上奥に進んだら道に迷うと気づき、ぴたりと足を止めた。火山の麓に掘られた洞窟墳墓の内部の見取り図作成には、スレイターもブライスもまだ着手すらしていなかったからだ。

片側の壁に体を寄せてしゃがみこんだ。カンテラのぎらつく明かりが気味の悪い絵を照らし出す。大昔に起きた火山の大噴火の光景を描いたものだ。白い大理石で築かれた優美な都市が降り注ぐ火山礫の下で壊滅する。いままさに起きている事象にそっくりだ。

トンネルのほうから砂埃が舞いこんでくる。スレイターはシャツで口と鼻を押さえた。

轟音がやむのを待つよりほかにない。恐怖が全身の血管を駆け巡った。避難してきた洞窟の天井がいつ崩落しないともかぎらず、そうなれば彼は石の下に生き埋めにされるのだろうが、少なくともすべて一瞬で終わるはずだ。また、たとえ生き延びたとしても、その先のことはあまり考えたくなかった。あとどれだけの時間が彼に残されているにせよ、巧妙な仕掛けが隠された迷路に閉じこめられたことはたしかだった。

永久にやむことがないかに思えた落石の凄まじい音だったが、ついにあるとき洞窟神殿に静寂が訪れた。それからまた永遠にも感じられる時間を経て、砂埃もようやくおさまった。

スレイターはゆっくりと立ちあがった。しばらくじっと立ち尽くしたまま、怖いほどの静寂に耳をすまし、鼓動が静まるのを待った。しばしののち、罠が命を脅かす量の石を降らせはじめたときに立っていた丸天井の墓室内のようすをうかがいに戻った。床のそこここに石が転がってはいたが、それは神殿の出口へと通じる通路をふさいだ大量の石の山から跳ねたり転げ落ちたりしたもののようだ。

生き延びた。ということは、とりもなおさず生き埋めを意味した。

スレイターは助かる確率を、われながら驚くほど数学的に計算しはじめた。とはいえ激しい動揺はまだまだおさまっておらず、わが身が置かれた状況の深刻さはとうてい受け入れられないと判断し、よした。

ブライスほか探検隊の一行が彼の生存を信じているはずはなかったし、たとえ一縷《いちる》の望みは抱いていたとしても、救出は不可能だ。フィーバー島は無人島。火山岩の塊を前人未踏の密林がおおい尽くしただけの島である。そのうえ、文明からは遠く数千マイル隔たっている。

となれば、救出に利用できるのは、島の小さな入り江に自然がつくった港に碇《いかり》を下ろした船に積んである食糧や日用品、道具や装備にかぎられる。神殿の出口に通じる通路を遮断した大量の岩石を取り除くために、機械を導入することも人を雇うこともできないのだ。

ブライスは船長に相談するはずだ、とスレイターは考えた。そして相談の結果、彼らはスレイターは死んだと結論づける。救出手段が何ひとつないのだから、死んだと思って祈るほかない。

燃料節約のため、スレイターは片方のカンテラの火を消した。そしてもう一方のカンテラを高く掲げ、奥の迷路に足を踏み入れた。この先起こりうる事態は二つしか考えられなかった。ひとつ——この可能性がきわめて高い——は、神殿の深部をさまよった果ての死。その場合、終わりなき闇が狂気をもたらす前に死が訪れることを願うばかりだ。

もうひとつ——可能性はきわめて低い——は、迷いこんだ通路が陽光まぶしい外界に通じていた場合。だが、たとえそれほどの幸運に恵まれたとしても、出航前に船まで戻る道を見つけられるとは思えなかった。船はこの島に到達する前、激しい嵐にあって針路をそれたせいで、食糧はもう底をつきかけていた。さらにつぎの嵐もこちらへ向かっていると船長が言っていた。そうした状況を考慮すれば、船長はできるだけ早くロンドンに向けて出航したがるはずだ。乗組員や探検隊一行の安全を考えなければならないからだ。

スレイターにはわかっていた。万が一迷路から脱出できたとしても、ふつうの船がけっして立ち寄ることのない孤島にひとり取り残されることになるのだ。もしまた船が島に来ることがあるとしても、いったい何年先のことになるのやら。

闇夜さながらの洞窟を前進した。道しるべとなるものは、はるか昔、溶岩の下に埋もれた古代文明が栄えた時期に絵描きたちが描き残した神殿の絵しかなかった。

一連の絵が意味するところ――絵が紡ぐ物語の意図――を、彼がもし正しく理解できていたとしても、いつそれに気づいたのか、スレイターにはっきりした記憶はなかった。もしかしたら自分がすでに正気を失っている可能性も高かった。果てしない闇と絵が放つ催眠術的な力のせいで、方向感覚も時間の感覚も失いかけていた。こんな状況に置かれた人間は往々にして幻覚を起こすものだ。

それでも最後には、明らかにそれとわかる三つの伝説を見つけた気がした。そして足を止めたとき、それぞれの物語は迷路内のそれぞれ異なる道のことだと閃いた。ひとつ目は戦争の物語を描いた一連の絵。二つ目は復讐の物語。

最終的にスレイターは三つ目の伝説を選んだ。

どれくらいの時間歩いたのか、どれくらいの距離を歩いたのかはまったくわからなかった。ときおり疲れ果てて立ち止まりもしたし、すわりこんでうたた寝もしたが、唯一の道しるべである壁画の夢がその眠りをすぐさま粉々に砕いた。ところどころで地下から噴き出す蒸気に出くわし、それを深く吸いこんで水分を補給した。リュックの中のチーズとパンをできるだけ長持ちさせようとしたが、それもついに尽きた。

それでも歩きつづけた。なんとなれば、ほかにすることとてなかったからだ。止まることはすなわち全面降伏を意味した。

ふらつく足で歩きつづけた結果、洞窟を抜け出て、太陽に照らされた環状列石《ストーンサークル》の真ん中に立った。それでもなおスレイターは歩きつづけようとした。幻覚を見ていると確信していたからだ。

陽光。

頭のどこかでは、いま目のあたりにしている光は現実だと認識していた。

まさかの思いで上を見あげると、熱帯特有の灼熱の太陽が岩が口を開いたところから斜めに射しこんでいた。急勾配の岩は階段状に削られ、頭上の開口部から黒く長い縄が垂れさがっている。

いちかばちか、スレイターは最後の手段とばかりに縄をつかむと、それが体重を支えきれるものかどうか試してみた。大丈夫だと確認したのち、縄を手すり代わりにして古代に刻まれたものと思われる階段をのぼりはじめた。

開口部に到達し、洞窟神殿から這い出て、野外神殿の石の床に力なく倒れこんだ。あまりにも長い時間を闇の中で過ごしてきたため、ぎらつく陽光の下、目を開けることができなかった。

どこか近くで銅鑼《どら》の音が響いた。その音がどこまでもこだましながら密林に響きわたる。

島には彼以外にも人間がいた。

一年後、小さな港に一隻の船が碇を下ろした。出航時、スレイターはその船に乗せてもらったが、もはやフィーバー島に到着したときの彼ではなかった。

つづく数年あまりで、特殊な世界でではあるが、伝説にもなった。そしてようやくロンドンに戻ったとき、さまざまな伝説が災いとなり、彼に安住の地と呼べる場所はなくなっていた。

1

「信じられないわ、アンが逝ってしまったなんて」マッティ・ビンガムがハンカチーフを顔に押し当てて涙を拭いた。「いつもあんなに元気だったのに。すごく魅力的で、すごく生き生きしてたのに」

「そうね」アーシュラ・カーンは傘を持つ手にぎゅっと力をこめ、墓掘り人が棺の上に湿った土を落としていくのを静かに見守った。「彼女こそまさに新しい時代の女性だった」

「完璧な秘書」マッティはハンカチーフを鞄にしまった。「わが社が誇る秘書だったわ」

マッティは三十代半ば、家族も親類もいない独身女性である。〈カーン秘書派遣会社〉に仕事を求めてやってきたほかの女性と同じく、結婚や子どもをもつことをあきらめていた。そしてアンやそのほかの女性と同じく、アーシュラが提示する女性の未来像に関する可能性を選んだ女性だ。専門的技能をそなえた秘書というれっきとした職業。ついに女性たちの前に開けた活躍の場である。

葬儀にはふさわしい空模様だった。どんよりとした灰色の雲が空一面をおおい、霧雨が降りつづけていた。墓地での葬儀に参列したのはアーシュラとマッティだけ。アンは孤独のうちに死んだ。遺体を引き取りにくる家族もいなかった。葬儀費用はアーシュラが支払ったが、アンの雇い主であり唯一の相続人であるアーシュラはそれをたんなる義務というだけでなく、彼女との友情の最後の証でもあると考えていた。

心の中にぽっかりと大きな穴が開いた。この二年間、アン・クリフトンはいちばん仲のよい友だちだった。二人は共通点——家族がいないこと、できれば葬ってしまいたい過去を抱えていること——を通して固い絆で結ばれていた。

アンにはいくつかの欠点があったかもしれない——尻軽な女だと言う同僚もひとりならずいた——が、そうした批判が明らかに賞賛の裏返しであることをアーシュラはよくわかっていた。どれほどの困難が待ち受けていようが自分の人生は自分で切り開いていくというアンの大胆な決意、それが彼女を新しい時代を生きる女性の理想像に押しあげていた。

棺が土をかぶって見えなくなると、アーシュラとマッティはその場をあとにして墓地を横切った。

「アンの葬儀代、払ってくれたのね。よかったわ」マッティが言った。

アーシュラは錬鉄の門扉《もんぴ》から外に出た。「わたしにできることなんて、それくらいしかなかったわ」

「寂しくなるわね」

「ほんとに」アーシュラが言った。

そのときが来たら、わたしの葬儀代はいったい誰が払ってくれるのだろう？

「アンは自分で命を絶つような人じゃないと思うんだけれど」

「ええ、そんなことする人じゃないわ」


アーシュラはいつもどおりひとりで食事をし、食事が終わるとこぢんまりとした居心地のいい書斎に移った。

家政婦がせわしげに部屋にやってきて、暖炉に火を入れた。

「お世話さま、ミセス・ダンスタン」アーシュラは言った。

「本当に大丈夫なんですか？」ミセス・ダンスタンがやさしく尋ねた。「あなたがミス・クリフトンを親友だと思ってらしたことはわかっています。そういう人を亡くされたらつらいはず。わたしもこの何年かで友人を何人か亡くしましたから」

「大丈夫よ、本当に。ただ、ミス・クリフトンの遺品の整理をして目録をつくらないと。それがすんだら寝るわ」

「そうなさってください」

ミセス・ダンスタンは静かに廊下へ出て扉を閉めた。アーシュラは少し待ってからブランデーを注いだ。アンが死んでからずっと感じていた寒気が、火のような酒のおかげでいくらかやわらいだ。

しばしののち、アーシュラは部屋の反対側に置いたアンの遺品を詰めたトランクの前に行った。

遺品をひとつ、またひとつと取り出していく。アンの部屋で不可解な不安を覚えた品々だ――空の香水瓶、アクセサリーが入った小さなベルベットの袋、アンが使っていた速記帳、植物の種が入った袋が二つ。ひとつひとつは簡単に説明がつく品だが、ひとまとめになると疑念がわき、不安がかきたてられた。

三日前、アンの遺体を発見した家政婦が真っ先にアーシュラに知らせてきた。ほかに知らせる人がいなかったからだろう。アンが病死、あるいはみずから命を絶ったなどとは考えられなかったから、警察に通報した。しかし刑事は現場を見るなり、犯罪めいた行為が起きた痕跡はいっさいないと判断した。

だが、アンはメモを遺していた。遺体の横の床の上にくしゃくしゃになった紙片を見つけたのはアーシュラだ。鉛筆で書かれた内容は、たいていの人にとってはでたらめな落書きにすぎなかっただろうが、アンはピットマン式速記術の訓練を受けた熟練の速記者だった。多くの秘書がそうするように、アンも自分だけにわかる独自の暗号表記をつくりだしていた。

遺したメモは紛れもなく伝言で、アーシュラはそれが自分に向けての伝言だと気づいた。

その独特な速記はアーシュラ以外の誰にも解読できないことをアンはじゅうぶんに承知して

のことだったはずだ。

便器の後ろ

アーシュラは机の前にすわり、また少しブランデーを飲みながら遺品について考えをめぐらせた。しばらくして、アーシュラは空の香水瓶を脇へどけた。これだけはほかのものとは違い、アンの小ぶりな書き物机の上に置かれていたのを見つけたものだ。新しい香水を買ったというのに、それについてひと言も話してくれなかったのはアンらしくないが、その一点を除けばとくに不審な点があるとも思えなかった。

しかしながら、速記帳、アクセサリー、そして植物の種となると話はまったくべつだ。なぜアンは、この三点をまとめて便器の後ろに隠しておいたのか？

しばらくして、速記帳を開いて読みはじめた。アンの暗号もどきの速記をふつうの文字に書き表わす作業は思うようにはかどらなかったが、それでも二時間後にはその日の午後に考えていたことの間違いに気づいた。つまり、葬儀の費用を支払うことが友情の最後の証ではないことに。

アンのためにもうひとつできることがあった——彼女を殺した犯人を見つけること。

2

スレイター・ロクストンは金属縁の眼鏡のレンズの奥からアーシュラをじっと見た。「要するに、これから二、三週間のあいだ、ここには来られないということかな、ミセス・カーン？　きちんと契約したはずだが」

「申し訳ありません。ですが、緊急の用事ができまして、そちらに全力を注がなければならなくなりましたもので」

　読書室に不穏な沈黙が垂れこめた。アーシュラはぐっと気を引き締めた。スレイターとは知りあってからまだ二週間と経ってはおらず、いっしょに仕事をしたのはたった二度だけだというのに、すでにスレイターという人間を直感的にわかったような気がしていた。そしてこのとき、はっきりとわかった。彼はやはり扱いにくい顧客だということが。

　気分や考えをいっさい表情に出さないことにかけて、彼はほぼ完璧と言ってもいいほど長けていたが、ごくたまにのぞかせるわずかな手がかりがアーシュラにはだんだんと読みとれるようになっていた。押し黙ったまま瞬きひとつせずにアーシュラに視線を注ぐようすは、いいことの前触れではなさそうだ。アーシュラは背筋をまっすぐに伸ばして椅子にすわっていた。食い入るように見つめるスレイターの視線のせいで、背筋が少々寒くなっているのを覚られまいとしてのことだ。

彼としては、はっきりと不満を示しているのに、彼女が予想どおり折れないと判断したのだろう。ぴかぴかに磨きこまれたマホガニーの机に両手をぎゅっとつき、椅子からゆっくりと腰を上げた。二人のあいだの緊張がなおいっそう高まった。

彼の所作には驚くほどの優雅さがあった。そこににじむ抑えのきいた穏やかなパワーがオーラとなって相手を魅了する。静かで抑揚のない話し方から、考えを読みとることのできない金色がかった緑色の瞳まで、全身から放たれる翳《かげ》りのある理知的な雰囲気が彼の人となりを伝えてくる。

服の選び方も影と氷の印象をさらに強めていた。出会ってからの期間が短いとはいえ、頭のてっぺんから爪先まで黒ずくめ——黒い麻のシャツに黒いタイ、黒いサテンのチョッキ、黒いズボン、黒い上着——の装い以外の彼を見たことがなかった。眼鏡の縁の金属さえもが金や銀のめっきではなく、つや消しの黒い金属で統一してある。

簡素な仕立ての上着はいまは着ていなかった。扉近くのフックに掛けてある。少し前に挨拶をかわしたあと、美術工芸品の目録づくりに取りかかるつもりで脱いで掛けたのだ。

アーシュラは服装で彼を批評する権利が自分にないことはわかっていた。自分もまた、いつもどおりの黒ずくめなのだから。過去二年間で喪服――未亡人用のベール、しゃれた黒のドレス、黒いスタックヒールの足首丈のボタン式ブーツ――を制服であると同時に変装でもあると考えるようになっていた。

スレイターと並ぶと、なんとも陰気な二人という印象だ。誰かがたまたま書斎に入ってきて二人を見たら、揃って深い悲しみに沈んでいるものと思うはずだ。じつのところ、彼女にとってこれは世を忍ぶ仮の姿だった。翻《ひるがえ》って、スレイターはなぜいつも黒ずくめなのだろう？　アーシュラの頭にそんな疑問が浮かんだのははじめてではなかった。スレイターの父親が亡くなったのは二カ月前。数年間を海外で過ごしていたスレイターがロンドンに戻ってきたのは、その訃報を受けてのことだ。彼はいまロクストン家の財産を取りしきる立場にあるが、黒ずくめは――服喪のしるしではなく――彼の長年にわたる習慣のような気がしていた。

それに、もしこれまで活字になったスレイター・ロクストンに関する記事が半分でも事実だとすれば、黒ずくめを通すことについて彼には彼の理由があるのだろうとも思えた。なんと言おうと黒は謎を象徴する色であり、スレイターという男はロンドン社交界の大きな謎にほかならないからだ。

アーシュラは用心深く彼を観察していたが、その視線にいつしか好奇心が加わり、気がつけば無謀にもうっとりと眺めている自分がいた。そもそもこうした通告を、とりわけこんな簡単な形で伝えるだけで、すんなり受け入れてもらえるとは考えていなかった。顧客というのはしばしば扱いにくくなることがあるからだが、とくにスレイターのような顧客ははじめてだった。スレイター・ロクストンをうまく言いくるめなければならないかと思うと、内心穏やかではない。初対面のときから彼には自然体が放つ力とすべてを自分の思いどおりに動かす力がそなわっていることが見てとれた。だからこそ彼はここまで興味深い存在なのだ。

「いまも説明しましたように、緊急事態が発生しましたので」アーシュラは心していかにも秘書然とした歯切れのいい口調で言った。曖昧さや弱気なところを少しでものぞかせようものなら、スレイターはすかさずそこを突いてくるとわかっていたからだ。「せっかくの契約を解約しなければならないのは残念です。でも――」

「だったらなぜ契約を打ち切る？」

「緊急の用事というのが個人的なことだからです」

スレイターが顔をしかめた。「ひょっとして病気？」

「いいえ、わたしはいたって健康です。いま言いかけましたが、また後日、こちらにうかがって目録を完成させることができればと考えています」

「本当に？　なぜぼくがきみの代わりを雇うとは思わない？　ロンドンに秘書はいくらでもいる」

「もちろん、それについてはご自由に。最初から申しあげましたよね、わたしは会社を経営する身でもあり、秘書の実務以外にもいろいろと責任がありますから、この仕事の途中にもときどきほかの仕事を割りこませることになると。その件に関しては事前にご了承いただいたはずですが」

「たしかに了承はした。しかし、ミセス・カーン、きみは秘書としての資質が抜群というだけでなく、じつに信頼のおける人だ。ここにやってきて即辞めるはないだろう」

アーシュラは足首丈の黒いドレスの裾がすっきりと優雅な襞をつくって垂れるよう、スカートをきゅっと引っ張りながら、どうすべきか考えた。読書室の空気が一気に張りつめていく。目には見えない電気仕掛けの装置が室内の空気の緊張度を操作しているかのようだ。スレイターのすぐそばまで近づくと必ずやこんなふうになるのだが、その心かき乱す、というか刺激的なエネルギーが今日は明らかに危険ぎりぎりの域まで増幅していた。

知りあって間もない彼ではあるが、アーシュラは彼がかっとなるのを見たことがなかった。その反対もである。大笑いする彼をまだ見たことがないのだ。たしかに、たまにそこはかとない微笑を浮かべたり、いつもは冷たい目をあたたかみがときおりよぎったりすることはあった。しかし、これほどまでに感情をあらわにしたとあっては、アーシュラ以上に彼自身が驚いているのでは、と感じた。

「申し訳ありません、ミスター・ロクストン」アーシュラはまた謝った。「ですが、どうしてもこの用事を優先させないと。急を要するもので」

「もっと詳しい説明を聞かせてくれてもいいと思うんだ。きみがこの契約を破棄してまで優先させなければならない緊急事態とはいったいなんなんだ?」

「わが社の従業員のひとりに関することです」

「きみは従業員の個人的な問題にまで立ち入る義務があると思っているのか?」

「ええ、まあ。つまり、その、状況によりますけれど」

スレイターは机の後ろから出てくると、その前面にもたれて腕組みをした。彫りの深い顔に苦行僧を思わせる険しい表情が見てとれる。その姿からは、復讐の天使を連想したくなることがときどきあった。それ以外のときはきわめて善良な魔王というところか。

「せめて釈明してくれてもいいだろう、ミセス・カーン。ぼくにそれくらいの借りはあると思うんだが」

彼に借りがあるとは思わなかった。そもそもこの仕事の条件を明確にすることには無理があったからだ。カーン秘書派遣会社の経営者として、最近は自身に特定の仕事を割り当てることはめったになくなっていた。会社は急成長を遂げており、その結果、この数カ月というもの、社内で新人教育をおこなったり見込み客と話をしたりといったことに忙殺されていた。スレイターの仕事を引き受けたのは、彼の母親に頼まれたからだ。リリー・ラフォンテーン。かつて女優として名を馳せたが、現在は引退してメロドラマ作家に転身している。

しかしアーシュラは、謎の人物ミスター・ロクストンにはじめて会うまで、彼がこれほどまでに魅力的だとは想像もしていなかった。

「いいでしょう。簡単に言えば、ほかのお客さまの仕事を引き受けることにしたんです」

スレイターは身じろぎひとつしない。

「なるほど、そうか。ここでのぼくとの仕事に不満があると？」

スレイターの声には険しさがにじんでいた。アーシュラがここでの仕事を降りる事態を、彼は自分が原因だととらえていると気づいてぎくりとした。それにもまして驚いたのは、彼は彼女がこの仕事を降りることがさほど意外ではなさそうだということ。こういう運命をあらかじめ予見していたかのように、あくまで冷静にあきらめたふうだ。

「いいえ、むしろ逆ですわ」アーシュラはすぐさま答えた。「ここでの目録作成はすごく興味あるお仕事ですから」

「それでは報酬が不足だというわけか？」安堵に似た何かがスレイターの瞳をよぎった。

「だとしたら、きみの報酬について再交渉するにやぶさかでないが」

「はっきり申しあげておきますが、お金の問題ではありませんから」

「仕事の内容に不満があるわけでなく、報酬にも不満がないとすれば、なぜここを投げ出してほかの顧客のところへ？」

このときの彼の声からは心から当惑していることが伝わってきた。

アーシュラははっと息をのみ、つぎの瞬間、なぜか顔が赤くなるのが自分でもわかった。彼がまるで気をもたされたあげくに振られる恋人の役を演じているように思えたからだ。むろん、これはそういうことではない。二人は顧客と経営者という関係だ。

こんなことがあるから男性客の仕事はめったに引き受けないことにしているんでしょ、とアーシュラは振り返った。そこにはある種の危険が存在しているのだ。とはいえ、顧客の誰かに心惹かれることは、経営方針を決めたときに想定したリスクではなかった。あのときに主として危惧したのは、男性客のせいでわが社の秘書たちの輝かしい評判に瑕《きず》がつくリスクがなくはないということだった。スレイター・ロクストンの件に関しては、アーシュラはこれを特例とし、そしていま、その代償を払わなければならなくなっていた。

何はさておいても、最善の策はこの関係を断ち切ることだ。彼にのぼせ、心を奪われてしまわぬうちに。

「このお仕事を降りる理由については――」アーシュラが口を開いた。

「新しい客とはいったい誰なんだ？」スレイターがアーシュラをさえぎった。

「いいでしょう。それでは、こちらのお仕事を降りなければならなくなった状況を説明させていただきますが、そちらとしてはご不満もあるものと」

「とにかく聞かせてもらおう」

やんわりとした命令口調にアーシュラは緊張した。

「正直なところ、あなたとこれ以上言い争いはしたくないんです——できることなら近い将来またこちらに戻ってきたいと望んでいるわけですから」

「きみの都合がよくなるまで待てないかという話なら、さっきもう聞いた」

アーシュラは黒手袋をはめた手で、読書室に雑然と置かれた美術工芸品の数々を示した。

「こちらの工芸品はもう何年もこちらに並べられたままです。となれば、目録作成のお仕事は少し先になってもかまわないのではないかと思いまして」

「少し先というのはどれくらい？」スレイターがいやに冷静に尋ねた。

アーシュラは咳払いをした。「それにつきましては、まだはっきりとは。少なくともいまはまだ。もうひとつの仕事がどれくらいかかるか、おそらく数日後にはおおよその見当はつくものと思いますが」

「きみと言い争いたくはないが、ミセス・カーン、きみがぼくより大事だと考えている客が誰なのかを知りたいんだよ」スレイターは彼らしくなく苛立ちをのぞかせ、そこでいったん言葉を切った。「つまり、きみが秘書として美術工芸品の目録づくりより重大だと思う仕事とは、どういう仕事なのかってことだ。その客は銀行家か？　大会社の社長か？　きみの仕事ぶりを見こんだ上流社会の弁護士あるいはレディか？」

「数日前、わたしは家政婦から連絡を受けて、アン・クリフトンという名の女性の家に行きました。アンは二年前からわが社の従業員でしたが、わたしにとっては従業員以上の存在でした。友だちでした。共通点もいろいろありましたし」

「過去形で話しているということはつまり――」

「アンが自宅の書斎で死んでいるのを発見しました。わたしは警察に通報しましたが、わざわざ現場まで出向いてくださった親切な刑事さんははっきり、アンは自然死だとおっしゃいました。心不全か、あるいは心臓発作だと思う、と」

スレイターは微動だにしない。アーシュラが、わたし、空を飛べるの、と言うのを聞きでもしたかのように、目は彼女に釘付けだった。明らかにアーシュラの返答が思いもよらぬものだったからだろうが、彼は瞬く間に平静を取りもどした。

「ミス・クリフトンのことはお悔やみを申しあげるが」スレイターはそう言うと、少し間をおいてから、訝《いぶか》るようにかすかに目を細めた。「きみはなぜ警察に通報した?」

「アンは殺されたのかもしれないと思ったからです」

スレイターはアーシュラを見たまま、しばらく無言だったが、やがて眼鏡をはずして、清潔な白いハンカチーフでレンズを拭きはじめた。

「ほう」

アーシュラはまた考えをめぐらせた。本当のところを言えば、この状況を理解してくれるだけでなく、なんらかの有効な助言を与えてくれる誰か――秘密を守れる誰か――と自分の計画について話しあいたくてたまらなかった。直感ではスレイター・ロクストンは秘密は絶対に守る人間に思えた。それだけでなく、きわめて論理的な思考の持ち主であることがこの数日でいやというほどわかっていた。あの男は極端なまでに論理で押し通すから、と敬遠する人もいるかもしれない。

「これからお話しすることは秘密厳守でお願いしますね。よろしいですか？」

スレイターが眉をひそめた。気を悪くしたようだ。

「安心したまえ、ぼくは秘密を他言したりしないよ、ミセス・カーン」

一語一語がうっすらと氷におおわれていた。

アーシュラは手袋のしわを直してから両手を膝の上でしっかりと組み、またしばし間を取って頭の中で考えをまとめた。これからの計画はまだ誰にも話していなかった。右腕とも言えるマッティにさえも。

「アン・クリフトンが殺されたと思ったのは根拠があってのことなので」アーシュラは繰り返した。「これからアンのお客さまのお宅に入って、彼女の仕事を引き継ごうと考えています。もしかしたら犯人を示す手がかりが見つかるかもしれませんから」

それを聞いたスレイターは、知りあってからはじめて隙を見せた。わずか数秒だが、ただただあぜんとしてアーシュラを見つめていたのだ。

「なんだって？」ややあって彼がようやく口を開いた。

「いまお聞きになったとおりです。警察はアンの死について調べてくれそうもないので、ほかに打つ手はありません。わたしが真相を突き止めるつもりです」

スレイターはなんとか平常心を取りもどしたようだ。

「とうてい正気の沙汰とは思えないな」聞きとれないほど小さな声でつぶやいた。彼ならわかってくれるだろうと思った自分が甘かった。アーシュラは椅子から立ちあがり、ベルベットの小ぶりな帽子の縁から垂れた黒いベールに手をやりながら、扉に向かって歩きだした。

「秘密を守る約束はお忘れなく。それでは、よろしければこれで失礼します。アンの一件が解決いたしましたらすぐにご連絡を入れますので、目録作成の助手にまたわたしを雇う件もお考えいただけたらと」

「ちょっと待った、ミセス・カーン。いま頭の中を整理するから、それまでは一歩も動かないように……きみが投げかけてきたもつれにもつれた混沌をいったいどうしたものか」

アーシュラは片手を扉の取っ手にかけたまま足を止め、くるりと振り返って彼の顔を正面から見た。「もつれにもつれた混沌？　外国語でしょうか、それ？」

「ぼくの言いたいことはようくわかっているくせに」

「深く考えるまでもありませんわ。わたしが秘密を打ち明けた理由はただひとつ、あなたならしかるべき助言や後押しをしてくださるかもしれないと期待したからです。あなたはきわめて理性的、論理的な思考をなさる方でいらっしゃるから。でも、この計画を理解していただけるなんて思ったわたしがばかでした。ましてや助言だなんて」

「なぜかと言えば、きみがこれからやろうとしていることが理性的かつ論理的な計画ではないからだ」スレイターが切り返した。「筋の通った戦略とは似ても似つかない」

「まあ、失礼な。じっくり考えた末の計画なのに」

「いや、そうは思わないね。もし本当にじっくり考えたとしたら、自分の考えていることがいかに無謀で、おそらく危険も伴い、間違いなくむなしい努力だと気づくはずだ」

アン殺しの真相を探ろうとする決断にスレイターがもろ手を挙げて賛成するわけがないことはすでにわかっていたけれど、行動を起こす理由は理解してくれるものと期待していたのだ。スレイターとのあいだにお互いへの敬意に基づいた信頼関係がいつの間にかできていたと考えるのはもうこれまでにしなければ。

それにしても、それに気づいたことでなぜこれほど落ちこむのだろう？　彼はたんなる顧客であって、恋人候補でもなんでもないのに。

アーシュラは努めて冷ややかな笑みを浮かべた。「どうか遠慮なさらないで。わたしの計画については、忌憚《きたん》のないご意見を自由におっしゃっていただいてかまいませんことよ。でも、それはご自分ひとりでなさってください。わたしはあなたの聴衆になるつもりはありませんから」

アーシュラはまた扉を開けかけたが、突然彼が目の前に割りこんできて、扉をぴたりと閉めた。

「待ってくれ、お願いだ、ミセス・カーン。まだ話は終わっていない」

わたしの勝ち。ひょっとしたら。

希望の光がちらっと見えた瞬間、アーシュラはほっとひと息ついた。スレイターの言葉にひそむ、氷の刃《やいば》さながらの冷たさに眉をきゅっと吊りあげる。

「わたしの計画に賛同いただけないことはよくわかりました。これ以上話すことなど何もないでしょう？」

スレイターはしばらくじっとアーシュラを見つめていたが、ふとまだ眼鏡を手にしていたことに気づいたようだった。ゆっくりとまた眼鏡をかける――このときアーシュラは彼の視力は眼鏡を必要としてはいないとほぼ確信した。アーシュラがつねにつけている未亡人のベール同様、彼の眼鏡も詮索好きな世間の目から身を守るための装備なのだ。

「その秘書が殺されたと、なぜそこまで思いこんでいる？」彼がようやく口を開いた。

少なくとも疑問を投げかけている。これは進歩だ。

「根拠はたくさんあります」

「聞かせてもらおう」

「アンがみずから命を絶つはずがないとの確信があります。室内に青酸カリやその他の毒物は見当たりませんでした」

「毒物による死は外から見ただけではわかりにくい。その影響がきわめて微細な場合もある」

「ええ、それは知っていますが、それにしてもアンに気が滅入っているようなところはまったくありませんでした。最近、こぢんまりしたおしゃれな家に引っ越したばかりです。待ちに待って手に入れた家ですからね。新しい家具も買い、新しいドレスも買っていました。長期にわたっての顧客のところでの仕事に満足していましたし、お給料も不満などあるはずのない額を払っていました。そのうえ、顧客からもときおり気前のいい謝礼を受け取るようなことをほのめかしてもいましたし。要するに、アンには経済的な問題で悩むようなことはいっさいなかったということです」

スレイターは思案顔でアーシュラを見ていたが、やがて部屋の奥へと引き返し、また机の前面にもたれて腕組みをした。その目が眼鏡のレンズの奥できらりと光った。

「友人や愛する人を自殺で失ったという人の話をこれまで何度か聞いたが、故人に生前そんな気配は何ひとつなかったと言う人もいる」

アーシュラは彼のほうを向き、目を合わせた。「そういうものなのかもしれません。わたしに言えることはただ、この数週間、アンの精神状態は上々だったということです。すごく明るくて、じつのところ、もしかしたら恋人ができたのかしらと思いはじめていたくらいで」

「それが原因ということもありうる」スレイターが言った。「幸薄き恋」

「じつはわたしもそれを考えました。ひょっとしてアンは、顧客のお屋敷に関係のある誰かと道ならぬ恋に落ちるという間違いを犯したのではないかと。むろん、そういうたぐいのことについてはわたしなりに規則をつくって、秘書たちを守るために最善を尽くしています。顧客やその周辺の方との恋愛は、どんな状況であれ、きわめて節操のない行動で、けっしていい結果は生みません」

「なるほどね」スレイターの口調は、このときもきわめて曖昧だった。

「問題は、アンは世間をよく知っている女性でしたから、そんな規則を無視するくらいなんでもなかったかと。顧客の夫という方はお金持ち、権力と富をそなえた方です。権力のある殿方は情事にかけて用心が足りないことがままありますからね」

スレイターはひと言も発することなく、ただアーシュラをじっと見ていた。

アーシュラは遅ればせながら、スレイター・ロクストンもまた富と権力をそなえた男性であることを思い出した。

「つまりですね」アーシュラはあわてて先をつづけた。「アンはそのてのことにかけては自分の身を守れる女性だったんです。人目を忍ぶ戯れを楽しんだとしても、自分と同等の愛情で応えてくれることができない殿方と恋に落ちたりするほど愚かではありません」

スレイターはアーシュラの言ったことについて考えをめぐらせた。「アンは経済的に困ることはいっさいなかったということだな」

「退職にそなえての資金もきちんと積み立てていましたし、貴金属類も多少は」

「財産や退職金を相続する人は？」

アーシュラが顔をしかめた。「わたしが唯一の相続人です」

「ほう」スレイターがゆっくりと息を吐いた。「この犯罪を論理的に考えてみよう。相続人であるきみが犯人だとすれば、自分の逮捕につながる調査に乗り出すとは想像できない」

「ご立派な論法をありがとうございます。はっきり申しあげておきますが、わたしには彼女に死んでもらいたい理由は何ひとつございません。彼女はわが社きっての秘書――あらゆる意味でわたしの資産――でした。かてて加えて、親友でもありました。二年前、わたしがこの会社を立ちあげたとき、最初に賛同して社員になってくれました」

「あなたは自殺は考えられないと言った。では、ミス・クリフトンが殺害されたかもしれないと考える根拠は？」

「短いメモを遺体のそばで見つけたからです」

「それは遺書？」スレイターが訊いた。驚くばかりの弔慰がこもったやさしい声で。

「いいえ、少なくともあなたがお考えになっているような遺書ではなく、鉛筆で書かれたものです。おそらくそれで、わたしに犯人を示唆しようとしたのではないかと」

スレイターが真剣に考えこんだ。「メモは鉛筆で書かれていた？　ペンではなく？」

彼はわかってくれた、とアーシュラは思った。

「そうなんです。ペンを使う余裕がなかったんだと思います。インク壺の蓋を開けてペンを浸し、紙をしかるべき場所に広げる必要がありますからね。自殺の理由を説明するメモともなれば、じっくり時間をかけるとお思いになりませんこと？　経験を積んだ秘書ともなればなおのこと、ペンときちんとした紙を使うはずです。にもかかわらず、彼女が鉛筆で走り書きしただけのメモを遺した事実から察するに、彼女はものすごく急いでいました。ですから、ミスター・ロクストン、これは厳密には遺書とは言えません。彼女は――わたしに――伝言を遺そうとしたのです」

「メモはきみに宛ててのものだったのか？」

「いいえ、違います。ですが、アン独特の速記で書かれていました。それを解読できるのはわたししかいない、と彼女はわかっていたはずです」

「メモの内容は？」

「彼女独特の速記で書かれていて、速記帳といくつかのアクセサリーのありかを伝えるものでした。あっ、そうだわ、それから植物の種が入った袋が二個。彼女がいったい全体、なぜ種を隠したのか見当もつきません。これも謎のひとつです」

「で、その隠し場所はどこ?」スレイターが訊いた。

「御不浄《コンビニエンス》の陰。まだ言っていませんでした? 失礼しました」

スレイターがぽかんとした表情を見せた。「御不浄?」

アーシュラは咳払いをした。「お手洗い《ウォータークロゼット》のことですわ、ミスター・ロクストン」

「そうか。御不浄ね。これは失礼。何年間もずっと外国にいたものでね。婉曲な言い回しにすっかりうとくなってしまって」

「わかりますわ」

「ミス・クリフトンが遺したメモについて——アクセサリーを隠した理由はわかるが、植物の種を隠した理由がわからないときみは言った。では、速記帳についてはどう? 彼女がなぜそれを隠したのか、何か思い当たることでも?」

「目のつけどころが素晴らしいわ」アーシュラは待ってましたとばかりに本題に入った。「昨夜はほとんど寝ずに符号を文字に書きなおし、五、六ページ進みましたけれど、問題解決の手がかりになるような箇所は見つかりませんでした。詩ばかりで」

「アン・クリフトンは詩を書いていたのか?」

「いいえ、彼女の顧客が。レディ・フルブルックは裕福ではあっても隠遁生活のような暮らしをなさってらして。アンを雇った目的も、詩の口述を速記させ、タイプライターで清書させるためです。アンから聞いたところでは、心の病が少しずつよくなっているところで、お医者さまも詩を書くことを療法のひとつとして勧めてらっしゃるとか」

スレイターが一瞬当惑をのぞかせた。「詩ってどんな?」

アーシュラは頰がかっと熱くなるのを感じたが、あくまで仕事といった口調で取りつくろった。

「どの詩もすべて主題は恋愛のようです」

「恋愛か」耳慣れない言葉でもあるかのような反応だった。

アーシュラは手袋をはめた片手を何を意味するともなく揺らした。「果てしなき憧憬、抗えない宿命や事情で引き裂かれた恋人たちの苦悩。これでもかとばかりに押し寄せる情熱の波。そういったよくあるような表現の羅列が」

「これでもかとばかりに押し寄せる情熱の波」スレイターが復唱した。

このときもまた、スレイターはそうした概念が自分にはまったく無関係ででもあるかのような口ぶりだった。

だが、彼の目が愉快そうにきらりと光るのをアーシュラは見逃さなかった。鞄を持つ手にぎゅっと力をこめ、愛の詩の真意についての議論に引きこまれたりしないように身がまえた。

「主題は明らかなんですが、詩の中に奇妙な要素——詩のリズムに合っているとは思えない数字や語彙——がところどころに見受けられます。でも先ほどご説明したように、彼女ほど経験豊富な秘書の速記は本人にしかわからない暗号になるんです」

「それでも、きみはミス・クリフトンの暗号が解読できるんだろう？」

「試みただけですわ。でも、それが手がかりとして役に立つのかどうかは」アーシュラがため息をついた。「なんと言おうが、詩ですからね。そこにアン殺しの真相が何か書かれているなんてことがあるでしょうか？」

「きみが第一に投げかけるべき疑問は、なぜミス・クリフトンはわざわざノートを隠さなければならなかったか、ではないのかな？」

「わかってはいますが、つじつまの合う答えが見つからなくて」

「答えは必ず問いの中に隠されている」スレイターが言った。

「いったいどういう意味でしょうか？」

「いや、なんでもない。きみはアン・クリフトンが顧客の夫と恋に落ちたかもしれないと考えているのか？」

「フルブルック卿と。ええ、ちらっとそんなことが頭をよぎって」

スレイターはそんな状況に関心を抱きはじめた、とアーシュラは考え、大きな安堵感に包まれた。ひとりで真相究明に立ち向かわなくてもよくなるかもしれない。

「フルブルックがなぜミス・クリフトンを殺さなければならなくなったのか、それについて何か思い当たることは？　身分の高い紳士たちは、そうしたことに無感覚というわけでもないのだろうが、愛人を棄てることはよくある。その場合、暴力に訴える必要はめったにない」

アーシュラは鞄の取っ手をなおいっそうきつく握りしめている自分に気づいた。

「よくわかっています、ミスター・ロクストン」アーシュラは歯を食いしばりながら言った。「だからアンの死がいっそう不審なものに思えるんです」

「レディ・フルブルックはどう？　もし旦那がアン・クリフトンに惹かれていると気づいて嫉妬したとしたら……」

アーシュラは首を振った。「いいえ、そんなことはないはずです。アンによれば、レディ・フルブルックの結婚生活はたいそう不幸なものだそうですし、わたしもきわめて臆病な女性という印象を受けました。見るからにおずおずとご主人に接しています。ご主人のほうは癇癪持ちといった感じの方ですから。そんな女性が嫉妬に駆られて殺人を犯すとは思えません」

「嫉妬は心の野火。とうてい予測不能だ」

その瞬間、アーシュラはスレイターがさまざまな激しい感情、なかでも情熱のたぐいを、どんな犠牲を払ってでも封じこめなければならない野火のようなものと見ていることを知った。

アーシュラは姿勢を正した。「もうひとつ、考慮に入れたい要因があります。アンが言っていましたが、レディ・フルブルックはお屋敷の外に出られることはないそうです。それは心の病のせいではなく、ご主人がご自分がいっしょでないかぎり、奥さまが外に出られるのを許さないからだとか」

「となると、また第一容疑者はフルブルック卿というところに話が戻るというわけか。きみはアンがフルブルック卿と深い仲にあったと思っているのかな？」

「ありえないことではないと思います。でも、もしそうだとしても、アンが彼と本気で恋に落ちたかどうかは疑問ですが。相手がどんな殿方であれ、アンは心から信頼を寄せたりはしないと思うんです」

「彼のお金に興味があったのかもしれない」

アーシュラがため息をもらした。「ずいぶんぶしつけなことをおっしゃいますのね。でも……ええ、それもありうるかと。彼女が多くを要求しすぎたか、あるいは言動がフルブルック卿の怒りを買ったか」

「もしそういうことだとすれば、フルブルックが怒りにまかせて暴力をふるった可能性がある。だが、現場に暴力の痕跡はなかったと言ったね」

「ええ、何ひとつとして」

またしばしの沈黙のあと、スレイターがわずかに動いた。

「よくわかっているとは思うが、アン・クリフトンを殺したのがフルブルックだと立証しようとすれば、きみの命が危険にさらされるかもしれない」スレイターが言った。

「わたしはただ真相を突き止めたいだけで」

「死因が心臓発作か何かだった可能性もまだ高い」スレイターが言った。

「わかっています。わたしなりに探ってみて、これという手がかりがつかめなければ、そのときはその結論を受け入れるつもりです」

「アン・クリフトンについて、何かほかに言えることは？」

「そうですね、いろいろあるけれど、何よりもまずすごく現代的な女性だったわ」

「その〝現代的〟も婉曲な言い回しのひとつだと思えるんだが？」

アーシュラの全身を怒りが駆け抜けた。「アンは快活な女性でした。魅力的で、大胆で、少々向こう見ずで、人生を目いっぱい楽しもうと決めていました。つまり、彼女がもし男性だったら、誰もが感服したはずです」

「きみも彼女に感服していた」

「ええ、もちろん」アーシュラは言い、気持ちを静めた。「彼女は部下であると同時に親友でした」

「わかった。先をつづけて」

「これ以上とくに何もありません。ただ、フルブルック邸内の誰か、おそらくはフルブルック卿がアンの死の原因だと信じているので、自分の疑いが正しいかどうかを突き止めるつもりです。では、よろしければこれで失礼します。レディ・フルブルックにできるだけ早く新しい秘書をうかがわせるとお約束したんです。ですから、その仕事に入る前に、事務所に戻って片付けておかなければならない雑用がいろいろありまして」

スレイターが顔をしかめた。「レディ・フルブルック？」

「アンの顧客でしたからね。先ほどご説明したように……」

「ああ、もちろん、きみの言ったことはわかっている。くそっ、きみはミス・クリフトンに代わってレディ・フルブルックの秘書になるつもりなのか」

「明日からお屋敷にうかがいます。間をおかず速やかに引き継ぐとレディ・フルブルックに約束したものですから。アンが毎日していたように、マップストン・スクエアのお屋敷に一時半きっかりに到着するようにまいります」

スレイターが絨毯を横切り、アーシュラの正面でぴたりと足を止めた。

「もしきみの疑念が正しければ、その計画には危険がひそんでいる可能性があるが」

スレイターの柔らかな口調にアーシュラはどぎまぎした。反射的に一歩あとずさり、彼とのあいだに少しでも距離をおこうとした。彼はもはや当惑しているだけではなかったし、不本意ながら好奇心をそそられているだけでもなかった。独特の感情表現はなんともわかりにくいが、どうやら怒っているようだ。〝わたし〟のことを。それに気づいたアーシュラは困惑した。

「心配なさらないで、ミスター・ロクストン」とっさに言った。「所蔵品の目録づくりのお手伝いなら、きっといい秘書が見つかりますわ。わが社の秘書でよろしければ、わたしが不在のあいだも代わりの者を喜んでうかがわせますが」

「ぼくはべつの秘書探しのことなどどうでもいいんだよ、ミセス・カーン。心配なのはきみの身の安全だ」

「まあ」

アーシュラが目録作成の仕事を降りようとしているから腹を立てているわけではないのだ。彼はただ、危険を冒そうとしているアーシュラを心配しているだけ。誰かが自分の身の安全を気にかけてくれることなど久しくなかったため、アーシュラは一瞬まごついた。とはいえ、それを知ってどこか胸の奥深いところがあたたかくなった。思わず笑みがこぼれる。

「心配してくださるなんて、ずいぶん思いやりがおありになるのね。心から感謝いたします。予防策も間違いなくとりますので、どうかご心配なく」

スレイターの目が険しく翳った。「たとえばどんな？」

わきあがりかけていたかすかな感謝の気持ちがたちまち消えてなくなった。

「自分の身は自分で守れると確信していますから」冷ややかに告げた。「もうずっとそうしてきました。この計画をあなたに打ち明けたことが悔やまれます。明らかに間違いでした。せめてあなたが秘密を守ってくださることを願うばかりです。もし秘密がもれでもしたら、冗談でなく、わたしの身が危険にさらされることになりかねません」

スレイターはまるで強烈な平手打ちでもくらったかのようだった。目が驚きの色と怒りの色を半々にたたえてぎらっと光った。

「きみを危険に陥れるようなことを、ぼくが故意にするとでも思っているのか？」スレイターが小声で問いかけてきた。

その瞬間、アーシュラは後悔で身の細る思いがした。

「いいえ、とんでもない。そんな可能性があると思ったら、あなたに計画を打ち明けるはずなどないじゃありませんか。それでも、あなたから何か有用な助言をいただけるかもしれないと期待していたことは認めます」

「ぼくの助言は、そんな無謀な計画はあきらめなさい、だな」

「やっぱり」アーシュラは扉の取っ手をつかんだ手に力をこめた。「たいへん有用なご助言をありがとうございました。それではこれで、ミスター・ロクストン」

「くそっ、アーシュラ、このままぼくを見捨てたりしたら承知しないからな」

スレイターが彼女をファーストネームで呼んだのはこれがはじめてだった。でもたとえささやかであれ、彼がうっかり口を滑らせて親近感を示した原因が、好意ではなく怒りからだとわかってがっかりした。

彼に引き留める間を与えず、勢いよく扉を開いた。スカートを軽くつまんで引きあげ、廊下に出る。使用人の目の前で彼女を追いかけるような恥ずかしいまねをするはずがないとの確信があったからだ。

その確信は間違っていなかった。スレイターは扉の横で立ち止まってこちらを見ていたが、追ってはこなかった――少なくとも実際には。だというのに、玄関ホールにたどり着いたとき、アーシュラは不思議なことに息が切れていた。

執事のウェブスターが玄関扉を開けてくれた。

「こんなに早くお帰りですか、ミセス・カーン？　家内があなたとミスター・ロクストンのためにお茶の準備をしておりますが」

悲嘆に暮れたような口調だ。

目録づくりの作業を二度体験して明らかになったのは、ロクストン邸の人びとは多くの点でふつうではないということ。使用人も例外ではない。彼らはみなスレイターの母親に雇われていた。アーシュラの知るかぎり、リリー・ラフォンテーンは演劇界で失業中の者、仕事と仕事のはざまの者、引退した者などを主として採用している。

ウェブスターは痩せてはいるが筋骨たくましい体つき、頭蓋骨の形が如実にわかる顔をした男だ。丸坊主にした頭、片方の目をおおう黒い眼帯、左頬に残るぎざぎざの傷痕、どこをとっても執事というよりは海賊といった風貌である。

舞台で起きた事故で引退に追いこまれたことを、アーシュラは以前から知っていた。詳しいことまでは知らないが、どうやら作り物の剣が想定どおりに折れなかったらしい。

人を寄せつけない相貌ゆえに、彼を雇う――執事の地位まで昇進させるなど言うにおよばず――人はごくわずかだとも聞いた。はじめて顔を合わせたとき、アーシュラは彼は自分の仲間だと思った――一からの出直しに成功した人間である。事故の一件を知っていたせいで、その場で彼に好感をもっただけでなく、彼の雇い主にも会う前から好意的な印象を抱くことにもなった。

そのとき、せわしげな足音が廊下から聞こえてきた。ミセス・ウェブスターがさまざまなものをのせたティートレイを両手で運んできたのだ。

「ミセス・カーン、こんなに早くお帰りでいらっしゃいますの？　いけませんわ。まだお茶もお飲みになってらっしゃらないのに。ミスター・ロクストンの形見のお品の目録づくりは埃っぽいお仕事ですから、喉が渇いてらっしゃるはずですし」

ミセス・ウェブスターはミセス・ウェブスターで、夫同様に予想を裏切る人だった。おそらく四十代半ばであろうが、そうした年齢にさしかかった女性にしては、生来の優美な体形とたたずまいを維持していた。だから、この人も以前は女優を生業《なりわい》にしていたと聞いても驚くには当たらなかった。ティートレイを手に部屋に入ってくる彼女の華やかさは、上流階級のレディたちが舞踏会の会場に入るときのそれをもしのいでいた。

夫と同じく、ミセス・ウェブスターもずっと舞台に立っていた。だからであろう、そのときの彼女は息絶えたロミオを見つけたジュリエットになりきっていた。

「また都合がよくなったときにうかがえればいいのですけれど」アーシュラはスレイターが玄関でのやりとりに耳をすましているのを知っていてそう言った。「個人的なことですが、どうしても都合がつかなくなりまして」

「どこかお体のぐあいでも?」ミセス・ウェブスターは片手を喉もとに当てて尋ねた。「いいお医者さまを知っていますわ。主人の命の恩人なんですよ」

「いたって健康ですわ、ご心配なく。こんなにせわしく失礼したくはないのですが、どうしても急がなくてはならなくて」

ウェブスターがしぶしぶ玄関扉を開けた。

「それではまた水曜日に」ミセス・ウェブスターはこの期におよんでもまだ希望をつないでいた。

アーシュラは未亡人の黒いベールを下ろして顔を隠し、そそくさと玄関を出た。ミセス・ウェブスターにジュリエットよろしく「別れはかくも甘き悲しみ」などと付け加える間を与えずに。水曜日に来ないことはウェブスター夫婦にはあえて言わなかった。スレイターの表情を考えると、もう二度とこの屋敷には来ることはないかもしれない。

週に二度の作業のためにスレイターが手配してくれた馬車が通りで待っていた。

御者が御者台からぱっと跳びおり、扉を開けて昇降段を下ろした。御者の名はグリフィスといい、筋骨隆々の巨漢である。黒い髪をうなじでまとめ、革紐で結わえている。この仕事に就く前は旅回りの劇団で裏方をしていたという。

「今日はまたお早いお帰りですね、ミセス・カーン」グリフィスが声をかけてきた。「どうかなさいましたか？　急に熱が出たとか？」

おかしな話だ。ロクストンの屋敷の誰も彼もが、アーシュラ自身が不安になるほど彼女の健康に関心を示しはじめている。彼女としてはそんなふうに周囲から詮索されることに慣れていなかったし、そんなことをしてほしくもなかった。

「わたしはいたって元気だけれど、ありがとう、グリフィス。それじゃ、わたしの事務所まで送っていただこうかしら」

「承知しました、マダム」

グリフィスは馬車に乗りこむアーシュラに、見るからに不承不承といった面持ちで手を貸した。アーシュラはスカートをつまみ、ふかふかした優雅な座席に腰かけた。

グリフィスが扉を閉め、ウェブスター夫婦と意味ありげな目配せをかわしてから御者台に跳び乗って手綱を取った。このあと厨房でのひそひそ話のネタにされるにちがいないわ、とアーシュラは思った。

ロクストン邸の使用人たちが主人に対して猛烈な忠誠心を抱いていることは最初からわかっていたが、その使用人たちが自分に興味津々と知って、心穏やかではなかった。いままでは〝自分のもうひとつの人生〟だったと思える過去をある醜聞が破滅に追いやってから二年が過ぎ、アーシュラは一からの出直しに成功していた。相手が誰であれ、自分の過去をのぞかせるわけにはいかない。

4

スレイターは玄関ホールの窓辺にたたずみ、馬車が霧の中に消えるまでずっと見ていた。心身が寒い。彼女を失いかけていた。いや、彼女はおまえのものなんかじゃない。自分のものでなければ失うこともないのだ。

しかし、理屈ではない。正気を保つのがやっとの終わりなき夜を押しやってほしいのに、理屈は何もしてくれない。終わりなき夜はいつだってすぐそこで待ち受けている。フィーバー島の神殿の洞窟で過ごした時間のせいでこんなことになっていた。そのあと僧院で一年間過ごすあいだに、自己鍛錬と激情がはらむ危険性を学んだ。主として、激しい気性を抑制する方法だ。〝三つの道の教え〟は、彼に合った感情の組み立て方と抑制の方法を示してくれた。召命と呼ばれるものを見いだし、いまだに理解できない疑問への答えを求めたい欲求に駆られて、それを厳しく追究した。

すでに暗闇の恐怖は克服したと思っていた。鬱積したもやもやをたまに荒々しい暴力で発散させるときを除き、傍観者の立場を決めこむことができた。まれではあるが射精の瞬間ですら、彼の一部はつねに離れたところから眺めていた。

だが、慎重に組み立てた彼の世界で絶妙な均衡の上に成り立っていた秩序にアーシュラが揺さぶりをかけていた。アーシュラの出現により、彼は多くを欲するようになった。欲望は何よりも危険な衝動である。

ウェブスターが不満げに咳払いをした。「ほかに何かご用は？」

「いや、けっこう」スレイターが答えた。

それを機に通りから目をそらし、読書室に引き返して扉を閉めた。ひとりたたずみ、むなしい静寂に耳をすましながら、しばしアーシュラ・カーンの第一印象について考えをめぐらせた。全身黒ずくめでやってきた彼女だが、服の黒が磨きをかけた銅を思わせる豊かでつやのある鳶色《とびいろ》の髪を際立たせていた。

つぎの瞬間は忘れろと言われても忘れられない。アーシュラが未亡人用のしゃれた小ぶりの帽子についたベールを上げ、顔を見せた瞬間だ。理知的な顔立ちは、そこにきらきら光るはしばみ色の目、固い決意、激しい気性が加わって圧倒的な魅力を放っていた。

一瞬にして、彼女は気概のある女性だとわかった。これまで出会ったどんな女性とも勝手が違った――彼女から燃え立つ炎に引き寄せられる一匹の蛾になった気分だった。直感したのは、彼女は秘密の大切さを理解できる女性だということ。同時に、そういう女性なら秘密を守っている男を理解し受け入れるようになるかもしれない。彼はどこかでそう願っていた。

彼がこれまでの数年間何をしていたのかについて、新聞はあれやこれやと憶測をたくましくしてきた。外国で古代の謎を研究し、神秘的な性の秘儀を身につけてきたと書き立てた新聞もあれば、驚くべき財宝を発見したとの噂もあった。そのほか、フィーバー島での体験が彼を錯乱させた——正気を取りもどせずにいるらしい——との噂も流れていた。いずれにせよ、新聞と社交界の見解は、彼は復讐を果たしにロンドンに舞いもどってきたという点でほぼ一致していた。

5

マッティ・ビンガムは机を前にしてすわり、フェントン・モダン・タイプライターの最新型を使って、速記してきた内容を文字にして打ちこんでいた。アーシュラはしばらく廊下に立ったまま、扉にはめこまれた小窓から室内を眺めていた。マッティは、カーン秘書派遣会社が二年前の立ち上げとほぼ同時に雇って教育した最初の秘書のひとりである。実際、彼女が事務所の扉を開けて入ってきたのはアン・クリフトンが来たわずか一週間後で、絶望しながらもやる気満々だった。そしてすぐに経営管理と財務の面で才能を発揮、かけがえのない人材であることを証明してみせた。いまもときおり秘書として客先に赴くことはあるけれど、社内での地位はアーシュラに次いで二番目である。

今日は茶色のカーリーヘアを頭頂部できっちりとまとめており、その髪型がきれいな茶色の目をひときわ強調していた。上品な白い胴着と栗色のスカートからなるおあつらえのドレスに身を固めた彼女は、まさに秘書を職業とする女性の理想像だった。椅子に腰かけた姿も優美そのもの、背筋と肩がすっきりと伸びている。キーを叩く両手の動きはどこまでもしなやかで、見ているだけでうっとりしてしまう。まるでピアニストのよう。秘書という仕事――女性に開かれた数少ない立派な職業のひとつ――の新たな分野が女性の適職として注目を浴びる大きな理由は、むろん、そこにあった。

そうしたことを新聞紙上でもったいぶって語る人びとは、タイプライティングは女性にとって素晴らしい仕事だと指摘する。なぜなら、この仕事は女性であることをかなぐりすてることなくできる仕事だからだ、と。

アーシュラはひそかに、女性が秘書の分野で歓迎される本当の理由は、秘書たちの多くはまずまずの暮らしができることに感謝しつつ、男性が要求する給料よりも低い額で納得している事実がより大きな比重を占めているのではないだろうかと考えていた。そういう意味では、カーン秘書派遣会社の秘書たちは例外だった。

カーンの秘書たちは速記、タイプ、書類整理にかけて熟練した技術をもつだけでなく、料金はとびきり高額だった。そして従業員である秘書たちには満足のいく住まいと流行の服がまかなえる給料が支払われていた。高級を受け取っているおかげで、秘書たちは退職後の生活にそなえての蓄えも可能だった。安定した収入を目当てに男性が求婚してくることもときにあった。二年のあいだに、マッティを含むカーンの三人の秘書が結婚の申し込みを受けていた。ひとりはそれを受け入れ、マッティともうひとりは断った。新しい職業とともに手に入れた自由のほうを選んだのだ。

カーン社は、わが社の精鋭秘書は最新鋭タイプライターを使っています、と宣伝していた。アーシュラと部下の秘書が満場一致で選んだ機種、それがフェントン・モダン・タイプライターだった。

アーシュラは事務所の扉を開けて中に入った。マッティが驚いて顔を上げた。

「ずいぶん早かったわね」マッティが眉根を寄せた。「気分でも悪いの？」

「今日はなぜみんな、そろいもそろってわたしにどこかぐあいが悪いんじゃないかって訊くのかしら？」アーシュラは帽子からハットピンを引き抜いた。「わたし、病人に見えて？」

マッティの心配そうな顔が、たちまち恐怖の表情に変わった。「ロクストン邸で何か恐ろしいことが起きたのね？　あなた、大丈夫？」

アーシュラは帽子とベールをサイドテーブルに置いた。「わたしなら大丈夫よ、マッティ」

「ううん、大丈夫じゃないわ。何かミスター・ロクストンが言ったかしたかしたことが、あなたの繊細な神経に障《さわ》ったんじゃなくって？」

アーシュラは事務用椅子に深くすわり、威圧的な表情をマッティに向けた。

「状況をはっきりさせておくと」静かな口調で言う。「ミスター・ロクストンはわたしが傷つくようなことは何もしなかったし、繊細な神経に障るようなことも何も言わなかったわ。そもそも秘書を職業とする者は繊細な神経などもってはいられないでしょ。そんな神経していたら、どんな災難にあうかわかったものじゃないもの」

「わたしたち、敬意を払われてしかるべき女性よね。もちろん、繊細な神経はもちあわせているわ」

「ううん、違うわ、マッティ、秘書たる者がじゅうぶんにそなえていなければならないのは高い知性、良識、たいへんなことになりそうな状況に置かれたとき、本当にたいへんなことになる前にその場から脱出するために必要なことならなんでもする意志よ。どこからともなく助けにきてくれる光り輝く鎧《よろい》に身を固めた騎士なんていないんだから。わたしたちは独力で世の中をわたっていかなければならないの。だからこそよ、いつもあなたたちに口をすっぱくして言ってるでしょ、帽子をかぶって、それを長くて太いハットピンで留めておきなさいって」

「もちろん、わかってるわよ」マッティはハットピンの必要性については軽く受け流した。「でも、もし神経に障るようなことがなかったのだとしたら、なぜそんなふうに喧嘩腰なの？　なんだか誰かの首を喜んで絞めそうな感じよ」

「お願いだからその気にさせないで」

「やっぱりロクストン邸で何かあったのね。そんなことだと思ってた。あの男については警告したわよね」

「ええ、何度も何度も」

「ああいう男に、お育ちもよくてお行儀もいい紳士の振る舞いは期待できないわ。噂によれば、あの島で何週間も生き埋めになっていたみたい」

「彼のお母さまが言ってらしたけど、ほんの二、三日のことだそうよ」

「そんなことどうでもいいの、肝心なのは彼が生き埋めになったってこと。神殿のお墓から脱出したあともまるまる一年、島に取り残されたままだったんですもの。それだけのことがあれば、誰だって神経がまいってしまったり頭がおかしくなったりするはずよ」

「ミスター・ロクストンの頭はおかしくなってなんかいないわ、マッティ」アーシュラはそう言ってからしばし考えた。「たしかに一風変わってはいるけれど、頭がおかしいなんてとんでもない。精神的な異常はまったくないと言っていいと思うわ」

「『フライング・インテリジェンサー』の最新版に書かれていたけど、ロクストンは疑うことを知らない女性を相手に風変わりな性の儀式を実践しているそうよ」マッティが大胆なことを口にした。

アーシュラはマッティをじっと見た。このときはじめて激しく動揺した。「まあ。残念なことに、そんなとっておきの話、聞いたことがなかったわ」

「どうやらロクストンには、世間知らずで上品なレディを街なかからさらっていく習慣があるらしいの。彼女たちを秘密の部屋に連れていって、そういう儀式におよぶんですって」

「それ、ほんと？　その風変わりな性の儀式とやらの被害者からの苦情が殺到しているってこと？」

「ううん、それがね」マッティはがっかりといった表情だ。「被害者たちは儀式のあいだのことをはっきりとは憶えていないのよ。なぜなら、彼に催眠術をかけられて全部忘れてしまうから」

「彼女たちがその風変わりな性の儀式のことを思い出せないのは、そもそもそんな儀式がなかったからなんじゃないかと思うけど。いいこと、マッティ、新聞で読んだことをすべて鵜呑みにしてはならないことくらいわかっているわよね」

マッティは低俗な大衆紙を愛読している。ロクストンが二カ月前にロンドンに舞いもどってからというもの、大衆紙や大衆雑誌は紙面を大きく割いて、彼のいわゆる〝生き埋め〟の噂を詳細に論じ、フィーバー島から救出されたあとの年月に彼が何をしていたのかあれやこれやと推測していた。

謎の人物スレイター・ロクストンについて書かれた記事を、マッティはひとつ残らず読んでいた。彼に会ったことはなくとも、ロクストンという男に関しては自称とはいえ専門家である。だからロクストンがアーシュラに風変わりな儀式を執り行いそこねたと知り、見るからにがっかりしていた。

「島を脱出したあと、何年間も何をしてたのかしら?」マッティが訊いた。「その間のことは何もわかっていないみたいなの」

「島から救出されたあとも、べつに姿を消していたわけじゃないわ」アーシュラが言った。

「お母さまによれば、少なくとも年に二回はロンドンに戻ってきて、ご両親に会ってらしたそうよ」

「そうか。つまり、お忍びで戻ってきていたわけね？」

「それがむずかしかったとは思えないわ。だって、彼の動向が注目されるようになったのはごく最近のことでしょう。新聞がいま彼に注目しているのは、お父さまが亡くなられて、ロクストン家の財産が彼にゆだねられたからですもの」

マッティがなんでも知っているような顔をした。「彼が戻ってきたのは復讐を果たすためっていうのがもっぱらの噂よ」

「上流階級の方々はそう言ってるかもしれないけど、そんな見解を吹きこんだのは大衆紙。わたしにはそれが本当だとはどうしても思えないわ」

「彼が置かれた立場をよく考えてみて――裕福な貴族と有名女優のあいだに生まれた庶子で、しかも長いこと行方不明だった。そして父親が亡くなってみると、遺産相続の権利がないことがわかり、嫡子ではないから当然爵位も継承できない。なお気の毒なことに、父親の遺言は彼を、〝嫡出子〟である腹違いの弟二人と未亡人が相続する遺産の受託者に指名しているの。そんな不当な扱いを受けたら、誰だって復讐心に燃えて当然だわ」

アーシュラは机を指でこつこつと叩いた。「わたしが見たところ、ミスター・ロクストンは自身の将来にわたる財力について不安を抱いているような気配はいっさいないわ。彼のお母さまも心配などなさっていないようだし。きっとミスター・ロクストンのお父さまはリリーに申し分のない配慮をなさってらしたんだと思うわ。それにもまして、スレイター・ロクストンがこの数年間をただぶらぶら過ごしていたとは思えないの。お母さまも、彼はかなり贅沢な暮らしをしているようなことを言ってらしたわ。投資がどうこうと。どうやら彼には実業家としての才覚があるみたいね。ついでに言っておくと、お母さまは彼には精神的に不安定なところなどないって断言なさってた」

「そりゃあ、なんと言っても母親ですもの。そうとしか言いようがないでしょう?」マッティは間をおいて強調した。「また話題を復讐に戻すと――」

「復讐を話題にするつもりなんかないわ」アーシュラは目の前の記録簿を手のひらでぴしゃりと叩いた。「あなた、何かタイプしていたんじゃなくって?」

問いかけは無視された。「あの宝飾鳥像《ジュエルド・バード》の一件を忘れちゃいないでしょうね。ミスター・ロクストンがフィーバー島でつらい思いをしているあいだ、彼の事業のパートナーだったトレンス卿は神殿の洞窟で発見した素晴らしい秘宝を船に積んで持ち帰っていた、誰でも知っていることよ」

アーシュラが顔をしかめた。「トレンス卿もほかの人たちと同じように、ミスター・ロクストンは死んだと思いこんだんでしょうね」

「あのね」マッティが声をひそめ、陰謀論を語りはじめた。「トレンス卿がフィーバー島でミスター・ロクストンを殺そうとしたって憶測もあるの。彼が洞窟に仕掛けられた罠を操作してロクストンを生き埋めにし、宝飾鳥像をまんまと独り占めにした」

マッティとのおしゃべりのなかではじめて、アーシュラは背筋が寒くなった。悪名高きその手の新聞の報道は信用ならないとはいえ、〝火のないところに煙は立たぬ〟という諺にも一片の真実がある。きらびやかな宝飾鳥像は世間の注目を浴び、しばらく博物館に展示された。当時、人びとは何時間も並んで見にいったものだ。アーシュラ自身も含めて。発見者のひとりがフィーバー島の地下墓室で死亡した事実は、展示物の魅力をふくらませる目的で書き添えられた。そのきらびやかな像がトレンス個人の所蔵品として返却された直後に盗難にあったとき、新聞はまた派手に書き立てた。鳥像が伝説の霧のかなたへ消えてしまった、と。

それについて言うなら、アーシュラにはスレイターがお金や爵位にとくに関心がありそうには思えなかった。しかし、生き埋めになった墓から生還した男が、仲間といっしょに発見した豪華な美術品がどこへともなく消え、非合法な古代美術工芸品売買の闇へと吸いこまれていったことを知った——こちらに関しては復讐心を抱いてもおかしくない。彼が、フィーバー島でのおぞましい出来事はやはり事故ではなかったと判断した可能性はある。ひとつだけたしかなことがある、とアーシュラは思った——もしスレイターが復讐に取りかかったとしたら、標的は逃げられそうにないこと。

謎の人物ミスター・ロクストンをめぐっては多くの噂や伝説が渦巻いていたから、そのうちの二、三が本当だと知っても驚くほどのことではない。

アーシュラは前かがみになって、予定を書きこんだカレンダーのページを繰った。「今日の午後はたしか、新しい秘書との面談の約束があったと思うの。あっ、あったわ、これ。ミス・テイラーが三時に来ることになっているのよ」

「わたしが代わってもいいけれど」マッティが言った。

「ほんとに？」

マッティがやさしく微笑んだ。「アンが死んで、あなたがいろいろたいへんなことはわかっているわ。彼女に代わる秘書の面接まであなたがやらなくてもいいわよ。考えてみれば、昨日が葬儀だったんですもの。心痛をやり過ごすためにはもう少し時間が必要だわ」

「寂しくなるわ」アーシュラが言った。「彼女がこの会社にとって大きな財産だったからだけでなく」

「わたしだけじゃなく、カーン社で働く秘書全員、あなたとアンが親友だったことを知っているわ」

「彼女にはわたしに欠けている資質がいろいろそなわっていたの。いっしょにいて愉快だったし、如才なくて、陽気で、生活を謳歌していて。大胆で奔放なところもうらやましいほどだった。いろいろな面で時代を先取りしていた女性と言えたわ」

「うーん」マッティはタイプを打ち終えた書類をまとめて持ち、端をそろえた。

「あら、何か言いたいことでも？」アーシュラは訊いた。

「べつに。大したことじゃないわ。かわいそうに。彼女はもういないのよね」

「マッティ、ひょっとしてあなた、アンについて何か気になることがあるんでしょう？」

「ううん、ないわ。本当よ」マッティが即座に答えた。「ただちょっと――つまり」

「つまり、なあに？　マッティ、いまのわたし、穏やかに話をする気分じゃないんだけど」

マッティが小さくため息をついた。「アンは自分の得になるとなれば、ちょっとばかり大胆すぎたり奔放すぎたりってことにも手を出したって言う人もいそうだわ。彼女、けっこう思いきったことができたでしょ、アーシュラ。あなたもわかっているわよね」

「あの威勢のよさは彼女の魅力のひとつだったわ。彼女、わたしたちみんなが憧れる女性像だった――新しい時代の女性」

「まあね」マッティが懐かしそうに微笑んだかと思うと、いきなり鼻にしわを寄せた。「煙草を除けばね。ああいうものを好むってどうしても理解できなかったわ」

「それはわたしもそう」アーシュラも認めた。

「あのね、昨日、墓地に立っていたときに思ったんだけど、アンは心臓発作で死んだにちがいないわ」マッティが言った。

「どうしてそんなふうに断言できるの」

「だって彼女、男性のために自殺を図ったりするはずないもの」

重苦しい恐怖感に襲われて目が覚め、まともに息ができなかった。一瞬、意識が生き埋めにされた洞窟内に戻り、三つ目の伝説の道を必死でたどろうとしていた。カンテラの火は消えかけている。もういくらももちそうにない。一歩前進するごとに、間違った道を選んでしまったとの思いが強くなっていく。このまま真っ暗闇の洞窟内をさまよいつづけたのちは死ぬか発狂するか、そう運命づけられていた。

せわしく体を起こしてベッドのへりに腰かけると、両手で顔をこすってから立ちあがった。ガス灯の明かりを灯し、時計を見た。午前四時少し前。スレイターは集中を試みた。夢とは、条理をどこかしら考えなおせと頭が彼に命じるときに用いる手段である。

迷路を歩かなければ。

ズボンをはいて、壁のフックからガウンを取り、ベッドの横に置いてある鍵束を手にすると、寝室を出て階下へ行った。厨房からすぐの扉を開けて、石段を下りて地下室に向かう。屋敷の一階の下に位置するこの丸天井の部屋はたいそう古い。石造りの大部分は中世のものだが、古代ローマ帝国がブリテンを支配した時代にさかのぼる箇所もあった。その二つは丹念に見れば簡単に見分けがつく。古代ローマ時代の建築工事はきちんとして洗練されていた――煉瓦の出来がよく、形も均一で、きわめて正確に積まれている。それに比べると、あとの時代の石工の仕事は杜撰《ずさん》とまでは言わないが、大したことはない。とはいえ、どちらも時の試練に耐えてきた。果たして今の時代の建築は、これらと同じように何世紀も先までもちこたえられるのだろうか。

石段を下りきったところで手提げランプを手に取り、火をつけた。そこから天井の低い石の通路を進み、厚い木の扉の前で足を止めた。

鍵束の中から鉄製の鍵をひとつ選び、扉を開けて室内に入ると、扉近くの小さなテーブルの上にランプを置いた。

石敷きの床にはめこまれた青いタイルが描く模様を、ぎらつく明かりが照らし出した。タイルの小道は入り組んだ渦巻き模様を描き、最後には中心にたどり着く。迷路のようだという人もいるだろう。しかし行き止まりで途切れる道を何本も配した迷路は、混乱や当惑を目的に設計されたパズルである。彼の迷路はそれとは異なり、一カ所の入り口と一本の正しい道しかなく、それをたどれば最後には複雑な模様の中心に行き着く。

その迷路をたどって歩くことは、集中を必要とする瞑想のひとつの形なのだ。その修練により、混沌のはざまに隠された模様が見えるようになる。

その部屋には石壁も通路に沿って並ぶ絵もないため、スレイターは自身の頭の中にそうしたものを如実に思い描いた。集中を高めるうち、やがて足もとに長く連なるタイルだけしか見えなくなる。

準備がととのうのを待って、頭の中にできあがった目には見えない洞窟内の小道を歩きはじめた。あの恐怖が、正気を奪ってやるぞ、とひそやかに脅してくる声が聞こえる。耳障りな声は彼が歩きはじめるたび、つねにそこで待ち伏せていた。それを抑えこもうとしても無駄だ。その代わり、教えられたとおりに客観的な傍観者の立場でそれを聞き流し、再び床の模様に集中した。

迷宮を歩くとき、時間は問題ではない。瞑想の過程を急ごうとすれば、模様が見えてこないだけだ。答えは、それを探そうとするのをやめたときにはじめて浮かんでくるのだ。

タイルの一枚一枚に集中する。すると、それがいま通り過ぎた一枚、そしてつぎに来る一枚とどうつながっているのかに意識が向かう。一歩ごとに思索の深みへと、複雑な模様の深みへと引きこまれていく。

そして気がつくと、迷宮のまさに中心にいた。心を開き、最初からわかっていた事実――アーシュラ・カーンの身が危険にさらされようとしている――に目を向ける。

もうひとつのきらきら光る知覚の断片――アーシュラ・カーンとかかわりをもてば危険がつきまとう――についても熟考した。彼女には、これまで彼が慎重に築いてきた世界の均衡いる自分だ。悩ましいのは、その危険を冒す予感にぞくぞくさせられている自分だ。

〝迷宮の師〟の言葉がスレイターの心にささやきかけてきた。「多くの答えが存在し、それぞれに通じる多くの道が存在する。ひとりで歩かなければならない道もあるが、心の伴侶が現われるまで旅立ちができない道もある」

手提げランプを持って部屋を出た。足を止めて扉に錠をおろしてから石段をのぼった。

彼の屋敷の地下室で風変わりな儀式が執り行われているとする噂にも一理があった。彼をめぐる噂の数々については、すべてが間違っているというわけでもなかったのだ。

7

リリー・ラフォンテーンが薄手のカップを受け皿に叩きつけるように置いた。スレイターはカップと受け皿がその衝撃に耐えたことにいささか驚いた。

「何を言いだすかと思えば」リリーが声を荒らげた。「いったいあなた、あたくしのミセス・カーンに何をしたの？　あなたとの雇用契約を打ち切らせるようなことってなんなの？」

スレイターは縮みあがった。リリーからは遠く離れた客間の反対側、高くそびえるベネチア式窓のそばに立っているにもかかわらず、リリーの発声は舞台に立つために訓練されたものだから、彼のところまで朗々と響いてきた。その声は、ささやくときでさえ、どことなくメロドラマめいたところがある。いらだったときは——いまがまさにそうなのだが——ロンドンのどこの劇場であれ、最後部のいちばん安い席まで届く力強さを一語一語にこめることができた。

リリーの客間はその力強い声をいっそう引き立てていた。贅沢に飾り立てた内装はスレイターに舞台装置、あるいはとびきり高級な娼館を連想させた。重厚感あふれる深紅のベルベットのドレープは金色の房飾りつきの太い組み紐で留めてある。柄織りの絨毯の基調となる色が赤いドレープとぴったり合っていた。優雅な長椅子と華麗な椅子にも、赤いベルベットとサテンが使われている。

リリーの肖像画——彼女がロンドンでも指折りの人気女優として活躍していた時期に描かれたものだ——が、精巧な彫刻をほどこした大理石の炉棚の上方に掛かっていた。若いころは漆黒の髪の美人——茶目っ気のある目と、男女を問わず周囲の誰をも魅了する強烈な個性がすっきりとした顔立ちをなおいっそう際立たせている——だった。

ロンドンの裕福で著名な紳士の多くが、リリーの高級サロンに招かれるのを競った時期もあったという。財産と爵位の継承者であったエドワード・ロクストンも、彼女に群がるたくさんの紳士のひとりだった。

エドワードとリリーとの関係がはじまったとき、エドワードは結婚していた。十年後、最初のレディ・ロクストンが他界し、エドワードは爵位と財産を引き継がせる嫡子がいないまま独身に戻った。家督を継がせる息子をもうけるのが義務だと誰もがわかってはいたけれど、女優と結婚して家名を汚すなどもってのほかだ。上流社会から見れば、それは高級娼婦との結婚に等しかったからだ。そしてエドワードは条件的に非の打ちどころのない、若い深窓の令嬢を娶《めと》った。二番目のレディ・ロクストンはエドワードの継承者とその代理——スレイターにとっては腹違いの二人の弟――を生み、きっちりと義務を果たした。

スレイターは数十年間にわたるリリーとエドワードの愛人関係が生んだ唯一の子だったから、二つのかけ離れた世界に自由に出入りすることができた。母親が広い人脈をもつ演劇界、そしてもうひとつは、けっして褒められた世界ではないが、名士たちのあいだで高級娼婦として知られる女性たちの世界だ。

エドワードは父親としてつねに彼を認め、上流社会にふさわしい教育と彼が将来上流社会の社交の場で受け入れられることを保証するに足る相続財産を与えた。その相続財産がしばらく打ち切られたことがあったのは事実だが、エドワード・ロクストンの死により事態は劇的に変化した。ロクストン家の財産の唯一の受託者という新たな立場に立ってみると、スレイターは上流社会の人びとの多くが、彼を喜んで客間や舞踏室に迎え入れてくれることに気づいた。

しかし、社会のはるかに高い階層に位置する人びとの目に彼が魅力的に映ったのは、長いことロンドンを離れていたあいだの謎もだが、社交界の意見などまったく気にかけない姿勢にあった。

「少し声を抑えてくれるとありがたいな」スレイターが言った。「ぼくはお母さまの才能を高く評価してはいるけど、演劇技法に基づく大仰な反応は使用人たちからいやというほど見せられているものでね。いつまでつづくんだろうな、あれは。黙々と仕事をこなすミセス・

ウェブスターはまるで家族の誰かが死んだときみたいで、客間に喪章を掛けていかないのが不思議なくらいだし、ミスター・ウェブスターとグリフィスはまるでぼくが重罪でも犯したみたいな態度で接してくる」

リリーは聞く耳もたぬとばかりに指輪をはめたほうの手を大きく振り、声を抑えることはいっさいなかった。

「いったいどういう理由で、あたくしのミセス・カーンはあなたの仕事を断ったのかしら?」

スレイターは珈琲を何口か飲みながら、どう答えたものか考えた。予期せぬことではなかった。自分の屋敷からリリーが暮らすこぢんまりした優雅なタウンハウスまで二十分の道のりのあいだにも、数えきれないほどの答えを考えてきた。しかしながら、本当のことを含まない答えではこの場を切り抜けられそうになかった。とはいえ、親友殺しについて探るというアーシュラの計画を――彼女の同意を得ずに――明かすつもりもなかった。

「あなたのミセス・カーンというわけではないでしょう」スレイターが指摘した。「実際、アーシュラ・カーンは誰のものでもなく、自立した人間という印象だ。きわめて独立心の強い女性ですよ」

「もちろん、そう。だから、あたくしは彼女が大好きなのよ」リリーが言った。「あたくしはね、カーン社について耳にするまでに何人もの秘書を面接してきたわ。でも、彼女に会ったとたん、脚本の速記とタイプは何がなんでもこの人にたのみたいと思ったの。彼女は経営者でもあるから、客先にみずから出向くことはほとんどないのよ。知ってるでしょ？　今回だって彼女こそあなたにぴったりだと思ったから、無理を承知でたのんだら、願いを聞き入れて引き受けてくれたんですからね」

スレイターが眉をきゅっと吊りあげた。「まさか縁結びをしようってわけじゃないよね」

「ばかをおっしゃい。そういうことに関してあなたがどう考えているかくらい知っていてよ」リリーが言った。

きっぱり打ち消しはしたものの、素早く返ってきた返事はあまりによどみがなさすぎる、とスレイターは思った。彼の母はこれまでにも何度か彼の結婚の仲介を試みたことがある。まだ母にそれを告げるのは時期尚早だが、今度ばかりは少なくとも完全に失敗とは言えないかもしれなかった。アーシュラがはじめて彼の屋敷の玄関から入ってきた瞬間、彼をぎゅっととらえた甘く熱い欲望が彼を激しく揺さぶった。しかし、彼女の目に用心深さを見てとり、今回は時間をかけて慎重に事を進める必要があると自分に言い聞かせたのだった。

ところがいま、誘惑したかったその女性と口論になった結果、当初の戦略は頓挫をきたしてしまったようだ。しかし、フィーバー島での生き残り体験が何かを教えてくれたとすれば、それは目的を達成するまではけっしてあきらめないということで、いまの彼はその点において自信があった。

昨日、アーシュラが帰っていったあと、彼は午後じゅうずっと新たな戦略づくりに取り組んだ。どんなにつらい思いをしようと計画を思惑どおりに実行する術《すべ》を身につけたつもりだったが、これという計画は思い浮かばなかった。

「ミセス・カーンの説明では、ごく最近、秘書のひとりが死体で発見されたんだが、どうも自殺らしいんだ」できるだけ事実にこだわりたかった。そのほうが、話をあちこちに広げないですみそうだからだ。「だから彼女は、その秘書がずっと通っていた客先での仕事を自分が引き継がなければならないと感じているようだ。つぎの秘書が手配できるまでは」

「なぜアーシュラはさっさとべつの秘書を派遣しないの?」リリーが訊いた。「なぜ彼女が死んだ秘書の仕事を引き継がなければならないの?」

「答えが知りたければ、そういう質問は彼女にしてもらいたいな」スレイターはカップと受け皿を小テーブルに置いた。「ぼくに言えることはただ、彼女が当面この契約を打ち切らなければならないと言ってきた、それだけだよ」

「あなたの言うことを真に受けていいのかどうか」リリーが言った。「アーシュラがなぜあなたの仕事を降りなければならないのか、あなたは知っているのに、あたくしに隠しているような気がしてならないの。あなたほんとに、彼女があなたといっしょにいるのが……不安になるようなことを言ったりしたりしていない? そりゃあ、あなたがレディの気分を害するようなことをするはずないとわかってはいるけれど、この何年間というもの、あなたほとんどロンドンにはいなかったでしょ。こんなこと言いたくはないけれど、立居振る舞いが少々錆びついたんじゃないかしら」

「もしミセス・カーンがぼくの立居振る舞いに反感を抱いていたとしたら、もっと早くそう言ったと思うよ」

「必ずしもそうとはかぎらないわ。あなたの一風変わったところに合わせようと努力したけれど、やっぱり無理だと判断したのかもしれないでしょ」

スレイターがしばし黙りこんだ。

「ぼくの一風変わったところって、いったいどういうこと?」リリーに問いかける。

「自分がいちばんよくわかっているはずよ。もしわかっていないんだったら、『フライング・インテリジェンサー』の最新版かあなたを特集した大衆雑誌を見てみるといいわ。二カ月前にロンドンに戻ってからというもの、新聞や雑誌はあなたのその一風変わったところや奇妙な行動をめぐる噂を書きたい放題よ」

「あんな低俗なやつらに何がわかる」

「まあ、そうかもしれないけれど、憶測するなとは言えないわ」リリーの口調がここで変わり、探りを入れる感じになった。「あなたが風変わりな愛の技法を知っているとかなんとかいう噂のせいで、ミセス・カーンが警戒したってことはないかしら?」

「それ、冗談だよね、リリー?」

「ううん、どこまでも真剣よ。ミセス・カーンは未亡人だから、寝室での男女のことを知らないはずはないけれど、彼女の結婚生活は短かったみたいだし、ご主人は結婚してから二年とは経たずに事故で亡くなったの」

「事故ってどんな？」

「たしか階段から転落して首の骨を折ったとか」

「何が言いたいのかな、リリー？」

「あたくしはただ、あなたに注意しておきたいだけ。経験があまりない女性は、なんて言ったらいいのかしら、大胆な愛の行為と聞いただけで怖気《おじけ》づくかもしれなくてよ」

スレイターがうめいた。「そんな話題をもちだすなんて信じられないよ。ミセス・カーンが仕事を降りたのは、ぼくに関する噂のせいだとは思わないね。彼女は女性とはいえ実業家だ。困っている顧客をほうっておくわけにはいかなかったってことさ」

「その顧客、大物にちがいないわね」

「レディ・フルブルックだそうだ」

リリーが目を見開きかけたかと思うと、すぐさま訝しげに細めた。「マップストン・スクエアの？」

「うん。なぜ？　レディ・フルブルックを知ってるわけ？」

「そうねえ、もちろん本人をじかに知っているわけではないわ、スレイター。あちらの世界のご婦人たちはあたくしのような世界の人間とつきあったりなさらないものでしょ」

「それはそうだけど、お母さまはいつだって社交界で起きていることをいろいろご存じのようだから」

リリーが念入りに描いた眉を吊りあげた。「たしかに上流社会で何が起きているかは知っているわ。でも知っているのは、違う世代の人たち——あなたのお父さまの世代の人たち——に関してだわね。レディ・フルブルックはずっと若いわ。社交界デビューして、最初のシーズンで結婚したそうよ。せいぜい四年か五年前のことじゃないかしら。彼女が社交界にデビューしたときは、みんな大騒ぎだったのもうなずけるわ。誰に訊いても、目を瞠《みは》るほどの美人だと言うもの。でも、このごろはあまり人前には出てこないようね」

「どうしてだろう？」

リリーが優雅に肩をすくめた。「さあ、知らないわ。あたくしの印象だと、彼女、外の世界を疎《うと》むようになったみたいね。ご希望とあらば、誰かに訊いておくけど」

「ぜひたのむよ」

リリーがスレイターを不思議そうにじっと見た。

「なぜなの？」

「ぼくより優先される客に興味があるとだけ言っておくよ」

「なるほどね」

そのときのリリーの表情はいいことの前兆には思えなかった。好奇心の塊といった感じなのだ。スレイターはなんとかその場をごまかそうとした。

「ミセス・カーンのことだけど」さほど関心がないふりをした。

「どんなこと？」

「ご主人を亡くしたのはいつだったの？」

リリーはちょっと考えた。「詳しいことは知らないのよ。でも、少なくとも四年前だと思うわ。いつだったか、ミセス・カーンが言っていたのよ、秘書派遣会社をつくる前、しばらくどこかのお屋敷で住み込みのコンパニオン（家族の話し相手・手伝いとして雇われた女性）として雇われていたって」

スレイターは窓の下枠をぎゅっとつかんだ。「なのに、いまだにああして喪に服しているのか」

リリーがかすかな笑みを浮かべた。「たしかに、いつもすごくおしゃれな黒い服を着ているわね」

「亡くなったご主人をそこまで深く愛していたと思う？」

「いいえ」リリーの返事には確信がこもっていた。「彼女がつねに黒い服を着ているのは、見込み客にとっても熱意あふれる経営者だって印象を与えるためだと思うわ」

スレイターはそれについて考えをめぐらした。「たぶんそういうことなんだろうな。とにかく彼女は圧倒的な魅力を放っている。となれば、顧客の屋敷で男たちの目を引いて、雇い主である女性をはらはらさせたくないんだろうね」

「圧倒的な魅力を放っている？」リリーがゆっくりと繰り返した。

スレイターが窓の外に視線を向けると、静かに燃え立つような髪と神秘的な目をしたアーシュラが心に浮かんだ。

「うん、圧倒的な魅力を放っている」スレイターがそっと繰り返した。

リリーがにこりとし、ポットに手を伸ばした。「珈琲、もっとどう？」

8

「わたし、神経がすごく繊細なの、ミセス・カーン」レディ・フルブルックが机の上で両手を組んだ。「なかなか寝つけないし、思いもよらないときに、原因は不明なんだけれど、いきなり不安と恐怖に襲われたりするし。神経が太い人なら些細なこととしか思わないようなことでも、すぐに絶望の淵に投げこまれてしまうの。でもね、ちょっとした詩を書くことが、すごくいい感じの安らぎをもたらしてくれることに気づいたわけ。そのうえ幸運なことに、わたしの労作を雑誌に掲載してくれる小さな出版社がニューヨークに見つかったの」

「それが『パラディン・リテラリー・クォータリー』ということですね？」アーシュラが訊いた。「アンのファイルに住所が書かれていたもので」

「ええ、そう。パラディンはお金を支払ってくれるわけではないの。おわかりよね。掲載された雑誌をただでくださるだけ。でもね、わたしはお金が欲しくて書いているわけじゃなく、これは治療の一環だから」

「承知しております」アーシュラは言った。「カーン秘書派遣会社のサービスがお役に立てて光栄ですわ」

二人はレディ・フルブルックのこぢんまりした書斎にいた。少し前、暗い表情をしたメイドがティートレイを運んできて、二人分の紅茶を注いで出ていった。そのあいだずっと、メイドは音ひとつ立てず、まるで幽霊のようだった。

それだけではない。屋敷全体が奇妙なほど重苦しい静けさにおおわれているのだ。あたかも住人たちが誰かの死を待ってでもいるかのように。

アーシュラは以前にも一度だけフルブルック邸を訪問したことがあった。レディ・フルブルックから秘書を雇いたいとの伝言を受け取ったときのことだ。アーシュラは新しい顧客には必ずじかに会うことにしている。事前面談には二つの理由があった。まず第一は――これがいちばん重要――カーン社は精鋭を集めた組織であることを明確に伝え、顧客が秘書に接する際にしかるべき敬意を払ってもらおうとの狙いから。第二の理由は、顧客の印象を自分の目でたしかめておくためだ。

その日の午後、アーシュラは自分の第一印象は正しかったと思った。レディ・フルブルックは美しいがはかない花のようで、踏まれただけで簡単に押しつぶされてしまいそうな女性だ。金色の髪は、透き通るように白い肌と繊細な顔立ちを引き立てるシニョンに結っていた。小柄で痩せてはいても、その体つきは優雅に均整がとれていて、妖精のごとくかわいらしいお姫さまを思わせた。落ち着いているようだが、青い目には物悲しい絶望が見てとれる。声も姿形にふさわしく、か弱くて細い。風がそよと吹いただけでかき消されそうだ。

しかるべきドレスをまとって自信をただよわせさえすれば、舞踏室をぱっと明るくできるはずのレディ・フルブルック。しかし、明らかに彼女は外の世界から身を引いてしまっている。

「わたしの詩に文学的価値があるなんてふりはしないわ」レディ・フルブルックが言った。「でも、主治医が言うには、これがわたしの心に奇跡を起こしているの」

「そうした努力の一助になれるとは、なんてうれしいことでしょう」アーシュラが言った。

「おたくの秘書をはじめて雇ったときに説明したように、最初は詩を手書きするつもりでいたけれど、タイプで打ったものを読んだほうが活字になったときの感じがずっとよくわかることに気づいたの。それに、詩の最終稿を書こうとするとき、どうしようもなく不安になってしまいそうで。何度も何度も際限なく見直したくなる気持ちを抑えられなくなって、そのうちに挫折感に襲われて落ちこんでしまうのね。でもなぜか、口述筆記をしてもらうと、言葉がはるかに自由に出てくるの」

アーシュラは前夜遅くまで二つのこと――今後二度とスレイターには会えないかもしれない事実、そしてレディ・フルブルックに会ったとき、アン・クリフトンの一件をどう伝えたものか――についてじっくり考えた。スレイター・ロクストンの問題に関する答えは出なかったが、アンの死の真相追及に関しては、単刀直入な質問を二、三ぶつけても怪しまれはしないだろうとの結論に達した。

「ミス・クリフトンが亡くなったとお聞きになって、さぞかし驚かれたことと存じます」

アーシュラは静かに切りだした。「なんと申しましても、こちらでは長らくお仕事させていただいておりましたから、仕事の手順もきちんと確立していたにちがいありません」

「ええ、アン――ミス・クリフトン――は秘書として完璧でしたわ」レディ・フルブルックがため息をついた。「これから寂しくなるわ。たしか警察は彼女が自分で命を絶ったと見ているとおっしゃったわね？」

「はい。彼女をよく知る同僚たちはその知らせに愕然としましたが、それを打ち消す事実がほとんどないようで」

「そうなのね」レディ・フルブルックがかぶりを振った。「ほんとに悲しいわ。アンは速記者とタイピストとして優秀なだけではなかったの。仕事を通じての関係だったにもかかわらず、最近ではもう、わたしのためにそれはいろいろと力になってくれていたのよ。詩作が思うようにいかないときも、主題をめぐって二人で広い範囲での言葉のやりとりをしたわ。そうすると、イメージにぴったりの言葉や言い回しが頭にはっきりと浮かんでくることがよくあったの」

「わたしがそういうふうにお役に立てるかどうか自信がありませんが、がんばらせていただきます」アーシュラは言った。

窓の外にちらっと視線を向けたレディ・フルブルックの姿は、独房の鉄格子ごしに外をのぞく囚人を思わせた。

「こんなこと言ったらびっくりなさるかもしれないけれど、ミセス・カーン、この数カ月、アンはわたしにとっていちばんお友だちに近い人だったの。ご存じのようにわたし、屋敷から一歩も出ずに暮らしているでしょう。週に二回、アンが来てくれるのを本当に楽しみにしていたの。唯一彼女を通じてだけ外の世界に触れることができていたから、彼女がいない寂しさを痛切に感じているわ」

「わかります」

しばしの沈黙ののち、レディ・フルブルックが椅子から立ちあがった。気品をただよわせながらも疲れがうかがえた。

「では、そろそろはじめましょうか」レディ・フルブルックが言った。「わたし、詩を考えるときは温室がいちばんなの。あそこだと閃《ひらめ》きがあるのね。温室での仕事がお気に召さないなんてことはないと思うけど、いかが？」

「ええ、もちろん、かまいませんわ」アーシュラは速記帳と鉛筆の入った鞄を取り、立ちあがった。

レディ・フルブルックが先に立って書斎の扉に向かって歩きはじめた。「わたし、自然から心象風景や主題を授かることがよくあるの」

「なるほど」

広々した廊下の突き当たりまで進んだところで、さっきとはべつのメイドがこれまた陰気な顔で無言のまま扉を開けた。アーシュラはレディ・フルブルックのあとについて外に出、石敷きのテラスを横切った。そこからさらに歩を進めると、霧深い昼下がりの陽光の中から鉄とガラスで造られた立派な温室が現われた。

入り口に着いたとき、レディ・フルブルックが鍵を取り出した。

「温室はわたしの城なの、ミセス・カーン。わたしが心の安らぎを見いだせる、たったひとつの場所がここ。いま創作中の詩の題は『庭先でのささやかな死に寄せて』よ」

アーシュラは思った。うんざりするほど長く憂鬱な午後になりそうだ。

9

アーシュラは三時きっかりに、陰気な空気に包まれたフルブルック邸を脱出した。〝脱出〟という言葉がけっして大げさではない状況だった。屋敷全体が言葉にはできない不吉な空気に支配されており、アンがしばしばフルブルック邸を〝壮麗な霊廟〟にたとえていたのも不思議ではなかった。

玄関前の階段を足早にくだり、濃い霧が垂れこめる通りに立った。フルブルック邸とそこに住む人びとの第一印象について夢中で考えをめぐらしていたため、グリフィスが手袋をはめた手を上げて合図してくるまで、通りの反対側で光沢のある黒い馬車が待っていたことに気づかなかった。

「辻馬車を呼び止める必要はありませんよ、ミセス・カーン」道幅が広く静かな通りの向こうからグリフィスが声をかけてきた。「事務所までお送りします」

アーシュラはびっくりして足を止めた。「まあ、いったいどうしてここに?」

しかし、早くも馬車の扉は開いていた。襟の高い外套と長靴に身を固めたスレイターが馬車から降り、通りを渡って近づいてきた。眼鏡のレンズが光を反射して、目の表情は読みとれない。

「新しい顧客はきみを時間厳守で解放してくれたようだね。たいへんけっこう。レディ・フルブルックのご都合しだいとなると、いつまで待たされるのか心配だったんだ」

スレイターがアーシュラの腕を取った。肘のあたりに添えられた革手袋に包まれた彼の手に力がこもる。彼がアーシュラに意図的に触れるのははじめてのことだ。唐突に現われた彼を見た瞬間、全身を駆け抜けた衝撃のせいで隙ができてしまった。

それほどきつくつかまれたわけでもないのに、彼の手が放つ力を痛いほど感じた。この高揚感はフルブルック邸から解放された安堵感にすぎないのかもしれない。しかし一方では、軽いめまいを覚えるほどの高揚感の本当の理由は、スレイターがこんな日に自分を迎えにきてくれたと知ったからではないかと感づいてもいた。

うれしさがはじけたとたん、常識と理性が氷のような冷水を浴びせてその火花を消した。スレイターがたんに彼女を事務所まで送り届けるためにここに来るなどありえない。彼と知りあってからはまだ間もないが、その間ずっと、見かけとは裏腹に、そこにはべつの何か――それも大きな危険をはらんだ何か――が見えないところで進行している気がしていた。

アーシュラはその場を一歩も動かず、馬車に向かって歩く意志がないことをはっきり示した。スレイターもいやでも立ち止まるほかなかった。

「ここで何をなさってらっしゃるの？　わたしを守るため、辻馬車で移動しないでもいいように迎えにいかなくては、とお考えになったなんて、どうかおっしゃらないでいただきたいわ。もう何年もずっとひとりで辻馬車を利用していますが、何ごともなく無事ですから」

「それについてだが、馬車の中で話しあうわけにはいかないかな？　何もこんなふうに通りで立ち話をする必要もないだろう。フルブルックの屋敷の中から誰かがようすをうかがっているかもしれない」

「まあ。誰かがこちらのようすをうかがっているですって？」

アーシュラは反射的に後ろを振り返った。

「見られていると気づいたことを相手に知られないほうがいい。それだけじゃなく、ぼくがきみを拉致しようとしているようにも見えないほうがいいと思う。ぼくたちがとてもいい友だちだという印象を向こうに与えておくのが好都合かもしれない」

アーシュラはためらいながら、ずっと海外にいた彼だから、〝とてもいい友だち〟が禁じられた関係を表わすときに婉曲語法としてしばしば使われていることを知っているのかどうかを考えた。何を考えているのか読みとれない彼の険しい顔をじっと見て、まもなく彼はその言葉の意味するところを正確に理解して口にしたと判断した。スレイターはつねに自分のしていることをきちんとわかっていると確信したからだ。

いずれにしてもいちばん避けたいのは、レディ・フルブルックあるいは屋敷内の誰かに、人目のある通りで言い争いをしていたといったたぐいの疑念を抱かせることだ。

「いいでしょう。ですが、どういうことなのかご説明いただきたいわ」

「もちろん」

スレイターがアーシュラをエスコートして通りを渡り、馬車に近づいた。グリフィスは彼女が長旅から戻ってでもきたかのように大げさな挨拶で迎える。

「またお目にかかれて光栄です、ミセス・カーン」

「こちらこそよ、グリフィス」

アーシュラはスカートをつまんで馬車の昇降段をのぼり、座席に腰かけた。つづいてスレイターも仄暗い車内に乗りこんできた。グリフィスが昇降段をしまい、扉を閉めた。そして大男にしては驚くほどの敏捷な動きで御者台に跳び乗ると、手綱を握った。馬車が走りだした。

アーシュラは窓から外を見た。フルブルック邸の窓のひとつでカーテンが動いたような気がした。背筋を冷たいものが走る。

「あなたの言ったとおりみたい、ミスター・ロクストン。誰かがわたしが立ち去るようすをうかがっていたかもしれないわ」

「ただの好奇心からってこともありうるさ」スレイターが言った。「しかし、きみの疑念を考えれば、ぼくたちも最悪の事態を想定しなければならない」

アーシュラはベールごしにスレイターを見た。「〝ぼくたち〟も最悪の事態を想定しなければならない？」

「きみの真相究明に協力することにした」

「なぜ？」アーシュラがすぐさま訊いた。「昨日この話をしたときは、わたしの計画にあれほど反対なさったじゃない」

「いくらきみを説得しようとしても計画をあきらめることはないみたいだから、いっそきみが探している答えを見つけられるよう、ぼくにできることをするのがいちばん理にかなっているんじゃないかとの結論に達したんだ——ま、答えがあると仮定してのことだが」

「もちろん、ありますとも」アーシュラは手袋をした指で座席をこつこつと叩いた。「あなたのご助言、さらにはご協力が得られれば、それはありがたいけれど、その前にまず、なぜ心変わりなさったのか、それを聞かせていただかないことには」

「もう説明したと思ったが。つまり、心変わりしたのは、きみの気持ちは変わらないと気づいたからだ」

「なぜわたしにひとりで真相究明をさせるのではなく、協力しなければとお思いになったの？」

スレイターの口角に思いがけない微笑が浮かんで消えた。「ぼくを疑っているような言い方だね、ミセス・カーン」

「あなたが全部話していらっしゃらないような気がしているの。わたしの問題にこんなに突然関心をもたれたのはなぜ？」

スレイターが窓の外に目をやった。見たところ、どう答えたものか考えているようだ。また彼が向きなおってアーシュラと目を合わせたとき、彼の目には冷静な決意が見てとれた。

「しばし考えてみたが、きみの計画に好奇心をそそられたとだけ言っておくよ」

「わかったわ」

返事は聞かせてもらったものの、それをどう理解したものかわからなかった。彼の協力の理由になぜだかがっかりしている自分についても理解に苦しんだ。彼のような男性が殺人事件の真相究明のような珍しいことに興味をそそられるのはもっともだ。なんと言おうが、彼はこの数年間、世界をさまよってきた人だ。明らかにずっと何かを探していたのだ。何を見つけたかったのか、本人も最初からわかっていたかどうかは大いに疑わしいところだが。

「レディ・フルブルックとのはじめての仕事はどうだった？」スレイターが訊いた。

アーシュラは身震いを覚えた。「たいそう広いお屋敷だけれど、中は信じられないほど暗くて陰気なの。レディ・フルブルックが心を患ってらっしゃるから、お屋敷の空気があんなふうに寒々しているのか、それともお屋敷の空気があんなふうだから、レディ・フルブルックがふさぎこんでしまわれたのか、どちらなのかはわからないわ。でも、レディ・フルブルックの唯一の慰めがあの方の温室であることは間違いなさそう」

「きみの話では、彼女はミス・クリフトンに詩を速記させて、それをタイプで打たせている、そうだったね？」

「ええ。レディ・フルブルックの詩に目をとめた出版社があるとかで。季刊の文学雑誌を出しているニューヨークの小さな出版社だそうよ。いま取り組んでいる詩の題、これが彼女の心模様をよく表わしているんじゃないかしら。『庭先でのささやかな死に寄せて』」

「とうてい元気が出るとは思えない代物のようだが、詩人って連中は不機嫌にふさぎこんでるものさ。伝統、なんだと思うね。で、レディ・フルブルックには詩作の才能がありそうなのか？」

「文学やその他の芸術作品については、おわかりでしょうけど、完成した作品のよさは見る人の目が決めるのが常ですからね。わたし個人の意見を述べさせていただくと、ああいう気が滅入るような詩に魅力は感じないわ。結末が悲しい小説や劇に魅力を感じないのと同じで」

それを聞いたスレイターが微笑を浮かべた。いらいらするほど傲慢な微笑。

「夢みたいな結末のほうが、現実を描いた結末よりも好きってわけか」

「わたし、こんなふうに思うの。愉快な結末と悲しい結末があっても、どちらもしょせんは想像上のものにすぎない――さもなければ創作として分類されませんから」

スレイターは驚いたのか、短くかすれた笑い声をもらした。そしてこの反応には彼自身もアーシュラと同じくらい驚いたようだった。

「たしかにそのとおり。つまり、きみはレディ・フルブルックがメロドラマもどきの詩を書いていることを確認した。今日の成果はそれだけ？」

「まだ初日ですからね。今日の午後で答えをすべて見つけられるわけがないじゃありませんか。それにしてもあなたは、いったいなんの権利があってそんなふうにわたしを批判なさるの？ たったいま真相究明に加わったばかりだというのに」

「きみの言うことはもっともだが、べつに批判するつもりじゃなかったんだ。ぼくはただ、これから先の計画を立てるために事実を積み重ねようとしているだけであって」

「計画ならもうわたしが」アーシュラはきっぱりと言った。「ついでに申しあげておくと、さらに調べを進める前に、ここでひとつ重要なことを確認しておかなければいけないわ。この計画の責任者はあくまでわたしですからね、ミスター・ロクストン。あなたの洞察力と観察眼の素晴らしさは認めます。あなたの知性だけでなく、失われた都市や神殿をいくつも発見なさった広範囲におよぶ経験に尊敬の念を抱いているわ。それでも、この件に関する決断はわたしが下します。よろしくって？」

スレイターはアーシュラをじっと見たまま、目が離せなくなった。まるで知らない言語で話しかけられでもしたかのように。アーシュラは彼が何を考えているのか見当もつかなかったが、協力するにしてもきみの思いどおりにはならないよ、と言われるのではないかと思っていた。それじゃあ訊くけど、いったい彼になんと言ってほしいの？　彼はいつだって命令を出す側にいる人、命令されることなどない人なのだ。

アーシュラは緊張とわけのわからない不安のうちに腰かけたまま、スレイターが、二人のあいだに真の対等な協力関係などありえない、ときっぱり言い放つのを待っていた。

「きみはぼくの知性だけでなく、失われた都市みたいなものを発見した広範囲な経験に尊敬の念を抱いている？」

アーシュラが顔をしかめた。「ええ」

「だったら、ぼくがこの計画に貢献できるだけの資質をそなえていることは認めているわけか」

「もちろん。だからこそ、この計画をあなたにお話ししたのよ。何がおっしゃりたいの？」

「さあ。自分でもよくわからないんだ。おそらく、この状況に慣れようとしているんだろうな。ぼくの知性と」そこでしばし間をおいた。「失われたものを発見する広範囲な経験が尊敬されている状況に」

アーシュラは我慢しきれなくなった。「それではいったい、あなたはどういうところを尊敬してほしかったのかしら？」

スレイターが真顔でうなずいた。「すごい質問だ。そうだなあ？　いますぐには答えられないと思うから、とりあえずこれからのことを決めよう、ミセス・カーン」

どういうわけか、〝これからのこと〟と聞いてアーシュラはどきりとした。わずか数分しか経っていないというのに、彼が二度目の婉曲語法を使ったのではないかと思ったからだ。二人の親密な関係をほのめかす言葉。どう考えても存在すらしない関係。

「ごめんなさい。おっしゃってることがよくわからなくて」アーシュラは言った。

自分の声がいつになく裏返っているのがひどく気にかかる。わたしったら、ばかみたい。彼のせいでこんなふうに動揺してはだめ。

「きみが出す命令をすべて忠実に遂行するとまで保証はできないが、対等な者同士の協力関係については約束する。意見の相違が生じた場合、可能ならば問題を徹底的に話しあってから、どちらかが決断を下すことにしよう。それでいいかな？」

アーシュラは気を引き締めた。「〝可能ならば〟の部分が〝これからのこと〟に曖昧な点を数多く残すのでは？　そう思いません？」

「きみに相談する余裕がない状況で、ぼくひとりで決断を下さなければならない場合だってあるかもしれない。ぼくが策略を用いる余裕――つまり、ぼくの直感と判断を生かす多少の自由――があったっていいと思うんだが」

「うーん」アーシュラが冷ややかに微笑みかけた。「そういうことなら、こちらにももちろん同程度の自由を与えていただかないと。フルブルック邸で毎週数時間を過ごすのはこのわたしですもの。怪しい事実をつかんで、それを利用したくても、あなたに相談するためにいちいちお屋敷を抜け出すわけにはいかないわ」

スレイターの顎が引きつった。「待ってくれ――」

アーシュラが満足げに微笑んだ。「では、そういう条件で。ところで、厳密にはどんなふうに真相究明に貢献してくださるおつもり？」

もはやスレイターの表情に確たるものはうかがえなかった。目尻のあたりがややこわばっている。

「まずはフルブルック家の人間をじっくり観察することで真相究明に貢献できたらと考えている」スレイターがいやにゆっくりと言った。「もしもアン・クリフトンが殺されたのだとしたら、間違いなくあの屋敷に何かある。きみはそう言った。そうだね？」

「あくまでわたしの仮説だけど、ええ、そうね」アーシュラの表情がぱっと輝いた。「フルブルック家のご家族について何かご存じですか？」

「ほんの少しだが。しかし、母は現在のフルブルック卿の父上をよく知っていた。ぼくの父とは仲間だったからね」

「そうだったのね」わきあがった熱意がアーシュラの五感に火をつけた。「先代のフルブルック卿に関することはリリーにうかがえるとして、そういうことならば、そのご子息やほかのご家族のことも当然ご存じでしょうね」

「どうしてそんなことが知りたいのかを説明しなければならなくはなるが」スレイターが警

告を発した。

「ええ、もちろんそうでしょうけれど、リリーは信頼できる方ですもの。お母さまはこんなとき、喜んで協力してくださるかしら？」

「ほかでもない、リリー・ラフォンテーンのことだ。喜んでひと役買ってでるさ」

「だといいけれど」

「そりゃあ、彼女なら大喜びで殺人事件の犯人探しに参加するよ。脚本書きにはまたとない魅力的な出来事だ。とはいえ一件落着後には、彼女の書いた芝居にこの冒険のあれやこれやが出てくることは覚悟しておいたほうがいい」

アーシュラが眉をひそめた。「そういうことにはなるでしょうね。それでも、誰が誰なのかがはっきりわからなければかまわないわ」

「考えてみれば、秘書と考古学者が殺人事件解決に乗り出した話など誰が信じるかってことだな」

「そういうことね」

「それで思い出したんだが？」

「えっ？」

「リリーから明日の夕食に招かれた。きみにとっては、フルブルック家の人びとについて質問する絶好の機会になると思うが」

「まあ、夕食へのお招きだなんて光栄だわ」アーシュラがにこやかに言った。にわかに気分が高揚してきた。「それに、ええ、おっしゃるとおり、あの方から情報を得るまたとない機会になりそう。じつのところ、犯人探しと言っても、いったいどこから手をつけたものやら途方に暮れていたの」

「じゃあ、〝ぼくたちの〟犯人探しはそこからはじめることにしよう」

アーシュラはあえて訂正はしなかった。「ありがとうございます、ミスター・ロクストン。ご協力に感謝しますわ」

「こういう状況になったからには、そろそろ本当にスレイターと呼んでもらったほうがいいと思うんだが」

アーシュラは頰がかっと熱くなるのを感じた。ベールが頰の赤さを隠してくれることを願った。

「ええ、そうね」アーシュラは歯切れよく答えた。「ありがとう……スレイター」

短い間があった。少々遅すぎたかもしれないが、彼はその先にアーシュラがもうひと言付け加えるのを待っているのかもしれないと気づいた。

「わたしのことも、どうぞアーシュラとお呼びになって」

「ありがとう、アーシュラ」スレイターが首を軽くかたむけた。「では明日の夜、七時半にお宅へ迎えにいこうと思うが、それでいいかな?」

アーシュラは何秒間かそわそわと考えをめぐらした。よく考えてみれば、夜、馬車の中でスレイターと二人きりになるとしても、いまのように昼日なか、彼とこうして二人きりでいるのとなんら変わるわけではない。それなのにどういうわけか、明日への予感がアーシュラをいささか不安にさせた。それでも、わたしたちは対等な協力関係にある二人、と自分に言い聞かせた。

理屈が通ったことで満足し、アーシュラはにっこりと微笑んだ。「お待ちしているわ」

衣装戸棚に並んだ服はふだん家で着る服を除き、すべて黒なのが悔やまれた。

10

まもなく夜中の十二時になろうというとき、スレイターは一頭立て二輪馬車《ハンサムキャブ》の座席にすわり、特権階級の紳士たちが集う倶楽部の正面入り口のようすをじっとうかがっていた。周囲に気づかれないよう、二輪馬車の明かりは極力落としてある。倶楽部の扉へとつづく階段を照らし出すはずの街灯は霧のため、ぼうっと丸く不気味に光る光源にすぎなかった。

階段をのぼり、店の中に入ることもできなくはない。亡き父親の地位と権力のおかげで彼も会員なのだが、ロンドンに戻ってきてからというもの、その特権を行使したことは一度もなかった。そこはブライス・トレンスの行きつけの倶楽部だ。しかし、ブライスとは同じ場所で顔を合わせないほうがいいと考えていた。ブライスも明らかに同じ考えらしく、幸運なのか故意なのか、スレイターがロンドンに戻ってからの二カ月、二人はなんとか鉢合わせを回避していた。

なぜ今夜、ここで霧にも助けられながら身をひそめているのかと言えば、この倶楽部はフルブルックも足しげく通っている店だとわかったからだ。

座席の後部上方に据えられた御者台でグリフィスが体重を移し変えたらしく、馬車がかすかにきしんだのち、グリフィスが屋根の開口部から話しかけてきた。

「まだ出てきませんね。長いなあ」

「退屈したか、グリフィス？」

「今夜、探偵ごっこをしたいと聞いたときは、もうちょっと刺激的なものとばかり思ってしまったんで」

「ぼくもさ」スレイターは認めた。「ちくしょう、フルブルックの野郎。こうして見るかぎり、けっこう陳腐な生活を送っているみたいだな」

「そんな男がミセス・カーンのところの秘書を殺したかもしれないなどと、本当に思っているんですか？」

「どうなんだろう。しかしいずれにせよ真相を突き止めないかぎり、アン・クリフトンの死が殺人ではなかったとミセス・カーンが納得するはずがない。いまのところ彼女は、犯人はフルブルック家の関係者だろうと踏んでいる。だからまず、フルブルックの行動を監視することで何か手がかりがつかめるかもしれないと考えたんだ」

「おそらくはお仲間たちと似たり寄ったりのことをしているんでしょうね。行きつけの倶楽部で数時間ポーカーに興じながら酒を飲み、そのあとは愛人を訪ねるか売春宿に行くかして、夜が明けてから屋敷に帰る。となると、私たちは今夜は一睡もできないってわけですか」

「やつの愛人の家ないしはお気に入りの売春宿の住所を突き止めておけば——そういう場所が一カ所ならずあるとしてだが——この先何かと役に立つかもしれない」

「そりゃもちろん、ありますとも」グリフィスの口調には厭世的な小賢しさがにじんでいた。「ああいう連中は、家と家との結び付きやら、相手の財産やら、その両方やらといった条件が揃った育ちのいいレディと結婚して跡継ぎをもうける。しかし、必ずや奥方のほかに愛人がいます」

まさにぼくのおやじの一生の総括だな、とスレイターは思った。彼の父親エドワード・ロクストンは二度結婚し、二度目でようやく家名と称号の継承者をつくる責任を果たしたが、一方でその数十年のあいだずっと、リリーとの関係は切らなかった。スレイターに言えることはただ、両親はずっと自分たちの流儀でお互いに尽くしてきたということだ。父親の最初の妻がそうした状況をどう受け止めていたのかは知らない。スレイターはその女性に会ったことは一度もないが、子どものころ、たまに遠くから見ていた。そうした立場にあるほかのレディと同じく、彼女もまた夫に愛人がいることには気づかないふりをしていた。エドワードとしては格別の努力を払って、リリーとスレイターをまったくべつの世界にとどめておいたのだ。

エドワードの二番目の妻に関しては、しかしながら、話がまったく違った。ジュディスは自分の結婚の状況を驚くほど理性的に理解していた。五十歳あまりも年上の男との結婚は彼女なりの理由《わけ》があってのことだったのだ。この結婚は両家にとっての売買契約のようなものであり、双方ともしっかりと契約を履行した。

スレイターが見張る目の前で、倶楽部の扉が開いた。仕立てのいい服を優雅に着こなした男が玄関ホールから出てきて、階段の上に立った。ほんの一瞬、まぶしい明かりの中にわし鼻が目立つ横顔が浮かびあがった。

「来たぞ、フルブルックだ」スレイターが言った。「あとをつけるから準備しろ。気づかれないように」

「こっちのことなど気にも留めちゃいませんよ」グリフィスが言った。「霧の深い夜だ、あそこにも辻馬車が停まっているってなもんです。後ろを振り返ったりもするかどうか。そりゃそうでしょう。やつが女のところへ向かうとしても、仲間は誰ひとり気にかけるはずもありませんからね」

「とはいえ、用心に越したことはない。フルブルックはぼくがロンドンに戻って以来、この倶楽部に出入りしていないことは知っているはずだから、もし今夜、この近くでぼくを見かけたりしたら奇妙に思うかもしれない。とりわけ、ぼくが彼の妻のところに新しく来た秘書に個人的な興味を示していることが明らかになったあとだ――彼がミセス・カーンを警戒していると仮定しての話だが」

「つまり、今日の午後、われわれがミセス・カーンをフルブルック邸に迎えにいったことを、やつが知っているると思っているんですね」

「屋敷からの帰り際、誰かが中からこっちを見ていたんだ」スレイターが言った。

フルブルックは階段を下りきると、通りに並ぶ客待ちの辻馬車の列に目をやった。そして列の先頭の馬車は避けて適当に選び、幅の狭い昇降段をのぼって乗りこんだ。彼の姿は辻馬車の狭い座席の暗がりに消えた。

「しまった」グリフィスがぼやいた。手綱を揺さぶり、馬の速度を軽めの速歩《はやあし》まで上げていく。「まさかこんなことになるとは。ふつうは列の先頭に並んだ辻馬車に乗るものでしょうが」

「フルブルックのような身分の人間はふつう、専用の馬車を使うものさ」

「二輪馬車のほうが速いですからね」

「それに、乗っているのが誰なのか、はるかにわかりにくい」スレイターが言った。「なかなか興味深い」

二人が乗った馬車はフルブルックが乗った辻馬車を追って濃い霧の中を進んだ。進んでいくうちに町並みが変わってきた。周囲の屋敷や公園がより大きく、より堂々としたものになっていく。

「やつがもしこのあたりに愛人を囲っているとしたら、その女に相当いい生活をさせているってことですよ」グリフィスが鋭い意見を言った。

「このあたりの大きな屋敷に女をひそかに囲っているとは思わないな」スレイターが言った。

「友だちの家へでも向かっている可能性のほうが高そうだ」

「友だちとブランデーを一杯やるだけのために、こんな深夜にこんな遠くまではないでしょう」グリフィスが言った。

「友だちにもよる」

フルブルックを乗せた辻馬車が豪邸の前で停まった。敷地をぐるりと取り囲む高い煉瓦塀のせいで、大きな家や庭園はあまり見えない。鉄製の門扉が馬車の行く手を阻んでいる。門のすぐ近くに建つ小さな小屋の陰から男が、おおいをかぶせた手提げランプを手に現われた。フルブルックの辻馬車の狭い客席内部を照らすよう、手提げランプの角度を変える。ひと言ふた言、言葉がかわされた。門番は明らかに満足したようすで門を開き、腕を大きく動かして辻馬車を通した。

「このあたりで停めよう、グリフィス」スレイターが声をかけた。「ここで停まって明かりを落とせば、門番の注意を引くことはないだろう。門番に気づかれたくないからな」

グリフィスが馬車を停めた。

フルブルックの辻馬車はすでに門の中へと消えていた。門番はそのあと、べつの馬車が出ていくのを待ってから門を閉めたが、しばらくするとまたべつの馬車が到着し、再び門を開かなければならなかった。

「出入りがやたらに多いところを見ると、フルブルックの友だちは今夜、何か集まりでも開いているらしい」スレイターが馬車から跳び降りた。「ちょっと行って見てくることにするかな」

「まずかないですか？」グリフィスが心配そうに言った。

「こういうのが探偵の仕事だよ」とスレイターが答えた。

「盗っ人も同じようなことをして、逮捕されることもあります」

「逮捕されるのはどじな盗っ人だけさ、グリフィス」

スレイターは眼鏡をはずしてたたみ、外套のポケットにきちんとおさめた。視力にはまったく問題がない。彼にとって眼鏡は、アーシュラがつねにつけているベールと大して変わらないのだ。人は眼鏡を見る――彼の目は見ない。フィーバー島からの生還以来、仕事の際にはちょっとした変装がたいそう便利だと考えるようになった。理由は定かでないが、人が眼鏡をかけた人間を危険人物とみなす確率は低い傾向があるからだ。

物陰を選んで進むうち、身に覚えのある秘密めいた探求に全身の血がわきたってくるのを感じて、無念な思いと楽しい思いが同時に押し寄せた。

高くそびえる塀に沿った細い道を進み、角を曲がったところで裏門を見つけた。錠がおりていたが、門番の姿も街灯もない。

錬鉄製の門扉ごしに庭園のようすをじっくりとうかがった。鬱蒼とした木々は深い影と霧に包まれていたが、生垣で造られた迷路の入り口は色とりどりのランプで照らされていた。スレイターが見ている前で、優雅に着飾った男女が緑の迷路の中へと消えていった。酔った男の笑い声は何かを期待しているようで、耳障りに響く。

大邸宅の一階には煌々と明かりが灯っていた。二階より上の窓辺にも明かりは灯っているものの、どの部屋もドレープがきっちりと引かれていた。

しばし耳をすまして立ったまま、じっとしていた。暗がりからひそめた声が聞こえてくる。女が甘えた声で笑う。男の口調から彼が女を口説いていることは間違いないが、言葉は不明瞭で聞きとれない。またべつの男女が迷路の中に姿を消す。

スレイターは何歩かあとずさり、門扉が煉瓦塀に取り付けられた蝶番《ちょうつがい》のあたりを丹念に調べた。精巧な連鉄製の門扉は侵入者を防ぐためのものであると同時に、がっちりした足場になりそうな箇所がそこここに見受けられた。人に見られずに門をよじ登ることができれば、と考えたが、ときおり姿を見せる男女には門のほうなどいっこうに気にかけるようすはない。少なくとも霧がこれほど一気に濃くなってきていることを思えば、誰かが塀や門を見ることは、よほど近づかないかぎり、ますますありえなくなってくる。

スレイターは門扉の鉄の棒をぎゅっとつかむや、勢いよく体を引きあげた。一方の長靴の先を装飾的な模様の隙間に入れ、さらに高いところへ手を伸ばしてつかんだ。

門扉をよじのぼるのは意外に簡単だった。迷路になった洞窟から這い出るよりもずっと。

誰かがこちらに気づいて悲鳴を上げることもなかった。塀の上端に達すると、今度はのぼったとき同様、ほぼ物音ひとつ立てずに地面に下りた。

外套の高い襟をなおいっそう引きあげて顔を隠し、目深にかぶった帽子の縁をさらに下げて目を隠した。必要とあらば黒いマフラーで顔の下半分をおおうこともできたが、霧が立ちこめる庭園の暗がりでその必要はないと判断した。

きれいに剪定《せんてい》された背の高い木々が落とす影を伝い、忍び足で庭園内を進んだ。すぐには気づかなかったが、しばらくすると、ただの生垣だと思っていた木々がどれもエロティックな緑の彫刻ふうに刈られていることがわかった。

月明かりと色とりどりのランプが霧を不気味な色に照らし、その中に彼の前を通り過ぎていった男女の影がぼんやりと浮かびあがる。庭園を隔てた奥に建つ大邸宅も霧の中で光を放ち、その姿は邪悪なおとぎ話に登場する、人を寄せつけない城を思わせた。

スレイターは細心の注意を払い、庭園をそぞろ歩く客たちから姿が見えないようにしていたが、屋敷に近づくにつれ、だんだんと身を隠すのがむずかしくなってきた。男たちが連れの女性以外に意識を向ける気配はないにしてもである。それにしても女性たちはみな、はっとするほど魅力的なうえ、豊かな胸をしていた。

ほどなくして、男たちだけが恍惚としていることに気づいた。女たちは手馴れたしぐさで笑ったり、じらしたり、しなだれかかったりしている。

スレイターは演技を見ればそれとわかる。女たちは全員が高級娼婦――それも間違いなく極上の部類の高級娼婦――なのだ。まとったドレスも、優雅というだけでなく流行の先端をいくものである。

迷路のそばを歩いていたとき、中から忍び笑いと酔っ払った笑い声が聞こえてきた。ほかにもさまざまな声――男たちが肉欲の高ぶりの極みで発する原始のうめき声やざらついたうなり声――が耳に届いてくる。そんな声から察するに、迷路の内側のさざめきは売春宿の上の階のそれだ。

スレイターは邸宅に向かってなおも歩を進め、ランプの明かりに照らされたテラスの数ヤード手前で足を止めた。仄暗い舞踏室のフランス窓が夜の庭園に向かって開かれていた。室内では、多種多様な切れ込みをほどこしたシェードにおおわれた何個ものランプが投げかける、方向感覚に混乱をきたしそうな明かりの下、男女が踊ったり戯れたりしている。ランプは天井に張られた金属線から吊るされ、向きを変え、高さを変えながら回転して、群れる男女の上につねに変化する光の模様を当てていた。

これからどうするか、スレイターは考えた。客と高級娼婦はそろって最新流行の夜会服を着こんでいる。一方、彼は目立たずにようすを探るための服を着てきた。夜会には向かない。舞踏室に足を踏み入れる危険は冒せなかった。外套と帽子がたちまち人目を引くことになる。外套と帽子を脱いだところで、危険であることに変わりはない。これまでの十年間のほとんどはロンドンを離れていたし、ロンドンに戻ってからも社交界への出入りはなかったとはいえ、たとえ照明を落とした部屋でも彼が誰だか気づく人間がいるかもしれなかった。

これほどたくさんの客をこれほど贅沢にもてなす夜ともなれば、厨房周辺では大人数の使用人がせわしく働いていることは間違いない。調理用の火で暑くなりすぎた厨房は冷たい空気をを入れたいはずだから、勝手口や裏口はきっと扉を開けている。

そう思い立つや、庭園に面した屋敷の脇に沿って進み、厨房がありそうな裏手をめざした。数ヤードとは行かないうちに、明らかに客を迎える雰囲気ではない一画に来た。周囲にはしゃれたランプこそないものの、窓からもれてくる明かりと月光を受けた霧のおかげで木々のあいだをぬってなんとか進むことができた。

めざす厨房まであと少しというところで、生垣の向こう側から女の声が聞こえてきた。その声は怒りにかすれ、恐慌をきたして甲高くなっているのに、ぐっと抑えこまれている。アクセントから察するところ上品なレディだから、必死で平静を失うまいとしているのだろう。

「ねえ、痛いわ。お願い、放して。ここには規則があるの」

「客は規則など守らなくていいんだ。おまえは売春婦。それもおれが買った売春婦だ、少なくとも今夜は。カネならたっぷり払ってやっただろうが」

酒のせいで男の声はだみ声になっていた。怒りが爆発寸前といったふうだ。

「放してくださらないと大声を上げますよ」女が警告を発した。

しかし、女は声を抑えたままだ。スレイターはぴんときた。女にはあえて助けを呼ばない理由がある。

「ばかな女め」男が怒鳴った。「重々承知のうえでよくもそんなことを。わめこうものなら、たちまちおまえは通りに放り出される。気がつけば汚い路地の塀に寄りかかりながら客を引いてるさ。さもなけりゃ二週間前のあのお友だちみたいに、川で最期を迎えるかもしれない。そうだろ?」

言葉の合間に耳障りな笑い声がはさまる。

「またダンスはいかが?」女が訊き、懸命に正常な戯れに誘いこもうとする。

「もうダンスはあきあきだ。おとなしく言うことを聞け。これからおれの馬車に行って、おれに言われたとおりにするんだ」

「あなたといっしょにここを出るわけにはいかないの。それは無理。娼館から来ている女はここを離れるわけにはいかないの。ご存じでしょ。規則では――」

「ろくでもない規則など聞きたくもない。おまえはそうやってレディのごとく着飾って上品な口をきいちゃいるが、しょせんは安っぽい売春婦にすぎない。そうだよな」

「わたし、舞踏室に戻ります」女が声を震わせて宣言した。「どうしてもだめなの。いくらわたしをここから引っ張り出そうとしても……うっ」

男が女の口のあたりに平手打ちを見舞った、とスレイターは直感した。

「おれを拒むとはいい度胸だ」酔った男の怒りがついに爆発した。

スレイターは身をひそめていた生垣の陰から飛び出て男女を見た。霧の中に黒く浮かぶ影。男はがむしゃらに女を押さえこもうとしていた。女の首に腕を回し、首を絞めようとしている。女は死に物狂いで抗ってはいるが、力では男に遠くおよばない。

スレイターが男の肩をつかむまで、二人は彼に気づかなかった。

「放してやれ」スレイターが小声で言った。

男はぎくりとして女を放し、くるりと振り返った。スレイターの顔を見ようとしてぎらつく照明に目を凝らすが、見えるはずはなかった。スレイターは用心深く明かりに背を向け、顔が濃い影におおわれるように立っていた。

「関係ないだろう」男がつぶやく。「この女はおれのもんだ。あんたはあんたでほかの女を探してくれ。こいつとはこれからお楽しみの予定があってね」

「彼女はそのお楽しみとやらに乗り気じゃなさそうだ」スレイターは言った。

「この女は譲れないぜ」男は今度は照明が目に入らない角度からスレイターをもっとよく見ようとした。「おまえ、ここの番人か？　もしそうなら、さっさとあっちへ行け。おまえにゃ関係ない」

「どうやら誤解しているようだな」

男がぎこちないしぐさでこぶしを大きく振り回した。スレイターは頭を低くしてその一撃を難なくかわし、お返しに短く強烈なパンチを男の腹に見舞った。つづいて男の側頭部に素早い一撃を加える。

酔った男は気を失い、芝生の上に倒れこんだ。

スレイターは女を見た。女はおそるおそる彼を見ていた。

「ありがとうございました」女の声には謝意がこもっていたが、警戒を解く気配はない。「この方がわたしに規則を破らせようとなさったの。ご自分の馬車に連れていくと言い張って、いくら説明してもきいてくださらなくて。そちらもご存じでしょうが、わたしたち、お客さまがどなたであれ、いっしょにこの敷地の外に出ることは禁じられているんです。ミセス・ワイアットはそれについてはすごく厳しいの」

スレイターはうなずいてから一歩進み出ると、気を失っている男を見おろした。

「こいつは誰？」

「お名前はハーストとおっしゃって」女がためらいがちに言った。「あなた、お客さまではないわね？」

「ああ」

「やっぱりね。どうも違うと思ったの」

「しかるべき服装をしていないからか？」

「それもあるけれど、あなたが今夜、神饌《アンブロージア》を飲んだようには見えないから。ところで、あなたはどなた？」

「好奇心をそそられた見物人」

「このオリンポス倶楽部では好奇心は危険かもしれなくてよ」

「ここはそう呼ばれているのか？」スレイターが訊いた。

「ご存じなかったの？」

「いま知った。きみの名前を訊いてもいいかな？」

女がためらった。「助けていただいたんですもの。あなたには聞く権利があるわ。エヴァンジェリンと呼んで」

スレイターがかすかに笑みを浮かべた。誰もが秘密をもっている、と思ったのだ。ま、高級娼婦ともなれば、秘密のいくつかはあって当然だろうが。

「エヴァンジェリンは職業上の名前だと思うが？」

「ええ」女はそう答え、無言のうちにそれ以上の質問をきっぱりと拒んだ。

「いい名前だ。ハーストは、いまきみが言ったそのアンブロージアで酔っていたってわけか？」

「もちろんよ」女は手袋をした手をぐるりと回し、広大な庭園を示した。「ここにいらしてる方たちは皆さんそう。お客さまはいろいろな形であの薬を楽しんでらっしゃるわ。お酒に入れることもあれば、葉巻にしてふかすこともある。あれはいま、ロンドンでは唯一、このオリンポスでしか手に入らないものなのよ。アンブロージアはたいていの殿方を元気にして、頭の中は女をものにすることでいっぱいにしてしまう——ご本人が望もうと望むまいとにかかわらず。その量がたっぷりならば、不思議な幻覚が見えたり素晴らしい快感を得たりもするらしいわ。でも幻覚が強烈すぎて怖いときもあるとか」女は地面に倒れたまま動かない男に一瞥を投げた。「そして、薬のせいで今夜のハーストみたいになることもたまに」

「つまり、アンブロージアは男を暴力的にする？」

「ええ」エヴァンジェリンは、まぶしい明かりを背にしたスレイターを見ようと目を細めた。「助けていただかなかったら、殴られるだけではすまず、もっとひどいことになっていたかもしれないわ」女の声が震えていた。「今夜のハーストはすごく奇妙だったの。いつもは無口でおとなしい方なのに、あんなふうに怒り狂うなんて。たぶん、摂《と》りすぎたんでしょうね。これまでにもお客さまがあまりにも乱暴な振る舞いをしたとき、同じような報告をした妖精《ニンフ》が何人かいたのよ」しばし間があった。「わたし、本当はあなたとこんなふうに口をきいてはいけないの。おしゃべりは、ミセス・ワイアットに紹介された殿方とだけしか許されていないんですもの」

「なるほど。質問に答えてくれたこと、感謝するよ」

「こちらこそ、ハーストから救っていただいたこと、お礼を申しあげなくては」エヴァンジェリンが顔をしかめた。「わたし、今夜の彼がどういうことになってしまったのか、本当にわからなくって。倶楽部の経営者が最近、アンブロージアの増強版を仕入れているという噂もあることはあるけれど」

女が舞踏室のほうに向かって歩きだした。

「もうひとつだけ質問させてくれ」スレイターがささやいた。

女は足を止め、くるりと振り返って彼を見た。「ええ、いいわ。でも、お願い、急いで」

「きみの友だち、川でどうかしたとかいう友だちだが――」

エヴァンジェリンがしゅんとなった。「ニコールのことね。自殺したっていう噂なの」

「でも、きみはそうは思っていないんだね？　何が起きたんだと思う？」

「わたしたちみんな、あの子は規則を破ったんじゃないかと考えているわ。薬を摂りすぎて暴力的になったお客といっしょにここを出たんだと」

「きみはその客が彼女を殺したと思っている？」

「そうとも言いきれないけれど。でもね、さっきもお話ししたように、薬を楽しんでいるうちに突然おかしなことになるお客さまがいることには、みんな気づいている。だからああして番人もいれば規則もあるわけで。それでもさっき見てらしたように、役立たずの番人たちときたら、助けてほしいときに近くにいたことがないのよ」

「そのアンブロージアだが、厳密にはなんなんだ？　阿片の一種かな？」

「わたしにはなんとも言えないわ。ニンフは摂ることを禁じられているから」

そしてまた、エヴァンジェリンはサテンのスカートをつまんで立ち去ろうとした。

「ハーストの意識が戻ったら面倒なことになるかもしれないが、それについては心配じゃないのか？」スレイターは尋ねた。

エヴァンジェリンが軽やかに笑い、霧の中からささやいた。「あれだけたっぷり薬を摂っていれば、何が起きたかなんて思い出すはずがないから大丈夫。それに、もし思い出したとしても、彼の記憶にはっきり刻まれているのはあなただと思うわ」

エヴァンジェリンは急いでその場をあとにし、まもなく生垣の向こう側に姿を消した。

11

ここにもまた香水店。

アーシュラはアンの速記帳の内容を起こしながら考えこんだ。詩というものは、遠回しな表現を使うだけなく、難解なうえに微妙な陰影が添えられることもある。不可解で評判の詩まであるほどだ。そしてさらに、レディ・フルブルックが本職の物書きではないということもある。彼女は閉ざされた心を癒《いや》す手段として詩を書いているのだ。

にもかかわらず、速記帳に記されていた詩を文字に起こしてみると、ほとんどが意味をなしていた。だが、いま書きとめたばかりの一行は意味をなしていない。どう見ても住居表示としか思えない。

アンがヴァレリーのものうげな詩を速記しながら退屈になり、私的なメモ――約束を忘れないためにとか、この場合はたとえば誰かが話していた香水店の住所とか――を書きとめた可能性はある。

アンの書き物机の上にあった空の香水瓶についてしばし考えをめぐらしたのち、好奇心に駆られ、速記帳をぱらぱらと繰ってみた。香水店への言及はノートのもっと前のほう、アンがレディ・フルブルックのところで仕事をはじめてから三週間後あたりの記述にも見受けられた。詩の行間にこっそり滑りこませている。

……わが胸に宿る憧れは太陽を慕うひまわりのそれ

ロズモント・パフューム＆ソープ。スティッグズ・レーン五

けれども今宵、きみを夢の中に迎えて駆けだし……

アンはこの香水を買ったことを事務所の同僚にはひと言も話していない。なんとも彼女らしくない。いつだって自分が買ったものを見せびらかしたがるのが彼女だったからだ。死ぬ一週間ほど前、アンはその仕事ぶりに感謝した顧客から素敵な銀の帯飾り鎖《シャトレイン》──精緻な細工の備忘録──を贈られた。銀の鎖に小さな銀細工の手帳と鉛筆がついたものだ。アンは毎日、それを身につけて事務所にやって来た。みんなが、素敵、とため息をついた。

もしも香水を買ったり贈り物として受け取ったりすれば、アンは間違いなくみんなにそのことを話したはずだ。

アーシュラが鉛筆を取ろうと手を伸ばしたとき、玄関前の階段でどさっとかすかな鈍い音がした。アーシュラはぴたりと動きを止めた。うなじのおくれ毛がざわつく。

時計に目をやった。まもなく午前零時。こんな時刻に訪ねてくる人などいない。

金属が金属に軽くぶつかる小さな音はそれとわかるものの、やっと聞きとれる程度だ。おぞましい寒気が全身を駆け抜けたあと、アーシュラはすっくと立ちあがった。何者かが郵便受けに何かを押しこんだにちがいない。

窓際に行き、カーテンを少しだけ動かした。霧が立ちこめた通りは静まり返っていた。馬車は見えないが、黒っぽい人影が街灯の明かりの中に、一瞬だが見えた。外套を着て帽子を目深にかぶった男の影。アーシュラの家の玄関から足早に立ち去っていく。そのまま目を離さずにいたが、男はたちまち夜の闇の中へと姿を消した。

ミセス・ダンスタンの部屋からは物音ひとつ聞こえてこない。だが、考えてみれば、彼女がアヘンチンキと何かを混ぜた特製の睡眠剤を寝る前にのんだときは、銃声あるいは最後の審判の日の雷鳴でも轟かないかぎり、目を覚ましはしないのだ。

あんまり想像をたくましくすると、分別と常識が逃げていってしまうわよ。たしかにそうだが、このままでは眠れそうにない。階下へ行って、玄関ホールに異状のないことをたしかめなくては。

ガス灯の明かりは薄暗く落としてあったが、玄関めざして進むにはじゅうぶんだった。階段を下りきらないうちに、白と黒のタイルの床の上に小さな包みが見えた。全身が凍りつくような感覚がいっそう強まり、恐怖感に圧倒されそうになった。何者かが本当に、真鍮製の郵便受けにその包みを押しこんでいったのだ――こんな真夜中に。

それまでじわじわとつのっていた恐怖感が、嵐のような激しさで一気に襲ってきた。階段をあと一段下りるだけなのに、とてつもない決断力を要した。

包みを床から拾いあげた。中身は軽く柔らかかった。書類あるいはノート、だろうと踏んだ。

包みを手に書斎に引き返し、それを机の上に置いて明かりをつける。抽斗から鋏を取り出し、包みを結わえた紐を切り、茶色の包装紙をゆっくりと開いた。

中身がなんであれ、目にしたら取り乱しそうな予感があったが、中から現われた小ぶりの雑誌を実際に見た瞬間、奇妙な冷静さが彼女をがっちりととらえて、そうはさせなかった。

低俗な大衆雑誌。表紙に描かれたペン画は、襞飾りがついた挑発的なネグリジェをまとい、髪を肩先に垂らした女。寝乱れたベッドにすわり、ぎゅっと握ったシーツを胸まで引きあげている。むきだしの脚が片方、上のほうまで大胆に見えるように意図して描かれている。

寝室内に描かれているのはその女ひとりではない。彼女の横には男。男はワイシャツ姿で、タイはすでにはずされ、ベッドの脇の椅子の背に夜会服の上着が掛けられている。

女と男はともに愕然とした表情で寝室の入り口のほうを振り向き、そこには身なりのいいレディが明らかに憤慨した面持ちで開かれた扉の横に立っている。そして手袋をしたレディの手には銃が。

雑誌の表題は内容がはっきりわかるものだった。

ピクトン離婚事件
ミセス・ユーフィーミア・グラントその他証人の証言の一部始終を記載。
姦通！　激怒！　殺人未遂！

アーシュラは震える指先でページを繰った。手書き文字のメモが机の上にひらりと落ちた。

あんたの正体はわかっている。口止め料を準備しておけ。
つぎの指示を待て。

アーシュラはゆっくりと力なく椅子に腰を落とした。いずれは誰かに正体を暴かれる日が来るとずっと恐れてきた。もしその日が来たら新たに築きあげた人生はもろくも崩れ落ち、再び悲惨な日々に立ち向かうほかなくなることはわかっていた。そうした事態にそなえて、かなりな額のお金も蓄えてある。必要とあらば、オーストラリアかアメリカ行きの切符を買い、また一から出なおすことも考えていた。

だが、もう一度そのメモを読み返したとき、全身からわきあがってきたのは恐怖ではなく怒りだった。過去が暴かれたときはイギリスを離れる計画を立てていたが、何者かが脅迫を企てる可能性についてはおよそ考えてもみなかった。

こうなったからには、新たな計画が必要だ。

12

「すごい機械ですね、こいつは」グリフィスが言った。

心底魅了され、畏怖の念すら覚えているといった表情だ。その反応はスレイターにも理解できた。彼自身、感銘を受けていたからだ。タイプライターはすでに見たことがあった——最近では世界じゅうの事務所に置かれはじめていた——が、いま目の前でマッティ・ビンガムがキーを打っている機械ほどに進化したものは見たことがなかった。

「これが私の最新型だよ」ハロルド・フェントンが誇らしげな笑顔をのぞかせた。「これには新たに改良した箇所がたくさんあるが、最高の結果を得るためには、ミス・ビンガムのようにとびぬけた才能をもったタイピストに、試しに打ってもらう必要があるんだ」

「たしかにみごとな腕前です」グリフィスは飛ぶような速さで動くマッティの指先にうっとりと見入っている。「まるでピアノを弾くレディを眺めているみたいですよ」

見たところ、マッティは興味津々のグリフィスをさほど意識していないようだった。頬は濃いピンクに染まっていたが、いかにもプロといった雰囲気を崩すことはなかった。グリフィスの言うとおりだ、とスレイターは思った。キーの上を飛びまわるマッティの指先は楽器を演奏するときにそっくりだった。なんと優美な手だろう。

スレイターはポケットから時計を取り出し、時間をたしかめた。グリフィスとともにカーン秘書派遣会社の事務所に到着したのは少し前だが、そこにはマッティ・ビンガムとフェントンしかいなかった。

フェントンは小柄な老人である。インクと油が染みついたしわくちゃな上着から察するところ、仕事場からじかにここへ来たのだろう。頭は禿げかかっており、残った白髪はもじゃもじゃ、もう長いこと床屋に行った気配がなかった。よく見れば、眼鏡の奥では灰色の目が新製品への情熱で輝いていた。

「ミセス・カーンと私は業務提携を結んでいてね」フェントンが言った。「私は自分のタイプライターの試用をこのカーン社でおこなっていることを宣伝に使わせてもらっている。ミセス・カーンの会社は高く評価されているから、そんな情報が熱心な客層を引きつけてくれるんだよ。全国の事務所という事務所にフェントン・モダンを、が私の目標でね」

そう言ったあと、さっと名刺を差し出した。スレイターはそれを受け取り、記された語句にちらりと目をやった。

フェントン・モダン・タイプライター

当社の製品はカーン秘書派遣会社の熟練タイピストにより試験を重ねております。

マッティがタイピングの手を止めて、にっこりした。「ミスター・フェントンは機械にひとつ改良を加えるたびにここへ持ちこんで、わたしたちが試し打ちをするんです」机に置かれたフェントン・モダンの改良型をさもいとおしそうにぽんぽんと軽く叩く。「これはいままでの中で最高だわ、ミスター・フェントン。前回の問題点がしっかり克服されているみたい。どのタイプバーもぜんぜん絡まなくなったから、タイピングの速度を落としたり、いったん間をおいたりする必要がなくなったの」

グリフィスがマッティの肩ごしにキーボードをじっとのぞきこんだ。眉根をぎゅっと寄せている。「キーがこんな奇妙な配列になっているのはなぜなんだ？ まずQ、W、E、R、T、Yって並びだが、A、B、C、D、Eのほうがいいんじゃないんですか？」

フェントンが鼻を鳴らした。「悲しいことに、レミントン・タイプライターが一世を風靡してからというもの、誰もがこういうキーボードの配列になじんでいるものでね。情けない話だが、小火器の製造業者が違う分野に進出すると、こういうことになるものなんだ」

スレイターがフェントンを見た。「ほかの業者も追随したんですか？」

「いや、大量生産だね、問題は」フェントンは深く傷ついているようだ。「QWERTY配列のレミントン・タイプライターが大量に出回って、それが一般の人にとっては標準になってしまった。私は違ったキー配列のものに切り替えるようにみんなを説得しようとがんばってきたが、もうあきらめた。競合している業者もみなもうお手上げの状況だ。しかし、かと言って機械に改良の余地がないわけじゃない」

「ミスター・フェントンはつねに効率とタイピング速度の向上を考えているの」マッティが説明を加えた。「タイプライターの大半は、キーを打つ速度が速すぎるとタイプバーが絡まってしまうの。キーボードのこの昔ながらの配列の本当の理由は、タイピストのタイピング速度を落とすことが目的だと聞いたこともあるわ。速度が落ちれば、タイプバーが絡みあわなくなるでしょう」

フェントンの顔がぱっと輝いた。「じつはいま、新しい仕組みを考案中でね。一個の回転するボールの表面に文字や数字をすべて配置するんだよ。それが成功すれば、タイプバーをバスケット状に配置するいまの方式はまるごと過去のものになるはずだ。これはもう革命的と言っても過言では――」

そのとき事務所の扉が開き、フェントンの言葉がとぎれた。スレイターが振り返ると、入ってきたのはアーシュラだった。彼女を見たとたん、帽子とベールを脱ぐ前からもう、スレイターは何かが起きたことを直感した。こわばった肩。冷たく険しい目つき。睡眠不足は明らかだ。

アーシュラが彼を見たとき、スレイターはその顔をまぎれもない恐怖がよぎるのを見てとった。しかし、それは一瞬にして消え、すぐまたいつもの冷ややかなよそよそしさが彼女を包んだ。

「おはようございます」アーシュラは誰に向かうでもなく言い、手袋をはずしてテーブルに置いた。「この時間にこんなにたくさんお客さまがいらしてるなんて珍しいこと。ミスター・フェントン、新型を持ってきてくださったのね」

「改良を加えてずっとよくなったよ」フェントンが自信たっぷりに言った。

「ものすごく打ちやすいの」マッティが言った。

フェントンが誇らしげに顔を紅潮させた。

アーシュラがグリフィスに会釈し、つぎに挑むようにスレイターを見た。

「今日はいったいどういうご用向きでこちらへ、ミスター・ロクストン？」

またミスター・ロクストンに戻ってしまった。おそらく問題の何かは夜のあいだに起きたのだろう。彼女の動揺は何が起きたからなのか、どれくらい時間があったらそれを聞き出すことができるのだろうか。

「今日これから、古代美術工芸品展をやっている美術館にいっしょに行ってもらいたくて説得しにきたんだ。今回の目録作成に当たって事前調査がしたくてね」

アーシュラははじめはぎくりとしたが、まもなく慎重なところを見せた。「今日は片付けなくてはならない仕事があるのでちょっと」

「今度の客、レディ・フルブルックのところへつぎに行くのは明日だよね、たしか。この美術館行きは仕事の一環と考えてもらっていい。メモを取るつもりなんで、きみに口述筆記をたのみたいんだ。速記帳は忘れずに」

アーシュラはいまにも抗議をはじめそうな顔で二、三秒間スレイターをじっと見ていたが、そのときスレイターが意味ありげな横目でマッティを示したのを見て、ぴんときたようだった。マッティは犯人探しについては何も知らないのだ。

「わかりました。そういうことでしたら行きましょう。この事務所のことはすべてマッティが引き受けてくれると思いますので」

「ええ、任せて」マッティが快く応じた。「予定表を見るかぎり、今日は特別なことはなさそうだから大丈夫よ。あっ、そうだわ。話は変わるけど、ミス・テイラーを採用することにしたの。明日から研修をはじめるのでよろしく」

アーシュラは、新人採用の件は了承したという意味をこめて、軽くうなずいた。

「よかったわ、うまくいって」

スレイターはグリフィスに一瞥を投げた。あいかわらずマッティのすぐそばをうろうろしている。

「グリフィス、もしよければそろそろ?」

グリフィスが反射的に背筋を伸ばした。「はい、すぐに。それじゃ、お目にかかれて光栄でした、ミス・ビンガム。タイピングを見せていただき、感謝します」

マッティがにこりとした。頰がやや赤みを帯び、目がいやにきらきらしている。

「どういたしまして、ミスター・グリフィス」

グリフィスが〝ミスター〟・グリフィスと呼びかけられるのは、もしかしたらはじめてのことなのではないかとスレイターは考えた。グリフィスはあまりの光栄に目がくらんでしまったかのようだ。部屋の中央に立ち、口がきけないままマッティを見つめている。

スレイターは愉快でたまらなかった。咳払いをひとつする。「〝ミスター〟・グリフィス、もしよければそろそろ――」

グリフィスははっとわれに返った。「はい、承知いたしました。すぐ馬車の用意を」

帽子に手を添えてマッティに会釈すると、扉に向かって歩きだした。マッティはそんな彼が廊下に姿を消すまでじっと見守っていた。

アーシュラが置いたばかりの帽子と手袋を持つと、スレイターは彼女の腕を取った。アーシュラは一瞬体をこわばらせはしたものの、腕を引き抜きはしなかった。さっき見てとった彼女の緊張状態は勘違いではなかった。彼女に触れたいま、今度は身震いが全身を駆け抜けるのが感じとれた。

彼女をエスコートして扉へと向かった。

「アーシュラ、待って」マッティが呼び止め、椅子で床をこすりながら立ちあがった。「鞄を忘れてるわ。ミスター・ロクストンのお手伝いなら、速記帳と鉛筆がなくてははじまらないでしょ」

アーシュラが足を止めた。「ほんとだわ。ありがとう、マッティ」

マッティは笑顔でアーシュラの机から鞄を取り、アーシュラに手わたしながら片目をつぶった。

「美術館、楽しんでらして」スレイターにはすべてお見通しといった顔で言う。「古代の美術工芸品、さぞ素敵でしょうね」

アーシュラはまったくの無表情だ。スレイターは彼女に手を添えて廊下に出た。そのまま無言で馬車の座席にすわり、馬車が美術館めざして走りはじめたところではじめて口を開いた。

「ぼくの思い違いでなければ、ミス・ビンガムとグリフィスは見つめあっていた。どうも新型タイプライターよりお互いに大いに関心があるらしい」

アーシュラが何がなんだかわからないといった顔をした。「どういうこと?」

「いや、もういい。なんでもない」スレイターはまた何か当たり障りのない話題を探そうとしたが、むなしい努力は放棄した。そもそも無駄話が得意ではなかった。フィーバー島での体験も、その後の仕事も、彼の社交性を高めてはくれなかった。「ところで、どうかしたのか、アーシュラ?」

「みんなが同じことを訊くけれど、わたしはこのとおり、ぴんぴんしてます」鞄の取っ手をつかんだ手に力がこもった。「それより、美術館にお供させたい本当の理由を聞かせていただけませんこと?」

「じつのところ、理由は二つある。ひとつは、きみと二人きりで話がしたかった。報告することがある」

アーシュラがすぐさま関心を示した。ベールごしにスレイターをじっと見ている。「アンの死に関して何かわかったことでも?」

「まだはっきりとは言えないが、フルブルックに関してわかったことがある。役に立つかもしれないし、立たないかもしれないが」

「そういうことなら、わたしも昨夜、アンの速記を文字起こししていて、不可解な点を見つけたわ。でも情報の詳細を交換する前にまず、こんな早い時間に美術館へ行く二つ目の理由を聞かせていただかないと」

「開催がはじまったばかりの古代美術工芸品展へいっしょに行けば、ぼくたちのつきあいは仕事上でなく私的なものだとの印象が高まるはずだ」

アーシュラは理解したようだ。「それはわかるけれど、なぜそれが賢明だと考えてらっしゃるのかしら?」

「昨日の夜わかったことを考えると、この犯人探しは危険をはらむ可能性が出てきたからだ。

もし誰かがきみを見張っているとしたら、そいつにわからせておきたいんだよ。もしきみの身に何かが起きようものなら、ただじゃおかない友だちがいるってことをね。それなりの身分がある友だちがいることをわからせておこう」

アーシュラがスレイターをじっと見た。「本気なのね」

「ああ、もちろん。つぎはきみだ、アーシュラ。昨日の夜わかったことって、いったいなんなんだ？　きみをそこまで動揺させることがあるとは思ってもみなかったよ」

膝の上で鞄を持つアーシュラの手袋をはめた手になおいっそうの力がこもった。「アンの速記帳の中に香水店に関する書き込みを見つけたの。住所が書かれていて、変だなと思ったのよ」

スレイターはその先を待った。本当だろうと思った。だが、それが全部ではない。アーシュラに先をつづける気がないと知ると、スレイターはつぎの質問を投げた。

「アン・クリフトンは香水が好きだったのか？」

「ええ、それはそう。でも、問題はそこじゃないの。奇妙なのは、レディ・フルブルックの詩を速記していたそのノートに住所が書きとめられていたって点。それで、あなたの報告っていうのはなあに？」

アーシュラが話題を変えるのが少々早すぎる気がした。とはいえ、香水店についてそれ以上のことを聞き出す時間はない。馬車が美術館の正面で音を立てて停まったのだ。スレイターは扉の取っ手に手をかけた。

「こっちの報告もきみのと同じ範疇に入ると思う——奇妙だしふつうじゃないが、同じように何かをはっきり示唆しているわけじゃない。それじゃ、中に入ってから説明するよ」

13

「これは贋作、だな」スレイターが言った。

アーシュラはヴィーナスの像に目を凝らした。女神の裸像は優雅に身をかがめ、右の肩ごしに後ろを振り向いている。顔には驚いた表情。これから水浴びをしようとしたとき、闖入者に気づいてぎくりとしたようだ。彫刻家は間違いなく、女体の豊満で肉感的な曲線をあえて強調している。姿態の艶かしさはきわどく、扇情的と言われても否定はできないだろう。

まだ午前中の早い時間で、パイン・コレクションからの古代美術工芸品を陳列した展示室を訪れる人はまばらだった。アーシュラは突然、これまで出会った中で最高に魅力的な男性と二人でヴィーナスの裸像を眺めている自分を意識した。赤らんだ頰を隠してくれているベールには感謝してもしきれない。

「どうかしら」アーシュラは心して、像に対する関心があくまで学術的であることが伝わるような口調で言った。「わたしは贋作だとは思わなかったけれど、どうしてわかるの?」

「髪の表現法がぎこちないし、顔の表情におもしろみがない」明らかに、そうした分析をいちいち説明するのがもどかしいらしい。口調はどこまでも学術的だ。「乳房と臀部の比が誇張されすぎている。高級娼館の玄関に飾ってあれば喜ばれるといったたぐいの彫像だ」

「ふうん」アーシュラはヴィーナス像からスレイターに向きなおった。「だとしたら、古代ローマの人びとが娼館にこれを飾らせたと考えたいわ」

「なるほど。しかし、彼らはふつう、もっと出来のいい彫像を置いていた。断言してもいい。どんなことがあろうと、彼らはしかるべき建物にこんな像は飾らなかった」

「どうしてそこまで確信が？」

「これにはピーコック作の彫像がもつ顕著な特徴が全部そろっているからさ」

アーシュラは目をぱちくりさせた。「ピーコックってだあれ？」

「ベルヴェデーレ・ピーコック。長きにわたって〝芸術作品の忠実な複製〟の数々をつくってきた男で、彼の作品をつかまされた者の中には、この国でも指折りの著名な収集家たちも何人かいるくらいだ。近々彼の工房に寄って、この美術館に作品が展示されたお祝いを言わないといけないな。みごとな業績と言うほかない」

アーシュラは数歩移動して、真鍮と木でつくられた立派な二輪戦車をしげしげと眺めた。小ぶりな四角い説明書きを見ると、エトルリアの作品と記されている。

「美術館の人にヴィーナスのことは何か言うおつもり？」

「いや、もちろんそんなことはしないさ」スレイターはそう言いながらアーシュラに近づいてきて、すぐ横に並んで立った。「ぼくはただ、鑑定の依頼を受けたときにああいうものについて意見を言うだけなんだ。今回の場合、あのヴィーナスについて誰も意見を求めてこなかったからね」そしてしばし丹念に戦車を見たのち、かぶりを振った。「いずれにしても、現在美術館に置かれていたり個人が所蔵していたりする贋作や疑惑の作品の正体をすべて暴くとしたら、一生かかっても時間が足りないだろうね。昨今の古代美術工芸品収集熱のおかげで、〝芸術作品の忠実な複製〟の取引は活況を呈している」

アーシュラが眉をきゅっと吊りあげた。「この戦車も、ひょっとしてエトルリアのものではないというわけ？」

スレイターは軽蔑のこもる一瞥を戦車に投げかけた。「おそらくはアルバーニの作だ。ローマに店をもっている男だ」

アーシュラはおかしくてたまらなくなり、笑いを浮かべた。

「ご意見は胸におさめておいていただきたかったわ。こういう作品の多くが贋作だということをうかがわなかったら、この展示をもっとずっと楽しめたはずですもの」

スレイターがもどかしさがにじむ険しい視線をアーシュラに向けた。「きみをここへ連れてきたのは美術工芸品を鑑賞するためじゃない」

「わかっているわ」アーシュラは隣の大きな壺の前へと進んだ。体操を思わせる複雑な体勢をとったたくさんの男女が描かれている。「話すことがおありなのよね」

スレイターが壺の前に立つ彼女の隣に来た。「まずひとつ目は、昨夜フルブルックを尾行したところ、秘密倶楽部へと入っていった。オリンポスという店だ」

「それが何か？　身分の高い紳士たちはいくつもの倶楽部の会員になっているわ」

「そこはかなり変わっていて、女性も何人かいた」

「まあ」アーシュラがとっさに彼のほうを向いた。「ずいぶん現代的な倶楽部だこと。レディも入店を許される紳士の倶楽部なんて聞いたことがないわ」

「オリンポスが女性の権利の向上にひと役買うとは思えないけどね。そこにいた女性たちは、社交界で催される舞踏会に出席するレディたちに見劣りしない、流行の最先端をいく高価なドレスを着ていたが、彼女たちはみんな、〈悦楽館《パヴィリオン・オヴ・プレジャー》〉という高級娼館で働いている女性だった。そこの経営者はミセス・ワイアットとかいうらしい」

「そういうことなのね」アーシュラの頭にすぐさまある質問が浮かんだが、口にすべきではないことは重々承知していたため、しばしためらった。しかし、どうしても抑えきれなくなった。「あなたはその娼館や経営者の女性をご存じなの？」

「いや、知らない。だが、もっとよく調べてみるつもりだ」

「なぜ？」

　そこまで歯に衣着せぬ質問をするつもりはなかったのに、気がつけば驚くほどきつい口調になっていた。彼が高級娼館をもっとよく調べたがっている理由を訊く権利がこちらにあるかのような口調。本当はそんなこといっさい気にかけてはいないのに。売春宿に足しげく通う男性はたくさんいる。スレイターがその中のひとりだと知っても驚くには当たらないはずだ。

「なぜって、それはぼくたちがフルブルックの身辺を調べているところだからさ」スレイターは答えた。まるで頭が悪い人間を相手にしているかのように。「彼がオリンポス倶楽部の会員であることに大きな意味があるかもしれない」

「そう思うのはどうして？」

「昨夜、倶楽部の敷地内に入ったとき、たまたまその娼館で働く女性のひとりと言葉をかわす機会があってね。エヴァンジェリンと呼ばれている女性だ」

アーシュラはスレイターを素早くちらっと見た。「エヴァンジェリンと〝呼ばれている〟というのはどういう意味かしら？」

「本当の名ではないと思うからだ。彼女はプロの高級娼婦なんだよ、アーシュラ。つまり、彼女はその役を演じているんだ」

「そういうことね。わかるわ、もちろん」

〝わたしがこの役を演じているのと同じこと〟、とアーシュラは思った。〝わたしはあなたが考えているわたしじゃないの〟。スレイターが本当のわたしを知っているかどうかなど気にかける必要はあるのかしら？　わたしの過去に関するニュースを彼がどういう形で知ることになるのかはわからない。たいていの紳士はもちろん愛想を尽かすはず。でもスレイターは違う。なのに事実をすっかり打ち明けるとなれば、ただでさえもろい二人の関係が完全に壊れる危険を冒すことになる。

昨日の夜中に起きた問題に対処するための計画はもう立ててあるじゃないの、とアーシュラは自分に言い聞かせた。

「エヴァンジェリンから聞いたところでは、その倶楽部は会員にアンブロージアと呼ばれる薬を出しているそうだ。薬の効果は人によってさまざまで、たいていは快感を伴う幻覚を見たりするだけだが、薬の影響で暴力的になる客もままいる。その薬の最新版はいちだんと強力になっているみたいだと彼女が言っていた。最近、アンブロージアを使った会員の男にパヴィリオンの女性のひとりが殺されたらしい。それについては彼女は確信があるようだ」

「まあ」

「パヴィリオンで働く女性たちは、そのニコールという同僚が橋から飛び降りたと聞かされたが、誰も信じちゃいない」

アーシュラはしばし考えをめぐらせた。「興味深くはあるけれど、それがアンの死とどう関係があるの？」

「ないかもしれない。しかし、フルブルックはオリンポス倶楽部の会員だ。おそらく薬をやっている。いいかい、ごく最近、その倶楽部の会員に対する性的奉仕を生業としている女性の、少なくともひとりが死亡した。アンはフルブルックの屋敷に仕事で通っていて死亡した。この二つの事実、関連があるかもしれない」

「アンの死因が暴力でないことは間違いないわ。遺体に傷のようなものがまったくなかったこと、わたし、この目でたしかめたの。もしかしてその薬、過剰摂取で死に至ることもあるのかしら？」

「ありうると思う。フルブルックが彼女に、高級娼婦としてその倶楽部で働かないかと誘いをかけた可能性は考えられないかな？」

「それはないわ」アーシュラが答えた。「絶対に」

「きみの友だちを軽蔑するつもりはないが、彼女はどちらかと言えば奔放な性格だったと聞いていたからね。そのときみは、恋愛関係が絡んでいるかもしれないと言いたそうだった」

「ええ、そう……恋愛関係。売春婦じゃないんですもの、彼女は」

「なぜそう言いきれる？」

アーシュラがその話題を払いのけたくて片手を振った。「何よりもまず、彼女の衣装戸棚にそういう仕事にふさわしい服など一着もなかったわ」

それを聞いたスレイターがぴたりと動きを止めた。

「ほう。この状況をそういう面から考えたことがなかった」

「男性ですもの、無理もないわ。さっきおっしゃったように、昨夜会った女性――エヴァンジェリン――やその倶楽部の敷地内にいたほかの娼婦たちはみな、舞踏会に来るレディのように流行のドレスをまとっていたのね」

「そうなんだ。流行に関してぼくは疎いが、エヴァンジェリンのドレスが高級品だったことは間違いない。金の長いイヤリングにも水晶がたくさんはめこまれていた」

「高級品かどうかはともかく、アンは夜会服なんか一着ももっていなかったわ。アクセサリーもいくつかはもっていたけれど、夜会につけていけるようなものではなかった。もっとふだんづかいのもの――ショッピングや友だちとのお茶のときにつけるようなもの――ばかり。上着にピンで留められるしゃれた小型の時計。カメオ。ロケット。いちばん高価なものは銀製の小さな手帳と鉛筆がついた帯飾り鎖かしら。以前に顧客から贈られた品で、彼女、それはそれは気に入っていたわ。でも、どれひとつとして舞踏会にはふさわしいものではないし、ドレスもそう。信じていただきたいわ。もし流行の最先端をいくものや高価なものをもっていたら、彼女は事務所でわたしたちに見せびらかさずにはいられない人だったの」

「たしかなんだな?」

「間違いないわ」アーシュラは断言した。

「にもかかわらず、少なくともフルブルックやその倶楽部にどこかでつながる二人の女性の死が偶然の一致だとはぼくには思えないんだ。その娼館の経営者、ミセス・ワイアットに話を聞いてみたほうがいいと思うんだが」

「もしその人がオリンポス倶楽部の会員の男性に売春婦を都合して大金を稼いでいるとしたら、自分の商売について話してくれるはずがないわ」

「リリーならミセス・ワイアットを説得できるんじゃないかと思う」

「お母さま、その人とお知り合いなの？」

「あの人の人脈は幅広いだけでなく、はるか遠くまで網羅しているからね」

スレイターの皮肉っぽい言葉のひねりに、アーシュラは思わず笑った。

「ええ、お母さまの口述筆記をしていたとき、わたしもそういう印象をもったわ。これまで担当したお客さまの中で最高に興味深い方のひとりだと言えるわね」

スレイターはつづいてまた何か言いかけたが、唐突に口をつぐんだ。アーシュラは彼が無言のうちに警戒態勢に入ったことに気づいた。彼の意識はホールのはるか入り口付近の何か、あるいは誰かに向けられている。

アーシュラが振り向いて彼の視線の先を追うと、そこには立派な身なりの気品ある紳士と黄色と青のドレスを着た美しいレディがいた。紳士は長身金髪で、筋骨たくましい体格をしている。先祖の富と地位を何世代にもわたって継承してきた者特有のけだるい落ち着きをさりげなく放っている。隣のレディも同じ世界で育った人のようだ。二人は例の艶かしいヴィーナスの彫像を見ている。

「それじゃ、そろそろ帰ろう」スレイターが言った。

提案ではなく命令だった。アーシュラの返事など待たずに、彼はアーシュラの肘をぐいとつかみ、展示室の奥の出口に向かって歩きはじめた。アーシュラも抗わなかった。

「何かまずいことでも？」小声で尋ねた。

「〝こと〟じゃなく〝人〟だ」

「ここから逃げるのは、いま入ってきた紳士とレディのせい？」

「くそっ、逃げるわけじゃないんだが」

だが、スレイターはとっさに歩調を落とした。いま入ってきた人間から逃げると言われたことが気に障ったのだろう。

「だったらどういうこと？　なぜこんなに急いでここを出るの？　約束の時間に遅れそうだとか？」アーシュラは食いさがった。

「トレンスとぼくはお互いに顔を合わさないほうがいい。そういうことさ」スレイターが怒りをこめて言った。

「ということは、あの人がトレンス卿なのね。あなたといっしょにフィーバー島を探検した？」

「隣にいるのが彼の妻、レディ・トレンス」

「あなたがここを出なければならない理由、それでわかったわ」アーシュラは言った。「噂好きな人たちや報道陣が、あなたとトレンスがいっしょに美術館にいるところを見たら、とんでもない憶測が飛びかうこと間違いないもの」

「そのとおり」

「でも、そうやってトレンス卿を避けるのはどうして？　あなたたち二人、これから先きっとまた顔を合わせることになるわ。上流社会はいろいろな意味ですごく小さな町ですもの。言わせていただくなら、ただの偶然以外の何ものでもないような顔をなされればいいんじゃないかしら」

「ご忠告ありがとう」スレイターが歯嚙みするような声で言った。「だがあいにく、ぼくはトレンスも噂もおよそどうでもいいんだ。ぼくが守ろうとしているのはきみだから」

「わたし？」アーシュラは言葉にならないほど驚いた。「でも、わたしはあなたとトレンスの争いにはいっさい関係がないわ」

「トレンスがきみを利用してぼくを攻撃しようとするかもしれない。それを避けるためさ」

それを聞いたアーシュラは心底動揺した。「あなたたち二人の確執についてはあれこれ書かれてきたけれど、やっぱり新聞や低俗雑誌にとってはかっこうの餌食なのね」

「ひどいもんだよ。言わせてもらえば、これは一方的な恨みにすぎない。ぼくが帰国してからというもの、ぼくをずっと避けているのは彼のほうなんだよ、アーシュラ」

「ふうん」

「いったい何が言いたい？」

「いえ、なんでもないわ。ただちょっと考えただけ。

「わたしには関係のないことですもの、実際のところ」

「さ、ここを出よう」

スレイターはアーシュラをせきたてるように、いくつもの壺、彫像、そのほかいろいろな作品の前を通って出口に向かった。もう少しで脱出成功というとき、出口の扉を通り抜けようとすると、まるまる太った大男が目の前に現われた。

「ロクストン」男の朗々たる声が展示室の隅々にまで響きわたり、壁という壁に当たって反響した。「私のコレクションに来てくれたんだね？　なんたる光栄。いや、こんなにうれしいことはない。トレンスは来てくれそうだと聞いていたが、きみが来てくれるとは意外だよ。このごろはめったに外出しないと聞いていたからね。こんなささやかなコレクションに足を運んでくれるとは、うれしくてうれしくて言葉もない。お連れの方をご紹介いただけるかな？」

しまった、とアーシュラは思った。展示室内の人びとがそろってこっちを振り向いた。脱出は万事休す。スレイターも、やられた、と思っているはずだ。スレイターがアーシュラを呼び止めた。

「ミセス・カーン、パイン卿をご紹介しよう。こちらがここにある古代美術工芸品を美術館に寄贈なさった寛大な収集家だ」スレイターは改まった口調で冷ややかに言う。

「パイン卿」アーシュラはつぶやいた。

「ミセス・カーン、お近づきになれて光栄です」パインはアーシュラの手袋をはめた手の上に体をかがめたが、何を思ったか唐突に背筋を伸ばした。「おや、あそこでヴィーナスを鑑賞しているのは、誰かと思えばトレンスと魅力的な奥方。これはこれはこれは。ロクストンとトレンス。イングランドで最も高い評価を受けている二人の古代美術の専門家が、私のコレクションに足を運んでくださるとは。なんとも喜ばしいことじゃないか」

「じつに興味深いコレクションだが」スレイターはアーシュラの腕をつかんだ手に力をこめた。「私とミセス・カーンはもう行かなければ。約束の時刻に遅れそうでして」

「わかった。わかった。しかし、あのヴィーナスに関するご意見をぜひひと言」つづいてパインはことさらに声を大きくした。「きみの意見もぜひともうかがわないことにはな、トレンス」

「あの像には、なんと言うべきか……力強さを感じる」スレイターが言った。

トレンスとその妻が、スレイターとアーシュラがパインとともに立っているほうへ、わずか数歩だけだが近づいてきた。

「あのヴィーナス、たしかに目を引く」トレンスはそう認めた。スレイターと顔を合わすのは避けている。

「そうそう、レディたちはいかがでしょうか？」パインが含み笑いをする。「レディたちのご意見もぜひともうかがわなくては」

「古代の美術工芸品に関してほとんど何も存じませんの」レディ・トレンスが引きつった声で言った。「主人はそちらのほうが専門ですが」

とりすました笑顔をなんとかつくってはいるが、スレイターにじっと向けた目は大きく見開かれ、恐怖に近い色を帯びている。

「ミセス・カーンはいかがでしょう？」パインが今度はアーシュラに質問を向けた。「あのヴィーナスをどうお思いかな？」

「こちらの素晴らしいコレクションの中でも、ひときわ輝くスターだと思いますわ」アーシュラは答えた。「あの、本当に申し訳ありません。お気を悪くなさらないでいただきたいのですが、ミスター・ロクストンがおっしゃったように、約束の時間が迫っていまして」

「引き留めるつもりなど毛頭ありませんよ」パインが言った。「さ、急いでいらしてください。ロクストン、今日は私のコレクションに来ていただいて本当にありがとう。きみの賞賛の言葉がトレンスの賞賛の言葉と並べば、きっとたくさんの人がここへ足を向けてくれるだろうからね。じつのところ、きみたちの来場とひと言が明日の朝刊に載ることを期待しているんだ。そうなれば、パイン・コレクションは世界じゅうにその名を知られることになる」

「たしかに」スレイターが言った。

もはやトレンス夫妻を避けてこっそり抜け出す意味がまったくなくなったと判断したスレイターは、この問題に対して正面から攻撃を仕掛けることにした。裏口からこっそり抜け出す作戦をやめ、アーシュラの肘をつかんだ手に力をこめ、正面玄関に向かって展示室を歩きだしたのだ。

歩を進める先にはトレンスと恐れおののいた表情のレディ・トレンスがいる。アーシュラはレディ・トレンスの気持ちを楽にさせたくて、できるだけ礼儀にかなった笑みを投げかけてみたものの、結果的には彼女をなおいっそう警戒させただけだった。彼女は夫の腕をぎゅっとつかんだ。

トレンスのスレイターを見る目は、虎の動きをうかがう男のそれだった。いまにも跳びかかってきそうな野獣に対して身構えるかのように。

スレイターは機先を制し、二人に向かってそっけなく会釈したが、歩調は落とさなかった。トレンスの顎と目尻が引きつり、怒りを抑えこむのがわかった。スレイターと同じくぶっきらぼうに首をかしげて挨拶を返した。このとき、スレイターのわずかなためらいがアーシュラには感じとれた。トレンスの前まで引き返して対決すべきかを考えているらしい。

アーシュラは決然と歩きつづけ、スレイターにも否応なくそうさせた。

「くそっ」スレイターがつぶやいたが、声はアーシュラにしか聞こえないように抑えられていた。

アーシュラはそのまま歩きつづけ、二人は無事に外に出た。

「なんだかちょっと変だったわ」ぴりぴりした沈黙を破り、アーシュラが口を開いた。「レディ・トレンスは、あなたと彼が美術館の真ん中で殴り合いをはじめるんじゃないかとびくびくしていたみたい」

「どうしてぼくがトレンスと殴りあわなきゃならないんだ?」

「どこかで読んだか聞いたかした情報によると、あなたの元パートナーで友だちでもあった彼が、あなたを故意に罠にはめて神殿の洞窟に閉じこめ、殺そうとした可能性もあるらしいわ。あなたを襲った悲劇のあと、彼は二人で発見した途方もない財宝を船でロンドンに持ち帰った——付け加えるなら、以来その財宝はどこへともなく消えてしまった。そんな出来事のせいで、二人のあいだには根深い反感と不信感が生じたというようなことだったけれど」

スレイターはさも愉快げにアーシュラを一瞥した。陽光に眼鏡のレンズがきらりと光る。

「その情報の出どころはどこなんだ、ミセス・カーン?」

「決まってるでしょう。大衆向け新聞」

「だと思った。どうも誤った情報に踊らされているようだ」

アーシュラが笑顔をのぞかせた。「まあ、びっくり。新聞が? 誤った情報に踊らされている?」

「情報がすべて間違っているというわけじゃないが、ひとつだけはっきり言えることがある

──トレンスはフィーバー島から生還したぼくを憎んでいる」スレイターがふうっと重苦しい息を吐いた。「なぜなのかはわからないが、そうとしか考えられない」

「いいえ、そうじゃない」アーシュラがすぐさま言った。「あの人や奥さまから憎しみは感じられなかったわ」

「じゃあ、いったいなんだろう？」

「恐怖ね」

「それは筋が通らないだろう」

「彼がフィーバー島でのことであなたが彼を憎んでいると思っているとすれば、じゅうぶん筋が通るわ。よけいなお世話だとわかってはいるけれど、いったい何が起きたのか、もしよかったら話していただけない？」

「ぼくたちがトレンス卿夫妻と鉢合わせしたってニュースが、明日はロンドンじゅうの朝食の席の話題になるのが間違いないことを思えば、きみにはある程度のことを知っておく権利があるな」

14

「ミセス・カーン、ようこそお越しくださいました。またお目にかかれて光栄です」ウェブスターがアーシュラに笑いかけると、顔の傷跡にしわが寄った。「ミセス・ウェブスターもきっと喜ぶことでしょう。すぐに知らせてこなければ」

「ありがとう、ウェブスター」アーシュラは心あたたまる出迎えがうれしかった。

スレイターが険しい目でウェブスターを見た。「ミセス・カーンが世界一周の船旅から帰ってきたわけじゃあるまいし。二日前にもここに見えただろう、忘れたのか？」

「いいえ、憶えておりますとも。ただ、私どもといたしましては、これほどすぐにまたお見えいただけるとは思っておりませんでしたので。うれしい驚きでございます」

廊下のほうからせわしい足音が聞こえてきたかと思うと、ミセス・ウェブスターが舞台に登場した。

「まあ、ミセス・カーン、お戻りになられたのね」長いこと行方不明だった家族が生きて帰ったことを知った芝居のヒロインのような声が響いた。「またお目にかかれるなんて、こんなうれしいことはありませんわ」

「ありがとう、ミセス・ウェブスター」アーシュラは言い、笑みを浮かべた。「今日はすぐに失礼しますが――」

そこで言葉を切ったのは、スレイターの手が肘をぎゅっとつかんできたからだった。そのまま読書室の方向へと歩かせる。

「ミセス・カーンと片付けなければならない仕事ができた」スレイターは後ろを振り返って二人に告げた。「すまないが、邪魔はしないでくれ」

ミセス・ウェブスターは厳格な面持ちでスレイターを見た。「ティートレイをお持ちしようと思いますが」

スレイターがうめくように言った。「いいだろう。ティートレイをたのむ。忘れずに珈琲も。そのあとはしばらく二人きりにしてもらいたい」

ミセス・ウェブスターは肩の力を抜き、ようくわかっております、とでも言いたげな笑みを浮かべた。「承知しました。それでは少々お待ちくださいませ」

スレイターはアーシュラを引っ張るようにして廊下を進み、読書室に入った。扉を閉めると、くるりと向きを変える。

「ウェブスター夫妻はずいぶんきみに会いたかったようだ」スレイターが言った。

「素敵なご夫婦だわ」アーシュラはベールをしゃれた小ぶりな帽子の縁の上に上げた。

「少々変わってはいるけれど」

「二カ月前、母がぼくの使用人を探すと申し出てくれてね。そういうことについて、ぼくはどうしたらいいのかぜんぜんわからなかったし、そんなことで煩わされたくもなかったんで一任した」

「それでいいんだと思うわ」アーシュラは言った。「自宅の使用人の採用って、紳士が身につけることではないもの。女主人の仕事だわ」

スレイターの表情がいつになく厳しいものになった。机の向こう側に回り、椅子の背を両手でぎゅっとつかんだ。

「挫折した俳優やほかにも舞台関係の仕事をしていた者ばかりで構成された使用人と暮らしてみろよ、まるでメロドラマの中で暮らしてるみたいだ。とくに信頼できないのが俳優だ。ほんのちょい役でも芝居に出るチャンスを察知すれば、即座に辞めていく。そして二日後の夜、芝居の幕が下りたら戻ってきて、また雇ってくれとたのむんだ。だが、そんなときもこっちに選択肢があるわけじゃない。そんな連中をそうは簡単に放り出せないときている」

「どうして?」アーシュラは静かに訊いた。

その質問は彼をしばし黙りこませた。

「うーん、理由はいろいろあるが、ひとつには、代わりを探そうとしても昔ながらの本物の使用人は簡単には見つからないからだ」ようやく口を開いたスレイターが言った。そしてゆっくりと息を吐く。「ああいう仕事の訓練をじゅうぶんに受けた人に、新聞や噂好きな連中がおもしろがるぼくの変人ぶりを我慢できる人がめったにいない」

「ふうん。たしかにそうかもしれないわね。でも、あなたがウェブスター夫妻やほかの人たちを放り出さない理由はそれだけじゃないと思うわ」

「そうかな？」スレイターが眉をきゅっと吊りあげた。「もっといい答えが思い浮かばなかったんだ」

「あなたがあの人たちを解雇しないのは、彼らに同情しているからでしょう。あの人たちがここで働くことになったのは、お母さまが彼らを送りこんだから。もしあなたがあの人たちをつぎの役が来るまで雇わなければ、彼らの中には――とりわけ女性は――路頭に迷い、生きていくことさえできなくなる人も出てくるから」

「それじゃ、ぼくは仕事にあぶれた演劇関係者のための慈善事業家か？」スレイターが顔をしかめた。「きみが言いたいのはそういうこと？」

「そんな気がするの。慈善は悪いことじゃない。そもそもわたしがあなたの仕事を引き受けた理由のひとつは間違いなくそれだったわ」

スレイターはアーシュラをにらみつけた。

「そのあげくに辞めた」スレイターがやっと聞きとれる程度の小さな声でつぶやいた。

「ええ、たしかにそう。でも、最初からそんなつもりはなかったし、また戻ってきたいと思っていたわ」

「ほんとかな？」

「ちょっと訊いてもいいかしら。あなたが感じているその……変人ぶりのどんなところが、このお屋敷で働いてもいいと考えている人たちを遠ざけると思ってらっしゃるの？」

スレイターは椅子の背をつかんでいた手を離し、両手を広げた。「毎食ごとに菜食主義者向けの料理をつくってくれる料理人を見つけるのがどれほどたいへんか、わかるかな？」

アーシュラは拍子抜けして目をぱちくりさせた。笑いをこらえようとしたが、うまくいかなかった。

「まあ、びっくり」アーシュラは怖がるふりをした。「あなたもあの人たちのお仲間なの？菜食主義者？」

アーシュラに冷やかされ、スレイターはいささかむっとしたようだったが、どう切り返したものやらわからないらしく、とりあえず眼鏡をはずし、真っ白なハンカチーフをさっと取り出すと、レンズを拭きはじめた。

「本当にそれほど変かな？」きつい口調で訊く。「そんな目でぼくを見ないでほしいな。もうひとつ頭が出てきたり、全身が緑色に変わってきたりってわけではないんだから」

アーシュラはにこりとした。「ごめんなさい。ただ、あなたの答えが思いもよらないものだったから。それだけなの」

スレイターが眼鏡を拭く手を止めた。はっと驚いた目がアーシュラの目とがっちり合った。このときまた、アーシュラはなぜ彼が必要のない眼鏡をかけているのかを不思議に思った。

「それじゃあ、どんな変人ぶりをぼくが認めると期待していた?」

アーシュラは片手をゆらゆらと振った。ちょっとからかってみようと思ったのだ。

「新聞にかなり気味の悪い憶測記事が書かれていたことがあったの。もう忘れかけていたのに、使用人候補があなたの変人ぶりに腰が引けてしまうかもしれないって話を聞いたとき、きっと原因はそれだろうと思ったわ。まさか菜食主義が最初に頭に浮かぶとは思ってもみなかったの」

スレイターはまた眼鏡をかけようとしたが、そのままそっと机の上に置いた。はじめて彼の目が愉快そうに輝いた。

「ま、すわろうか、ミセス・カーン。きみの頭に浮かんだのがどんな変人ぶりか、聞かせてもらいたいね」

アーシュラは菜食主義について彼をからかってはいけないと知っていた。なのに、どうしてそうしたのかわからない。理由はどうあれ、その程度のお気楽なおしゃべりをせずにはいられなかったのだ。しかし、この男を相手に私生活を話題にするのはきわめて危険だと警告を発していた直感にきちんと注意を払うべきだった。

アーシュラは椅子に腰かけ、スカートの襞をととのえた。顔が少し赤くなっているのが自分でもわかった。「話題を変えたほうがよさそう」

「きみは驚くかもしれないが、ぼくもあの手の新聞を読んでいるんだ。ぼくの屋敷には秘密の部屋があって、使用人は入室を禁じられているというようなことがどこかに書かれていた。きみの頭に浮かんだのは、それに関係がありそうだな」

「まあ。あなたがあんなばかげた記事を読んでいらしただなんて。あんな記事、もちろん、真に受けたりなさらないでしょうけれど」

「ぼくが疑うことを知らない女性をその秘密の部屋に誘いこんで、彼女たちの体に風変わりな儀式とやらを執り行っていると信じこんでいる人もいることはたしかだ」

「風変わりな儀式という表現は、見た人の目にそう映ったということですよね」

「きみはそう思うのか？」

「わたしに言わせれば、鎧の上下を身につけている気分にさせられるだけではなくて、重さも鎧とあまり変わらない流行のドレスを着なければならないことも風変わりな儀式のひとつだわ。でも、ロンドンのレディは毎日それを執り行っている」アーシュラはしばし間をおいて強調した。「わたしもそのひとりだけれど」

気がつけば、いやに大胆な気分になっていた。少々向こう見ずと言ってもよさそうな気分。こんな気分にさせられたのは、スレイターと二人きりでいるせいだろう。

スレイターは二秒間ほどびっくりした顔を見せると、かすれた声で短く笑った。

「風変わりな儀式に関して、きみがそこまで視野の広い見解をもっていると知ってうれしいね」

これを機に話題を安全な領域に押しもどさなければ、と意を決し、アーシュラがしゃべりだしたところで、間の悪いことに扉をこつこつと叩く音がした。アーシュラは口をつぐんだ。ミセス・ウェブスターが、そこが地下祭室への入り口でもあるかのように扉を開くと、ミセス・ウェブスターがお茶の一式をのせたトレイを手にしずしずと入ってきた。アーシュラがすわっている椅子に近いテーブルにトレイを置いて、一歩あとずさる。

「お注ぎいたしましょうか？」ぜひともそうしたい思いが伝わってきた。

「いや、いい。ご苦労さま」スレイターが言った。「自分たちで注ぐ」

ミセス・ウェブスターは失望を隠さなかった。「では失礼いたします。ご用の際はお呼びくださいませ」

「ああ、そうする」スレイターが言った。

彼はミセス・ウェブスターが出ていったあと、扉が閉まるまで待ってからアーシュラのほうを向いた。一瞬とはいえ、読書室を支配していたきわどい空気はすでに消えていた。アーシュラはポットに手を伸ばし、二客のカップに紅茶を注いだ。

スレイターが机の後ろから出て部屋を横切り、アーシュラが差し出したカップと受け皿を受け取った。そしてまた机まで引き返し、その前に立った。

「秘密の部屋で執り行われている風変わりな儀式についての迷惑な憶測記事もだが、フィーバー島の体験がぼくの精神に影響をおよぼしたのかもしれないと書いてくれた新聞まであったことも知っている。本当のところ、おそらくそれもあったと思う。なんとも説明しがたいが、いろいろな意味でぼくが変わってしまったことはたしかなんだ」

「意外というほどではないわ」

あくまで穏やかにそう言い、スレイターが自由に自分のことを話せる空気をつくろうとした。アーシュラ自身、秘密をもつ身だ。もし秘密を打ち明けるとしたら、慎重に打ち明けなければならないことは承知していた。

「トレンスとぼくはいい友だちだった」スレイターはカップと受け皿を机に置いた。珈琲には手をつけていない。「お互い、古代の美術工芸品に関心があった。そして早い時期からフィーバー島の伝説に興味をそそられていた。そのうち、ぼくたちはフィーバー島探検に取りつかれたようになって、二年をかけてついにあの島の位置に関する手がかりをつかんだんだ」

スレイターはそこでいったん言葉を切り、頭の中を整理した。アーシュラは彼をせかすようなことはせず、ただ待った。

「ぼくが見つけた海図は昔の船長日誌のあいだにはさまっていたんだが、控え目に言っても雲をつかむようなものだった。トレンスは狂気の産物だろうと言って半信半疑だったが、島を探そうという提案には乗ってきた。借りあげた船の船長が最終的に島を見つけたのは、海図のおかげというよりは偶然とか幸運とかって表現のほうが当たっていそうだ」

スレイターは窓際へと移動し、そこにたたずんだ。視線は庭園に向けられている。

「わかっていたことは、フィーバー島は無人島だということ。トレンスとぼくは古代の神殿の入り口を見つけた。そこから火山の麓の内部に潜っていくと、墓室と宝物室が果てしない迷路のように形づくられていた。ぼくたちはその構造全体を〝墳墓都市〟と名づけてみた」

スレイターはそこで間をおき、かすかにかぶりを振った。「あれはまさに……驚異だった」

アーシュラはじっとすわったまま、スレイターの厳しい横顔を見つめた。アーシュラにはわかった。いま彼の目に映っているのは霧が立ちこめる庭園ではなく、フィーバー島の神殿の墓室だと。

「驚くべき発見だったのね」アーシュラが言った。

「それまでに見たどんなものとも違っていた。まるで夢の世界に足を踏み入れたようだったね」

スレイターがまた黙りこんだ。アーシュラは珈琲を飲みながら待った。

「発掘作業の助手として何人かの男たちを連れていっていた。墳墓の入り口は石造りの長い通路になっていて、火山の奥深くへとつづいていた。トンネルの行き止まりに広い部屋があった。壁にも床にも目がくらみそうな彩色がほどこされていた。空想の世界の動物――トレンスもぼくも見たことのない巨大な鳥や爬虫類——の彫像がそこここに置かれていた。そのどれもにまばゆいばかりの宝石がちりばめられていた」

「宝飾鳥像ならトレンス卿の帰国から数カ月間、大英博物館に展示されていたでしょう。わたしも見にいったの。本当に素晴らしかった。だから、あれが盗まれたって報道されたとき、そりゃもう騒然となったわ」

「あの神殿には美術工芸品が数えきれないほど詰めこまれていた。あくまでも想定だが、長い期間——おそらく五、六世紀——にわたって収集されたものだろう」

「エジプトや古代ギリシャのものだとか？」

「それはない」スレイターが言った。「それについては確信がある。その二つの古代文明と似たところもあるにはあるが、ぼくたちは未知の文明の墳墓を発見したと確信している。古くて、豊かで、力強いその文明は、それが滅びたあとに出現した偉大な文明にも影響をおよぼしたかもしれない」

アーシュラは驚嘆した。「すごいわ。つまり、あなたとトレンス卿はあのアトランティスの王族の墓を発見したのね？」

スレイターが首を振った。「アトランティスは伝説にすぎない」

それを聞いたアーシュラがにこりとした。「あなたももはや伝説と見なされていることをお忘れなく。その手の言い伝えは根も葉もないわけじゃないわ。たいていの場合、そこには真実のかけらがまじっているの」

スレイターが肩をすくめた。「フィーバー島に関する真実を見つけるなんて不可能だ。少なくともわれわれが生きているあいだにはね。島の火山が数年前に噴火して、あの墳墓は流れ出した溶岩と火山灰の下に埋もれてしまった。ぼくに言えることは唯一、そこの人びとの科学と文学はすごく発達していて、間違いなく古代ギリシャやローマ、エジプトなどと肩を並べていた痕跡があったということだ」

「その洞窟墳墓にはじめて足を踏み入れたときは、さぞかしわくわくしたでしょうね」

スレイターは振り返ってアーシュラをちらっと見た。片方の眉がわずかに吊りあがっていた。「わくわくした——が、それも動きはじめた罠によって、いちばん大きな墓室に閉じこめられるまでのことだった」

アーシュラの驚嘆と興奮はここで凍りついた。手にしたカップがかすかに震えたため、アーシュラはすぐさまそれをテーブルに置いた。

「想像もしていなかったけれど、そういうことだったのよね。生き埋めになったと覚悟したんですものね」

「最初の結論はそれだった」スレイターが認めた。「トレンスやほかの隊員にぼくを救出できるはずがないとすぐにわかったからだ」

「どうして?」

「彼らは、ぼくが何トンもの岩石の下に埋もれてしまったと思うはずだと気づいたからさ。それに、たとえ彼らが一縷の望みをつないでいてくれたとしても、墓室に通じるトンネル内を塞いだ石を掘り進むのは現実的に無理だった」

「どうやって生き延びたの？」

「出口につづくトンネルに仕掛けられた罠は、墓室内の石棺と宝物を守るために設計されたものだ。壊滅に至ったのは墳墓都市のほんの一部、外界へとつづく通路だけだった」

「どうやってそこから脱出したの？」

「ぼくがいた墓室は三つの通路に通じていた。壁には目を瞠るほどの絵画が描かれていた。三つの通路がそれぞれ異なる物語を語っていたんだ。ひとつ目はいつ果てることのない戦争を描いた叙事詩的な物語。二つ目の通路が語っていたのは復讐の物語。幸運なことに、ぼくは直感で三つ目の伝説を選んだ。それがぼくを迷宮へと導いてくれたんだ、迷路ではなく――」

「それはつまり、中心点に通じていたということかしら？」

「そうだ」スレイターが言った。「厳密に言うなら、べつの出口だ」

「ああ、よかった。でも、そこから出たとき、島にひとり取り残されたことを知ったわけね。べつの船が島にいつ到着するのかはまったくわからない状況で。その孤独感……頭がおかしくなりそうだったんじゃないかしら」

スレイターが笑みをたたえ、向きなおってアーシュラを見た。「新聞はそのあたりをちょっと誤解しているんだよ。あの島でぼくはひとりぼっちじゃなかったんだ」

アーシュラは驚きのあまり、言葉がなかった。「そんなこと、ひと言も書いてなかったけど」

「そうさ。誰にも話さなかったからね。トレンスと探検隊一行は、あの島に人が住んでいるなんて知る由もなかった。まあ、少人数ではあったけれどね」

「その人たち、お墓をつくった人たちの子孫なの？」

「いや、そうじゃない。ぼくが会ったのは世界じゅうのあちこちから来た人たちで、僧院――隠遁と内省の場所――を形成して、自分たちの共同体を〝三つの道の理法〟と呼んでいた。フィーバー島にたどり着きながらも、短期間しかとどまらなかった人もいた。理法の教えや規律が合わなかったためだ。それ以外の人は教えの実践に励み、身につけたものを世界各地に持ち帰った。島に残って導師になる人もいた」

「びっくりだわ」アーシュラが言った。「新聞ではいっさい、フィーバー島の宗教的な教えには触れていなかったもの」

「宗教的教義というものではなかった。いちばんぴったりくる表現は〝哲学集団〟かな。ロンドンの人間の目には、あの心身の鍛錬は秘密めいていて、とんでもなく常軌を逸したものと映るはずだ」

「そうだわね」アーシュラが少し間をおいた。「島で暮らしていたときに菜食主義になったというわけなのね？」

スレイターが一瞬にこりとした。「そうらしいね。とにかく、一年後に一隻の船がやって来たとき、ぼくは墳墓を出た。そのときはもう、理法の教えの伝授はすべて受けていた」

「話を聞くかぎり、島ではその理法の教えを学ぶ以外、あまりすることはなかったみたいだけれど、どうなのかしら？」

スレイターの目がさも愉快そうにきらりと光った。「たしかに。しかしそれは、理法の教えがぼくに合っていると思ったからだ。導師たちにも言われたよ、きみは生まれながらの探究者だと」

「その導師たちだけど——英語が話せるの？」

「話せる者もいた。いま言ったように、彼らは世界じゅうのあちこちからやって来た人たちだからね。極東。欧州。僧院にはアメリカ人もひとりいた——島にたどり着いた船の船長で、そのままとどまることにしたんだ」

「でも、あなたは好機を逃さずに島を離れるほうを選んだのね」

「ロンドンに戻ってしばらくは、ぴんぴんしている姿を見せて両親を安心させたけれど、もうロンドンは自分にとって安住の地ではないと感じたんだ。だから父に、ぼくにとっての真実の道を探しに海外に行きたいと伝えた。父は即座にぼくを切り捨てた。以来、金銭的援助はいっさいなし」スレイターは含み笑いをもらした。「そんな状況での親からのきわめてわかりやすい反応さ」

「そうかもしれないけれど、あなたの考古学踏査は大きな壁にぶつかったんじゃないかしら。そういう遠征の費用というのはとんでもない金額でしょうからね」

スレイターが窓の外を見た。「しかたがないんで、ほかに生計を立てる道を探した」

「それで、あなたにとっての真実の道は見いだせたの？」アーシュラは質問を投げかけながら、早くも答えはノーであることを察知していた。

スレイターがかすかに笑い、かぶりを振った。「探究をはじめて一年、ぼくはまたフィーバー島に引き返した。というのは、より深い教えと鍛練の必要性を感じたからなんだ。いろいろ問題を抱えていたんだよ。だが、ぼくが島を離れているあいだに火山の噴火が起きていた。島は壊滅状態。僧院は存在した痕跡すら何ひとつなかった」

「それでまた探究の旅をつづけているうちに、家族としての義務があなたを家に呼びもどしたのね」

「そう、当面ぼくはここにいなくてはならなくなった。父の遺産の管理は遠くからできる仕事じゃないんでね」

「ということは、それまでのどこかの時点でお父さまとは和解なさったのね」アーシュラが言った。

「父はぼくが独自の道を選んだことに対して、不承不承とはいえ敬意を抱くようになったんじゃないかと思うんだ」

「不承不承ではないはずだわ。わたしが耳にしたところでは、お父さまはあなたに全財産をゆだねられたとか」

スレイターが肩をすくめた。「ほかに誰もいないからさ」

「莫大な遺産を扱うとなれば、方法はほかにも必ずあるわ。お父さまは間違いなくあなたを信頼なさってらしたのよ」

スレイターは答えなかったが、反論もしなかった。

「お父さまからの金銭的援助なしで世界を歩きまわっていた何年間か、あなたはどうやって生計を立てていたの？　ぜひ聞かせていただきたいわ。わたしをここへ連れてきたのは、それが目的でしょ」

スレイターがアーシュラをちらっと見た。「きみは怖いほどぼくを見透かすことがあるんだね、アーシュラ」

「気を悪くなさった？」

「不安にはなるが、べつに気を悪くしてなんかいないさ。ただ、慣れるのにちょっと時間がかかりそうだ。きみの質問に対する答えだが、行方不明になったり盗まれたりした美術工芸品の回収を仕事にして生計を立てていた」

「すごく……珍しいお仕事ね。そういう仕事でじゅうぶんな収入が得られるものなの?」

「ありがたいことに報酬はたっぷりだった。収集家というのは強迫観念に取りつかれた、常軌を逸した連中なんだよ。これと思ったものを手に入れるためにはカネに糸目はつけない。捜し物を追って、ぼくははるか東方の隅々にまで足を伸ばした。ときには交渉がむずかしい相手を向こうに回しもした」

アーシュラは彼をじっと見ていた。「そういう場合、〝交渉がむずかしい〟の定義はどういうこと?」

「危険だってことさ」

アーシュラははっと息をのんだ。「ふうん」

「収集家や美術工芸品の地下組織に潜ったやつらは、手荒い連中を雇って欲しいものを盗ませることもよくある。危険な連中を雇って大事なものを警備させることも。頑丈な保管室や金庫室を造って複雑な機械仕掛けのロックをつける。狙った美術工芸品を手に入れるためには殺人も辞さない者もいる。早い話が、ぼくの顧客は伝説を追うことに取りつかれた連中だった」

「その人たちはあなたを雇って、そういう伝説を追跡させたのね」

「そして、ときにその追跡に暴力が絡んできた」スレイターがくるりと向きなおり、獰猛な目がアーシュラの目をがっちりととらえた。「今日、きみをここへ連れてきたのは、アーシュラ、きみに説明したいことがあったからだ。ぼくはそのころ、仕事から得る健全とは言いがたい刺激に、ときには暴力にさえ、満足を覚えていた。それがまさにぴったりの表現で、ぼくの変人ぶりの正体さ」

「で、わたしは驚かなきゃいけないの？」

「驚かないのか？」

「あなたが思うほどにはね。でも、聞いて、スレイター。わたしの人生には紆余曲折がいろいろあって、その経験のおかげで他人の人生の紆余曲折に寛容なの」

「それはまた、なんて心の広い」スレイターの口調はかなり冷ややかだった。

「あなたはトレンス卿が、宝飾鳥像を独り占めにするために故意に罠を動かして、あなたを生き埋めにしたという話は信じる？」

「いや。あれはきっと、鳥像を台座からはずすと罠が動く仕掛けになっていたんだと思う。しかし、機械があまりに古くてうまく動かなかった。あの動きはひどくゆっくりだったし、ぎこちなかった。だからトレンスやほかの隊員は入り口まで引き返す余裕があったんだ」

アーシュラは美術館で会ったときのレディ・トレンスの表情について考えた。「あなたからトレンスにはっきり伝えたほうがいいと思うわ、彼を恨んでなどいないって」

スレイターは険しい表情は変えなかったが、おもしろがっているふうでもあった。「ぼくがどう思っているのか、彼はわかっていると思う。ただ彼は、フィーバー島での出来事について二人で話したりしたくないんだよ」

「それはどうして?」

「たぶん、宝飾鳥像が本当はどうなったのかをぼくが知っていると思っているんだろう」

「いったいどういうこと? たしか盗難にあったのよね」

「忘れちゃいないだろ、行方不明になったり盗まれたりした美術工芸品を探すのがぼくの仕事だったこと?」

アーシュラは一瞬にして理解し、いささか驚いた。「まあ、そうだったのね。あなたは当時、あの盗難について知っていた」

「収集家や博物館関係者の世界は大騒ぎだったよ。客がぼくのところに殺到して、カネはいくらでも出すから探してくれと言ってきた。だが、ぼくはそういう依頼は全部断って、自分の意志で探すことにした」

「で、見つけたの?」

短い沈黙があった。

「あれがどうなったかは突き止めた」スレイターが答えた。

「新聞によれば、宝飾鳥像は伝説になった。そして、あれがあなたとトレンス卿の確執の原因ということになっているわ」

スレイターはアーシュラを食い入るように見た。「ぼくは宝飾鳥像のことなどなんとも思ってないんだが」

今度はアーシュラが彼をじっと見た。彼は本当のことを言っている、と思った。

「そうね、鳥像の行方なんてあなたには大したことではないと思うわ。あなたにとっては島での体験のほうが財宝なんかよりよほど大きな意味をもっているはずですもの」

「僧院で過ごした時間がぼくを変えたんだよ、アーシュラ」

「いったい何が言いたいのかしら、スレイター？」

スレイターがゆっくりと、慎重にアーシュラに近づいてきて、あとわずか数インチのところで足を止めた。

「きみに言いたいのは、きみとの出会いがぼくをもう一度変えたということだ。きみのことは舞台の袖から眺めているような気がしない。こうして近づくと、全身の神経がきみを感じているんだ」

アーシュラは口がきけなかった。何か言おうと口を開きかけてはいるのだが、言葉が見つからない。

「きみに訊いておかなければならないことがある」スレイターが先をつづけた。

アーシュラは押し黙ったまま、過去について訊かれるのを半ば恐れていた。ぞくぞくするような一瞬はたちまち凍りつくような不安に変わった。彼が過去の秘密を解き明かしたとは思えないが、何者か——脅迫してきた何者か——は間違いなく解き明かした。あれから二年を経たいま、彼女の過去は誰も知るはずないのだが。

「なんとしてでも訊いておきたいんだ。きみに出会ってから、それが気にかかって眠れぬ夜がつづいている」

アーシュラは身構えた。「いったい何かしら?」

「きみはいつも喪服を着ているが、ご主人が亡くなったのは数年前のことだと聞いた。その悲しみを過去のものとして胸におさめ、ほかの男との結びつきを考えるというのは無理なことだろうか?」

アーシュラは一瞬、驚きのあまり呆然となり、彼を見つめるほかなかった。やがて彼の目に何かに取りつかれたかのような翳りが忍びこみ、アーシュラを茫然自失の状態からはっとわれに返らせた。

「びっくりさせないで、スレイター。わたし、べつに深い喪に服しているわけじゃないの」安堵のせいで歯切れのいい返答だった。「むしろ逆。結婚していた期間は二年にも満たなかったし、夫が売春宿の階段から落ちて首の骨を折ったときにはもう、一度は感じていた夫への愛情は踏みにじられていたし。こんなことを認めるなんて恥ずべきことだとわかってはいるわ。でも、正直なところ、夫が博打で全財産をすったと知ったあともそうだったけれど、あの人がわたしの人生から消えてくれてほっとしたの。こんなことで質問の答えになっているかしら?」

「そうだね」スレイターが言った。「なっていると思う」

彼の目を激しい感情がよぎった。それに気づいたアーシュラは息ができなくなった。全身が激しく脈打ち、奇妙な身震いに襲われた。手袋をはめた指先で彼の唇のへりに触れた。

スレイターが力強い手でアーシュラの顔を両側からはさみ、ぐっと引き寄せた。

彼の唇がアーシュラの唇におおいかぶさると、アーシュラがこれまで激情について知っていると思っていたことなどすべてどこかへ吹き飛んだ。

マッティが言っていたことが頭の中で浮遊していた。〝彼は疑うことを知らない女性を相手に風変わりな性の儀式を実践しているそうよ〟。

どうやらスレイター・ロクストンに関する伝説はすべてがでっち上げではないらしい。

15

信じられないほどにあたたかく、柔らかく、そそる唇だ。まさに孤独な男の夢。ふと目が覚めて、すべて幻覚だったと気づいてしまいそうでなんだか怖かった。だが彼に応える彼女の唇が触媒のように作用して、彼はいま世界を眺めているはるか高い次元からぐいと引きずり出され、燃えたぎる情熱の嵐の中へと放りこまれた。

聞こえるのはどこかで響くざらついたうめきだが、まもなくそれが自分の体の奥深くから発していることを驚愕とともに知った。アーシュラへのキスは迷路の中で見つけた扉を開き、暗闇から日のあたる場所へと抜け出るときのようだった。ぼくは生きている。ぼくは自由だ。さまざまな感覚が全身に強烈な刺激を与えながらすさまじい速さで通過し、スレイターはまともに呼吸ができなくなった。血流も血管の中で轟音を立てている。

彼女の顔から離した両手を、紐できつく締めつけた優雅な胸から胴に沿って滑らせ、ゆるやかな腰の曲線へと下ろしていった。何枚もの布とドレスのボディスの硬いコルセットが彼が求めてやまない親密な触れ合いの邪魔だったが、それでもとにかくここまで密着していることにぞくぞくしていた。ついに彼女に触れた、ついに彼女を腕の中に抱いている――彼女も彼を欲しがっていそうな感じにぞくぞくした。

性急すぎたり強引すぎたりすることのないよう用心していたから、彼女の両手が首に絡んできたときは天にも昇る心地がした。

つぎの瞬間、気がつけば彼女は書棚に背を押しつけ、スレイターは長靴をはいた足を彼女の両脚のあいだに入れていた。足首丈のドレスのスカートとペチコートは膝のあたりまでまくれあがっている。

スレイターは両手を彼女の顔の左右につき、両腕がつくる檻に閉じこめたまま、みずからの意志に抗い、無理やり唇を引きはがした。アーシュラが彼の両肩をぎゅっとつかんできた。彼の猛攻に、つかまらなければくずおれそうだったのだろう。彼女の喉もとの肌は絹のようで甘かった。女らしい香りが彼のあらゆる神経を高ぶらせ、あらゆる筋肉を張りつめさせた。彼自身も痛いほど硬くなっている。

「スレイター」アーシュラが彼の耳もとでささやいた。はじめて聞いた柔らかでハスキーな声だ。「こんなこと、思いもよらなかったわ」

「そうかな？」スレイターは顔を上げ、アーシュラの困惑気味な色っぽい目の奥を見た。「変だな。ぼくははじめて会った日からずっとこの瞬間を待っていた」

「わかるわ」アーシュラは息を切らし、取り乱している。

「わかるって?」

「フィーバー島にいるあいだは修道僧の暮らしをしていたようだし、もし噂が間違っていなければ、いまロンドンに恋愛関係にある人はいないようだし。あなたのような男盛りの男性にとっては正常とは言えない環境でしょう」

現実が氷の波になって押し寄せてきた。

「ちょっと待って。きみの言いたいことはつまり」スレイターは冷静に言った。「ぼくが長いこと女性に接していないから、こういうことになったと思っている?」

アーシュラは明らかに警戒心を強めてたじろぎ、身を引こうとしたが、背中はすでに書棚にぴたりとくっついていた。

「わたしはただ、あなたにその気持ちがどちらかと言えば長期にわたる――うーん、どう言えばいいのかしら――禁欲のせいではないことをはっきりさせてほしいだけ」

スレイターはしばらくじっとアーシュラを見つめた。彼女が冗談を言っているのかどうかわからなかったのだ。

「きみは禁断の部屋でおこなわれている風変わりな性の儀式を忘れているだろう」スレイターがようやく口を開いた。「疑うことを知らない女性たちを相手にぼくが実践している儀式のことだ」

アーシュラが訝しげに目を細めた。「わたしをからかってるの?」

「そう思う？」

アーシュラは必死で平常心を取りもどそうとしていた。「わたし、新聞が書き立てるああいうおかしな記事は信用していませんから」

「信用したほうがいいかもしれない」スレイターの口調からはわざとらしい不気味な響きが感じられた。

「まさかそんな」

アーシュラのしゃれた小ぶりの黒い帽子が滑り落ちて目が隠れた。スレイターは書棚に押し当てていた手を離し、彼女を自由にした。スレイターは姿勢を正し、アーシュラの帽子を元どおりの位置に戻した。彼女の鳶色の髪に触れるチャンスでもあった。

アーシュラは書棚の前をさっと離れ、彼と向きあった。

「でも、あなたのご好意、はねつけるつもりはないわ」早口で言った。

「状況を明確にしてくれてありがとう。ちなみにこれは好奇心から訊くんだが、男が言い寄ってきたとき、きみは実際、どういうふうにしてるの？」

「冗談はよして。わたしはこの状況について説明しようと思っただけ」

「わかった。それじゃ、この状況についてお聞かせ願おう。ぼくがこれ以上先に進みたがったら、きみはそれを歓迎してくれるのかどうか教えてほしい。もしきみにとってこういう関係が本意でないなら、いまのうちに知っておきたいんだ」

「あなたとの恋愛関係の可能性について完全否定するつもりはないわ」

スレイターは、アーシュラの取り乱したようすとそれとは矛盾する意志表明が愉快でたまらなくなった。まだまだ物足りなかったものの、取り乱したアーシュラに不思議なほど魅力的なものを感じてもいた。

「希望を与えてもらったよ」スレイターは真顔で言った。

「わたしはただ、お互いにこれがどういうことかをきちんとわかっていなくてはと思っただけ」アーシュラがそれまでにもまして真剣な面持ちで言った。

スレイターは片手をアーシュラに向けて上げて制した。「その先は言わないでくれ。せっかくのこの瞬間が台なしになる。たとえささやかではあっても、ぼくは大切にしたいんだ」

アーシュラが顎をかたむけて上げた。「いまの抱擁、あなたにとってはほんの〝ささやかな瞬間〟だったのかしら？」

「きみは本当のことを知りたいととっていいのかな？」

「もちろん」

「そうか。それではいまのキスだが、満足には程遠いものだった。正直なところ、ぼくの欲求をいたずらに刺激しただけだ。とは言っても、どうやらいまのところはこれで満足するほかなさそうだが」

「ふうん」アーシュラはもっと何か言いたげだったが、うまく言葉が出てこないようだ。

「今度はきみの番だ、アーシュラ」彼が静かに言った。「きみはこういういきなりのキスの何度かでじゅうぶんなのか、あるいはいつかはもっと先へ進みたくなるのか、どっちだろう?」

驚いたことに、アーシュラがみるみる警戒心を強めた。

「ミスター・ロクストン」せわしげな口調だ。「何もそう……そう直接的な物言いをなさらなくても」

「すまない。だが、ロンドンから離れているあいだに会話の礼儀を忘れてしまったことはたしか話したと思うが」

「何もかも忘れてしまったとは思わないわ」アーシュラがすぐさま切り返した。「ただ、上流社会のお上品な礼儀作法が我慢ならないだけでしょう」

スレイターは冷静にうなずいた。「そのとおり。ここで大事なのは、アーシュラ、きみは結婚していたということだ。だから、男女間の親密な関係についてはわかっていると思う」

「ええ、もちろん」アーシュラの返答はとげとげしかった。「そういうたぐいのことはようくわかっているわ。でも、あなたが激しい情熱の持ち主だということもわかったいま、もしあなたがわたしとの〝親密な〟関係を本当に望んでいるとしたら――」

「むろん、望んでいるさ」スレイターは柔らかに言った。「ひたすら望んでいる」

アーシュラが咳払いをした。「だとしたら、知っておいていただきたいわ。わたし、極端には走らないほうなの」

スレイターがぽかんとした表情をのぞかせた。「極端？」

アーシュラが片手をひらひらさせた。「つまり、お母さまが脚本の中に書いてらした極端な情熱というようなこと」

「母が書いたメロドラマの登場人物みたいなこと、正気の人間は誰もしやしないさ。ひょっとしてきみ、上品ぶった婉曲話法の雑草の茂みに迷いこんじゃったんじゃない？　まいったな。きみが何を言いたいんだか、まるでわからないよ」

アーシュラがじれったそうな表情を彼に向けた。

「わたしはただ、自分は情熱的な男性には物足りない女かもしれないと言おうとしているだけ。つまり、あなたに警告しようとしているの」

スレイターは楽しくてしかたがなかった。

「ほう。なんだかまた、禁断の部屋でおこなわれているあの風変わりな性の儀式に対するきみの不安に戻ってしまったみたいだな。怖がらなくていい。きみから求められなければ、そんなことに引きずりこんだりするつもりはないから」

「ひどいわ、スレイター、わたしをからかっているのね」

スレイターがにやりとした。「うん、どうもそうらしい。きみをからかうのがやたらと楽しくて。ぼくの性的嗜好についてのきみのひどくばかげた心配を考えれば当然だろう」

アーシュラがため息をもらした。「わたしの警告を真面目に受ける気はないということね」

「いまのこの状況をぼくの視点から考えてみようじゃないか」

アーシュラが用心深い表情をのぞかせた。「どういう意味?」

「ぼくの長い禁欲期間を考えれば、性の儀式とやらに関しては練習不足は否めないかもしれない。間違いなく不器用、それどころかとんでもなく下手になっているはずだ」

「下手?」

「少なくとも間のはかり方を忘れてることはたしかだ」

「間のはかり方?」

「もしぼくの記憶が正しければ――フィーバー島での体験を経てからというもの、記憶には自信がなくなったが――肉体関係においては間のはかり方がきわめて重要だ。たとえば今日だが、ぼくは明らかに性急すぎた」

「あなたが性急すぎたわけじゃない」アーシュラがなだめるように言った。「わたしがちょっと驚いてしまっただけ」

「ぼくがいけなかった、完全に」

「ううん、それは違うわ」

「間のはかり方や練習不足を含めて下手になっていることを考えると、ぼくに必要なのは明らかに、我慢強くつきあってくれる女性だ。寛大な女性。思いやりがあって、やさしくて」

「あなたってどうしようもないわね、ミスター・ロクストン」アーシュラは彼をにらみつけた。「おまけにその挑発的な言い回し、もうたくさん。間のはかり方、下手になったこと、風変わりな性の儀式についてはもうそこまでにして。さもなければ、あなたとの協力態勢は打ち切って、わたしひとりで真相究明をつづけることにするわ。わかっていただけた？」

扉をノックする音がし、二人とも黙った。スレイターはうめき声を押し殺した。つづいてポケットから眼鏡を取り出してかけた。「どうぞ」

扉が開くと、ウェブスターが立っていた。

「レディ・ロクストンがお見えです。旦那さまにお目にかかりたいとおっしゃっておられます。たいへん重要なご用事だとのことで」そこでいささかのためらいを見せたのち、付け加えた。「お子さまがたもお連れになられていらっしゃいます」

「そういうことなら、何はどうあれ、ここには通さないでくれ。この前あの子たちを読書室に通したら、ぼくのコレクションをめちゃくちゃにしかねないいたずらぶりだった」窓の外に目をやると、霧はすでに晴れていた。「あの子たちは庭に、レディ・ロクストンはテラスに通してくれ。ぼくもすぐに行く」

ウェブスターは明らかにほっとしたようだった。「承知いたしました」

ウェブスターが扉を閉めて立ち去った。

アーシュラがスレイターのほうを向いた。「お客さまがいらしたのね。どうぞ、いらして。

わたしは失礼して事務所に戻るわ」

「いや、せっかくの機会だ、ぼくの家族に会ってほしい」

アーシュラは好奇心がきらりと光るまなざしをスレイターに投げかけたあと、すぐに鞄に意識を振り向けて中を探りはじめた。

「内輪のお話のお邪魔はしたくないわ」アーシュラは小さな手鏡を取り出した。鏡をのぞきこみながら顔をしかめ、片手を上げて長い鉄製のハットピンを引き抜いた。帽子の角度をととのえたのち、またしっかりとピンで留める。「お父さまの未亡人とそのお子さまたちとあなたの関係が複雑だということはわかっているの」

「ぼくの人生は最近複雑なことばかりだ」スレイターはそう言いながら、鞄の口を閉じるアーシュラをじっと見つめた。「だが、ちょっとおもしろくもなってきた」

16

「お近づきになれてうれしいわ、ミセス・カーン」ジュディス・ロクストンが言った。「スレイターとのお仕事のお邪魔をしてしまってごめんなさいね。彼、帰国以来ずっと、お父さまの遺産のことで忙しくって、自分のコレクションを整理する時間がなかったの。ようやくひと息ついて、目録づくりに戻ることができたと知っていながら、こうして来てしまって」

「いいえ、さほど重要なことをしていたわけではありませんから」真っ赤な嘘だが、スレイターと二人、自分たちの奇妙な関係について話しあっていたちょうどそのとき、ジュディスと子どもたちが到着したのだと説明するわけにはいかなかった。「今日の作業がちょうど終わったところです」

ジュディスはアーシュラの予想とはかけ離れていた。金髪碧眼で流行の服に身を包んだジュディスは美しいだけではなかった。心を奪われそうなはかなさをかもしている。見たところ、自分の並はずれた魅力を意識しているふうはない。美しさを武器に周囲の人びとを操ろうとするタイプの女性でもなさそうだ。むしろ正反対だとアーシュラは思った。なんとしてでも彼女を救わなければ、と思わせる外見をしている。そして立居振る舞いも間違いなく男性を惹きつける女性である。

同時に、庭で遊んでいる二人の男の子の献身的な母親であるようにも見受けられた。スレイターは二人を相手にボールを投げたり受けたりしていた。クロフォードとダニエルはそれぞれ八歳と九歳になるという。黒い髪にコニャック色の目をした少年たちは、はるか年上の腹違いの兄に驚くほど似ていた。

弟二人がスレイターを慕っているのは一目瞭然だった。彼がテラスに出ていくと、弟たちはすぐさま駆け寄ってきてボール遊びをしようとせがんだ。スレイターもなんだか楽しそうだとアーシュラは感じた。これまで見てきたどんなときより若々しく屈託がない彼がそこにいた。

家族との確執は心配にはおよばないのね、とアーシュラは思った。

ジュディスが元気よく遊ぶ三人に目を細めた。

「クロフォードもダニエルもスレイターが大好きなの。今日もわたしがこちらにお邪魔すると言ったら、いっしょに行くと言ってきかなかったのよ。わたしもだめとは言えなくて。スレイターはいつもああして時間を割いてくれるの。彼みたいな立場に立たされた人が腹違いの弟二人にあんなふうにやさしくしてくれるなんて、なかなかないと思うのよ。父親の遺産の大半を弟たちが相続することになるんですもの」

「ミスター・ロクストンは素晴らしい方ですわ」アーシュラはできるだけ当たり障りのない言葉を選ぼうとした。

「うちの家族がどんな噂をされているのかは知っているの」ジュディスが言った。「どんな伝説もそうだけれど、噂には真実がまじっている。スレイターのお母さまとわたしはおつきあいする方々が違うし、そうした状況を変えるつもりもないわ。でも、わたしはミセス・ラフォンテーンを尊敬しているし、あちらもわたしや子どもたちを冷たくあしらったり意地悪したりというようなことはいっさいないの。うちの子どもたちがご自分の息子さんが相続すべき遺産を相続することはご存じなのに」

「リリー・ラフォンテーンはたいそう現実的な方だし、経済的にも恵まれた状況にいらっしゃるから心配はご無用でしょう」

ジュディスはスレイターと子どもたちから片時も目を離さなかった。「主人はあの方を愛していたの。わたしの結婚はよくある家と家との契約みたいなものだったけれど、エドワードはわたしにそれはよくしてくれたし、彼流のやり方で好意を示してくれた。新聞で読んだことを全部信じたりなさらないで。エドワードが三人の息子全員をとっても誇りに思っていたことは間違いないわ。スレイターを切り捨てるという間違いを犯したせいで、彼を自分の支配下に置くことには失敗したけれど、あれこれ手を尽くしても無駄だとわかると、エドワードはそれだけいっそうスレイターに敬意を払うようになったのね」

スレイターが最後の一球を投げて、弟たちに庭園の隅のほうで遊ぶよう指示した。石敷きの道を通って広々したテラスに近づき、三段の階段をのぼったのち、錬鉄のベンチにゆったりと腰かけ、ミセス・ウェブスターが用意したレモネードのグラスに手を伸ばした。

「ジュディス、今日はまた突然どうしてここへ？」スレイターが訊いた。「何か問題でも起きたのか？」

ジュディスの顔が引きつった。「ごめんなさいね。まずは使いの者を送って、話を聞いていただく時間があるかどうかたしかめるべきだったわね」

「ま、かまわないさ」スレイターが辛抱強さを見せた。「どういうことか、聞かせてもらおう」

ジュディスはいまにもくずおれんばかりだ。「またいつもと同じで……」

「ハーリーか」スレイターはうんざりしたようにその名を口にした。

ジュディスがうつむいた。「今日、またあの人が来たの。居間で朝食をとっていたら、いきなり押し入ってきて」

「やつを家に入れるなと言っただろう」

アーシュラは二人のやりとりがきわめて内輪のことだと気づいた。椅子から立ちあがり、ベールを引きさげた。

「まあ、もうこんな時間だわ。わたしは失礼しなければ。ご心配なく。ウェブスターが玄関で見送ってくれるわ」

「いや、待ってくれ」スレイターが立ちあがった。「きみもいっしょに聞いてもらいたい」

アーシュラはジュディスをちらっと見た。「いいえ、それはお邪魔だと思うわ」

ジュディスは、第三者がいることをいっこうに気にかけるようすはない。ただひたすら困惑し、懇願するようにスレイターを見つめていた。

「ミセス・ブロディーがわたしの了解を得ずに中に入れてしまったの。脅されたらしいわ」

アーシュラはジュディスの横を通って家の中に入ろうとした。スレイターが無言のまま、アーシュラの手をつかんで行かせなかった。彼は何も言わなかったが、アーシュラを見る表情がすべてを語っていた。ここにいてほしいのだ。アーシュラは椅子に戻り、静かに腰を下ろした。

「ハーリーが家政婦を脅したとなるとまずいな」スレイターはジュディスに言った。「あの家政婦には辞めてもらうほかないだろう。もっと強い人間を玄関に配置しないと」

「そんなことをしても、継父がつぎの家政婦に袖の下を使ったり脅したりするだけだわ。このところ、どんどん攻撃的になってきているの。わたしを脅すだけでも困っていたのに今朝はとうとう、もしお金を出さなければ、子どもたちの身に恐ろしいことが起きるかもしれないというようなことをほのめかしたのよ。それでわたし、あなたに会いにきたわけ。怖いわ、スレイター」

スレイターはしばし無言だった。「あの子たちを脅したのか?」

「あからさまな脅しではないけれど、脅しであることは間違いないわ」ジュディスは両手を膝の上で組んだ。「怖いわ、スレイター」

「やりすぎだな、たしかに」スレイターは冷静に言った。「わかった。彼のことはぼくがなんとかしよう。それまであなたは子どもといっしょに田舎の屋敷に行き、ぼくがハーリーの問題を解決するまで向こうで暮らしてらっしゃい」

安堵の涙がジュディスの目を濡らした。「言葉にはできないほど感謝しているわ、スレイター。でも、ハーリーが自分の邪魔をしているのはあなただと気づいたら、そのときはあなたが標的になるんじゃないかしら」

「大丈夫、ぼくならあの男をなんとかできるから」スレイターが家のほうを見た。「いまミセス・ウェブスターがサンドイッチとケーキを持ってきてくれる。子どもたちに食べさせてやってくれ。そのあいだにぼくはミセス・カーンを送ってくる」

そのときになってはじめて、ジュディスはアーシュラがいたことを思い出したようだった。くるりとアーシュラのほうを向いた彼女はびくっとしてから当惑の表情をのぞかせた。

「ごめんなさいね、ミセス・カーン。こんな家族の問題、見苦しいでしょう。わたしの継父なの。あなたにまでお聞かせすべきではなかったわ」

「謝る必要などありませんわ」アーシュラは言い、ジュディスの腕に手を触れた。「わたしがこんなことを申しあげるのは僭越ですが、あなたとお坊ちゃまたちの身が危険であることは明らかですもの。こちらへいらしてよかったと思いますわ」

ジュディスが心細そうに微笑んだ。「主人が継父の問題をスレイターに丸投げしていったのは、じつはよくよく考えてのことだったのではないかと思っているの。噂で、スレイターがわたしの相続財産をごまかしているようなことがささやかれているのは知っているけれど、本当は、わたしには子どもたちをハーリーから守ることができないことを主人はようくわかっていたの。もし遺産の管理をわたしに任せていれば、ハーリーはどんな恐ろしい手を使ってでも、欲しいものをわたしから引き出すはずだわ」

「そういうことなのね」アーシュラはスレイターがきれいに伸びをするのを見ていた。「ミスター・ロクストンは最近、いくつもの複雑な問題を抱えていらっしゃるみたい」

「もうそのへんにして」スレイターは言い、アーシュラの手を取ろうとした。「ミセス・カーンは仕事のことを考えているんだ。それじゃ、彼女を見送って、すぐに戻ってくる」

スレイターはアーシュラの腕をつかみ、家の中へと誘導した。中に入ると、二人はまっすぐに廊下を進み、玄関ホールに来た。ウェブスターが扉を開く。

スレイターはアーシュラとともに階段を下り、馬車に向かった。グリフィスはレディ・ロクストンの御者と親しげに立ち話をしている。アーシュラはジュディスと子どもたちをスレイターの屋敷まで乗せてきた高級な馬車に一瞥を投げた。

「ジュディスがお父さまと結婚したのは、ひょっとしてひどい継父から逃げるためでもあったのかしら?」

「ジュディスはハーリーから逃れるためなら、およそ誰とでも結婚しただろうね」スレイターが言った。「そんなときにたまたま、父が爵位と財産を継承させる嫡子を欲しがっていた。双方にとって都合のいい話だったんだ。父が生きているあいだはハーリーも用心深く距離を置いていたが、遺産はぼくが管理しているものだから、近ごろではどんどん大胆になってきている」

「恐ろしいわ。あなたはこれから、その人をジュディスと子どもたちに近づけないために何をするつもり?」

「ハーリーのような下種《げす》な男にわからせるには、方法はひとつしかない」

「ひとつって?」

「恐怖感」

アーシュラはぴたりと足を止め、彼のほうを向いた。

「いったいどういうこと?」グリフィスと御者に聞こえないようにと声をひそめた。

スレイターも足を止めざるをえなかった。アーシュラの不安を払拭するように笑いかける。

「ロンドンにとどまっているのは健康に悪いことをハーリーにわからせてやるのさ。旅行に出るなら計画を手伝ってやってもいいが、どうするか決めるのは向こうだ」

まるで天気か列車の時刻の話でもするような口調は、話しあう必要などないことを伝えてきた。

アーシュラは一瞬何がなんだかわからなかったが、つぎの瞬間、冷たい衝撃とともにぴんときた。大胆不敵な脅迫宣言には当惑するほかなかった。

「そんな脅迫をその人が信じると思う？」

スレイターはアーシュラに手を貸して馬車に乗りこませた。眼鏡の奥の目は恐ろしいほど冷静だった。

「脅迫するわけじゃない」

「スレイター、その人は暴力的だとジュディスが言っていたわ」

驚いたことに、スレイターがにこりとした。「ぼくのことを心配しているのか？」

「ええ、まあ、当然でしょう」

「感動だな。心底」

「自分のしていることがきちんとわかってらっしゃればいいけれど」

「たしかにぼくの社会経験が限られたものであることは認めざるをえないが、アーシュラ、ハーリーのような男との意思の疎通ははかれる。それから、今夜は母との食事だ。忘れずにたのむ。では七時半に」

スレイターが一歩あとずさって馬車の扉を閉め、御者台にすわるグリフィスに手を上げて合図した。馬車が走りだした。

アーシュラは窓ごしに、正面階段をのぼり大きな屋敷の中に姿を消すスレイターをじっと見ていた。今日の午後の彼はいつもと違った。いつになく若々しく感じられたし、明るく思えた。彼を包んでいた翳りが少しだけ薄らいだようだった。

わたしの気のせいかもしれないけれど。

17

「ええ、いいことよ。〈パヴィリオン・オヴ・プレジャー〉の経営者に会えるよう、喜んで根回ししてみましょう」リリーがテーブルをはさんでアーシュラに笑いかけた。「ミセス・ワイアットと親しいとは言えないけれど、ずっと昔、共通の知り合いだった紳士が何人かいらしたの。もちろん、スレイターのお父さまと出会う前のことよ。ナン・ワイアットは若かりしころ、女優だったの。実際、なかなかいい女優だったわね。『運命のもつれ』では共演しているくらい」

「ミセス・ワイアットがオリンポス倶楽部の関係者について話してくださるとお思いになります？」アーシュラが尋ねた。

「昔のナンを考えると、お金しだいじゃないかしら」リリーは長いテーブルの反対の端にすわるスレイターを見た。「情報料をたっぷり払い、秘密厳守を約束すれば、オリンポス倶楽部との関係について進んで話すと思うわ。でも、あの人、高くつくわよ」

スレイターの母親との食事は驚くほど楽しいことがわかってきた。ここに来るまでは何を期待したものやらわかっていなかった——なんと言おうがリリーは予測不可能な人だ。だが今夜、リリーが芝居がかったことや劇的なことを愛してやまない事実が余すところなく披露された。殺人の真相究明にひと役買うことにも大いなる喜びを見いだしているようだ。

料理は魚と鶏の両方が供された。そのほか、驚くほどさまざまな種類の、火を通しすぎてふにゃふにゃになった野菜や戸止めとしても使えそうな堅いナッツ入りパンもあった——菜食主義者を標榜する客のひとりに対する料理番の痛烈な意趣返しである。

「情報をくれるなら、カネを払うことに異議はないんだ」スレイターがナッツ入りパンをひと口かじりながら言った。「経験から言うと、それが情報を手に入れるいちばん安上がりな方法だからね。ミセス・ワイアットの秘密は絶対に守るけど、肝心なのは時間なんだ」

「明日の朝一番で彼女に連絡するわ」リリーが言い、やや間をおいた。「ううん、今夜これから使いを送ることにする。商売柄、ミセス・ワイアットの仕事は夜だから、昼前に起きるかどうかわかったものじゃないわ」

「ご協力、ありがとうございます」アーシュラは言った。「心から感謝します」

「あなたの調査を助けることができてうれしいのよ」リリーがワイングラスを手に取った。「もう長いこと、こんなにわくわくしたことなどなかったわ。脚本のアイディアがつぎからつぎとわき出てくる感じ」

スレイターが母親を制止したそうな顔をした。「つぎの脚本にこのことを書かれたりしたら困るよ。この犯人探しをすることで、ぼくたちは危険な領域に足を踏み入れているんだ」

「心配しないで」リリーが陽気に言った。「書き終えたころには、登場人物も出来事もあなたたちが読んでもわからないようになっているわ」

スレイターがフォークの先を母親に向けた。目尻がちょっと引きつっている。「その脚本、誰かに見せる前に必ずぼくに読ませると約束してもらいたい」

「ええ、いいわよ、もちろん」リリーがなだめるように言った。「あたくしのモットーは思慮分別なの」

「それ、ほんと？」スレイターが言った。「気がつかなかったよ」

「食事を終えたらすぐ、ミセス・ワイアットに手紙を届けさせるわ。ナッツ入りのパン、もっと召しあがれ。あなたが残したら、リスにやるほかなくなりそう。この屋敷では誰もナッツ入りパンを食べないのよ」

スレイターは皿の上の煉瓦に目をやった。「どうしてなのかわかる気がする。料理番に言っておいてよ、うちの家政婦にこいつのつくり方をわざわざ送ってくれなくてもいいって」

その夜遅く、薄暗い馬車の中でスレイターと二人きりになったとき、アーシュラは不安を覚えると同時にわくわくもしていた。だが最終的には、心配にはおよばなかったことがはっきりした。心配することなどなかった。

　何ひとつ。

　スレイターはアーシュラの家に到着するまで、ほとんど口をきかなかった。よそよそしいというのではない。たんに何かで頭がいっぱいだったのだ。馬車の窓からずっと外に目を向け、アーシュラの家の前に着くと玄関まで付き添って、アーシュラが中に入るのを見届けた。その間もほとんどしゃべらない。

「おやすみ、アーシュラ。話はまた明日」

「そうね」アーシュラも彼にならって、さりげなく別れの挨拶をした。

　玄関ホールに入って扉を閉めた。そのとき、ようやくひらめいた。スレイターは今夜これから何かしようとしている。危険な計画。アーシュラの直感が警告を発した。

　はっと息を吸いこみ、素早く踵を返すと、力任せに扉を開けた。

「スレイター」声を抑えて呼んだ。

　彼はちょうど階段を下りきり、馬車に向かおうとしていた。アーシュラの声にぴたりと足を止めて振り返った。

「どうかした?」スレイターがのんびりと訊いた。

「お願い、気をつけると約束して」

　街灯の明かりの下、彼は微笑んでいた。うれしそうに。

「ぼくのこと、本気で心配してくれてるんだね。でも、心配ご無用。こういうたぐいのことにかけては、それなりに経験を積んできた。この数年間、編み物をして過ごしていたわけじゃない」

「それでも……気をつけて。そして、終わったときには無事だったと知らせて」

「きみはもう寝ているさ」

「ううん。寝室の窓からずっと外を見ているわ。せめて通りで馬車をしばらく停めて、すべてうまくいったことを知らせて」

彼に何かを言う間を与えず、アーシュラは扉を閉めた。

18

この手に入るはずだった財産をロクストンの息子に掠《かす》め取られたあげく、とうとうわずかに残っていたカネまで失った。

ハーリーはテーブルの上のカードをにらみつけた。酔っ払っている。「よし、カネは週末までに用意する」

サーストンが薄い唇にユーモアのかけらもない笑いを浮かべた。煙草の煙を透かしてハーリーをじっと見る。

「たしかこの前もそう言ったな、ハーリー。あんたの言葉は信じられないんだよ。そこでだ、こうしちゃどうだろう。明日の朝、使いの者をあんたのところに行かせるから、そいつにこっちの勝ち分をわたしてくれ」

いかにも退屈そうな口ぶりだ。

ハーリーはよろよろと立ちあがった。「ちくしょう、週末と言っただろうが。いろいろ手を回さなきゃならないんだ」

「それはつまり、継娘《ままむすめ》を説得して、子どもたちの財産の受託者からカネを引き出させる方法を考えなきゃならないってことだな」サーストンの片手が慣れたしぐさでカードをすくいあげた。指が長い。「とにかくさっさとしろ。聞いたところじゃ、ロクストンがあんたの思いどおりにさせるとは思えないんだよ。そういうとこはおやじに似ているようだ」

「この野郎、カネは用意すると言っただろう。せめて二日待ってくれ」

サーストンはそれについてしばし考えをめぐらせてから肩をすくめた。

「まあ、いいだろう。二日やる。だが、これだけははっきりさせておこう——万が一、おれに借りたカネを用意できなきゃ、そのときはうちの連中をそっちに行かせるからな」

ハーリーの心臓の鼓動が速まり、手のひらがじとっと冷たく湿ってきた。サーストンの用心棒たちがやって来るということはほかでもない、叩きのめされるということだ。室内にいる誰もが知っていることだ。

ハーリーはサーストンに背を向けて、賭博場をあとにした。

外に出ると、冷たい夜気の中で立ち止まって考えた。ジュディスの屋敷に行って、カネを用意させなければならない。ジュディスは子どもたちを愛している。もしどちらかひとりでもさらってくれば、ジュディスは子どもを奪還するためなら、たとえいくらであろうとロクストンに払わせるはずだ。

この計画にはひとつだけ問題がある。ロクストンというやつが謎の人物だという点だ。いろいろな噂がある。頭がおかしいのかもしれない。だとすれば何をするかわからない。

サーストンは、それにひきかえ、謎ではない。極悪非道な評判がつきまとう危険人物だ。

二人の悪魔のはざまでにっちもさっちもいかなくなったときは、わかりやすいほう――直接の脅威――を選ぶしかない。今回の場合はサーストンだ。

ハーリーは再び歩きはじめ、辻馬車を探した。霧の中から二人の男が近づいてきた。ひとりは黒い長い外套をまとっている。裾が黒い翼のように長靴の周囲でひるがえり、襟は顔が隠れるほどに高く引きあげられている。その男が街灯の明かりの下を通り過ぎたとき、眼鏡がきらりと光った。もうひとりは大男だ。

眼鏡の男はすぐさま意識からはずした。心配なのは大男のほうだ。歩道の端によけ、大男とその連れが通れる幅をあけた。

眼鏡の男が声をかけてきた。「こんばんは、ハーリー。今夜ここに来れば、あなたに会えるかもしれないと聞いたものでね。まだお目にかかったことはないと思うが、ぼくはスレイター・ロクストン」

ハーリーは凍りついた。ひと晩じゅう飲んでいたせいで、なんだか頭がぼうっとしていた。一瞬、何が起きているのか理解に苦しんだ。そうか、こいつがロクストンか。

安堵の波が押し寄せた。けちな野郎だが、頭がおかしくもなさそうだし危険でもなさそうだ。見たところ、学者のようだな。父親とは似ても似つかないが。横にいる大男はきっと使用人だ。

「いったいなんだね、ロクストン?」ハーリーは訊いた。

「今夜ここへ来たのはお別れを言うためだ」スレイターが言った。

「私はどこへも行かないが」

「明日の朝早く、オーストラリア行きの船が出る。あなたの船賃は払ってある。片道切符だ。二度とここへは戻ってこない。ここにいるミスター・グリフィスが切符を持っている。今夜は無事におたくまで送り届けて荷造りを手伝わせよう。あなたからオーストラリア到着の知らせを受け取ったら、向こうで新生活をはじめられるよう、いくばくかの援助金を送るつもりだ。そのあとは自分ひとりでやってもらいたい」

「きさま、本当に頭がおかしいんだな。私はロンドンを離れるつもりはない」

「行くか、とどまるか、もちろんあなたの選択しだいだ」

「当たり前だろう」

「あなたにカネを貸している連中は、少なくともあなたがロクストン家の財産からいくばくかを引き出せる可能性があるうちは生かしてやっておいてもいいと思っているらしいが、ぼくにそんな考えはいっさいない。じつのところ、とんでもなく迷惑なやつだと思っている」

「私を脅してるのか?」

「いや、ハーリー、これだけは本気で約束しよう。たとえ明日の朝のオーストラリア行きの船に乗らなかったとしても、もう膨大な借金の支払いには思い悩まずにすむようになるぞ。ほかにいろいろと……問題を抱えることになるからだ」

「きさまってやつは。あのカネはおれのものになるはずだったんだ。おれはジュディスの父親なんだからな。ロクストン家の資産から入る収入はすべて管理する権利があるんだ」

「父が遺言書に厳しい指示をしたためていったものでね。あなたはびた一文受け取ることができない。だから、あなたのオーストラリア行きの船賃もぼくが自腹を切った。いずれにしても、あなたは明日、ぼくたちの目の前から姿を消すことになるんだよ、ハーリー。明日の朝の船に乗らなければ、明日の夜には川から死体が引きあげられるってわけだ」

ハーリーは必死に身をよじらせて言葉を探した。「いやだ。いやだ」

スレイターが大男を見た。「それではミスター・グリフィス、ミスター・ハーリーをおたくまでお送りして、明日の朝の船に乗るまで付き添ってくれ」

「お任せください」グリフィスが言った。

「冗談じゃない」ハーリーはわめいた。「こいつ、本当に頭がおかしいぞ」

スレイターはさもうんざりしたように片手で眼鏡をはずし、ハーリーを見た。言葉はいっさい発さない。必要はなかった。その瞬間、ハーリーは悟った。二人の悪魔のうち、本当に恐ろしいのはこっちだと。

スレイターはまた眼鏡をかけ、くるりと踵を返すと、霧の中へと歩き去った。

19

スレイターは辻馬車を拾ってアーシュラの家へと引き返した。乗ってきた馬車は、グリフィスがハーリーと荷物を乗せて桟橋まで送らなければならないからだ。

アーシュラは約束どおり、二階の窓から通りを見ていた。窓の下枠に置かれた蠟燭にひっそりと火がともっている。その明かりだけでもアーシュラが部屋着をはおっているのがなんとかわかった。髪は一本の三つ編みにして肩から前に垂らしている。

彼女の姿を見たとたん、戦いにそなえた冷徹な緊張感の名残が別の種類の緊張感に変わった——そして火がつく。荒々しい欲求にわれながら驚いた。

スレイターは馬車から降りた。玄関前の階段をのぼる気でいた。扉を開けてくれたアーシュラを抱いて二階のベッドへと運ぶつもりだった。

だが、アーシュラは窓を開けて身を乗り出した。

「無事だったのね？」

「ああ、大丈夫だ」スレイターは彼女を安心させた。

「よかったわ。それでは、おやすみなさい」

アーシュラはばたんと窓を閉め、ブランドを引いた。

彼女の意思はいやでもはっきりと伝わった。

悩ましいうめきを押し殺し、スレイターは辻馬車へと引き返した。

20

翌朝、アーシュラは辻馬車を降りると料金を払い、霧の中をきびきびした歩調で歩きだした。ときおり手にした住所のメモにちらっと目をやる。アンの速記帳から書き写した住所だ。馬車の御者はたいそう親切だったが、もしかしたら間違った道を教えられたのではと訝りはじめていた。スティッグズ・レーン沿いに並んでいるのは、多くの窓が板でおおわれた廃屋かと思わせる建物ばかりだ。付近で開いている店といったら、一本離れた通りにある貸し馬屋一軒のみ。

しかし、もう引き返そうとしたそのとき、五番地の表示の上方に看板が見えた。〈ロズモント・パフューム&ソープ〉。

心惹かれる店とは言いがたい。どんよりした日、しかも湿った霧が出ているにもかかわらず、薄汚れた窓の中に明かりは見えなかった。隣接する建物はともに空き家だ。湿った空気のにおいは、間違いなくつぎの通りの貸し馬屋からただよってくるものだ。どう考えても、香水と石鹸を商う店の立地としては奇妙だ。

アーシュラは扉の前で立ち止まり、念のため、アンの速記を解読した住所と照らしあわせた。間違いない。表に面した陳列窓の中の商品に目を凝らした。無造作に置かれた陶磁器製とガラス製の小さな香水瓶がいくつか。どれも薔薇の花があしらわれており、アンの家にあった空の香水瓶と同じデザインだ。窓の中のあらゆるものが厚い埃をかぶっていた。

おそるおそる扉の取っ手に手をかけて回してみると、ちょっと驚いたことにそれが回った。店に足を踏み入れると、ベルが震えるような音を立てた。その瞬間、鼻をついてきたのは息が詰まりそうなほど強烈な刺激臭。化学物質の合成で発生するもののようだ。アーシュラは手袋をはめた手であわてて鼻と口を押さえて、店内を見まわした。カウンターの向こう側に人はいない。

「どなた？」

半分閉じた扉の後ろから声——不安げな細く高く引きつった声——が聞こえた。声の主が男か女か判別がつかない。

「こちらの香水のことでうかがいたいことがあって来ました」アーシュラは直感的に、扉の向こうの人間を安心させようとした。「友だちがこちらの香水をもっていて、このお店で買ったと教えてくれたものですから。わたしもひとつ欲しいと思いまして」

扉の向こう側からさんざんぶつくさしゃべる声が聞こえたあと、奥の部屋から男がひとり、神経をぴりぴりさせながら出てきた。体も声と同じく細く小さく、びくびくしている。残り少ない白髪まじりの茶色の髪が頭頂部にぺったりと張りつき、淡い色の目を眼鏡の縁が囲っていた。染みのついた革の前掛けと革の手袋を着けている。

男が疑念と不安をこめてアーシュラをじろじろと見た。

「ミスター・ロズモントはどちらに?」アーシュラの声は落ち着きと確信に満ち、わたしを信頼してください、と語りかけているようだ。秘密の情報処理が目的で秘書を雇いたいと考えている客を相手にするときだけに使う、とっておきの口調である。

「ロズモントは私だが」男が言った。男は手袋をはずして前掛けのポケットに押しこんだ。

「友だちから聞いていらしたとか?」

「ええ、そうなんです」アーシュラは店内を進み、カウンターの前に行った。「ミス・クリフトンです」

ロズモントにはもうしばらく、アンがまだ生きていると思わせたかった。生きてはいないことをロズモントが知っているはずがなかった。新聞には載らなかった。ロンドンでは毎日、身寄りのない女性が生きた証をほとんど残さずに死んでいる。

「そういう名前のお客さまは記憶にないな」ロズモントがすぐさま答えた——早すぎる気もした。

「それ、たしかでしょうか?」アーシュラはもうひと押しした。

「ああ、間違いない」ロズモントが扉の奥に引っこもうとした。「悪いが、いまちょっと忙しくて」

アーシュラは鞄を開けて、アンが遺していった香水瓶を取り出した。それをカウンターに置く。

ロズモントは瓶をじっと見た。ショックを受けたようだ。

「それをどこで手に入れた？」口調がきつい。

「友だちの家にありました。その友だち、ミス・クリフトンが姿を消したので、探しているんです」

「姿を消した？　姿を消したって？」ロズモントの声がうわずり、きんきん声になった。

「見ればわかるだろうが、私はいっさい関係ない。あんたの役には立てそうもないね」

「姿を消す前の彼女の動きをたどっているんですが、予定表によれば、この一年間に彼女はたびたびこちらのお店に来ているみたいなんです——先週を含めて」

「言っただろう。ミス・クリフトンなんて記憶にないんだよ」

このままではだめだ、とアーシュラは考えた。ここへは情報を探しにきたわけだが、このままでは、店に入ったときと同じ状態で出ていくことになりそうだ。

じゅうぶんな袖の下をわたすことはできないし、そもそも彼にそういうものがきくとしても、小額で口を開いてくれそうにはない。

「彼女はお得意さまだと思うんですが、どうしてそういう人を憶えてらっしゃらないのかしら?」

ロズモントが全身をこわばらせた。「えっ、なんだって?」

「お願いです、思い出してください」

もう一度鞄に手を入れ、アンの速記帳から抜き出したいくつかの短い表記が並んだ紙片を取り出した。手袋をした手でそれをカウンターの上で広げるのを見つめるロズモントに狼狽がつのっていく。

「いったいなんなんだ、それは?」

「彼女がこちらに来店した最近の記録です。八カ月前からはじまって、月に二度の間隔で先週の水曜日までつづいています。あっ、待って。日付をもっとよく見ると、この数カ月は来店の間隔がだんだん縮まっていますね」アーシュラは当惑気味にかぶりを振った。「すごく奇妙じゃありません?」

ロズモントがアーシュラをじろりとにらんだ。「奇妙なことなど何もないと思うが」

「いいえ、やっぱり奇妙です。たしかにアンは、秘書の仕事で相当なお金を稼いでいたようです。それでもやはり、高い香水を頻繁に買えるとは思えません。だって、こんなにたくさんですよ。その香水をいったいどうしていたんでしょうね。わたしや会社の同僚にくれたことは一度もないんですから」

ロズモントが広げられた紙片に目を凝らした。そして気持ちを落ち着けようとしている。

「それじゃ、領収証や業務日誌を調べてみようか」なんともぶっきらぼうだ。「ここで待ってくれ。すぐに戻る」

アーシュラの勝ちだ。ロズモントが譲歩した。

成功に気をよくして、アーシュラは彼に冷ややかだがやさしい微笑を投げかけた。「わたしもいっしょによろしいかしら。香水の販売をめぐってあなたとアンがどういう状況だったのか、聞かせていただく前に裏口からこっそり抜け出されたりしたら困りますから」

ロズモントはぐっと体を反らせて、アーシュラの要求をはっきりと無視したが、まもなく肩を落とし、つらそうなため息をついた。

「いいだろう。どうしてもと言うなら、いっしょに来ればいい。記録を見せよう。だが、これだけは言っておく。ミス・クリフトンが香水をなぜそんなに大量に買ったのか、私はまったく知らないんだ」

そう言うと、ロズモントはくるりと向こうを向いて奥の部屋に入っていった。

アーシュラはスカートをつまんで鞄を持ち、せわしくカウンターの端を回ってあとを追った。

「ミスター・ロズモント、彼女があなたのお店にこれほど足しげく来ていたのは、ここで誰かと会っていたとか？」アーシュラは訊いた。「もしそういうことなら、その方の名前を教えてください。あなたはたぶん口止め料をもらったか、あるいは彼女になんらかの借りがあって、言われたとおりにだんまりを通しているんでしょうけど、わたしが彼女の雇い主として友だちとして言わせてもらうと、もうアンを守る理由はなくなったんです」

奥の部屋に一歩入ったところで足を止めた。通りに面した店の中も薄暗くはあったが、奥の部屋にはさらに濃い暗がりが待っていた。化学物質のにおいもいちだんと強烈だ。

香水店の奥にありそうなものが何ひとつなかった。乾燥させた香草や花の束が天井からぶらさがってもいなければ、香油の瓶も見当たらない。オレンジの皮を入れた容器も、シナモンやバニラビーンズを入れた瓶も置かれていない。

そこにあったのは船積み用の木箱。

開けっぱなしになった蓋からのぞいているのは、整然と荷造りされた数えきれないほどたくさんの袋。化学物質の強いにおいとはべつに、かすかにいがらっぽく、いかにも薬草といった謎めいたにおいがしており、そのにおいはその木箱から放たれているようだ。

暗がりに目が慣れてくると、一方の壁際に書棚が二つならんでいるのに気づいた。革綴じの書物が詰めこまれている。本草書や植物の民間伝承に関する書物のようだ。

ロズモントを探してきょろきょろしていると、書棚のあいだにある扉から姿を消した。しまった。逃げられてしまう。アーシュラはあわててあとを追った。

「ミスター・ロズモント？」

「こっちだ」隣の部屋からロズモントの声が聞こえた。「こっちへ来なさい。ここに業務日誌があるから調べるといい。早いとこすませてもらいたいね。私としてはできるだけ早く出ていってもらいたいんだ」

アーシュラは書棚のあいだの扉まで進み、隣の部屋をのぞいた。締めきった部屋にはガス灯が灯り、すべての窓に厚い板が釘で打ちつけられていた。作業台が二つ置かれ、その上には化学実験用の器具――ガラス製ビーカー、フラスコ、天秤、バーナー――がちらばっていた。なんて設備のととのった蒸留室なの。古代からある香水づくりの技法にロズモントがきわめて現代的な、きわめて科学的な取り組み方をしていることは明らかだ。

「私の研究室へようこそ、マダム」ロズモントは小ぶりな書き物机のそばに立っていた。机の上に大きな帳面が開いてある。あいかわらず不安げな口調だが、声はだいぶ落ち着いてきた――腹をくくり、この場をなんとか乗り切ろうと決めた男の口ぶりだ。「この日誌にあんたが知りたがっている取引の記録も残ってるんじゃないか」

アーシュラは部屋を横切って進み、帳面に目を落とした。どのページにも日付、金額、分量がぎっしりと記されていた。読みにくい手書き文字をなんとか読みとろうと、やや前かがみになった。

「ミス・クリフトンがいちばん最近こちらに来たときの記載がどれなのか、教えていただけませんか？　帳簿に隅から隅まで目を通す時間はないので」

「いやいや、そんなことはなかろう。あんたが誰だか知らないが、その日誌に目を通す時間はたっぷりあるはずだ」

アーシュラはとっさに体を起こして向きなおった。扉めざして駆けだそうとしたが、ぴたりと足が止まった。ロズモントの手に銃が握られていた。

「いったいどういうこと？　どうなさったの？」

「そこを動くな」ロズモントがじりじりと扉ににじり寄る。「動くな。そこで殺されてもいいのか。もちろん来るときに気がついただろうが、このあたりにはあんまり人がいないんだ。銃声を気に留めるやつなどいやしない。ここに店を開いた理由は、確実に秘密が守れる場所だからなんだよ」

手にした銃が震えている。いい兆候ではなさそうだ。ロズモントは自暴自棄に陥っている。そんなにぶるぶる震えていたら、はからずも引き金を引くことだってありうる。

「わかったわ」できるだけ冷静に言った。「言われたとおりにします」考えられる唯一の実践可能な作戦は、ロズモントにしゃべりつづけさせることだった。「アン・クリフトンが死んだこと、知っているの？」

「あの女がこの店に来たことについて知りたいとあんたが言うのを聞いて、そんなことじゃないかと思ったよ」

「あなたが殺したの？」

「なんだって？　とんでもない。なんで私があの女を殺す？　何もかもうまくいってたんだよ。しかし、そんなことがいつまでもつづくわけがないとも思っていた。悪魔との契約とでも言おうか。だから、こんなことになるんじゃないかと思って、計画は立てていたんだ」

「計画ってどんな？」アーシュラは訊いた。

ロズモントは質問は無視した。「あんた、いったい何者なんだ？」

「わたしはミセス・カーン。アンの雇い主よ」

「ほう。こんなことに首を突っこむとは、あんたもばかだね、マダム」

「こんなことってどんなことなの、ミスター・ロズモント？少しくらい説明してくれてもいいと思うけど」

「あんたに教える筋合いなどないが、これだけは言っておこう。いまとなっては、アンブロージアなんて薬をつくる約束をした日のことを後悔してるんだ。いくらカネをたんまりもらったところで割に合わない。これまで何度危ない目にあったことか」

ロズモントは素早い身のこなしであとずさり、隣の部屋へと戻った。旧式の鉄の錠前がガッチャンと重々しい音を立てた。

「好きなだけ助けを呼ぶがいい」扉の向こうからロズモントが言ったが、くぐもった声はようやく聞きとれる程度だった。「誰もあんたの声を聞きつけちゃくれないさ。それに、そういつまでも大声をあげてはいられまい。あっと言う間にすべてが終わる、安心しなさい」

21

アーシュラはしばしその場に立ち尽くした。パニックのせいで心臓の鼓動が激しくなっていく。床板がぎしぎしときしむ音から察するところ、ロズモントは店の中で動きまわっているらしい。計画のつぎの段階がなんなのか、見当もつかない。たぶん、このままここで餓死させるつもりなのだろうが、それではつじつまが合わない。彼はさっき、あっと言う間にすべてが終わる、と言っていた。

身震いがした。深く息を吸いこんで気持ちを落ち着かせ、室内の状況を冷静にうかがった。二つ目の扉がある。そこからおそらく裏の路地に出られるはずだ。が、当然、錠がおりている。鍵はついていない。つぎに窓に目をやった。ガラス窓をおおった板は壁にがっちりと打ちつけられてはいるが、時間と梃子《てこ》代わりになるものがあれば、はがすことができるかもしれない。

何か役立ちそうな道具はないものかと部屋の中を見まわした。一方の壁に沿って陶磁器製の大型容器が並んでいる。そのうちのひとつの蓋を開けてみた——が、息が詰まりそうな刺激臭がただよってきたため、すぐまた閉じた。

部屋の隅に立てかけられた鉄の棒が見えたとき、役に立ちそう、とぴんときた。しかしまだロズモントが店とその奥の部屋を歩きまわっている。窓から板をはずすとなれば、大きな音が出るし時間もかかる。ロズモントに気づかせてはならない。彼はまもなくここを出ていくみたいだから、窓の板はがしは彼がここを離れるのを待ってからにしようと考えた。

同じ隅に麻袋が何個も置かれている。においから察するに、船積み用木箱に詰められた袋の中の薬草と同じものだ。

口が開いた麻袋がひとつあった。手を突っこんで乾燥させた植物をひとつかみ引き出した。鞄から出したハンカチーフでそれを包み、しっかりと結わえた。

床板がまたきしんだ。表の扉を閉じるかすかな音が聞こえたような気がした。店内が静まり返る。さあ、これでひとりになった、とアーシュラは確信した。

包んだ乾燥植物を鞄にしまい、店の奥の部屋へと通じる扉に駆け寄った。運がよければ、ロズモントが習い性で鍵を差したままかもしれない。ここを出ていったときのロズモントは、鍵どころではないほどびくびくしていた。アーシュラは過去の蹉跌から、鍵について二、三学んだことがあった。女がひとりで生きていくとなれば、いくら用心してもしすぎることはない。

取っ手の前で膝をついたとき、シューッと鈍い音が聞こえた。煙のにおいが扉の下からかすかにただよってくる。

新たな恐怖に背筋が凍った。ロズモントが店を出ていきさえすれば、脱出を図る時間はたっぷりあると思っていたのに、調香師は店に火をつけてから出ていった。

衝撃のあまりの大きさに息が詰まり、手足が思うように動かなくなった。このままでは焼け落ちた建物の下敷きになってしまう。

扉の下からただよってくる煙の勢いが増している。煙とともに薬草が燃える強烈なにおいが運ばれてくる。ロズモントはあの乾燥植物が詰まった木箱に火をつけていったのだ。炎が上がりやすいものであることは間違いない。研究室と店の奥の部屋のあいだには壁と厚い扉がある。ということは、しばらくは時間が稼げるものの、けっして時間の余裕などない。

鍵穴をのぞくと、安堵感に体が震えた。鍵穴は本当に向こう側から鍵を差したままになっていたのだ。

立ちあがって、作業台に置いた鞄のところまで取って返した。速記帳をせわしく引き出して開くと、二ページを引きちぎった。それを手に走って扉の前に戻り、しゃがみこんだ。ノートのページを扉の下のへりに差し入れた。火が回ってこないうちに早く仕事を終わらせなければ。

手袋を片方はずして太くて頑丈なハットピンを引き抜き、それを静かに鍵穴に差しこんだ。慎重に動かして鍵を穴から押し出す。鍵が扉の向こう側の床に落ちる音がした。

鍵が紙の上に落ちたかどうかたしかめようと、体をかがめて扉の下をのぞきこむ——薬草のにおいがする煙を思わず吸いこんだ瞬間、しまった、と思った。

頭がくらくらした。まるで宙をふわりと浮いているような気分。はじめて体験する異様な興奮が全身を貫いた。あらゆる感覚が混乱し、たとえ立っていられたとしてもふらふらして、まともに歩けそうもない。

膝をついて上体を起こすと同時に、反射的に片手で鼻と口を押さえた。異様な感覚がいくらか和らぐのを見計らい、スカートをまくってその下のペチコートを一部引き裂いた。その布を顔の下半分に巻いてマスク代わりにする。息を深く吸いこんでもう一度かがみこみ、扉の下をのぞいた。

鉄製の鍵がノートのページの片方にのっているのが見えた。その瞬間、朦朧とした感覚を安堵感が一気に吹き飛ばした。

細心の注意を払いながら、鍵がのった紙を扉の下を通して引き寄せた。

手を触れた鍵はあたたかく、気持ちが沈んだ。隣の部屋にすでにこれだけ熱が広がっているとしたら、もう遅すぎたかもしれない。

鍵穴をのぞくと、恐れていた最悪の事態がすでに扉の向こうに見えた。もうもうと黒い煙が立ちこめた隣室は地獄さながら。厚い木の扉とはいえ、炎を向こうに回してどれくらいもちこたえられるかまったくわからない。

研究室の反対側にある錠のおりた扉に目をやった。おそらく裏の路地に通じる扉だ。そしてふと、いま回収したばかりの手の中の鍵に目を落とした。

同じ部屋の二つの扉に、それぞれべつの鍵が必要となる錠前をわざわざ取り付ける店主はいないのでは。

アーシュラは裏の扉に駆け寄りって鍵を差しこんだ。すんなりと回った。扉が開き、脱出に成功した。すぐさま安全な場所まで逃げようとしたとき、鞄を置いてきたことを思い出した。

あわてて取って返し、作業台の上の鞄をつかんだ。そのまま扉を通って外に出たが、細い路地には早くも煙が充満していた。

長い黒いコートを着た男がひとり、こっちに向かって路地を走ってきた。

「アーシュラ」スレイターが叫んだ。

彼は片腕をアーシュラに大きく回し、路地の端に向かって引っ張っていった。二人の背後では、古い建物が最後のうめきをあげて崩れはじめた。

しばしの間をおき、爆発が起きた。ちょうどスレイターがアーシュラを二輪馬車に乗せたときだった。馬がいきなり駆けだした。グリフィスが悪態をつきながら懸命に馬をなだめる。

スレイターもあわてて馬車に乗りこんだ。「早くここを離れよう」

グリフィスも反論しなかった。馬車が猛烈な速度で走りだした。

スレイターがアーシュラを見る。「いったいどういうことなんだ?」

「化学物質よ」アーシュラはようやくのことでそれだけ言った。深呼吸を何度か繰り返すまでつぎの言葉は出なかった。「研究室にいっぱいあったの。きっと火事のせいで、それが爆発したのよ」

22

「お願いだから、スレイター、すわってちょうだい」アーシュラが言った。「檻の中のライオンみたいに行ったり来たりされたんじゃ、いらいらするわ。今日は神経をさんざんすり減らしてきたんですもの」

二人はアーシュラの家の書斎にいた。アーシュラは暖炉の前の腰掛けにすわり、髪を乾かしながら、ミセス・ダンスタンが注いでいってくれた薬効のあるブランデーを飲んでいた。

馬車の中では、どちらもほとんど口をきかなかった。スレイターは片方の腕をがっちりとアーシュラに回し、文字どおり拘束しつづけた。そしてただひたすら彼女の名を繰り返しつぶやいては、大丈夫かと何度となく尋ねた。アーシュラはそのたびに大丈夫だと答え、彼の力強さとぬくもりとにおいから内心ひそかに慰めを得ていた。

ひとりでいることに慣れてはいても、こんな災難に出くわしたあとは、スレイターがいっしょにいてくれることがすごくうれしいという事実を認めざるをえない。この親密な感覚がいつまでもつづくとは思わないが、この瞬間には何にも勝る祝福と言えた。

二人が揃ってアーシュラが住むタウンハウスの玄関ホールに入るや、そこからはミセス・ダンスタンがすべてを仕切り、まずアーシュラを二階へ連れていってあたたかい風呂を用意した。アーシュラが風呂から上がったころには、冬の日は早くもとっぷりと暮れていた。

暖炉の前で髪を乾かそうと部屋着姿で階下へ下りていくと、驚いたことにスレイターが彼女を待っていた。

アーシュラは扉のところで部屋に入るのをためらった。ゆったりして着心地のいい部屋着は長いスカートに長袖のたいそう慎み深いもので、実際、ファッション雑誌ではレディが朝食をとりに階下へ下りていくときに最適な服として紹介されている。とはいっても、部屋着が親密な雰囲気をかもす事実は否定できない。こうした服装は、そもそもの発想がフランスの影響を受けているからだ。

ためらったのちに、スレイターの存在のせいだけでなく、自分の大胆さにもぞくぞくしながら書斎に入った。スレイターが投げかけてきた燃えるようなまなざしに、思いがけず体が火照る。濡れた髪に巻いたタオルをはずし、暖炉の前の腰掛けにすわった。

テーブルにはミセス・ダンスタンが運んでおいてくれた軽めの夕食のトレイが置かれていた。熱々の野菜スープ、固ゆで卵、チーズとパン。食事のあいだ、スレイターはほとんどしゃべらなかった。チーズとパンを少し食べただけで、アーシュラが食事をするあいだ、狭い室内をうろうろしていた。

ミセス・ダンスタンがトレイを下げていったあと、アーシュラははじめて、スレイターの燃えるような目は怒りを抑えこんでいるがゆえの表情だと気づいた。欲望ではなく。彼は危険なまでに不機嫌だった。

「いらいらするだって？」スレイターがつっかかった。「ロズモントの店が火事で、きみの姿がどこにもないと知ったときのぼくの気持ちはいったいどんなだったと思う？」

アーシュラは肩に掛けたタオルを直してから、ブランデーグラスに手を伸ばした。

「そうだわね」アーシュラは彼の言いたいことを優雅に認めようとした。ブランデーを少し飲み、グラスを脇に置いた。「火事だと知ったときは、ちょっとびっくりしたかもしれないとは思うけれど」

「びっくり？」スレイターが大股の二歩で二人の距離をぐんと縮めると、アーシュラに手を伸ばして腰掛けから強引に立たせた。「〝びっくり〟か？　いいか、マダム、きみが裏口から出てくるのが見えたときはどうにかなりそうだった。ぼくがいま、拘束衣を着せられて病室に閉じこめられていないのが不思議なくらいだ」

それを聞いた瞬間、アーシュラの怒りが稲妻のごとく光を発した。「気の毒だけれど、ここ数日の出来事にあなたは過剰反応しているわ、ミスター・ロクストン。でも、考えてもみて。今日、死にそうな目にあったのはこのわたしよ」

「なんてこった。ひょっとして、ぼくがそんなことに気づいていないとでも思っているのか？　きみのせいで死ぬほど怖かったんだよ。二度とこんなことをするのはやめてくれ。わかったね？」

「あの火事で死ぬつもりなどなかったのよ」

「とにかく、きみはあの店にひとりで乗りこむべきじゃなかった。もし家政婦に行き先を告げていかなかったなら――」スレイターが顎をこわばらせて言葉を切った。

「だって香水店よ。それもアンが明らかに足しげく通っていたお店だし」

「ああ、そうさ。だが、そのアンが死んだことを忘れたのか？　いったい何を考えてたんだ？」

アーシュラは答えようと口を開きかけたが、彼はその間を与えなかった。アーシュラをぐいと胸に引き寄せて、息もつかせずに激しく唇を重ねてきた。

返事を求めるキスでもなければ、親密な関係をもっと先へといざなうために探りを入れるキスでもなかった。雷に打たれたようなキス。抗うことを考えさせないキス。権利を主張し、征服を狙うキス。野火のような欲望と欲求にあおられて燃えあがるキス。自分のもの、自分ひとりのものであるというしるしをアーシュラにつけたいスレイターが唇に押した烙印のキス。

そのキスがアーシュラの五感に火をつけた。

あぜんとしたままの数秒が過ぎたのち、衝撃的な興奮が全身を駆け抜けた。スレイターの内から伝わってくる原始の力に見あうだけの欲求が、疼くように彼女をせきたててくる。アーシュラは両腕を彼に回し、官能の戦いに身を投じた。スレイターがうめきとともに小刻みに体を震わせると、それがアーシュラの全神経に響きわたる。肩に掛けたタオルが床に落ちた。

なんの前触れもなくスレイターが唇を離し、アーシュラを何インチか遠ざけた。両手は前腕をがっちりとつかんだままだ。

「動かないで」スレイターが言った。

命令を下す低くかすれた声に、今度は興奮がぞくぞくとアーシュラの全身を駆け抜けた。

スレイターは彼女から手を離し、部屋を横切って扉まで行くと、鍵をかけた。鉄と鉄が当たる不吉な音が遠雷のように狭い部屋に響く。スレイターは黒いタイの結び目をぐいと引っ張りながら、ゆったりした足取りでアーシュラのところに戻ってきた。彼の目から伝わってくるいけない予感が、アーシュラをそそって期待をふくらませる。

彼がアーシュラのすぐ前まで来たときはもう、絹のタイは首から垂れさがっていた。だが、じっと立ち尽くしたまま、触れてはこない。きっとなんらかのきっかけを待っているのだろう。

アーシュラは手を伸ばし、震える指で彼のシャツの第一ボタンをはずした。

彼が待っていたのはまさにそれだった。両手でアーシュラのウエストをぎゅっとつかむと、床から持ちあげて机のへりに腰かけさせた。アーシュラが彼の意図に気づいたときにはもう、彼は部屋着のスカートの裾を膝の上までまくりあげ、両脚のあいだに割りこんでいた。

「スレイター」

もうそれしか言えなかった。ショックと熱っぽい興奮の波のはざまで、それ以外の言葉が見つからない。

スレイターは片手でアーシュラのうなじを包むように支え、もう一度唇を重ねた。アーシュラは弓なりにのけぞりながら抱きつき、両脚を彼の太腿にきつく絡めた。異国から渡来した麻薬を思わせる彼のにおいを思いきり吸いこむ。汗と石鹸と彼独特のにおいがないまぜになったそのにおいは、まさにスレイターの存在そのものだった。こんなふうにアーシュラの感覚を曇らせる男性はこれまでひとりもいなかった。

いつの間にか彼は部屋着の前のボタンをはずしていた。触れていることすら感じさせない彼の手が、幾重にも重なったベルベットとレースを左右に開いていく。行く手を阻むコルセットやキャミソールはなかった。彼の手のひらが胸のふくらみをおおった瞬間、アーシュラは目を閉じて彼の肩に頭をあずけ、小さな叫びを抑えこんだ。

「ロンドンの人間の半分くらいは、なぜぼくが女性との関係に関心を示さないのか不思議がっている」スレイターの親指と人差し指が、片方の乳首を絶妙な力かげんでつまんだ。

「ぼく自身、ときどきなぜだろうと思うこともあった。だがいま、答えが見つかった」

アーシュラは半ば閉じた目でスレイターを見あげ、喉もとに唇を押し当てた。

「答えってなあに？」悩ましい声にアーシュラ自身が驚いた。

スレイターの手が胸から膝へと移った。そこからスカートの下で手のひらをゆっくりと腿の内側の敏感な肌に沿って上へ滑らせていき、両脚のあいだの熱く潤った場所を探し当てた。

アーシュラが鋭く息を吸いこみ、彼の愛撫に全身を小刻みに震わせて応えた。

「きみを待っていたんだ」彼がささやいた。「きみと出会うまではぼくにもわからなかった」

「スレイター」

彼の名を呼ぶ声が今度はつらそうなささやきになった。もはや口をきくことができないところまできていた。

少しだけ前が開いたスレイターのシャツに片方の手を差し入れ、胸に手のひらを当てた。あたたかな肌の下に硬く滑らかな筋肉が感じられた。

彼が彼女の反応を引き出そうと秘所をそっと撫でると、アーシュラはたちまちうっとりとなった。彼の手の動きはアーシュラの感覚をすべて圧倒する力をそなえていた。未知の緊張感が体の内で高まっていく。そしてスレイターが秘所の先端の繊細なつぼみをつまんで引いたとき、アーシュラの指先が小さな鉤爪へと変わり、スレイターの胸に食いこんだ。

二本の指がアーシュラの中に静かに滑りこんだ。アーシュラははっと息をのむ。官能的な侵入者を迎え、反射的にその部分をきつく引き締める。そのみずからの反応が緊張をなおいっそう高める後押しをする。

　結婚当初、まだ夫ジェレミーの性格的な弱さに気づく前のこと、アーシュラは夫のキスを楽しみ、結婚生活の肉体的な面に関して自分は満たされているものと思いこんでいた。ジェレミーのいちばんの取り柄は魅力的なところで、恋の手だれを自認していた。だが、まだ二人の関係がはじまったばかりのころ、アーシュラがまだうわついた気分で愛への期待に胸をふくらませていた時期でさえ、いま感じているような強烈な興奮は一度も味わったことがなかった。

　もしかしたら火事で死にかけたからなのかもしれない。もしかしたら医者の言うとおり——未亡人は女としての感覚が異常をきたすこともある——なのかもしれない。いずれにしても、スレイターに対する自分の反応にあぜんとしていた。

「もうこれ以上こんな拷問には耐えられない」スレイターがアーシュラの喉もとで言った。「きみの中に入りたい。生まれてこのかた、これほどまでに何かが欲しくなったことはない」

　スレイターがズボンの前を開き、じゅうぶんにそそり立ったものを引き出した。そこに目を落とし、その大きさを見てとったとき、アーシュラにまた新たな衝撃が走った。

　つぎはどうしたらいいのか決めかねていると、スレイターが彼女の膝を左右に大きく開かせて両手でヒップをぎゅっとつかみ、熱く濡れたところに一気に深く突き入ってきた。

　アーシュラは入ってきた彼を反射的にきつく締めつけたが、彼はいったん引き抜いて再び突いてきた。そして何度も何度もそれを繰り返す。やがてアーシュラは息も絶え絶えになりながら、もっと欲しくてたまらなくなっていく。

するとなんの前触れもなく、それまで渦を巻くようにアーシュラの下半身を引きつらせていた緊張が、立て続けに押し寄せる大波とともに解き放たれた。

何が起きたのかわからなかった。果てしない滝を抗う術もないまま転がり落ちていくような気分。アーシュラは命からがらスレイターの両肩にしがみついた。

スレイターがくぐもった咆哮を発した。最後にもう一度、アーシュラに深く突き入ってきたが、中に放つことはせずに素早く引き抜いた。つぎの瞬間、絶頂に達した彼の全身が激しく揺さぶられる。アーシュラはむきだしの太腿に熱いものがほとばしるのを感じ、彼のざらついた息づかいを耳もとで聞き、彼の全身を駆け抜ける身震いを共有した。すべてが終わったとき、スレイターは机の上でアーシュラの左右に手をついて体を支え、アーシュラにおおいかぶさってきた。目はきつく閉じている。汗が額を光らせ、胸をじっとりと湿らせていた。

「アーシュラ」彼が名を呼んだ。「アーシュラ」

恐ろしいほどの静寂が書斎に訪れた。アーシュラにはわかっていた。現実に引きもどされたときには、何ひとつとしてこれまでと同じではない——わたしにとっては間違いなく。

23

ロズモントは霧が立ちこめる暗い夜道をおぼつかない足取りでよたよたと歩いていた。両手に重い旅行鞄をさげている。

おれだってばかじゃない、と彼は思った。この仕事にさまざまな危険が伴うことは最初から承知していた。大金と冷酷きわまる連中が絡んでいる状況を見れば、いやでも察しがついた。だからこそ準備を怠ってはいなかった。まさに今日襲ってきたような緊急事態のための準備だった。

爆発音を聞き届けるまではまともに呼吸ができなかった。その瞬間は五、六本離れた通りに面した建物の入り口付近でちぢこまってしまった。だが、鈍い震動と音は慰めと安堵をもたらしてくれた。あれほどの大火事で生き延びる者はまずいない。ミセス・カーンは死に、オリンポス倶楽部に携わる連中はみな、店を焼き尽くした火事でおれも死んだと思うはずだ。

あと一回、最後の取引がすんだら、一年前に手を染めたこの危険な商売から足を洗うつもりだ。

麻薬製造のおかげで金持ちにはなったが、心の休まる日はなかった。すでに何カ月も絶え間ない不安に苛まれていた。静かな海辺の村で隠居生活を送る日が待ち遠しい。もしも退屈したら、そのときは香水と石鹸をつくる仕事に復帰すればいい。もう二度と忌々しい麻薬づくりに戻る気はなかった。あの重圧に神経が耐えられなかった。

たしかにもう何年も前から、ささやかな副業で稼いではいた。独自に開発したアヘンチンキを用いた薬やヒ素を巧妙に混入させた〝偽強壮剤〟の販売である。とはいえ、あくまで控え目にやっていた。客層は主として、気むずかしい夫を始末したい妻たち、継承の邪魔になる身内の死を早めたい相続人たちだった。慎重を期すため、紹介状を持って訪ねてくる客しか受け付けなかった。

しかし、アンブロージア製造の仕事を引き受けてからは人生が一変した。危険な連中がかかわっていることに加えて、麻薬をつくるときに必要な化学物質は爆発しやすいときている。とにかく一刻も早く、何もかもと手を切りたかった。

後方から蹄鉄が石敷きの路面を打つ音が聞こえてきた。ロズモントが足を止めて振り返ると、霧の中から黒っぽい馬車が近づいてくる。なんの変哲もない馬車は、どこにでもある賃貸しの馬車だ。だが、御者台で小さな白いハンカチーフがはためいていた。それが目印だった。

ロズモントは旅行鞄を下に置き、ポケットから白いハンカチーフをぐいと引き出すと、それを馬車に向かってどこかためらいがちに高く上げた。馬車が彼の前で停まった。扉が開いた。厚地の外套を着、しゃれた帽子の縁で顔が陰になった怖いほどの大男が、薄暗い馬車の中から外を見た。黒檀に金をあしらったステッキを手にしている。その手では金にオニキスとダイアモンドをはめこんだ指輪がぴかぴか光っていた。見たところ四十代前半で、感じは悪くない。こういう男に好意をもつ女もいるかもしれないが、ロズモントの印象では、ダミアン・コップのもつ何かが猛獣を想起させた。

「ロズモントか。コップだ。そろそろ顔を合わせてもいいころだな。仕事仲間になってもう半年が経った」

コップがアメリカ人で、ニューヨークに住んでいるということは当初から知っていたから、その英語のアクセントには驚かなかった。だが、ひそめた声の非情さが神経に障った。悪党にしゃれた服を着せ、礼儀作法を洗練させることはできても、悪党が危険なやつでなくなるわけではない。むしろ逆だ、とロズモントは思った。

「ロズモントだ」不安が声に出ないよう、懸命に装った。

「さあ、乗って。これは従者のハバード。まずは取引をすませよう。それがすんだら、どこでも好きなところで降ろしてやる」

そのときになってはじめて、ロズモントはコップの向かい側にもうひとり、男がすわっていることに気づいた。貧弱な体格、薄くなりかけた頭髪、皮膚の下の頭蓋骨が見えるほどにやつれた顔をした、影のような男。ハバードは従者として完璧だ。あらゆる点で驚くほど目立ったところがない。例外は唯一、仕立てのいい服の絶妙な着こなしだ。優雅に結んだタイ、折り返した襟、高級仕立ての外套、しゃれたステッキ、どこを取っても洗練された最新流行の手本のようである。だからといって誰も彼を大して気に留めることはなさそうだ、とロズモントは思った。思わずその従者に同情を覚えかけた。あっさり見過ごされる気分がどんなものか、彼はよく知っていた。

紹介を受けて、ハバードがわずかに首をかしげた。ロズモントを探るように見る目にはあたたかみが欠けており、爬虫類の目を思わせた。

「鞄をこちらへ」ハバードが言った。口調が奇妙にこわばっている。明らかにアメリカの貧民街のものらしき英語に威厳と上品さを添えようと懸命らしい。

ロズモントは旅行鞄を二つとも馬車の中に置き、つづいて自分も乗りこんだ。そしてハバードの隣に、なるべく距離をとって腰を下ろした。

「鉄道の駅で降ろしてもらいたい。今夜、ロンドンを発つものでね」ロズモントが言った。

「わかった」コッブが答えた。ステッキを高く上げ、馬車の屋根をこつこつと二度叩くと、馬車が走りだした。「取引がすむまではカーテンを引いておこうか。ロンドンがニューヨークよりはるかに洗練された都会であることは承知しているが、それでも用心に越したことはない。ハバード？」

ハバードが無言のまま命令に応じた。最小限の素早く手際のよい動きで器用にカーテンを閉じる。ロズモントは革手袋をした従者の手の動きにうっとりした。

「ご苦労、ハバード」コップがロズモントを見た。「伝言を受け取ったが、突然何をそんなにあわてている？」

ロズモントはハバードの手から無理やり目をそらした。そのとき、従者の手はすでにステッキの上端で静かに組みあわされていた。巣で獲物を待つ蜘蛛さながら身じろぎひとつしない。

いいか、落ち着け、とロズモントは自分に言い聞かせた。あとちょっとで終わる。そうしたらもう、このおぞましい商売から足を洗える。息を吸いこみながら身震いを覚えた。

「今日、いやにしゃれた未亡人が私に会いにきて」声が震えないよう必死で抑えこむ。「ミス・クリフトンのことを訊かれた」

コップが悲しそうに首をかしげた。「ごく最近、みずから命を絶ったようだ」

ロズモントはいささか安堵した。

「つまり、自殺だったと？」ロズモントが訊いた。「ミセス・カーンは殺人ではないかと疑っているようだったが」

「あるいは過剰摂取による事故死ということもある」コップが言った。「あの薬の最新版は、人によっては予測不可能な効果を発揮する。ミス・クリフトンはアンブロージアを使っていたし」

「そりゃもう、使っていたなんてものでは。私も注意しようとはしたが……。なるほどね。自殺か事故死なのか。そういうことなら納得がいく。私はまた……いや、なんでもない」

「何が心配なんだ、ミスター・ロズモント？」コップが訊いた。「ミス・クリフトンが好きだったのか？」

「すごく魅力的な女性だったからね。私にもとても感じよく接してくれた」ロズモントがため息をもらした。「私はただ、あの人が亡くなったと聞いてびっくりしただけだ。今日、その未亡人が店に訪ねてくるまで、そんなニュースはまったく知らなかったものでね」

「こんな大都会の中のちっぽけな死だ、わざわざ新聞が取りあげるほどの悲劇でもないだろう」コップがステッキの上端を手袋をした指で打つ。「ところで、もう一度だけ取引をしたら、この商売から手を引くと聞いたが？」

「そのとおり」ロズモントは姿勢を正した。今日の午後、殺人を犯し、自分の店に火を放ってきた。想像を絶したのっぴきならない状況に陥っていた。「倉庫には木箱に入った大量の薬が船積みを待っている。あれだけあれば当面、ニューヨークの客に満足してもらえるはずだ。そのあいだにつぎの調剤師を見つけてもらいたい」

「ほう。つまり、本気でこの商売から手を引きたいというわけか」

「ああ、本気も本気だ。今日みたいな日は二度とごめんなんだよ」ロズモントは前かがみになって旅行鞄のひとつを開けた。丁寧にたたんだ衣類の上に置かれたノートを取り出す。

「あの植物の生の葉と花の扱い方や、どういうものを準備してどうするかといった手順を——粉末、液体、気体のそれぞれについて——ここに記しておいた。腕のいい調剤師なら、あの植物と必要な化学物質さえ手に入れられれば、あんたの望みどおりのものがつくれるはずだ」

「なるほど」コップがノートを受け取って開き、そこに記された手順や指示にさりげなく目を通した。そして満足げにうなずいてノートを閉じると、それをクッションの上に置いた。

「その女——あんたの店にアン・クリフトンのことを訊きにきた未亡人——だが、何者なんだ?」

「ミセス・カーンと名乗っていたな。ミス・クリフトンの雇い主だとか。最初のうちはミス・クリフトンに私の店の香水を薦められたと言っていたが、もちろん、すぐに嘘だとわかった。そのあと、ミス・クリフトンに渡した香水瓶を見せられたとたん、何か恐ろしいことが起きたと気づいた。その瓶は液状のあの薬にしか使っていないんだ」

「その未亡人はどうしてミス・クリフトンの死亡の原因を調べているんだ?」

「わからない。しかし、その女がかなり危険な情報をもっていると気づいたんだ」

コップの目がにわかに獣性を帯びた。「どういう情報だ?」

「ミス・クリフトンが店に乾燥植物を運んできた日付が書かれた紙を手にしていた」

「そうか。それはたしかにまずいな。ミス・クリフトンは予定や約束を記録していたにちがいない」

ロズモントは両手を広げた。「なんと言おうが、経験を積んだ秘書だったからな。どんなことに関しても、きっと細かい記録を残していたんだろう」

「ひとつだけ、もっと気になることがあるんだが」コッブがしばし考えこんだあと、再びロズモントに射抜かんばかりの目を向けた。「まさかわれわれの商売について、ミセス・カーンによけいなことを言ったりはしなかっただろうな」

「当たり前だろう」ロズモントはそこで間をおいた。「心配は無用だ。万が一、そんな災難がいきなり降りかかってきたときにそなえて、ちゃんと準備をしていたからな。その女を製造所に閉じこめたあと、爆薬に火をつけて大火事を起こした。もう焼け死んでいるさ」

「たしかなのか？」

「ああ、もちろん」そろそろ鉄道駅の近くかどうかをたしかめるため、ロズモントはカーテンを開けたくてうずうずしていた。それでも、ハバードが優雅に組みあわせた手にちらっと目をやり、思いきって開けたい衝動をぐっと抑えた。

御者が馬車の屋根をこつこつと叩いた。馬車がゆっくりと停まる。

「さあ、着いたようだ」コッブが言った。

「それはそれはどうも」ロズモントは神経を集中させた。「さっきも言ったように、最後の積荷は倉庫にある。もしよければ、代金はいま支払ってもらいたい」

「いや、そういうわけにはいかない」コップが外套の内側に手を差し入れた。

ロズモントが凍りつく。額に汗が噴き出した。全身が震えだす。

コップがかすかな嘲笑を浮かべた。いかにもわざとらしく内ポケットから金の巻き煙草用パイプを取り出す。「本気なんだな、ミスター・ロズモント。あんたたちイギリス人は元植民地だったわれわれをそうやって見くだすが、われわれだってみんながみんな、完全武装でうろつきまわる西部の無法者じゃないんだ。では、ハバード、お客さまを目的地までお送りするように」

ハバードが組んでいた両手を離し、扉を開けた。隙間から湿っぽい霧が渦を巻きながら川のにおいを運んできた。ロズモントはほっと息をついた。もうパニックの波は襲ってこなかった。

「鉄道の駅じゃないな」

「おや、そうかな?」コップが言った。「すまない。この街には不案内なものでね。ロンドンの通りはまるで迷路だ。さっさと降りろ、ロズモント。われわれはもう仕事仲間でもなんでもない。あんたによくしてやる義理など何ひとつないんだ。そのうち辻馬車でも通りかかるだろうさ」

ハバードが昇降段を蹴り出して地面に降り立った。扉を開けて押さえている。

ロズモントは座席にすわったまま腰を横に滑らせるようにして、少しずつ扉に近づいた。怯えてはいたが、場所のせいではなかった。

「報酬はどうなる？」やっとのことで尋ねた。

コップはうんざりしているようだ。「ハバードが満額支払ってくれるはずだ。つべこべ言わずに馬車を降りてくれ。今夜はほかにもしなきゃならないことがあるんだよ」

ロズモントはあたふたと馬車を降りて、旅行鞄を取ろうと手を伸ばした。最後にもう一度、座席にすわる大男に目をやって、とにかく今夜こうして生きて外に出られたことは大いなる幸運だったと確信した。

せわしく方向転換して、せかせかと歩きだした。月明かりのおかげで霧が立ちこめてはいても、そこが暗い倉庫が建ち並ぶ通りの真ん中だということはわかった。

しばしののち、コップの乗った馬車がまだ走り去っていないことに気づき、真っ黒な原始の恐怖が体の内側からこみあげてきた。そのときロズモントをとらえたのは恐ろしい野獣が迫りくる感覚。その感覚があまりに強烈だったため、思わず足を止めてくるりと振り返った。

馬車の中の明かりは薄暗いが、車内にコップの姿は見てとれた。煙草をふかす姿からはほかに差し迫った用事などあるとは思えない。だが、小さな蜘蛛を思わせる従者の影はどこにもなかった。

ロズモントは通りの角をめざして急いだ。背後からかすかな足音が聞こえた。あわててた振り向こうとしたが、時すでに遅し。激痛が走ったのはほんの一瞬だった。錐刀《すいとう》が首の後ろに深く突き刺さった。

つぎの瞬間にはもうすべてが終わっていた。

24

スレイターは安楽椅子に手足を大きく伸ばしてすわり、心地よい虚脱感と深い満足感をじっと味わっていた。体があたたかい。これまでずっと冷えきっていた自分に気づいた。だが、そういう状態にすっかり慣れてしまい、それが常態だと思うようになっていたのだ。間違っていた。それを教えてくれたのはアーシュラで、しかも目を瞠るばかりの彼女の流儀で教えてくれた。

そのアーシュラが部屋着の前を合わせるしぐさを眺めていた。これからはいつも、彼女が服を着るのを眺めて満ち足りた気分になれそうだ。服を脱ぐのを眺める以上に満たしてくれそうな気がする。

「アンがロズモントとあの研究室に関係した危険な仕事に巻きこまれていたことは間違いないと思うわ」アーシュラが言い、部屋の中を行ったり来たり歩きはじめた。「でも、どうしてそんなことになったのか、想像もつかないの」

「ロズモントとその非常に興味深い研究室の話に入る前に、きみにひとつ訊きたいことがあるんだが」スレイターは言った。

アーシュラが足を止め、彼を見た。厳しい表情で眉をひそめている。「なあに？」

スレイターはくしゃくしゃなまま床に放置されたタオルを手ぶりで示した。アーシュラが太腿に残った彼の痕跡を拭ったタオルだ。

「いまこの部屋で起きたことについて話しあわないか？」

彼女の激しい動揺は目に見えたが、すぐさま落ち着きを取りもどした。

「話しあうって、何を？」用心深く訊き返してきた。

いまのいままでいい気分だったのに、いきなり奈落の底に突き落とされた。ふうっと大きく息を吐く。彼女からいったいどんな返事を期待していたのだろう？　不滅の情熱をこめた告白？　今日の午後、彼女は地獄を見てきた。もろい精神状態にあったことは疑問の余地もなく、その彼女の弱さに自分はつけこんだ。本来ならば彼女を慰めるべきだったのに、あろうことか熱に浮かされたように情交におよんでしまった。

スレイターはゆっくりと立ちあがった。ズボンの前とシャツの前のボタンを留めはじめると、アーシュラは顔を赤らめ、顔をそむけた。二人のあいだに存在すると彼が思いこんでいた親密な雰囲気もそこまでだった。彼女に詫びなければ、と姿勢を正した。

「すまなかった、アーシュラ」

アーシュラが驚いて振り向き、彼と目を合わせた。「えっ？」

「こんな状況だ、いくら謝ってもそれで事足りるものでないことは承知しているが、ほかにどうしていいかがわからない」

アーシュラが訝しげに目を細めた。「だから、いったい何を謝っているのかしら？」

スレイターはタオルに一瞥を投げてからアーシュラの目を見た。「いまぼくたちのあいだに起きたことだ。すべてぼくがいけなかった」

「そうかしら？」

彼女が何を言いたいのか、その口調からは読みとれなかった。怒っているようだ。たぶん、怒りを向けられて当然なのだろう。

「きみは今日の午後、あやうく殺されるところだった」ロズモントのことを考えながら、片手の指を曲げたり伸ばしたりする。「きみの神経は引きつづき微妙な状態にある。きみがいつものきみではないことに気づかなければいけなかった。なのに、きみの無防備な状態につけこんで――」

「まあ、よくもわたしに謝るなんて失礼なことを」

アーシュラはかんかんに怒っていた。スレイターはその場をどう取りつくろったものかわからず、彼女を見た。

「アーシュラ、つまりぼくは説明しなくちゃと思って――」

「ええ、わかってるわ」彼をじっと見るアーシュラの目が怒りに燃えていた。「説明ってつまり、わたしは自分の……わたしたちの……していることがわかっていない、とんでもない間抜けだってことを……」言葉がとぎれ、アーシュラは椅子とタオルを手で払うしぐさを見せた。

「きみの精神状態が——」

「わたしの精神状態はまったく問題ないわ。あなたが不安を感じているのは、わたしが不機嫌だからでしょう。わたしが自分の考えていることがわかっていない人間だと言いたいのね?」

「いや、それは絶対に違う」スレイターは追いつめられた気分になってきた。こんなことも前代未聞だ。

「それじゃ、いったい何が言いたいの? さっきのことを後悔しているとか?」

「いや、違うんだ。くそっ」今度はスレイターがむかついてきた。「さっきのことにはすごく満足している」

アーシュラが胸の下でぎゅっと腕組みをした。「だとしたら、それ以上何も言うことはないわね」

何かがアーシュラの怒りを駆り立てていたが、腹立たしいことに彼には何が問題なのか見当もつかなかった。

「きみは後悔しているのか?」スレイターは彼女を見つめ、その目から何かを読みとろうとした。「もしそうなら、いまはっきりそう言ってもらいたい。そうすれば二度とこんなことは起きないと約束する」

「最後にもう一度だけ言わせていただけば、わたしは自分が何をしているかわかっていたし、後悔もしていないわ。これくらい言えば、あなたはわたしの精神状態に問題はなかったと確信できるのかしら?」

「ありがとう」スレイターは言った。

アーシュラは前腕を反対の手の指でこつこつと叩いていた。「それで? わたしがもっと何か言うのを待っているみたいだけれど」

スレイターは咳払いをした。「さっきのぼくたちのことだが、じゅうぶんに満足のいくものではなかったとしても、少なくともまあまあいい感じだったと言ってくれてもいいころなんじゃないかな」

アーシュラが驚きに目を大きく見開いた。「えっ。ああ、そういうことね。なんて言うか、それについては、よくわからないけど」

スレイターは顔をしかめた。「考えてみると、べつの話題のまま話をつづけたほうがよかったかもしれないな。こんなことじゃ、せっかくの気分が台なしだ」

「問題は、こういうことが本当に起きたこと——わたし、こういうこと……体験がなくって」

「一般的に言うなら、こういうことはほかのいろいろな活動と同列には考えないが」

アーシュラがまた行ったり来たりしはじめた。「わたし、医者が言うところの発作的痙攣《パラクシズム》を体験したような気がするの。精神浄化作用のあるパラクシズムって、いったいどういう現象?」

「精神浄化作用のあるパラクシズム」

アーシュラが足を止めて彼をじっと見た。「ほら、わかるでしょ。肉体的な……解放感」

「きみが言いたいのはつまり、きみが絶頂感《クライマックス》を味わったってことかな?」

アーシュラが顎をつんと上げた。「それが女性の体に起きることを、医学に携わる人たちはパラクシズムって呼ぶの。彼らはおそらく、女性も男性と同じように快感を得ることなどできるはずがないと考えているから、なんだか神経系の病気の症状みたいな名前を使うんでしょうね」

大きな安堵が一気に押し寄せた。ほんの少し前に体験し、あやうく圧倒されそうになった快感にも負けず劣らずの大きさだ。スレイターは笑いかけたが、とっさにぐっと抑えこんだ。

「なるほど。それでわかった」

アーシュラが訝しげなまなざしをさっとスレイターに向けた。「何が?」

スレイターはもはや笑いをこらえきれなかった。何歩か進んでアーシュラの前に行き、両手でそっと彼女の顔を両側から包んだ。

「きみはもう長いこと未亡人でいた。たぶん、こういうことを楽しんだのは久しぶりだったからだ」

アーシュラが微苦笑した。「こういうのははじめてなの。つまり、あの感覚がなんなのか、最初はわからなかったからだと思うわ」

「きみの結婚生活は幸せではなかったのか？　結婚当初から？」

「満足しているはずと自分に言い聞かせていたの——少なくともジェレミーの博打好きと売春宿好きを知るまでは。そして遅まきながら気づいたの。彼がわたしと結婚したのは、わたしの父が遺した少しばかりの財産を手に入れるためだったと。自分たちの体の関係に何かが欠落していることには気づきもしなかったわ。ほかの女性たちもみんなそんなものだと思うの。だから鬱血やヒステリーの治療で医者に通う女性が多いのよ」

「治療法があるってことかな——」

「バイブレーターっていう医療器具もそのひとつだと思うけれど」

「本当か、それは？」

アーシュラの頬が濃いピンクに染まった。「ええ、本当よ。わたしの補佐のマッティも先月、その治療のために医者に予約を入れたの。事務所に戻ってきたときの彼女、表情が輝いていたわ。近いうちにまた予約を入れるつもりだって言ってるくらい。あの治療法はお薦めよ、というわけ」

スレイターは度肝を抜かれた。また笑みを浮かべ、その笑みがまもなく苦笑、そして含み笑いへと変わっていく。そしてどうにも抑えきれず、いきなり大声で笑いだした。アーシュラは困惑の表情で彼を見つめている。

やっとのことで笑いがおさまってみると、スレイターはいつになく楽天的な気分になっている自分に気づいた。

アーシュラの唇に唇を触れ、軽くかすめる。「きみは医者に予約を入れる前にぼくに相談すると約束してくれ」

アーシュラが顔をさらに赤く染め、笑みを浮かべた。あでやかでまぶしい笑顔だった。肉感的な笑い声とともに目がきらきら輝いている。

「ええ、そうするわ」

スレイターはまた硬くなってきた自分に気づいた。両腕に彼女を抱きあげて椅子に運び、さっきの体験が一度きりの出来事ではなかったことを示したかった。

うめきをもらし、アーシュラを引き寄せた。「もう一度きみを抱きたくてうずうずしているが、残念ながらぼくたちはそれ以上に差し迫った問題を抱えている」

「ロズモントとあの研究室ね」アーシュラが顔を上げた。「それとアンの麻薬売買への関与。どうも五、六カ月くらいつづいていたみたい。理解に苦しむわ」

「それはぼくもだ。だが、その関与が死につながった」

「それで思い出した」アーシュラが彼の腕の中から抜け出て、机の上に置いた鞄のところに行った。「あなたに見てもらいたいものがあるの。ロズモントの研究室で見つけたものだけど、乾燥させた薬草。少しだけ持ってきてみたの。麻薬をつくるときに使っていたんだと思うわ。あそこにはこれ以外の植物は見当たらなかったわね。それと、彼、アンブロージアなんて薬をつくる約束をした日のことを後悔しているとか言っていたわ」

「麻薬をつくっていることを認めたってことか？」

「そうね」

スレイターが見ている前でアーシュラは鞄を開き、ハンカチーフを結わえてつくった小さな包みを取り出した。四角い麻の布をほどくと、中からひとつかみの乾燥させた葉と花が出てきた。

「この植物は知らないな」スレイターは言った。「阿片の採れる芥子《けし》とはまったく違う」

「わたしも見たことがないわ」

「いずれにしても、危険なものと考えなければいけないな。この秘密を守るために、ロズモントは進んで殺人を犯したり自分の製造所を焼き払ったりしようとした。きみさえよければ、こいつを知り合いの植物学者のところに持っていこうか。父の友人だった人で、おそらくこの葉っぱがなんなのか教えてくれると思うんだ」

「わたしからレディ・フルブルックに訊くこともできると思うけど」

「それはだめだ。フルブルック邸で何が起きているのか、まだわかっていないんだ。今日きみの身に降りかかった災難については、レディ・フルブルックにもほかの誰にもけっして口外してはならない。とりわけ、この葉っぱを見つけたことを知られるとまずい」

「わかったわ」

「もっと情報を集める必要がある」スレイターが言った。

「この植物について、ということ？」

「それもだが、オリンポス倶楽部でおこなわれていることの詳細が知りたい」

「そのために、売春宿の女主人ミセス・ワイアットから話が聞けるように根回ししているものと思ったけど」

「彼女から大量の情報が入手できるとは思えないんだ――もし彼女が麻薬取引にかかわっていたらありえない。そりゃあ彼女だって自分の利益を守らなくてはならないだろう」

「誰か倶楽部の会員から話を聞くというのはどう？」

「それが最善の方法だろうが、残念なことに問題がある。ぼくは倶楽部の会員じゃないし、この十年間のほとんどは外国にいたせいで人脈がない。それがあれば、誰か会員から秘密を聞き出すこともできるのだろうが。しかし、情報収集ならほかに手がないわけじゃない」

アーシュラが押し黙ったまま、相当長い時間が経った。

「何を考えてる？」スレイターが訊いた。

「あなたのお友だちだったトレンス卿なら、力を貸してくれるかもしれないって考えていたんだけれど」アーシュラが言った。

「ぼくの顔なんか見たくもないと思っている元相棒のこと？」

「だから言ったでしょう。トレンス卿はあなたを憎んでなどいないと思うの。あの人はあなたを恐れているのよ」

「それは違うと思うが、たとえきみの言うとおりだとしても同じことだ。彼がぼくを助けてくれるはずがない」

「そこをなんとか説得して、心変わりさせるのがあなたの仕事。それはさておき、いま思ったんだけれど、この植物をロズモントに供給しているのが誰であれ、きっとすごく腕のいい庭師よ。明日、レディ・フルブルックの温室の中をもっとよく見たら、興味深いことがあるかもしれないわ」

スレイターはうなじがざわざわするのを感じた。「あの屋敷にはもう行かないほうがいいと思うんだが」

「心配ご無用よ」アーシュラが彼を安心させるように微笑んだ。「だって、わたしが中にいるあいだもずっと、グリフィスが前の通りで待っていてくれるんですもの」

25

アーシュラが事務所の扉を開けると、タイプを打っていたマッティが顔を上げた。

「おはよう」マッティが言った。「遅かったわね。ぐあいでも悪いのかと思いはじめていたところよ」

アーシュラはピンを抜いて帽子を脱ぎ、テーブルの上に投げた。「ぐあいが悪いなんてとんでもないわ」帽子につづいて手袋も勢いよく放り出す。

マッティが数回瞬きを繰り返してからにっこりした。「そうね、ぐあいはよさそう。それどころか、今朝はきらきら輝いていてよ」

「それ、どういう意味?」

「べつに。ただ、ドクター・ラドローの予約を取って、鬱血やヒステリーの治療を受ける必要はなさそうね、って意味」

アーシュラはため息をついて椅子に深く腰を下ろした。「わかる?」

「ミスター・ロクストンとすごく、すごおくいいお友だちなったのね?」マッティがくすすくすっと笑う。「やっぱりね。おめでとう」

「おめでとうなのかどうか、よくわからないけど」

「ばかなこと言わないの。わたしたち、もうじゅうぶん大人なんだから、世間体なんか気にすることないわ。慎み深さにこだわっていたら、未亡人や売れ残りだけに許される数少ない恩恵を楽しめなくなってしまうもの」

アーシュラは机の抽斗を開けようとしていたが、ふと手を止めた。

「わたしたち？」マッティの言葉を繰り返す。

マッティが晴れやかに微笑み、机の上の花に目を落とした。

「ミスター・グリフィスが朝一番でここに寄って届けてくれたの」

「グリフィスがあなたに花を？」

「きれいでしょう」

今度はアーシュラが微笑む番だった。「ええ、ほんとにきれい」

「ミスター・グリフィスってとってもすごい人なの。劇団の一員として、国内だけじゃなくアメリカまで巡業で行ったんですって」

「それならわたしも聞いたわ」アーシュラがそこで間をおいた。「彼、すごく大きいわよね」

「ええ、そうなの」マッティはいやにうれしそうだ。「全身が筋肉でできているみたい」

「たしかに」アーシュラが両手を机の上で組みあわせた。「ところで、アンの鞄を憶えている？」

「ええ、もちろんよ。なぜ？」

「昨日の夜は眠れなくてね。そしたら思い出したのよ、彼女の鞄が部屋になかったこと。憶えているかしら、わたしたち、彼女の持ち物や衣類をトランク二個に詰めたでしょう？　今朝、その二個とも中身を全部調べたの。そしたら鞄がどっちにも入っていなかったのよ」

マッティが眉をきゅっと吊りあげた。「とっても素敵な鞄だったわ。あれを買った日、彼女、わたしたちに見せびらかしたわよね。憶えてる？　ひょっとして女家主がくすねたとか？」

「アンのアクセサリー類は便器の後ろに隠してあったけど、あそこに大きな鞄を隠す余裕はなかったわ」アーシュラは事務所内を見まわした。「あなたなら、どこに鞄を隠す？」

マッティはしばし考えをめぐらした。「さあ、どこかしら。そんなこと一度も考えたことがないから」

「もしわたしが鞄みたいな大きなものを隠したいのに、金庫や安全な隠し場所がないとしたら、泥棒が物色しそうもない場所にしまっておくと思うわ」

「家の中のどこにそんな場所があるって言うの？」

「家の中じゃないわ、マッティ」アーシュラがすっと立ちあがった。「事務所よ」

アーシュラが抽斗をつぎつぎに開けはじめると、マッティも彼女にならった。

そしてついに、アーシュラはファイリングキャビネットの抽斗の奥に問題の鞄を見つけた。
「彼女、素敵な新しい鞄を誰かに盗まれやしないか、よほど心配だったのね」マッティが言った。「いったい何が入っているのかしら？」

アーシュラは鞄を机に置き、留め金をはずした。中には何通かの手紙が束になって入っていた。アーシュラはその中の一通を抜き出した。

「ミスター・パラディンからだわ」アーシュラが言った。「ニューヨークの『パラディン・クォータリー』の編集者兼発行者」

「そんな人がどうしてアンに手紙を？」マッティが訊いた。

「レディ・フルブルックの詩を掲載している雑誌の出版元の経営者がこの人なの」アーシュラは手紙を封筒から取り出して、せわしなく読んだ。

親愛なるミス・クリフトン

貴女の短編小説『レディからのプロポーズ』を拝読いたしました。才気あふれるおもしろい作品で、われわれの読者層の興味をそそるものと思われます。もしこのほかにもこれに近い文体と内容の作品がございましたら、わが社の季刊文芸誌への掲載を喜んで検討させていただきたいと存じます。敬白。

D・パラディン

「ふうん。こういう手紙だったら、アンが用心深く隠していたのもうなずけるわ」マッティが言った。「自分の秘書が短編小説を『パラディン・クォータリー』にひそかに売りこんでいることを知ったら、レディ・フルブルックは間違いなくかんかんだわね」

「そう思う？」アーシュラが問いかけた。

「もちろんよ。アンを競争相手とみなすはずだわ」

26

「あなたのお勧めどおり、温室に移って仕事をしたほうがよさそうね、ミセス・カーン」レディ・フルブルックがぐずぐずと椅子から立ちあがった。倦怠感があまりにひどく、動くのもままならないといった印象だ。ベルを鳴らし、書斎の扉に向かってゆっくりとただようように歩いていく。「わたしはいつもあそこの草や花から閃きをもらっているんですもの」

アーシュラも速記帳と鞄を抱えて立ちあがった。

「ただちょっとそんなふうに思ったものですから」さりげなく言った。「でも、うれしいですわ、あなたの詩にいい影響を与えそうだとおっしゃっていただいて」

「何をしてもなかなか気分がすぐれないのよ、ミセス・カーン。でもね、温室にいるときだけはたしかに心が休まるの」

計画とは言っても、ごく単純なものだった。アーシュラは植物学者ではないが、ロズモントの研究室から持ってきた薬草の乾燥させた葉と小さな花を丹念にスケッチしてみた。もし温室に同じ植物があれば、栽培状況がわかるだろうと考えてのことだ。

レディ・フルブルックが先に立って長い廊下を進み、緑豊かな庭園へと出た。メイドがひとり、控え目な距離をとってついてくる。煉瓦敷きのこぢんまりとした中庭を横切り、さらに小道を進む。

太い鎖でつながれた大型犬マスチフが重々しく身構え、狼さながらの目付きで彼女たちをじっとにらみつけてきた。アーシュラは用心深く、犬から目を離さなかった。前回温室まで歩いたときにレディ・フルブルックから、あの犬は夜は庭に放されて屋敷の番をしているのよ、と聞いていたからだ。人間の喉くらい楽しく引き裂きそうな猛犬である。

途中、レディ・フルブルックがちらっと後ろを振り返ってメイドを見た。

「わたしね、あの人たちが大嫌いなの」レディ・フルブルックが声をひそめて言った。

「使用人のことですか？」アーシュラも同じように声をひそめて訊いた。

「ああやってわたしを四六時中見張っているのよ。わたしは夫がいっしょでないかぎり、屋敷から一歩も出てはいけないの。使用人はすべて、夫と魔女みたいな家政婦が選んでいて、要するに夫に雇われたスパイであり牢獄の看守ってわけ。誰ひとりとして信用できないわ」

外壁は全面ガラス、優雅なアーチ形の大きな温室の前まで行くと、レディ・フルブルックがデイドレスのポケットから鍵を取り出し、冷ややかな表情を見せるメイドに手わたした。メイドはそれを使って扉を開く。

生ぬるく湿った空気が肥沃な土と生育中の植物のにおいをのせ、開いた扉の隙間からふわりと押し寄せてくる。レディ・フルブルックがみずみずしいにおいを深く吸いこんだ。それまでの緊張と不安が薄らいでいくのが見ているだけでわかるのは、いっしょに温室に来た前回とまったく同じだ。

「もうさがっていいわ、ベス」レディ・フルブルックが告げ、メイドの手から鍵を取ってポケットに入れた。「ミセス・カーンとわたしを二人だけにして。邪魔はしないでね」

「はい、奥さま」メイドは不満のこもる訝しげな表情をアーシュラに向け、ちょこんと頭を下げると足早に屋敷の中に戻っていった。

「いやな女」レディ・フルブルックがつぶやいた。

アーシュラは周囲を細かく観察した。前回、はじめてレディ・フルブルックに案内されてここに入ったときには室内をおおざっぱにしか見なかった。温室はとんでもない広さで、アーシュラがこれまで見た中で最大の温室だった。羊歯《しだ》、棕櫚《しゅろ》、蘭、そのほかさまざまな観葉植物がガラスの部屋にあふれ返っていた。豊かに茂る葉はそこここに緑の厚い天蓋をつくり、陽光をさえぎっている。

アーシュラはレディ・フルブルックを見た。「こちらの温室にはため息が出ますね。素晴らしいとしか言いようがないわ」

「ありがとう。わたしね、昔から園芸や植物学に興味があったんだけれど、結婚してからは情熱をもっぱらこの温室に注いでいるの」レディ・フルブルックは頭上に緑のトンネルを形づくっている大きな葉をもつ植物が並ぶ通路をゆっくりと進んでいく。「わたしが誰にも邪魔されずに安らかな時間を送れる唯一の場所がここ。わたしの許可なしでは誰も入ってはこられないのがここ。夫でさえもね」

「あなたの好きな園芸をフルブルック卿もお好きということではないのかしら？」この質問ができるだけ自然に聞こえるよう心を砕いた。

レディ・フルブルックは生い茂る葉のトンネルの出口で立ち止まり、笑顔を見せた。出会ってからはじめて見せた笑顔に、アーシュラは彼女が心底愉快がっているのを知った。

「夫はここは有毒物質でいっぱいだからと言って――少なくとも夫にとってはそういうことなの――避けているの」

アーシュラは緑のトンネルの真ん中あたりにいたが、その場で足を止め、ぎくりとしながら熱帯植物らしき花に目をやった。

「有毒な植物を栽培なさってるの？」思わず訊いた。

「びっくりなさらないで、ミス・カーン。あなたを害するようなものは、ここには何もないと思うわ。もしもあなたがフルブルックと同じように、ここに入っただけで不快な症状が出るようなら、もう何か異常に気づいているはずだわ。このあいだもここにいらしたけれど、平気だったでしょう」

「ええ、まあ」アーシュラはほっとし、再びトンネルの中を歩きはじめた。「要するにご主人は、特定の草花や木に近づいたときに鼻風邪のような症状を呈される、ということですか？」

レディ・フルブルックがくすくす笑った。「そうなの。鼻が詰まって口で息をしなければならなくなるのよ。目が真っ赤になって、くしゃみと咳も見ていてかわいそうなくらい」

「温室に入りたくないのも無理はないですね」アーシュラは言い、つづけておそるおそる付け加えた。「あなたは運がよろしいのね」

愉快そうだったレディ・フルブルックの目からそうした表情がふっと消えた。「どういう意味でかしら、ミセス・カーン？」

「自分の鼻風邪の原因になる温室など取り壊してしまえ、と言い張るご主人も世の中にはいらっしゃるはずだわ」

レディ・フルブルックは緑の王国を見わたした。「夫はこの温室にちょっとした価値を見いだしているんでしょうね。たとえば、わたしの詩作とか。詩のおかげでわたしが楽しいひとときを過ごすことができれば、その分、夫の妨げになることも少なくなるでしょ」

「ええ」

「あなたは庭いじりとか園芸に興味はおありかしら、ミセス・カーン？」

「えっ、わたし？　ええ、もちろん」熱心な園芸好きのふりをする必要などないのだが。「こんな温室をもつことができたら、きっともうわくわくだと思いますわ」

「でも、そういうわけにはいかないのね？」レディ・フルブルックが浮かべた笑みは冷ややかで、アーシュラを圧倒した。「あなたの環境を考えると」

こうやってしっかりわたしに身の程を知らしめるわけね、とアーシュラは思った。

「そうなんです、レディ・フルブルック、とうてい無理だわ」

「お見かけしたところ、中産階級としては余裕のある暮らしをなさってそうだけれど、こういう凝った温室となると、あなたみたいな立場の女性にはいつまでたっても手が届きそうもないわね」

その物言いからちらつく冷たい刃がアーシュラの神経を凍らせた。

「おっしゃるとおりですわ、レディ・フルブルック。こういう温室をもったり立派なお屋敷に住んだりすることは、豊かな富に恵まれた女性だけにしかできないことですからね」

「たしかにそうね。あなたにとってたったひとつの解決方法は、身分がはるかに上の殿方との結婚ね」

「そうなんでしょうね」

「でもね、そんな夢はあなたみたいな女性にとっては幻想にすぎないのよ、ミセス・カーン」

アーシュラの鞄を持つ手に力がこもった。「何かおっしゃりたいことがおありになるのかしら？」

「あなたに忠告しておきたいのよ、ミセス・カーン。聞くところによれば、ミスター・ロクストンといっしょにいらしたところを誰かに見られたようね。そう、わたしも気づいていないわけではないの。今日あなたをここへ送ってきたのはあの方の馬車で、お帰りまで待っているみたいね。この前もそうだったわよね。新聞にも書かれていたわ、ロクストンとあなたがどこかの美術館へ展覧会を見にいらしたとか。こんなことを言ったら失礼かもしれないけれど、つまりあなたはロクストンの情婦なのね」

アーシュラは毅然たる笑みを浮かべた。「なんだかひやひやしてしまいましたわ、レディ・フルブルック。わたしはまた、わたしがご主人を誘惑しようとしたと責められでもするのかと思いました。そんなばかなことありえませんけれど」

レディ・フルブルックは一発殴られでもしたかのようにひるんだ。驚きのあまり目がきらりと光ったが、それはすぐに怒りに変わった。社会的階級の梯子のはるか下の段に立つ者にやり返されたことなどはじめてなのだろう。

「まあ、このわたしに向かってなんてことを」吐き捨てるように言った。

「こういう話題をもちだしたのはあなただということをお忘れなく。わたしをミスター・ロクストンの情婦だとおっしゃいましたよね」

「わたしはただ、あなたに健全な忠告をしようとしただけ」レディ・フルブルックの声が引きつっている。「ロクストンのような富と人脈をそなえた殿方があなたのような女性との結婚など考えるはずがないわ。いくらあの方が庶子で、母親が女優であっても、いざ結婚となれば——いい、ようく聞いてね——もっとずっと身分の高い女性に目を向けることができるのよ。でも、あなたがわたしの忠告を本気で聞き入れるかどうか怪しいものね。わたしの忠告に耳を貸さなかったアン・クリフトンと同じ」

アーシュラの憤りは好奇心に取って代わられた。「ミス・クリフトンにも同じ忠告をなさったの？」

「愚かな女ね、あの方。自分は賢いから、ふつうならば手が届かない殿方も誘惑できると思っていたのよ」レディ・フルブルックは二つの作業台のあいだの通路を歩きはじめた。「そのせいで死ぬことになったの、結局。ご存じでしょ」

アーシュラは慎重に距離をおいてあとについていく。「いいえ、存じませんわ。どういうことか教えていただけますか」

「夢が現実にはなりえないことに気づいたんでしょうね」レディ・フルブルックは咲いていた花に手を伸ばし、茎からぽきっと手折った。「だからみずから命を絶ったんだと思うわ」

「アンが死んだときの精神状態をよくご存じのようですね」

「ミス・クリフトンとわたしはこの半年間ほど、長い時間をいっしょに過ごしたでしょ。よく恋愛や情熱について話したのよ。わたしの詩はほとんどがそういう題材だから。あの人、いつもわたしに秘密を打ち明けていたの」

信じられない、とアーシュラは思った。アンは才気煥発、臨機応変にして野心的だった——自分に対して権力を振りかざす人間を信用してはならないことをつらい形で学び、決然と生きてきた女性だった。あるときアーシュラに過去を打ち明けてくれた。十七歳のとき、家庭教師として住みこんでいた屋敷で雇い主の夫に強姦されたという。

雇い主である妻はアンを非難し、即刻クビになったそうだ。そうした結果は状況を考えれば予測できないわけではなかった。しかしアンを怒らせ、それ以降も客という客に対して用心深く接するようにさせたのは、その雇い主が未払いだった三カ月分の給料の支払いを拒んだだけでなく、推薦状を書くことも拒んだことだ。おかげでしばらくのあいだはつぎの仕事に就くこともできず、食べていくためには町角で身をひさぐほかないところまで追いこまれて、それなりの覚悟もしたという。

ありえない、とアーシュラは思った。アンがレディ・フルブルックに秘密を打ち明けるなど、とうていありえなかった。

「アンに恋愛問題があったというのはたしかなんでしょうか？」

「恋愛問題とは言っていないわ」レディ・フルブルックがまたひとつ、通路脇の花をぞんざいにちぎった。「誘惑だわね。と言うよりも、むしろ誘惑未遂。彼女が望んだ相手は彼女の存在にすらほとんど気づかない人だった。彼にとって彼女は一介の使用人にすぎなかったの。彼女に同情したとまでは言わないけれど、理解はできたわ」

「どんなふうに？」

「彼女がどんな気持ちだったか、よくわかるの」レディ・フルブルックは鋏を手に取り、棕櫚の木からしおれて垂れさがっている葉をちょきんと切った。「わたしも夫の目から見れば使用人同然だから」

どこかしら後方でベルが鳴った。アーシュラは話に集中していたため、予期せぬ音にぎくりとした。

「邪魔はしないでとベスに言っておいたのに」レディ・フルブルックが迷惑顔で言い、緑のトンネルの中から扉のほうを見た。「あら、家政婦だわ。ちょっと失礼。すぐに戻るわ」

レディ・フルブルックが緑のトンネルを抜けて、温室の入り口めざして歩き去った。

アーシュラは扉が開くまで待ってスカートをつかみ、花壇と植木鉢と作業台のあいだの通路をせわしく進んだ。レディ・フルブルックが家政婦に何やら甲高い声で言っているのが遠くから聞こえるが、何を言っているのかまでは聞きとれなかった。

ロズモントの研究室から持ち出した乾燥植物に似た葉も花も見当たらない。そして通路の端まで来ると、右に折れて細い砂利敷きの小道に沿って歩きだした。

「ミセス・カーン？」レディ・フルブルックが呼びかけてきた。「どこなの？　ここからじゃ見えないわ」

「ここです。植物をいろいろ見せてもらっていたの。素晴らしいわ、この種類の多さ。ぜひ温室内を案内していただきたいわ」

「いますぐここに戻ってきて。すぐに屋敷を出ていって。もう来ていただかなくてけっこうよ」

しまった。レディ・フルブルックはわたしを解雇しようとしている。そうなれば、二度とこの温室には戻ってこられなくなる。

「いま行きます」アーシュラは答えた。「でも、どうやって戻ったらいいのかわからなくなってしまって。ここからだと出口の扉も見えないんです」

「それじゃあ、いまいるところを動かないで、ミセス・カーン。わたしがあなたを探して、出口までご案内するわ」

アーシュラは動きつづけた。足音で居場所がばれないよう足音を忍ばせて。両側の植物にも目を配りながらの移動だったが、乾燥植物に似ているものはひとつもなかった。

「ミセス・カーン、どこなの？」

レディ・フルブルックの声に意外なほどの力強さが加わった。じれったさのせいばかりではなさそうだ。その声からはそれとは異なる原動力が感じられた。興奮が伝わってくる。

「冗談じゃないのよ、ミセス・カーン、こんなことをしている時間はないの。いますぐに出ていってちょうだい」

「わたしもそうしたいんです。でも、植物のほかには何も見えなくて。方向がまったくわからなくなってしまったんです」

「わたしが見つけるから、じっとしていて。わかったわね？」

アーシュラは言われたとおり足を止めた。命令されたからではない。ガラスの壁と錠のおりた扉が目の前に出現したからだ。そのときはじめて、温室がきっちりと二つの部分に仕切られていることに気づいた。入り口の扉から入った区画は奥の区画より小さい。奥の区画には、金色の花をちりばめた輝くばかりの緑色の葉が茂っていた。アーシュラは確信した。いま目のあたりにしているその大量の植物こそ、ロズモントがアンブロージア製造に使っていた草だと。

レディ・フルブルックが棕櫚の木のあいだから姿を現わした。顔は紅潮し、目が興奮のせいでぎらついている。両手でがっちりとつかんだスカートは、重厚な布地だというのに膝の上まで引きあげられていた。よほど速く歩かなければならなかったのだろう。

射しこんだ光がペチコートについていた何か小さなものに一瞬当たり、きらりと光らせた。ボタンかちょっとした装飾だろうとアーシュラは思った。たいていの女性は下着にレースやリボンで気まぐれな飾りを足しているものだ。

「ああ、ここにいたのね」レディ・フルブルックが言った。スカートをつかんでいた手を離し、すとんと元の丈に戻した。「さ、いっしょにいらして。ぐずぐずしないで」

アーシュラはおとなしくしたがい、レディ・フルブルックの横を歩調を合わせて歩いた。

「なぜわたしを解雇なさるのか、うかがってもよろしいかしら?」

「あなたがどうこうというわけではないんだけれど、たったいま、アメリカからのお客さまが明後日いらっしゃると聞かされたの。わたし——いえ、わたしたち——その方の到着は来月だとばかり思っていたものだから」

「そういうことですか」

「しなければならないことが山ほどあるの。この屋敷に滞在なさるのよ、もちろん」レディ・フルブルックがくすくすと、彼女にしてはいやにはしゃいだ笑い声を発した。「夫はおもしろくないと思っているの。アメリカ人のお相手をするのが好きじゃないから。社交上のたしなみに欠けると思っているみたい。それでもミスター・コップは商売仲間だから、しかるべき敬意を払っておもてなししなければならないわけ」

「でしたら、ご主人からミスター・コップにホテルの予約をご提案なさればよろしいのに」

「ホテルは問題外なの。というのは、わたしたちが数カ月前にニューヨークに行ったとき、ミスター・コップのお屋敷でそれは豪勢に歓待していただいたものだから、こちらもそのお返しをしなければならないのよ。夫にはお客さまの滞在が長くないことをせめてもの慰めにしてもらうほかなさそう——そうなの、ほんの数日間だけなの」

「まあ、遠くからいらっしゃるにしては短い滞在ですこと」

「ミスター・コップはとっても忙しい方なのよ」レディ・フルブルックが言った。「さっき言ったように、今後あなたに速記をお願いすることはないわ、ミセス・カーン」

「いちばん新しい詩をタイプで打ったものはお送りしましょうか？」

「その必要はないわ」

温室の出口のすぐ外で家政婦がうろうろしていた。いっさいの感情を排除した中年女の顔は、雇い主の秘密を守ることこそ自分の職を守る秘訣であることをずっと昔に学んだ女のそれだった。

「ミセス・カーンを玄関までお連れして」レディ・フルブルックが命じた。

27

グリフィスは、フルブルック邸から通りを隔てた向かい側にある小さな公園で、木の幹にゆったりもたれていた。アーシュラの姿を見るや、すっと姿勢を正して歩きだし、馬車の扉を開けた。

臆測をめぐらすような表情で屋敷のほうを一瞥する。「早かったんですね、ミセス・カーン。どうかしましたか？　ミスター・ロクストンが今日あなたがこちらへ来ることについて心配していたのを知っているんですよ」

「レディ・フルブルックにクビを申しわたされたの」アーシュラはスカートをつまみあげ、昇降段をのぼって馬車に乗りこんだ。座席にすわってからグリフィスを見る。「事前の通告もなければ、紹介状もなしなのよ」

「そんなもん、いらないじゃないですか」

「まあね。それはともかく、ニュースがあるのよ、グリフィス。今日、レディ・フルブルックを説き伏せて、また温室に連れていってもらったんだけれど、その中に特別に仕切られた部屋があって、そこにアンブロージアの草がいっぱい植えられていたの」

グリフィスの目が引きつった。「それ、ほんとですか?」

「すぐ近くで見たわけではないけれど、間違いないわ」

「つまり、フルブルックが問題の植物を栽培している?」

アーシュラはかぶりを振った。「そうではないと思う。フルブルックはどうも温室の空気が体質的に合わないらしいの。ひどい風邪を引いたような症状が起きてしまうとか。だから彼に代わって、レディ・フルブルックが育てているんだと思うわ。いますぐスレイターに知らせなくちゃ」

「あなたを事務所に送ったあと、すぐに彼を探してそのことを伝えます」グリフィスが言った。

「事務所じゃなく自宅のほうに送ってちょうだい。家でちょっと調べたいことがあるの」

「承知しました、マダム」グリフィスが扉を閉めようとした。

アーシュラが手を伸ばして彼をとどめた。「スレイターだけど、今日は彼、どこへ行ったのか知っている?」

「父上のご友人だった植物学者の先生に会いにいかれましたよ」

グリフィスが扉を閉め、御者台に上がって手綱を取った。アーシュラはフルブルック邸の正面に目を向け、見えなくなるまでずっと目を離さなかった。

レディ・フルブルックはアメリカからの客人の訪問についていやに取り乱していた。わくわくしているようだった。つまり、彼女は夫の仕事仲間であるアメリカ人の、ぞんざいな言動になんら問題を感じていないということなのだろう。

ミセス・ダンスタンが心配そうに玄関の扉を開けた。

「早いお帰りですね、ミセス・カーン。どうかなさいましたか？　昨日あんな恐ろしい目にあったんです、まだ動揺がおさまっていないのでは？　もしそうだとしても、わたしに言わせりゃ当たり前ですよ。だから今日はお仕事にいらっしゃらないほうがいいと言ったじゃありませんか」

「ご心配ありがとう、ミセス・ダンスタン。でも、わたしは大丈夫よ」アーシュラは帽子を脱ぎ、手袋をはずした。「早く帰ってきたのはクビになったからなの。雇い主のお屋敷に明後日、アメリカからお客さまが来るとの連絡が入ってね、彼女、すごくあわてふためいていたわ。グリフィスには本当なら事務所に送ってもらうはずだったんだけれど、ちょっと思い出したことがあって、それでこっちに帰ってきたの。ここでしなくちゃならないことがあってね」

「そうでしたか」ミセス・ダンスタンは馬車に引き返すグリフィスに手を振り、扉を閉めた。「お留守のあいだに手紙が届きました。書斎の机の上に置いてあります」

「手紙?」帽子と手袋をミセス・ダンスタンの手の中に落とし、書斎めざして廊下を急いだ。

「ミスター・ロクストンからかしら?」

「もしあの方からでしたら、封筒にお名前を書くのをお忘れになったんでしょうかしらね」

ミセス・ダンスタンの声が背後から聞こえた。

アーシュラは書斎の扉を開けて中に入った。自宅に戻ってきたのは、文芸誌の編集者であるパラディンからアンに宛てた私信をもっとよく見たかったからだ。しかし、机の上に置かれた手紙を見たとき、その筆跡が誰のものかはひと目でわかった。全身に寒気が走り、アン宛の手紙のことは頭の中から消えてしまった。

手紙にざっと目を通した。脅迫状の主がついに金額を提示してきた。

〝……あんたにとっちゃ些細な額だ。安いもんだろう。そのカネをウィックフォード・レーンの墓地にある嘆き悲しむ天使の地下納骨所の中に置け。期限は今日の四時。それまでにカネを持ってこなければ、そのときはあんたの正体が新聞記事になるからそう思え〟

アーシュラの怒りが全身の血管を勢いよく駆けめぐった原因、それは金額ではない。脅迫の主が要求してきた口止め料は予想していたほど高額ではなかった。激しい怒りを覚えたのは、この支払いがこの先果てしなくつづく要求の初回にすぎないことがわかっているからだ。

手紙を元どおりに折りたたんだ。

計画があった。いまこそそれを実行するときだ。

部屋の隅に置かれた金色の金庫の前に行ってしゃがみこみ、ダイヤル錠を開けた。封印した過去をしのばせる思い出の品——両親の写真が一枚、南アフリカで熱病で死んだ父親が娘に宛てた最後の手紙の何通か、そして母親の結婚指輪——を脇へどかす。

アンの遺したアクセサリーが入ったベルベットの小袋、パラディンからアンに宛てた手紙とともに新たな脅迫状を中におさめたあと、父親がくれた優美な小型拳銃を取り出した。父親は最後に海外へと旅立つ前にアーシュラに銃の使い方を教えてくれた。曰く、「レディにはいつ自分の身を守らなければならないときが来ないともかぎらない」アーシュラが十八歳のときのことだ。

弾丸が装塡されていることをたしかめてから、金庫の扉を閉めて再び錠をおろした。立ちあがって鞄に銃をしまい、何か紙幣に見せかけることができそうなものはないかと室内を見まわした。テーブルの上に昨日の新聞があった。それを何枚かに引き裂いて封筒に詰め、鞄に入れた。

鞄を手に玄関ホールへと急いだ。掛け釘からマントを取ろうとしたとき、厨房からミセス・ダンスタンが前掛けで手を拭きながら出てきた。

「またお出かけですか？」明かり取りの横窓から外に目をやる。「霧が出てきましたよ」

「今日の午後、新規のお客さまとの約束があったのよ。忘れるところだったわ」

「お客さまとのお約束にしては少々遅い時刻ですねえ」

「お客さまはわがままなものよ」

ミセス・ダンスタンが見るからにしぶしぶといったしぐさで玄関扉を開けた。「辻馬車を呼びましょうか？」

「ううん、必要ないわ。公園の中を通っていけば早いから」

「そのお客さまはどちらにお住まいなんですか？」ミセス・ダンスタンの声がだんだんと不安の色を帯びてきた。「昨日、あんなことがあったあとなんですから――」

「わたしのことならそう心配しないで、ミセス・ダンスタン。今度のお客さまは閑静なところに住んでらっしゃるの。ウィックフォード・レーンよ」

28

ウィックフォード・レーンにある古い教会と付属墓地は、どちらもひどい荒れ果てようだった。小さな礼拝堂には錠がおり、鎧戸も閉まっていた。隣接する墓地では雑草が伸び放題で放置されている。門は開けっぱなしのまま、門扉が蝶番から垂れさがっている。生花が供えられている墓はひとつとしてない。霧の中に浮かぶ墓石や地下納骨所は幾星霜を経て、そのうちの多くは亀裂が入ったり割れたりしていた。

アーシュラは銘を刻んだ墓石のあいだをゆっくりと進みながら、嘆き悲しむ天使を探した。片手は鞄の取っ手をがっちりとつかんでいた。もう一方の手には拳銃だが、灰色のマントの襞の下に隠し持っていた。霧がどんどん濃くなっていく。墓地の周囲を囲む鉄柵はもはや見えなかった。

不安のうちに過ぎた数分間、嘆き悲しむ天使を見つけられるかどうか心配だったが、やがて割れた翼に衝突しそうになった。

とっさにあとずさって見ると、地下納骨所の入り口を守る石像だった。大きな天使の石像。

嘆き悲しむポーズをとっている。

かつては入り口を厳重に守っていた錬鉄製の扉は開いたままになっていた。

どこか霧の中からくぐもった足音が聞こえると、背筋を冷たいものが駆け抜けた。脅迫の主がすぐ近くからこっちを見張っている。振り返ってそいつの姿を探したい衝動に抗った。足音が聞こえたことを相手に知らせるようなことをしてはいけない、と自分に言い聞かせた。

地下納骨所への入り口から中に入る。少しすると目が薄暗さに慣れてきた。窓のない内部と入り口からの灰色の薄明かりのあいだに立ってぼんやりと見えてきたのは石のベンチ。腰を下ろして、死についてじっくり考える場所として設計されたものだ。

アーシュラは鞄から封筒を取り出し、ベンチに置いた。

それがすむと地下納骨所をあとにして、墓地の門に向かってしっかりした足取りで歩きはじめた。耳をすましていると、霧の中から忍ばせてはいるが重たい足音が聞こえたような気がした。地下納骨所に向かう足音のようだが、確信はなかった。

墓地の外へと急いだ。灰色のマントをはおっていれば、たちまち霧の中へと姿を消せるものと信じていた。しばらくのあいだ、歩道を歩く足音がはっきり響くように意識して進み、相手にもう墓地から遠ざかったと思わせようとした。そのあと今度はできるだけ足音を忍ばせて進み、教会のアーチ形の入り口の陰に身をひそめた。

その位置からでも濃霧に閉ざされた墓地の鉄製の門の門柱はなんとか見えた。見わたしたかぎりでは、墓地からの出口はその一カ所しかなさそうだ。

アーシュラはじっと待った。これから自分がしようとしていることを考えると心臓がどきどきした。

しばらくのあいだ、霧の中で何かが動く気配はいっさいなかった。脅迫の主にうまく逃げられたのかもしれない。計画は頓挫かと思いはじめた。さっき墓地で聞いた足音は勘違いだったのかもしれない。とはいえ、相手はアーシュラが来るのをここで待ち伏せ、ずっと見張っていたことは間違いない。雨露をしのげる場所を探しにあそこに入ってきた浮浪者が、たまたまお金を見つけたりする前に手に入れたいと考えているはずだからだ。

第一の計画が失敗に終わったときのためにと新たな計画を必死で練っていると、墓地に垂れこめた濃い霧の中で人影が動くのが見えた。息を殺した。計画の成功を願うこともなければ、つぎに何をするかをじっくり考えたくもなかった。決心はついていた。怖気づいてはならない。

霧の中の人影はみすぼらしい外套を着た男だとわかった。襟を立てて首のあたりを隠し、深い帽子で顔を隠している。門のあたりで足を止め、あたりをきょろきょろ見まわしているが、霧のせいであたりのようすがほとんど見えていないことはわかっていた。

計画実行のときが来た。まずは彼が墓地から出られないようにしなければ。もし彼が出てくるまでぐずぐずしていたら、逃げられてしまうかもしれない。逃げられたら追いつくことは——服の重さ数ポンドがなかったとしても——まず無理だろうし、至近距離からでなければ小型拳銃は標的を正確には狙えない。小型拳銃は賭博場、あるいは馬車、あるいは寝室といったあくまで狭い空間での使用を目的につくられている。

アーシュラは神経を集中し、銃把《じゅうは》をしっかりと握りしめた。覚悟を決め、教会の前庭を突っ切って墓地の門へと急いだ。アーシュラの姿は脅迫の主からはすぐには見えないはずだった。

足早な軽い足音に気づいた男はぎくりとし、さっと振り返った。だが、そのときにはもう、アーシュラはわずか数歩のところまで距離を縮めていた。

「動かないで。さもないと撃つわよ」アーシュラは言った。

燃え上がる怒りと堅い決意が口調からはっきり伝わっていたにちがいない。脅迫男が驚愕と恐怖がないまぜになった甲高い声をもらし、墓地の奥へと逃げこんだからだ。そしてすぐ近くに立つ墓石の後ろに隠れた。

「撃つな」男があわてふためいた声でわめく。

予想どおりの反応である。危険な武器を突きつければ男は凍りつき、こちらの命じるがままになるものと想定していたのだ。ロズモントが彼女に銃口を向けたときもそうだった。危機に陥れば、明らかに誰もが同じ行動をとるようだ。

こうなったら選択肢はただひとつ。霧が立ちこめる墓地に入って、男にそっと近づくしかない。おそるおそる入り口を通り、悪党が身を隠した墓石のほうに歩を進めた。

「出てらっしゃい」アーシュラが命じた。「下手に抵抗しなければ撃ちはしないから」

「かんべんしてくれよ。とんでもない誤解だ」

男は勢いよく立ちあがるや、驚いた兎よろしく墓地のさらに奥に向かって全速力で駆けだした。

「しまった」アーシュラは焦った。

石碑や墓石がそこここにおぼろげに見えている。アーシュラはひとつひとつ丹念に見ていく。走る足音、荒い呼吸音が聞こえる。男はまだ隠れ場所をつぎつぎと変えているようだ。

こんなばかげたかくれんぼをいったいいつまでつづければいいのだろう。

計画は思うようには運びそうもない。だとしたら、いっそ門まで引き返し、そこで男を待ち伏せするほうがいいかもしれない。墓地の中にいつまでもとどまることはできないはずだ。

門に向かって用心深くじりじりとあとずさっていたとき、霧の向こうからどすんどすんと大きな足音が聞こえてきた——アーシュラの足音でもなければ、脅迫男の足音でもない。少なくとも二人の人間がこの場に現われたらしい。

「なんてことだ」スレイターが言った。アーシュラの後ろから近づき、前腕をむんずとつかんで動きを止めさせた。「いったいなんだって？」そこで拳銃が目に留まり、言葉がとぎれた。「銃を持ってるのか？」

スレイターはアーシュラの手から強引に銃を奪ったが、アーシュラには彼の意図がまだわからなかった。

「返して」激しい絶望感がこみあげてきた。「逃げられてしまうわ」

「いや、大丈夫だ」スレイターが今度は少し大きな声で霧に向かって呼びかけた。「グリフィス？」

「つかまえましたよ」グリフィスが大きな声で答えた。

グリフィスが脅迫男の外套の襟をつかんで、地下納骨所の陰から姿を見せた。男は地面から数インチ浮きあがった足を派手にばたつかせている。

「グリフィスは移動劇団でいろいろな役目を背負っていて、そのうちのひとつがその日受け取った木戸銭の見張りと、カネを払わずにもぐりこむやつがいないかどうか見張ることだったんだ」スレイターが注釈を加えた。

「下ろせ」脅迫男がわめいた。「おれは善良な市民だ。そこにいるおかしな女がおれに銃を向けやがった。逃げるほか手はないだろうが？」

グリフィスがスレイターを見た。「この野郎をどうしましょうか、ミスター・ロクストン？」

「こっちへ連れてこい、グリフィス。手短に話を聞いて、それから考えよう」

グリフィスは脅迫男を地面に下ろし、両足で立たせた。

「誰なんだ、きみは?」スレイターが訊いた。

だがこのとき、アーシュラははじめて男の顔を間近からよく見た。新たな怒りが全身を一気に駆け抜けた。

「この男の名前はオトフォード」アーシュラが言った。「ギルバート・オトフォード。紙くず同然の雑誌『フライング・インテリジェンサー』の記者よ」

29

「このろくでなしがわたしを脅迫しようとしたの」アーシュラはもうげんなりといった表情でオトフォードを見た。「今日ここに来たのは、それをやめさせたかったから」

「おれを撃とうとしただろう」アーシュラをにらみつけるオトフォードの目には、驚きとまだ信じられない思いがにじんでいた。「冷酷な女だ。よくもあんなことができたもんだな」

オトフォードは三十代後半か、淡い青の目、つやのないぺたっとした赤毛、赤らんだ顔をした男だ。着ている服はかつてはそれなりのものだったのだろうが、外套の袖やズボンの折り返しは擦り切れていた。かつては白かったシャツもいまや黄ばんだうえに薄汚れている。曲がったネクタイからはほつれた糸が垂れていた。

こいつはプロの犯罪者ではないな、とスレイターは判断した。やけっぱちで犯罪に走ったのだろう。そういう連中は不器用だが、だからといって危険でないというわけではない。

「撃つつもりはなかったわ――そりゃあ、そうするほかない状況になれば話はべつだけれど」アーシュラが言った。「わたしはただ、あなたの正体を知りたかっただけなのよ」

オトフォードがアーシュラを険しい表情で訝しげにうかがった。「殺すつもりがなかったなら、なんでおれの正体なんか知りたかったんだ?」

「もちろん、警察に知らせるためよ」アーシュラは冷ややかな鋭い笑みをオトフォードに投げかけた。「レディに対してこんな卑劣なことをする人ですもの、隠し通したい秘密のひとつや二つないわけがないと思ったから」

スレイターはグリフィスを見た。感嘆の表情を隠すことなくアーシュラに見とれている。自分はどうだろう。この状況を自分がどう感じているのか量りかねていた。アーシュラが拳銃の所持が必要な状況にあったと知って、まだ戸惑っていた。銃を持ち歩くレディには会ったことがない。たしかにきわめて小さな拳銃ではあるが、至近距離からなら凶器となりうる。アーシュラが何をしても驚かない程度には彼女をよく知っているような気になりはじめていたが、大きな間違いだった。

「ほう、それじゃいいことを教えてやろうか、ミセス・カーン。おれには隠し事なんかひとつもない」オトフォードが貧弱な肩をぐっと張った。「おれはジャーナリストだ」

アーシュラは彼の言い分など無視した。「わたしのことは裁判のときに見て知ったんでしょう? 傍聴席にいたあなたの顔を憶えているわ。死肉を狙う禿鷹みたいに毎日最前列に陣取っていたわね」

「ああ、そうさ。ピクトン離婚裁判を取材していたからな」オトフォードは顎をぐいと上げた。「ジャーナリストとしてのおれの務めだった」

「ばかなこと言わないで。あなたみたいなろくでもない記者たちがわたしの評判を地に落として、新しい身分を手に入れなければならなくさせたの。もう少しで救貧院のお世話になるか路頭に迷うかだったけど、それもこれもあなたのせいよ、ミスター・オトフォード。そして今度は図々しくもわたしを脅迫しようとした。そうでしょ？」

「要求したのはほんの二ポンドじゃないか」オトフォードも黙ってはいなかった。アーシュラの服と帽子を手ぶりで示す。「見たところ、いやに羽振りがよさそうじゃないか、マダム。それにひきかえ、おれは明日にも飯の食い上げだよ。今週末までに部屋代を払わなきゃ、下宿からも追い出される。このひと月は慈善施設の施しで食いつないできた」

「でも、あなたには仕事があるでしょう」アーシュラが訝しげに目を細めた。「賭博師にでも鞍替えしたの？　それで飯の食い上げってわけ？」

　オトフォードがふうっと大きく息を吐いた。力なく肩を落とす。「いや、いまのところ賭博の魔の手の餌食にはなっちゃいない。編集長にクビにされたんだ。もう数カ月、大衆が本当に読みたがっているネタをおれが仕入れてこないからだと言われた。給料に見あう働きをしてないと。いま、おれは犯罪者階級（ヴィクトリア時代の大都市の最貧層で、犯罪が日常と化している人びと）と警察関係のニュースを報道する週刊誌の発行を計画中なんだが、事業を立ちあげるにはカネがかかって」

「だからわたしをゆすろうとしたのね。ほかにはどんな人を脅迫してるの、ミスター・オトフォード？」

オトフォードは明らかに気を悪くしたようだった。「他人からゆすり取った金で新しい仕事を立ちあげようなどとは思っちゃいないよ、マダム。これはただ、何日かしのげればと思ってやったことさ」

「ピクトン裁判からはもう二年経ったわ」アーシュラが言った。「わたしはそりゃあ苦労して身をひそめて生きてきたの。どうやってわたしを探し出したの？」

スレイターにある直感が閃いた。

「それ」スレイターは言った。「すごくいい質問だ」アーシュラの腕を取り、グリフィスのほうを向いてうなずいた。グリフィスはオトフォードの肩をがっちりとつかんでいる。「どこかほかに場所を移して、その答えを聞こうじゃないか。こうして外に立っているのもおかしな話だ」

30

スレイターは一同をしたがえて屋敷に戻ると、読書室に通して、ミセス・ウェブスターにお茶をたのんだ。ミセス・ウェブスターはひと目で状況を察知したらしく、部屋の中央のテーブルには、サンドイッチや小さなケーキがたくさんのったトレイが運ばれてきた。

サンドイッチを目の前にしたオトフォードは涙を流さんばかりで、がつがつと食べはじめた姿は、まるでもう何日も食べ物にありついていない男のようだった。グリフィスも遠慮はしなかった。小皿に何個ものサンドイッチとレモンタルトを二個取り分けた。

スレイターは机にもたれ、腕組みをしてアーシュラをじっと見た。彼女のことが心配になりはじめていた。食べるものにはいっさい関心を示さず、元気が出そうな濃い紅茶もほんの少し飲んだだけだ。さっきは小気味よく怒りをあらわにしていたのに、いまは緊張の面持ちで椅子にすわっている。完膚なきまでに打ちのめされるその時にそなえて腹をくくってでもいるかのようだ。

「アーシュラ」静かに声をかけた。「大丈夫。心配はいらない」

顔を上げた彼女の表情はいささかぼうっとしていた。心ここにあらずだったことは一目瞭然だが、彼女はすぐさまスレイターに反応した。

「わたしがどこへ行ったのか、どうしてわかったの？」いかにも疑り深い目で彼を見た。

「きみに会いにきみの家に行った。ちょっと知らせたいことがあったものでね。そうしたらミセス・ダンスタンが、きみは新しい客に会うため、あわててウィックフォード・レーンに出かけたと教えてくれた。でも彼女は、時代の先端を行く速記者を雇うような人があのあたりに住んでいるとは思えないと考えているようだった」

「そういうことだったのね」

「アーシュラ、彼女はきみのことが心配でたまらなかったんだ」

アーシュラはそれについては無視した。「わたしに知らせたいことってなんだったの？」

「今朝、桟橋近くの路地でロズモントの死体が発見された」

「なんですって？」もうひと口紅茶を飲もうとしたアーシュラがあわててカップを置いたため、紅茶が受け皿にこぼれた。「あの人が死んだ？」

「それも事故死じゃない」スレイターが言った。「殺されたんだ」

「なんてことなの」アーシュラが言った。

「殺人事件か？」オトフォードがサンドイッチを頬張ったまま訊いた。目をかっと見開いている。「どういうことなんだ？　何者だ、そのロズモントというのは？」

「死んだ香水屋だ」スレイターが言った。

「ふうん」オトフォードは興味が失せたらしく、つぎのサンドイッチはどれにしようか選びはじめた。「だったら特筆すべき人物ではないな」

スレイターはまたアーシュラのほうを向いた。「警察で話を聞いてきた。担当の刑事がいい人で、いろいろ情報をくれた」

「なるほど。警察もあなたを丁重に扱うってことね」アーシュラが怖いほど冷ややかに言った。「スレイター・ロクストンですものね」

スレイターは聞こえないふりをした。「ロズモント殺害はプロの殺し屋の手によるものらしい。頸部を後ろから錐のようなもので刺されたそうだ」

アーシュラは目をしばたたいたあと、考えをめぐらしはじめた。スレイターの発言に注目したのはアーシュラばかりではなかった。むしゃむしゃ動いていたオトフォードの口の動きが止まった。

「プロの殺し屋だって？」オトフォードは頬張っていたサンドイッチをごくんと飲みこみ、袖口で口の周りを拭うや、すぐさま小さなメモ帳と鉛筆を取り出した。「錐のようなもの？プロの犯罪者が絡んでいるとなれば——つまり、ほら、そこらにいる犯罪者階級のひとりっていうようなやつじゃなく——聞き捨てならないな。編集長も食いついてくるかもしれない。いまからもう見出しが見える気がするよ。『殺し屋、ロンドンの街に忍び寄る』」

スレイターが片手を上げて制した。「編集長には知らせるな、オトフォード。いまはまだだめだ。こんなものじゃなく、もっとでかい記事になる事件がある。ぼくの言うとおりにすれば、独占記事を書かせてやる」

オトフォードがメモを取る手を止めた。「もっとでかい記事？　醜聞のにおいがするやつだろうか？　読者が読みたがっているのは、わくわくさせてくれる記事なんだよ」

「だからあなたはそういう慧眼の読者に迎合するってわけね、ミスター・オトフォード」アーシュラが皮肉いっぱいの笑みを彼に投げた。「さぞかし誇らしいことでしょうね」

オトフォードがアーシュラをにらみつける。「おれは大衆に対する責任を負ってるんだよ、マダム」

「真実に対する責任はどうなの、ミスター・オトフォード？」

「いいか、よく考えてみろ。墓地でのちょっとした出来事くらいで悪党呼ばわりされちゃかなわないね」

「冗談じゃないわ」アーシュラがぴしゃりと言った。

スレイターは二人のあいだに割って入ることにした。これ以上険悪な状況になるとまずい。

「話を元に戻そう。ぼくの考えでは、その殺し屋がまた誰かを、それもそう時間をおかずに殺そうとする確率はきわめて高い」

「本当か、そいつは？」オトフォードの表情がぱっと輝いた。

「ミスター・オトフォード、ぼくはきみが事件報道に関しちゃロンドンでも指折りの人気週刊誌の発行人として再出発する、その一助となる独占記事を書かせると約束してもいいと思っている」スレイターは一瞬の間をおいたあと、声をひそめて付け加えた。「それだけじゃない。もしこの真相究明に関してわれわれに協力するなら、きみの計画を金銭的に援助するのもやぶさかでない」

オトフォードが困惑の表情を見せた。「おれに金銭的援助を、ですか?」

「ああ、そうだ。きみなら力になってくれそうだからだ」

「できるだけのことはしましょう。任せてください、ミスター・ロクストン」

アーシュラはあきれたように天井を見あげて、紅茶を飲んだ。

「ミセス・カーンとぼくが進めている調査への協力とひきかえに」スレイターは話をつづけた。「きみの今週分の家賃を払うほか、最初の雑誌を出すまでは目に見える形で援助をしよう。しかし、ぼくが印刷の許可を出すまでは事件についてけっして口外しないこと。それだけは必ず守ると約束してもらわないと困る」

「はい、必ず。名誉にかけて約束します」

アーシュラが鼻でせせら笑った。「あなた、ゆすりよね、ミスター・オトフォード。名誉にかけてとはよく言ったものだわね」

オトフォードは傷ついたふりをした。「おれの人生、近ごろはけっこう複雑なことになっているんだよ、ミセス・グラント」

「わたしはミセス・カーン。ピクトン離婚裁判の意地悪な記事については、あなたに大いに感謝しているわ。ひょっとしてご存じないかもしれないからお知らせしておくと、おかげさまでわたしの人生もけっこう複雑なことになっているの」

スレイターが片方の手を上げた。「もういい。いまは優先すべきことに集中して、有効な手段を実行に移すのが先決だ。それじゃまずは、オトフォード、きみはどうやってミセス・カーンの正体を突き止めた?」

オトフォードはそわそわした目付きでアーシュラをうかがい、咳払いをした。「それはちょっと。いや、やっぱりそれは言えないな」

「この調査に協力したいと思う気持ちよりジャーナリストとしての倫理のほうが大切ってことか。わかった」スレイターは言った。「だが、もしもそういうことなら、ぼくたちからの経済的援助はなしだ」

オトフォードがあわてふためいた。両手を大きくでたらめに振りまわす。「いや、違うんだ、誤解ですよ。誰から聞き出したのか、〝言わない〟って言ったんじゃない――〝言えない〟って意味なんだよ。つまり、情報をくれた人間が誰なのか知らないんだ」

アーシュラの危険なまでの鋭い視線がオトフォードを凍りつかせた。「だったら、どうやってわたしを探し出したのか説明して」

「今週のはじめ、一通の封筒が扉の下から差しこまれた」オトフォードがため息をついた。「厳密には月曜の午後、だいぶ遅くなってからのことだ。誰だかは知らないが、おれがピクトン裁判の記事を書いたことを知っている人間、おれがあんたを見ればわかるはずだと知っている人間であることは間違いない。封筒の中には、あんたの自宅の住所と秘書派遣会社の住所が書かれたメモが入っていた。おれはすぐにあんたの会社まで行き、後片付けをしているあんたを窓ごしに見た。ひと目で裁判で証言台に立った女だとわかった。髪型が変わっていたし、喪服を着てはいるが、あんた独特の雰囲気はそのまんまだった、ミセス・グラント——いや、ミセス・カーン」

「独特？」アーシュラがぐっと歯を食いしばっているような声で訊いた。

「外見じゃないんだ」オトフォードがせわしく説明をはじめた。「外見はさほど記憶に残るということはないんだが、永久に記憶に刻まれる性格的な何かがあるんだよ」

アーシュラが反撃を開始する前に彼女の気をそらさないと、とスレイターは考えた。

「ミセス・カーンに関するメモを受け取ったのは月曜日だったと言ったな？」

「そうです」オトフォードが答えた。

スレイターはアーシュラを見た。「月曜と言えば、きみがはじめてレディ・フルブルックの屋敷へ行った日だな」

「初日の帰り際、わたしがあなたの馬車に乗りこむところを誰かが見ていたと言っていたわよね」アーシュラが言った。

グリフィスが珈琲ポットに手を伸ばした。「何者かがミセス・カーンを片付けたがっているようだな」

「だとしたら、なぜさっさと解雇しなかったのかしら?」アーシュラが言った。「レディ・フルブルックは今日わたしをクビにしたわ」

「秘書派遣会社との契約を打ち切れば、フルブルック邸にきみを近づけないようにはできるかもしれないが」スレイターは言った。「ミス・クリフトンの死の真相を探るきみを止めることにはならないだろう」

「でも、真相を探っているなんて誰にも言っていないのに」アーシュラが言った。

スレイターは眉を吊りあげた。「きみは遺体を発見したその日に警察を呼んだ。だが警察が何もしてくれないことがわかると、レディ・フルブルックの秘書としてミス・クリフトンのあとを引き継ぐと言い張った。そして月曜日、ぼくの馬車で帰るところを目撃された。そういう流れを考えると、きみの存在が何者かをひどく不安にさせていると言って差しつかえないと思うね。ついでに、きみがぼくといっしょにいるところを見られた事実が発覚したせいで、きみを簡単に殺すのは危険だということになった」

アーシュラがぐっと唾をのみ、感情を抑えこんだ。「あなたなら警察に全面的な捜査を要求できるし、警察も間違いなく動くからということね」

「フルブルックは何がなんでもそれを避けたい」スレイターが結論を引き出した。

オトフォードがまた顔を上げた。「なるほど。それじゃ、扉の下にミセス・グラント――ミセス・カーン――についてのメモを差しこんだのはフルブルック卿だと?」

「正確には、彼が使用人に命じたのだろうが、そうだ、フルブルックがきみにミセス・カーンの正体に気づかせようとした可能性は高いと思う」

アーシュラの目がこらえた涙できらりと光った。「でも、だとすると、アンがわたしの正体を彼に教えたってことになるわ。なぜアンがそんなことを? 信じていたのに」

スレイターは彼女を慰めたかったが、いまはその時ではなかった。「フルブルックにとって想定外だったのは、オトフォードがきみを脅迫しようとしたことだ。てっきりきみの正体を暴く記事を新聞にでかでかと載せるものと思っていたんだよ」

オトフォードが慈悲深い笑みを浮かべてアーシュラを見た。「ほらね、おれはあんたに恩恵をほどこしたんだ、ミセス・カーン。すべてがいいほうに転んだじゃないか、そうだろ?」

アーシュラは答えようとはしなかった。鞄からハンカチーフを取り出し、目のあたりを押さえた。

スレイターはアーシュラのほうを向いた。「今日、植物学者の屋敷にぼくを迎えにきたグリフィスから聞いたが、レディ・フルブルックは明後日アメリカからの泊まり客が到着するとのメモを受け取った直後にきみを解雇したそうだな」

「そうなの」アーシュラはすぐに落ち着きを取りもどした。紅茶を少し飲んで、カップを置いた。「知らせを受け取ったレディ・フルブルックは見るからにうれしそうだったわ。興奮気味だった――ミスター・コッブは来月まで来ないと思っていたとかなんとか言っていたわ。夫はそのアメリカ人を快く思っていないけれど、仕事仲間だから丁重におもてなししなければならないそうよ。コッブって人、ニューヨークでは富と権力をそなえた人みたいね。半年ほど前、フルブルック夫妻がニューヨークに行ったとき、歓待してくれたとか」

「じつにおもしろい」スレイターは言い、心ここにあらずといった面持ちで眼鏡をはずしてハンカチーフを取り出し、レンズを丁寧に拭きはじめた。「これまでにわかったことについて考えてみよう。アンブロージアの売買にかかわった二人の人間――アン・クリフトンとロズモント――が死んだ。フルブルックの仕事仲間である裕福なアメリカ人がいまロンドンに向かっている」

「それだけじゃないわ」アーシュラが言った。「わたし、今日、アンブロージアを見たの」

スレイターの手が動きを止めた。「見たのか？」

「レディ・フルブルックの温室は、あれを栽培するための場所なのよ」

スレイターはぴんときた。「いよいよおもしろくなってきた。一歩前進だな。ついに構図が透けて見えてきた」

気づけばみんなぎゅっと口をつぐみ、好奇心をむき出しにして彼を見つめていた。スレイターは眼鏡をかけた。

「今朝、ぼくが話を聞きにいった植物学者が教えてくれた。われわれがアンブロージアと呼んでいる植物、これにはラテン語の長ったらしくてこむずかしい学名がついているんだが、植物学界ではある種伝説がかった植物だそうだ。それについて書かれたものはすべて極東の文献で、内容はほとんどがたんなる風聞だ。英国での栽培に関する成功例は知らないという。彼が探してくれた数少ない情報によれば、この植物は強烈な陶酔感を生み、幻覚を引き起こす」

オトフォードはすさまじい勢いでメモを取っていたが、いったん手を止めて視線を上げ、顔をくしゃくしゃっとしかめた。「その麻薬は何がそんなに特別なんですか？　阿片を原料にした麻薬にはさまざまな種類があって、どこでも手に入るっていうのに。家庭の主婦が家族のために独自のアヘンチンキ入り料理のつくり方を工夫してるくらいだ」

「いまの時点でアンブロージアが特別なのは、ぼくたちが知るかぎり、入手のルートがひとつしかないという点だ」スレイターが言った。「オリンポス倶楽部が市場を独占している。独占というのはとてつもなく儲かる」

「ほう」オトフォードがメモ帳を鉛筆でこつこつと叩いた。「その倶楽部の名前だが、聞き覚えがあるな。なぜだかは思い出せないが」

「そういうことなら、オリンポスがどういう場所かをきみに探ってもらいたい」スレイターが言った。「そこで働いている人間から話を聞いてほしいんだが、極力目立たないよう気をつけろ。これにかかわった者が殺されているからな」

オトフォードが表情を輝かせた。「たしかに。二人とも殺された。殺し屋が暗躍している」

「おそらく」スレイターが言った。「コッブに関することならなんでもいいから探り出す必要がありそうだ」

「でも、彼はまだロンドンに到着していないのよ」アーシュラが言った。

アーシュラが彼に異議を申し立てているわけではないことをスレイターはわかっていた。ただたんに彼の仮説に好奇心をそそられただけだ。

「コッブの船がまだ入港していないからといって、彼がこの件にかかわっていないことにはならないさ」スレイターは説明を加えた。机の後ろに回り、椅子にすわると一枚の紙片に手を伸ばした。「グリフィス、この電文はニューヨークの元顧客に宛てたものだ。これを持って大至急、最寄の電報局に行ってもらいたい」

グリフィスは最後に一個残ったタルトをせわしく平らげてから手を拭った。「承知しました」

スレイターが電文を書き終えると、グリフィスはそこに記された宛先にちらっと目をやった。「顧客というのは博物館の館長なんですか?」

「たまに彼にたのまれて盗まれた美術工芸品を追跡したり、彼があやうく贋作をつかまされるところを救ったりしたことがあるんだ。一度なんかはその博物館の評判をそこなう可能性があったが、たまたま事態が好転したものだから、館長はぼくに借りがあると感じている。館長本人がコッブについて何か知っているとはかぎらないが、ニューヨークの富裕層に顔が広い。もしコッブが金持ちなら——どうもそうらしいからな——彼について知る人はたくさんいるはずだ」

「ご明察です。それでは」グリフィスは紙片を折りたたんでポケットに入れた。「行ってまいります」

オトフォードはグリフィスが扉を閉めるのを待って咳払いをした。

「あなたがどこへ向かおうとしているのかはわかってるつもりですが、フルブルック卿のような身分の高い紳士がこの殺人にかかわっていると本当に思っているんですか？」

「さあ、どうだろうな」スレイターは言った。「まだ情報収集の段階だ。きみがあそこで情報を聞き出してくるのが早ければ早いほど、何が起きているのか、われわれも早く知ることができるというわけだ」

「了解しました」オトフォードは勢いよく立ちあがり、トレイに最後にひとつ残ったサンドイッチをつかんだ。「使用人から情報を引き出す方法はお手のものです。おれの両親は使用人でしたからね。ですが、いまこの場で言えることは、見返りがなくては誰も口を開いちゃくれないってことだな」

「それじゃ、きみに賄賂用のカネを渡すよう執事に言っておこう」スレイターは呼び鈴のベルベットの引き紐を引いた。「家賃の件もウェブスターが手配してくれる」

オトフォードはうれしそうに笑い、扉に向かって歩きだした。「いやあ、お世話になります。この調査をいっしょに進めるのが楽しみになってきましたよ。これほどでかいネタとあなたの経済的援助があれば、雑誌を軌道に乗せることができますからね」

オトフォードは廊下へと出ていった。

アーシュラがスレイターを見た。その目には底知れぬ好奇心が燃えていた。

「ニューヨークの博物館の館長に貸しがあるのね?」質問は抑揚を欠いていた。

「ぼくには波乱に富んだ過去があると警告しただろう、アーシュラ」

アーシュラが悲しげに微笑んだ。「わたしと同じね」

「たぶんぼくたちの相性がぴったりなのはそのせいだ」

「ほかの人たちより波乱に富んだ過去を抱えた人もいるわ。でも、だとしたら話してくれなくちゃ」

「秘密をもつ権利はあるさ。誰にでも秘密はある」

「残念だけど、わたしの秘密はもう秘密じゃなくなったみたいね」

31

アーシュラはまた少し紅茶を飲み、カップを置いた。椅子から立ちあがり、窓際へと歩いて庭園に目をやった。

「今日は墓地まで追ってきてくださったこと、感謝しなくてはね」

「そんな必要はないさ」

アーシュラはスレイターの静かな忍耐力をどう理解したらいいのかわからなかった。たいていの男は、自分が関係している女が脅迫を受けるような女だと知ったら怖気づくはずだ。世間を震撼させた離婚事件にかかわった女。ゆすってきた男に拳銃を携えて会いにいく女。

「あの人を殺すつもりはなかったのよ」やや間をおいてつづけた。「オトフォードのために自分が逮捕されて、殺人の罪で絞首刑になるなんてとんでもないわ。でも、ああして脅かせば、もう手出しはしてこないんじゃないかと思ったの」

「完全に理にかなった作戦だったよ」

アーシュラは振り返って彼を見た。「そう思う?」

「何かのはずみでまずいことになるって場合もないわけではないが、そう、あらゆることを考慮すれば、悪くはない作戦だろうね。功を奏するかもしれないし」

彼の承認を得たことで大いに元気づけられた。

「あなたは彼をすごくうまく操った。それは認めなくちゃと思うわ。サンドイッチひと皿と少々のお金で、たちまちあなたの手先になったんですもの」

「あの男は自分にとって最大の利益を求めて動くはずだし、それは当然のことだと考えている。これまでの経験から、たいていの人間は自分の利益が見こめる計画には乗りやすいものだと学んだんだ」

アーシュラが笑みを浮かべた。「それ、皮肉に聞こえるんだけれど？」

「ぼくは自分を現実主義者だと考えているんだ、アーシュラ」

アーシュラはなんだか愉快になってきた。「そうは言っても、あなたはとんでもなく非現実的《ロマンティック》だわ、ミスター・ロクストン」

スレイターは不意打ちを食らったようだった。そしてなんとか平静を取りもどしたとき、その表情は険しかった。

「いったいなんだってそんなことを言う？」

「あなたの最大の不幸はそもそも、昔ながらの騎士道精神をそなえてこの世に生まれてきたことだわね、スレイター。ほかに雇い手のない寄せ集めの使用人を雇っている。腹違いの二人の弟の相続財産を守るためにロンドンに戻ってきた。本来ならば、あなたのものになってもおかしくない称号やお金だというのに。ロンドンはちっとも居心地がよくないにもかかわらず、押しつけられた数々の責任を果たすためにとどまっている。そのうえ今度は、わたしが危険な目にあうかもしれないと心配して、殺人事件の真相究明なんて誰もがばかばかしいにもほどがあると言いそうな計画に進んで巻きこまれた」

スレイターがかぶりを振った。「アーシュラ」

それだけだった。明らかに言葉に詰まっている。

「そうよ、スレイター、あなたは英雄を演じる運命にあるんだわ」

「ばかなこと言わないでくれ」彼も立ちあがり、部屋を横切ってアーシュラのかたわらに立った。「問題は、オトフォードの扉の下にきみの正体と住所に関する情報を記したメモを滑りこませた人間を突き止めることだ」

「わたしの過去を知っている人間はたったひとり――わたしが知るかぎりではあるけれど――アン・クリフトンだけ。彼女がフルブルック邸の誰かにその秘密を明かしたにちがいないわ。でも、なぜそんなことをしたのかしら？」涙がこぼれないよう、アーシュラは瞬きを繰り返した。「わたし、彼女を信頼していたの。親友だと思っていたのに」

スレイターはアーシュラに腕を回し、ぎゅっと抱き寄せた。「きみの信頼に値しない人間もいるさ」

「そんなこと、わたしが知らないとでも思っているの？」アーシュラは彼の腕の中から抜け出ると、鞄をめざしてせわしく部屋を横切った。ハンカチーフを取り出して目を押さえる。「アンが考えようによっては向こう見ずだと知ってはいたけれど、わたしたち、共通点も多かったの。それに、自分の過去をせめて誰かひとりには知っておいてもらわないと、生きていくのがつらいのよ」

「ひとりぼっちで寂しかったんだな、きみは。それで危険を冒した。そうしたら、困ったことになった。だが、世界の終わりってわけじゃない」

アーシュラがうるんだ目で微笑みかけた。「そう、そうなのよね」

「ここで本当に問題となるのは、アン・クリフトンが誰に教えたのかってことだ」スレイターが室内をうろうろ歩きはじめた。「レディ・フルブルックがアンから聞いて、それを旦那に伝えたのかもしれないな？」

アーシュラは懸命に意識を集中しようとした。「この前、アンは誰かと恋愛関係にあったのかもしれないって言ったんだけれど、憶えている？」

スレイターは部屋の反対側で足を止め、彼女を見た。「うん」

「もしかしたら彼女、フルブルック卿の情婦になったんじゃないかしら。レディ・フルブルックが言っていたのよ、身分的に手の届かない男性にかかわってはだめだとアンに忠告しようとしたって。もしアンがフルブルック卿と関係をもっていたとしたら、彼女が麻薬取引にかかわったことも説明がつくし」しばしの間。「わたしの正体を明かしたことも説明がつくわ。愛する人になら秘密を打ち明けても大丈夫だと思ったのかもしれないから」

「それで答えが全部出そろったわけじゃない」スレイターが行った。「まだ道は半ばだ」

「道って？」

「たんなるもののたとえだよ」スレイターはどこかうわの空だった。部屋の反対側に立つアーシュラに近づき、手を取って手のひらに唇を押し当てた。目を合わせる。「怖がらなくていい。この迷路を抜け出す道は必ず見つける」

　室内を静寂が包んだ。

「ピクトン離婚裁判のことだけど」やがてアーシュラがつぶやいた。

「どうでもいいさ」

「ううん、よくないわ」アーシュラは手を引き抜いて窓際に行った。「あなたには本当のことを知る権利があるわ」

「つまり、それを聞いてもこの状況が変わるわけではないということだよ」

「さほど複雑な話じゃないの」アーシュラはとにかくこのことを彼に話してしまいたかった。

「ただ、誰もわたしの言い分に耳を貸してくれなかったからつらかっただけ」アーシュラは大きく息を吸いこんで気持ちを静め、唾棄すべき話をできるだけ手短にまとめた。「夫が死んで、わたしは一文無しになってしまったの。そこで住み込みのコンパニオンとしてレディ・ピクトンのお屋敷に入ったわけだけれど、ピクトン卿が女にだらしないことは最初から目に見えていたから、家政婦から忠告もあって、夜は必ず部屋に錠をおろすことにしていたわ」

スレイターは無言だった。世界じゅうの時間を独り占めしているかのようにその先を待っていた。

「ある夜、ピクトン卿が泥酔して帰宅したの。そしてわたしの寝室の扉に手をかけた。彼がそういうことをしたのははじめてではなかったけれど、錠がおりているとわかってあきらめるのがいつものことだった。ところがその夜、彼は鍵を持っていたの。あとから知ったところでは、鍵を渡したのはレディ・ピクトンだったのよ」

「その夜は奥方が旦那をきみの部屋に行かせたということか。離婚の理由が必要だったんだろうな」スレイターが言った。「姦通の証拠づくり」

「レディ・ピクトンは姦通と、そこに虐待の罪も加えれば、じゅうぶんな理由になるものと考えたんでしょうね。ピクトンはその夜、わたしを強姦しようとしたの。はじめてのことよ。わたしは部屋に入ってきた彼を見て悲鳴をあげた。するとつぎの瞬間、レディ・ピクトンと屋敷の使用人の半分ほどが部屋の入り口にずらりと立っていたの。レディ・ピクトンの手には拳銃が握られていた。ピクトンは酔っ払い独特の凶暴さで妻に食ってかかり、彼女は夫の脚を撃った。本当は彼を殺すつもりだったんだと思うわ。住み込みのコンパニオンを襲った強盗と間違えたふりをして。でも、射撃の腕前がお粗末だった。おかげでその場は大騒ぎ。裁判はもう泥沼」

「きみは証人の目玉だったということだね？」

「ええ。ピクトンはお金目当てでレディ・ピクトンと結婚した人だから、離婚はしたくなかった。妻の一族の財産を利用できなくなる事態はなんとしてでも避けたかった。最終的には、レディ・ピクトンは離婚を勝ち取り、わたしは汚名を着せられたというわけ」

「そして新たな人生に踏み出した。みごとなものだ、アーシュラ。勇気を奮い起こしてそんなことができる人はめったにいない。感服の至りだね、マダム」

アーシュラの目が再び潤んだ。せわしく鞄に駆け寄り、すでに湿ったハンカチーフを取り出した。ばつの悪い思いを抱えながら目を押さえたが、これでもう三度目だ。

「ごめんなさいね。こんなふうに取り乱すなんて久しくなかったことなの。なんだかつらい一日になってしまったわ」

スレイターがにこりとした。「そんなことだったとは想像もしなかった」

アーシュラは濡れたハンカチーフを鞄に戻した。鞄の口を閉じようとしたとき、速記帳に目が留まった。それを見て思い出した。オトフォードの脅迫状を読んで墓地に出かける前に思いついたことがあったことを。

鞄を閉めてスレイターのほうを見た。

「今日の午後、レディ・フルブルックに解雇されたあと、家に帰ってアンの速記帳の書き込み——詩としてはほとんど意味をなしていない部分だけど——を読み返すつもりでいたの」

「どうしてそんなことを思いついた?」

「レディ・フルブルックがアンに口述していたのは、もしかしたら愛の詩ではなくて恋文ではないかと思ったから」

それでわかった、というようにスレイターの目が熱を帯びた。「ニューヨークのミスター・コッブへの恋文ってことか?」

「彼は正体を隠して小さな文芸雑誌の編集長ミスター・パラディンと名乗っている。そう考えるのは無理があるかしら? レディ・フルブルックは、それはそれは不幸せな結婚生活を送っているの。そんな彼女がもし半年前にニューヨークを訪れたとき、コッブと関係をもったとしたら、恋文を通してその関係をつづけてきたのかもしれないわ。でも、夫の目と鼻の先でのことだから、何をしているのかを知られる危険は冒せなかった。そこでアンを恋の仲立ちとして使っていた」

「その仮説、調査になかなか興味深い光を当てることになりそうだ」

「もしレディ・フルブルックが自分とコッブは恋愛関係にあると思いこんでいるとすれば、思っていたよりずっと早く彼が到着すると知った今朝の浮かれようも説明がつくでしょ。でも、ほかにもまだあるの。アンはアンで、パラディンと私的な手紙のやりとりをしていたみたい。彼女が彼から受け取った手紙、まだ全部読む余裕がなかったけれど、最初の二、三通を読んだかぎりでは、彼はアンが送った短編小説を受け取った旨を知らせてきていたわ。それを出版したいという考えもちらつかせている」

スレイターが眉を吊りあげた。「ミス・クリフトンは短編小説を書いていたのか？」

「わたしは知らなかったけど、もし出版社が関心を示したとしたら、間違いなく彼女はそのことを口にしたと思うの。それにもうひとつ——パラディンって偽名を思いついたのはレディ・フルブルックだと思うわ」

「それはまたどうして？」

「そうねえ、あの人には豊かな想像力があるからかしら」アーシュラが寂しそうに微笑んだ。「知っていると思うけど、〝パラディン〟って義侠心に満ちた騎士のことよ」

スレイターがそれについて何か言いかけたとき、扉を叩く音が聞こえ、彼は口をつぐんだ。「どうぞ、ミセス・ウェブスター」スレイターが言った。

扉が開いた。ミセス・ウェブスターが麗々しいしぐさで封筒を差し出した。「たったいまこれが届きました。お母さまからです」

「どうも」

スレイターは封筒を開け、手紙を開いた。

アーシュラは彼をじっと見ていた。ごくわずかな期待が彼の周りの空気を震わせるのを感じながら。

「重要なこと？」アーシュラは訊いた。

「まあね。〈パヴィリオン・オヴ・プレジャー〉のミセス・ワイアットがぼくたちと会ってくれるそうだ。今夜、ランタン公園内のフォリー（十八世紀のイギリスやフランスの公園に建てられた装飾用の建築物）で待つということだ」

「自分の店で会っているところを見られたくないのね」

「用心のためだろう。提供する情報がなんであれ、代償が生じるとも書いてある」

アーシュラは興奮を隠さなかった。「お母さまがおっしゃってたわよね、ミセス・ワイアットは根っからの商売人だと」

32

ランタン公園内のフォリーは雨の夜が投げかける影をまとっていたが、近くの街灯の明かりが幻想的な東屋《ガジーボ》をぼうっと照らし出していた。

アーシュラもスレイターが高く掲げた傘の下に立ち、二人して八角形の建物のようすをうかがっていた。ミセス・ワイアットの気配も、ほかの誰かの気配もいっさいない。

「くそっ」スレイターが言った。「最後の最後になって心変わりしたのでなければいいが。怖気づいたのかもしれないな」

「危険を冒すに当たって、あなたが提示した金額がじゅうぶんかどうか、まだ決断が下せなかったのだとしたら、なぜ会うことにしたって手紙を送ってきたのかしら？」アーシュラは疑問を口にした。

スレイターが濡れそぼつ庭園風景に目を凝らした。引き結んだ口もとがいかめしい。片手が外套の内側に差しこまれた。回転式拳銃《リボルバー》の銃把をつかんだようだ。屋敷を出発する直前、机の鍵のついた抽斗からそれを取り出すところを見ていたのだ。

「この雨とか馬車の都合とかのせいで遅れている可能性もある」スレイターが言った。だが、いかにも確信がなさそうだった。「ま、いいさ。もう少し待とう。ガジーボの中に入ろう。少しは雨がしのげる」

アーシュラは彼を見た。「この待ち合わせがそんなに不安？」

「この事件がまるごと不安だよ。傘を持ってくれるかな？」

「ええ、いいわよ」

彼は両手を空けておきたいのだ、とアーシュラは気づいた。彼の全身から警報が放たれていた。まるで何かまずい事態が生じたときにそなえているかのようだ。ミセス・ワイアットと会うことに大いなる不安を覚えているのだ。

ガジーボ内を歩き、腰掛けのある屋根のついた部分へと上がる階段を見つけた。だが、そこに先に到着したのは二人ではなかった。

アーシュラが階段を二段目まで上がったときだ、目のあたりにした光景に筋の通った説明をつけるべく必死に考えをめぐらした。だが、衝撃のせいで頭がひどく混乱している。

最初に考えたのは、雨に降られた浮浪者が屋根のある場所を探し当て、ここで仮眠を取っているということ。しかし、いくらその仮説を信じこもうとしても、本当のところはもうわかっていた。ガジーボの床に横たわっているのは浮浪者などではなかった。不自然なまでに動かない体の大部分をおおったマントはとびきりの高級品。最新流行の帽子の羽根だけでもたいそうな値打ちがありそうだ。

「ちくしょう」スレイターがつぶやいた。

スレイターが外套の下から回転式拳銃を抜き出した。ガジーボの床を進み、死体のかたわらにしゃがみこむと、わずかに彼女の体をひねって首の後ろをじっくりと見た。どす黒い色をした血のリボンが見えた瞬間、アーシュラは身震いを覚えた。

「殺し屋は彼女がぼくたちと話をする前に襲ったということだな」スレイターはそう言い、大股で素早く階段まで戻ってきた。アーシュラを見てはいない。彼の視線はガジーボを囲む鬱蒼とした木々に向けられていた。「ここにいてはまずい。殺し屋がぼくたちを見ているかもしれない」

アーシュラはスカートをつかみ、急いで階段を下りた。「警察に知らせる?」

「いちおう知らせはするが、すぐに何かがわかるとは思えない。それよりもミセス・ワイアットの店にできるだけ早く行きたい。彼女が死んだことがみんなに知れる前に。きみを家まで送っていく余裕がないんだが、娼館にいっしょに行ってくれるかな? 脇の路地から入ることができるし、きみはマントとベールで顔は見られずにすむはずだ」

「もちろん、いっしょに行くわ」アーシュラは言った。「そこでは何を?」

「ミセス・ワイアットの私室を警察が事件に介入する前に調べておきたい」

「そうね。でも、わたしたち、中に入れてもらえると思う?」

「売春宿だよ、アーシュラ。ああいうところでは、カネさえあればなんでも買える」

「そういうことなのね」振り返って、もう一度ガジーボを見た。「何がなんだかわからないわ。ミセス・ワイアットはなぜ殺されたのかしら？」

「たしかなことはまだ言えないが、迷宮を抜け出る道がもうすぐ見えてきそうだ。まずアン・クリフトン——運び屋——が殺された。つぎにロズモント——麻薬密造人——が消された。そして今度は、麻薬を売っているあの倶楽部に売春婦を送りこんでいた女が死体で発見された」

「なるほどね」アーシュラが言った。「でも、そこから見えてくる構図は？」

「何者かがアンブロージアの取引を打ち切ろうとしているんじゃないだろうか」

33

ハバードは辻馬車の陰からロクストンと女が公園から出てくるのをじっと見ていた。ロクストンが女を箱型の馬車に素早く乗りこませるようすから、二人が死体を発見したことが確認できた。これから警察に知らせにいく可能性は高いが、それについてはほとんど心配していなかった。売春宿の女主人が死んだとなれば、大衆紙は興味を示すかもしれないが、当局が本気で捜査をするかどうかは怪しいものだ。

たとえ本気で調べたとしても、大した成果が上がるはずはなかった。ニューヨークでは彼の手口は広く知られ、ちょっとした名声——新聞は彼を〝針《ザ・ニードル》〟と呼ぶ——を享受しているが、それでも誰にも気づかれずに自由に街を歩くことができた。手際のいい、きれいな仕事は彼の誇りだった。警察が執拗なまでに彼を捜すことがないのは、彼が消す人間たちは概して、警官たちが給料をもらって街から排除している連中とかぶさるからだ。

彼の雇い主は事業から莫大な利益を得ているが、その事業は、合法的事業と裏社会の奥深くでうごめく犯罪的事業を分ける曖昧な境界線の両側にまたがっている。

その中のまともな面に関しては、ダミアン・コップは弁護士と会計士と辣腕経営管理者を雇って最強軍団を組織し、競合相手とわたりあっていたが、まともとは言いがたい面に関しては、さまざまな種類の専門家を利用していた。言うなれば、熾烈な競争の世界である。露見することなく、仕事をきれいにうまく遂行するプロにはありあまるほどの仕事が舞いこむのだ。

ハバードは、走り出した箱型の馬車が交通の流れに合流するのを見届けてから、辻馬車の屋根の開口部を通して御者に行き先を告げた。

「ストークリー・ホテルに行ってくれ」

「へい、承知しやした、旦那」

御者が馬の尻に鞭を入れた。辻馬車が走り出す。

料金を支払う段になって御者にぼったくられはしないかと心配になった。見知らぬ街に身を置く不都合は、どんなときも自分の居場所がつかめていない点である。ニューヨークの街なら知り尽くしていた。そもそもニューヨーク育ちである。だが、ロンドンはだだっ広い迷路で、方向感覚が狂ってしまう。ハバードはこの街が大嫌いだった。ここでは迷路の謎に精通していると思われる御者に全面的にたよるほかないからだ。

幸いなことに、コップはロンドンに長逗留するつもりはないようだ。仕事のし残しはあってはならない。仕事をすべて終わらせたら、そのときは船でニューヨークに戻ることになっていた。

ハバードは手袋をはめた手に目を落とした。一刻も早くホテルの部屋に戻りたくてじりじりしていた。巧みな技はごくわずかな血しか流しはしないが、それでも仕事のあとは毎回必ず手をよく洗うことにしていた。

34

「ミセス・ワイアットが死んだ?」エヴァンジェリンがアーシュラのベールの陰の顔にちらっと目をやり、再び視線をスレイターに戻した。「それ、本当なの?」

「信じてくれ。間違いない。少し前、ぼくたちは彼女と会う約束をしていたんだよ。だが、待ち合わせの場所に行くと、彼女は死んでいた。もうすぐ警察が捜査をはじめるはずだ。そこでだ、警察がここに踏みこんで、ありとあらゆる手がかりを荒らす前に、ぼくとこの友人とでざっと調べておきたいことがあるんだが」

「友人?」

エヴァンジェリンが礼儀をわきまえた当たり障りのない表情でアーシュラを見たが、その目がすべてを語っていた。上品な女性たちはエヴァンジェリンの世界にいる女とかかわったりしないものだ。

アーシュラはベールを上げ、小さくまとめた繊細な網を帽子の縁にのせて顔を見せた。笑顔をつくる。

「ミセス・カーンです。お目にかかれてうれしいわ、エヴァンジェリン。ご協力に感謝します」

エヴァンジェリンはしばしためらってから会釈した。警戒心がやや薄らいだようだ。スレイターは二人の女性のあいだに生じた、社会的地位がもたらす一瞬の緊張状態に気づいたものの、そんな素ぶりはいっさい見せなかった。

「エヴァンジェリンは、このあいだぼくがオリンポス倶楽部の敷地内に入ったとき、質問に答えてくれた親切なレディだ」

「あの夜はあなたのお顔をよく見なかったけれど、声は憶えているわ。あのときは……おかげさまで助かったわ。あなたは恩人よ」

三人がいま立っているのは厨房の外の廊下、〈パヴィリオン・オヴ・プレジャー〉はまだ静かだった。客がやって来るのはもっとずっと夜遅くになってからであることは間違いない。ときおり階段のほうから足音とくぐもった話し声が聞こえてきたが、エヴァンジェリンの説明によれば、いまほとんどの女たちは部屋で身支度をととのえているところだとのことだ。すでに活気に満ちているのは厨房だけで、開いた扉から料理人が汗を流し、数名の助手がカナッペを並べたトレイの上におおいかぶさるような姿勢で手を動かしているのが見えた。

アーシュラはこれまで、売春宿の中がどうなっているのかまったく知らなかったが、何もかもがあまりにも変哲のない光景にいささか驚いていた。もうすぐ幕を開ける歓迎会かパーティーの準備に忙しい、どこかの豪邸の厨房前の廊下にいるような気分にさせられていた。

数分前、二人は〈パヴィリオン〉の裏口から入ってきた。スレイターが家政婦に硬貨を何枚か手わたしてエヴァンジェリンに会いたいと告げると、まもなく彼女が現われた。スレイターを見たとき、彼女の顔には警戒心がのぞいた。

「問題は、わたしがミセス・ワイアットの部屋に案内できるかどうかだわ」エヴァンジェリンがさっと後ろを振り返り、声をひそめた。「ミセス・ワイアットが留守のときはシャーロットがここを仕切っているの」

「だったら、シャーロットにここへ下りてくるようたのんでくれないか」スレイターが言った。「おとなしく下りてきてくれたら、ひと晩の稼ぎ分は払わせてもらうと伝えてもらいたい」

エヴァンジェリンはためらった。「あなたに恩を感じてはいるけれど、でも、あなたがそんなふうにお金でものごとを片付けようとするなんて思ってもみなかったわ」

スレイターが彼女の手にも硬貨を滑りこませた。「手間をかけてすまない、エヴァンジェリン。たのむ、急いでくれ」

エヴァンジェリンは反論せず、すぐに立ち去った。彼女の姿が見えなくなると、アーシュラはまたベールを下ろした。

「彼女にきみが誰かなんて明かす必要はなかったのに」スレイターがぼそっと言った。

「ううん、あったわ」

スレイターはうっすらと微笑んだが、それについてはもう何も言わなかった。

エヴァンジェリンが年嵩の女を連れて戻ってきた。シャーロットは雇い主が死んだというニュースをすぐには信じなかったが、心底ショックを受けたようだ。それでもスレイターがさらにお金を差し出すと、いきなり大変身を遂げた。私室である続き部屋に案内してくれたのである。

「それにしても、なぜミセス・ワイアットが殺されなければならないんですか？」扉に鍵を差しこみながらシャーロットが訊いた。

「それがわからないんだ」スレイターはアーシュラを先に部屋に入れた。豪華な内装が際立つ客間だ。「むしろあなたのほうが何か知っているかもしれないと思ったんだが」

シャーロットがスレイターを見、つぎにアーシュラを見た。「なぜあなたがたのような方たちが、売春宿の女主人の死を気にかけたりなさるんですか？」

「それはつまり、この事件に絡んで死んだのはミセス・ワイアットがひとり目ではないからなの」アーシュラは言った。「わたしの会社で働いていた女性も殺されたの。わたしの親友でもあったものだから、誰が彼女を殺したのかを突き止めたくて」

「それとは別にもう一件、思い出してほしいことがある」スレイターが付け加えた。

「なんでしょう？」シャーロットが訊いた。

「川に身投げしたと思われているきみの同僚だが、その人も殺された可能性が高い。客が危険なまでの興奮状態に陥ったからかもしれないし、ミセス・ワイアットたちと同様、アンブロージア売買について多くを知りすぎたからかもしれない」

「ニコールのことね」シャーロットの声はきわめて深刻だった。「あの子が橋から飛び降りたなんて話、わたしたちは誰も信じちゃいないわ。少なくともあの子の意志でってことはないわね」そして手ぶりで部屋を示した。「わたしは廊下で待っているから、どうぞ部屋を調べて。急いでちょうだいね。あなたたちがここにいるのを見つかったらまずいことになりそうだから」

「ありがとう」アーシュラは言い、スレイターを見た。「あなたはこの部屋を調べて。わたしは寝室を見てくるわ」

スレイターがうなずき、ただちに窓際に置かれた机に駆け寄った。アーシュラは隣の寝室へ急いだ。

ミセス・ワイアットの寝室に入ると、そこもまた驚くような部屋だった。アーシュラがこれまで目にしてきた大邸宅の、寝室以外の内装によく使われていた、黄色とピーコックブルーを用いた趣きのある色調でまとめられている。四柱式寝台には白い網状の布が垂れさがり、素敵な黄色いキルトが掛けられている。絨毯は空色の地色に金色の花を織りこんだものだ。壁紙は黄色と青の縞模様である。

ミセス・ワイアットの前にこの部屋を使っていた人が売春宿という商売にかかわっていたとは思えなかった。もしかしたら、それがこの内装の狙いかもしれないが。

まずは衣装戸棚を見た。ずらりと並ぶ最新流行のドレスには目もくれず、その下の抽斗を開けて、きれいに積み重ねられた洗濯ずみのぱりっとアイロンがかかった下着を調べた。

これというものは見当たらなかったため、つぎは部屋の反対側の鏡台へと移動した。

抽斗の奥にしまってあった香水瓶を見つけた。陶磁器製の小瓶はアンの遺品の中にあった瓶とほぼ同じものだ。だが、違う点がある。ミセス・ワイアットの瓶は空ではなかった。底に数滴が残っている。

アーシュラは慎重に栓をはずした。ふわっと放たれた香りにはあの邪悪な薬草のにおいも嗅ぎとることができた。

「何か見つかった？」スレイターが部屋に入ってきた。

アーシュラがくるりと振り向くと、彼は革装の帳面を手にしていた。

「香水瓶。アンの家にあったものと同じだわ。底に数滴残っていて、ロズモントの店にあった乾燥植物のにおいがするわ」

「ミセス・ワイアットもアンも麻薬を使っていたということか」

「間違いなさそう」

スレイターがもどかしそうに動いた。「さあ、もう出よう」

アーシュラは彼が抱えた帳面に目を落とした。「あなたは何を見つけたの？」

「ワイアットの会計簿だ」

「それで何かわかるかしら？」

「たぶん、だめだろうが、ぼくはカネはどこか血に似ていることに気づいたんだ。染みが残るんだよ」

35

深夜の十二時になろうというころ、ブライス・トレンスが行きつけの倶楽部の正面玄関前の階段を下りてきた。今夜開かれた舞踏会のための白と黒の正装に身を固めている。銀製の握りが付いたステッキを上げ、通りに列をつくった辻馬車の先頭の御者に合図を送った。

近くの建物の前庭の物陰に身をひそめていたスレイターが彼に近づいていく。

「ちょっと話があるんだが、ブライス」

ブライスがぎくりとして、軽く振り向いた。驚きが怒りへと変わっていく。

「ロクストンか。いったいなんの用だ？」

「時間はとらせない。ぼくにそれくらいの借りはあるんじゃないかな。どうだろう？」

「フィーバー島の一件でぼくに謝らせたいのか？　あの洞窟神殿にきみを置き去りにしてすまなかったとでも言えと？　まさかきみがまだ生きているとは思わなかったんだ。ちくしょう、あのときぼくはきみは死んだと思ったんだよ」

スレイターはブライスの口から吐き出される言葉の勢いに気圧された。思いもよらない反応だ。スレイターは一瞬、どう応じたものか迷った。

「きみはあの岩の崩壊でぼくが死んだと思った。ぼくだってわかっていたよ」スレイターは言った。「きみの責任だなどと言うつもりはないさ」

「きみを置き去りにして死なせ、自分はきわめて貴重な美術品を船で持ち帰った。友情も何もあったものじゃないよな」

「話したかったのはそのことじゃないんだ」スレイターは言った。

「じゃあ、何を話しあいたい？　賠償か？　いったいどうしたらきみとの関係を修復できる？　どうしたら過去に起きたことを変えられる？」

「過去のことじゃない。少なくともそうしたたぐいのことじゃない。話というのはオリンポス倶楽部のことだ」

ブライスがスレイターをじっと見た。「どういうことだ？」

また倶楽部の扉が開く音がした。さっと振り返ると、べろんべろんに酔った男たちが階段を下りてくるのが見えた。高笑いしながら、これからどこへ流れるかを相談している。

通りにはもうひとり、男の姿があった。歩道を足早に歩いてくるが、何か約束があるにしてはあまりにも遅い時刻だ。街灯のまぶしい明かりの下を通ったとき、その姿が一瞬見てとれた。背丈はそう高くないが、とびきり上等な仕立てのスーツに身を包んだ伊達男だ。片手にステッキを持っている。

スレイターはその男が誰なのかは知らなかったが、どういう種類の人間かは察しがついた――夜な夜な紳士たちが集う最高級の溜まり場へ足を運ぶ社交家。

スレイターはブライスに視線を戻し、声を抑えて言った。

「ぼくの屋敷へ来てくれ。上物のブランデーでもやりながら話したほうがよさそうだ」

「どういう話であれ、いまここで聞かせてもらおう」

「どうしてもと言うならそれでもいいが、きみの行きつけの倶楽部の入り口からはもう少し離れたほうがいいんじゃないだろうか」

ブライスが警戒を強めたが、それでもスレイターのあとについて倶楽部の正面階段を照らすガス灯の明かりから少し距離をおいたところまで移動した。

スレイターは背後に目をやり、二人のやりとりを誰にも盗み聞きされないことをたしかめた。さっき目に留まったステッキを持った小柄な伊達男は倶楽部の正面階段に近づいたから、まもなく入り口から中へと姿を消すはずだ。

スレイターはどことなく不安を覚えたが、とりあえずブライスに神経を集中した。

「こういうのがうまくいくはずないと彼女に警告したんだが」スレイターが言った。

「警告って誰に？　いったいなんの話なんだ。わけがわからない」

スレイターは質問に答えようとしたが、そのときふと、さっきの小柄な伊達男が倶楽部の階段をのぼっていく足音を聞かなかったことに気づいた。そしていま、切れのいい足音がまた歩道に響き、こちらへ近づいてくる。

辻馬車は通りの反対側に列をつくっていた。小柄な男はそちらをめざしてもいない。霧の中にこだまする足音は速度を上げ、目的のある足取りに変わっていた。

「ブライス、いま後ろから歩いてくる男を知ってるか？　ステッキを持った小柄な男だが？」

「えっ？」ブライスがあわててスレイターごしに後ろを見た。「いや、知らない。なぜそんなことを訊く？」

「きみは社交界の人間をほぼ全員知っているからさ。もしきみが知らないとしたら、いい兆候とは言えないな」

「酔ってるのか？」ブライスがきつい口調で訊いた。

足音がどんどん近づいてくる。スレイターはもう一度振り返った。小柄な男は片手でステッキの取っ手部分を握りしめていた。下の棒状部分をもう一方の手でつかんでいる。いまにも短剣を鞘から抜こうかという構えだ。

あるいは錐のようなもの。スレイターはぴんときた。

眼鏡をはずして外套のポケットに入れ、もどかしそうにしゃべっているブライスに視線を戻した。早く答えろとかなんとか言っている。スレイターは彼の話をじっと聞いているふりをする一方で、後ろからぐんぐん近づいてくる足音に耳をすました。

さあ、そろそろだ。小柄な男の歩幅がわずかに狭くなった。塀を飛び越そうとするときに力をためる助走のように、殺し屋が仕事にかかろうとしている。

スレイターはブライスを歩道のへりの灌木の茂みに押しやると同時に、体をひねって攻撃をかわした。

ブライスが怒りに任せてわめいた。

スレイターはくるりと身を翻し、殺し屋と向きあった。

鋼鉄の針が街灯の明かりを浴びた霧の中できらりと光った。

その瞬間、標的をはずしたと気づいた男が大あわてで方向転換した。

スレイターはその隙を逃さず、手刀を構えて一気に振りおろすと、一撃は殺し屋の前腕、手首に近い部分をとらえた。骨が砕けた。錐刀と鞘代わりのステッキが音を立てて地面に落ちた。

あっと言う間――わずか数秒――の出来事だったが、列をなした辻馬車の御者たちが騒ぎに気づいた。

「追いはぎだ」

「警官を呼べ」

スレイターは殺し屋に近づいた。

「この野郎」小柄な男が声にならない声で言った。「この落とし前は必ずつけてやる」

男はもう一度方向転換し、霧の中へと姿を消した。

「くそっ」ブライスが立ちあがり、服の汚れを払った。「逃げられたか。探そうにも探しようがないな」

「いや、そうでもなさそうだ」スレイターが言った。「あの英語を聞いただろう。あれはロンドンに逃亡してきたアメリカ人犯罪者だ。そう遠くへは行かないと思うね」

「どういう意味だ、それは？　この街はすごく広いぞ、ひょっとして気づいていないのかもしれないから言っておくと」

「あの男、街なかではいやでも目立つ。あの英語でしゃべってみろよ」

36

ダミアン・コッブはレディ・フルブルックであるヴァレリーの温室で待っていた。

ヴァレリー・フルブルックは扉を開けて秘密のエデンの園に入った瞬間、彼がいるとわかった。波長が彼にぴったり合っているかのように、超自然的な次元で彼を感じとることができた。うれしさのあまり、脈拍が速まった。アンブロージアが引き起こす以上の陶酔感が全身を駆け抜ける。

「伝言、受け取ったわ、ダミアン」暗闇に向かってささやいた。

屋内の密林は影と月光の世界だった。ヴァレリーはあえてランプも蠟燭も携えてこなかった。使用人に気づかれるのを恐れていたからだ。使用人の誰ひとりとして信頼の置ける者はいない。

密林の香りにまじって、煙草の煙のにおいがうっすらとただよっていた。高くそびえる羊歯の茂みあたりで黒い人影がうごめいた。

「ヴァレリー。この数カ月、どんなにきみが恋しかったことか。もう待ちきれずにここへ来てしまった」

ヴァレリーは彼に駆け寄った。思いの丈が強すぎて息ができないほどだ。

「ダミアン、ダミアン、ダミアン、いとしいあなた。あなたが来てくれるのを待つのはまるで拷問だったわ。あなたのいない毎日が永遠のように思えて」

ダミアンが両腕を大きく広げると、ヴァレリーは心休まる彼の抱擁を求めてその中に飛びこんだ。ダミアンは羊歯の根元に煙草を落としてもみ消し、ヴァレリーと唇を重ねた。

ダミアンのキスはあらゆる感覚をぞくぞくさせた。数カ月前、二人がニューヨークで恋人同士になったときそのままだった。迷える二つの魂がついにお互いを探し当てた、と彼は言った。そして、二人がいっしょになる道を必ず見つけると誓ってくれた。ただし、それには時間と入念な計画が必要だとも。

ヴァレリーは彼を見あげ、その男らしさにうっとりとした。いにしえの勇敢な騎士さながら、非情な暴君と無理やり結婚させられたわたしを助け出しにきてくれた彼。

「こんなに早くロンドンにいらしてくださるなんて思いもよらなかったわ。フルブルックから聞いたかぎりでは、船の入港は明後日だとばかり。いつ到着なさったの?」

「数日前だ。偽名でホテルに投宿している。秘密がもれるのを恐れて、もう到着していることを知らせられなかった。だが今夜はもう待てなくなった。何がなんでもきみに会いたくて」

「あなたの秘密は守るわ。わたしを信じて」

「もちろんさ」

ダミアンはもう一度ヴァレリーにキスをし、彼女の手を握った。

「今夜は長居はできない。誰かに見つかったときのことを考えると、きみにそんな危険を冒させるわけにはいかないよ。ぼくたちの計画はもうすぐ実現する、危険を冒すわけにはいかない」

「心配いらないわ。大丈夫よ、わたしたち」ヴァレリーが言った。

「何がなんでもきみの旦那には、ぼくはまだ海の上だと思いこませておく必要がある。予定より数日早く到着していたなどと勘ぐらせてはならない」

ヴァレリーは思いきってダミアンの髪に手を触れた。目の前の彼は現実、これは夢ではない、と自分にわからせるために。

「いっしょにいられるようになるまで、あとどれくらい待ったらいいの？」

「もうすぐだよ、いとしい人」ダミアンは手袋をした手でヴァレリーの唇にそっと触れた。

「本当にもうすぐだ。最後の船荷が倉庫にある。ぼくたち二人がニューヨークに戻る船にそれも積んでいく。それまでに片付けなければならない仕事がいくつかあるが、それがすめば準備完了だ」

「くれぐれも気をつけてね。約束してくださらなくちゃいや。フルブルックはあなたのようにたくましくはないけれど、それでもあの人なりの力をもっているし、とんでもなく冷酷な人よ」

「怖がらなくていいよ、いとしい人。もうすぐ彼は、ぼくたち二人を阻む存在ではなくなる。だが、今夜はもう行かなくては。本当はここに来るべきではなかったんだが、きみに会わずにはいられなかった。秘密の手紙を交換しながら、きみがここでフルブルックといっしょにいることを思うと、つらくてたまらなかった」

「あの人は行きつけの倶楽部で売春婦たちとよろしくやっているわ、わたしではなく。わたしはずっとひとりぼっち——本当に寂しかった。夜はあなたの夢を見て、昼間はあなたのことを想わずにはいられないの」

「ニューヨークでぼくと安心して暮らす日がすぐそこまで来ているからね」

「安心」ヴァレリーがはっと目が覚めたようにつぶやいた。「ようやく安心できるのね」

ダミアンがまた唇を重ねてくると、レディ・フルブルックの心は高く高く舞いあがった。

37

「いますぐ荷物をつくって、あなたのお屋敷へ来いですって？」アーシュラは部屋着の襟元を押さえた。「もう真夜中よ、スレイター。わけがわからないわ」

二人はアーシュラの自宅の玄関ホールに立っていた。スレイターの外套から黒と白の床に雨が滴っている。

玄関前の階段の下で馬車が待っていた。車内の明かりは落としてある。

「四十分ほど前に殺し屋がぼくを狙ってきた」スレイターが言った。「やつにまだ人が殺せるとしたら、つぎは誰が狙われるのか、いまの時点では見当もつかない。やつの腕を折ってやったとは思うんだが、それだけではきみの身の安全は保証できない。ぼくの屋敷に来てほしい。ここにいるよりずっと安全だ。戸締りは厳重だし、人数も多いからあちこちに目を配れる」

アーシュラは最初のショックを懸命にやり過ごそうとしながら、彼を見つめた。「つまり、何者かが今夜、あなたを殺そうとしたということ？」

「ああ、そうだ」スレイターはじれったさを隠そうとはしなかった。「とりあえず今夜必要なものだけを取ってくるんだ。それ以外のものは明日、家政婦にまとめてもらえばいいじゃないか」

「あなたが今夜、殺されかけた?」

スレイターが顔をしかめた。「大丈夫だ、アーシュラ。ぼくなら大丈夫。心配ありがとう」

「たったそれだけ?」アーシュラの声が甲高くなった。「あなた、殺されかけたのよ。わたしのせいで。わたしの真相究明のせいで」

「ばかなことを言うんじゃない。さあ、荷物をつくって。そううろたえずにいてくれるとありがたいんだが」

「うろたえてなんかいないわよ。ただショックがあまりに大きかったから、気持ちを静めようとしているだけ。いっしょにしないで」

「そうだったのか?」スレイターの口角がわずかにゆがんだ。「気がつかなかったよ」

「失礼ね」アーシュラはくるりと回って向きを変え、階段をのぼった。「十五分で下りてくるわ」

「あわてなくていい。待ってるよ。そうだ、よけいな心配はしなくていいからね」

アーシュラは階段の途中で足を止めた。「それ、どういうこと?」

「ウェブスターに母を呼びにいかせた。母が介添役を演じるってわけだ」

「リリー・ラフォンテーンが。介添役を演じるだなんて。なんだかものすごくおもしろくなりそうな気がするわ」

38

スレイターの読書室に一同が集まったのは、まもなく午前一時半になろうというころだった。アーシュラはリリーと並んで長椅子に腰を下ろした。ブライス・トレンスはブランデーグラス片手に、安楽椅子に手足を伸ばしてすわっている。スレイターはひとりだけ立ったままだ。その夜の出来事のせいで異常なまでの興奮状態にあるのは明らかだ。炉棚をつかみ、暖炉の炎を見つめる姿には凄みがただよい、室内にその高ぶりが伝わってくる。

一方のアーシュラはと言えば、スレイターとはまったく異なる種類の緊張に苛まれていた。スレイターは今夜、あやうく殺されるところだった――わたしのせいで。

「あなたを殺そうとした男だけれど、警察が捜し出すと本当に思っているの？」アーシュラが訊いた。

「最終的にはね」スレイターが暖炉で勢いよくはじける炎から視線を上げた。「本気で捜査してくれることは間違いないと思う。なぜなら、襲撃された場所がロンドンでも指折りの高級倶楽部の真ん前だったし、ブライスとぼくがともに悪名高い人間だからだ。二人で協力した結果、警官には犯人の人相をかなり詳細に伝えることもできた」

「かつての考古学研究における訓練が役に立った」安楽椅子に深くもたれたブライスが深淵から声を発した。引きつづき行儀よくブランデーを飲んでいる。「ぼくたち二人、つまりスレイターとぼくは、いくつもの細かい点を記憶していた。しかし、たしかにスレイターの言うとおりだ。たとえ詳細な人相書がなくても、あの殺し屋がそう長いこと身を隠すことは不可能だろう。アメリカ英語を話し、手首を骨折している身なりのいい男が目立たないはずがない」

リリーの表情がぱっと華やいだ。「なるほど、わかるわ。最後には英語のアクセントで正体がばれるってことね。いつまでも身をひそめていることもできるはずないし。匿《かくま》ってくれるお仲間もいないでしょう。ま、犯罪者階級に属する人たちの中には警察に協力するなんてとんでもないって人もいないわけじゃないけれど」

「それにしても、いったいどうなってるんだ？」ブライスが訊いた。またひと口ブランデーをごくりと飲みこむと、タイをゆるめ、スレイターをちらっと見た。「なぜあのアメリカ人がきみを殺そうとした？」

「すべてはオリンポス倶楽部にさかのぼる」スレイターが言った。「今夜、きみに話したいことがあると言ったのはそのことなんだ」

「だが、ぼくは会員じゃない。きみに力を貸すことができるとは思えないんだが」

「きみは会員ではないにしても、きみが身を置く社交界というのは狭い。きみの知り合いにあの倶楽部の会員がいることは間違いない。ぼくは長いことロンドンを離れていたんで、疑問に答えてもらおうとしても人脈がないんだよ」

ブライスが思案顔になった。「そういえば、オリンポスの話をしていたやつがひとり、いや、二人いたな。やけにこそこそした話しぶりだった」

「あの倶楽部の経営者は会員にアンブロージアと呼ばれる薬を売っている」スレイターが言った。「何件かの殺人がその麻薬の取引に絡んでいるようなんだ。レディ・フルブルックは明らかに、その薬の原料となる植物を栽培している」

「レディ・フルブルックが？」ブライスがかぶりを振った。「そりゃないだろう」

「それがあるんだ。というのは、アンブロージアの売買はどうやらぼろ儲けができるらしい。実際、フルブルックはダミアン・コッブというアメリカ人実業家と組んで仕事をしているとわれわれは見ている。これまでに三人――運び屋、薬のつくり手、そして〈パヴィリオン・オヴ・プレジャー〉という売春宿の経営者ミセス・ワイアット――が死んだ」

ブライスの表情が引き締まり、困惑気味なしかめ面になった。「その店の噂は耳にしたことがある。顧客を厳選する店らしい」

「売春宿が〝顧客を厳選する〟となると、ふつうの店とはだいぶ違った意味合いが含まれていそうだな」スレイターが言った。

「たしかに」ブライスも同調した。「誰かが〈パヴィリオン〉は紹介者のいる客しか受け入れないと言っていた記憶がある」

「いずれにしても、ミセス・ワイアットとそのほか殺された二人の共通点は一点だけ」アーシュラが言った。「三人ともアンブロージア売買にかかわっていた」

ブライスが納得の表情を見せ、またスレイターとのやりとりをつづけた。「今夜きみを襲ったあの小柄な男がその三人を殺したと思っているのか?」

「ワイアットとロズモント殺しに関してはほぼ確信がある」スレイターが言った。「アン・クリフトン殺しについてはまだ確信には至っていないというところだ。薬の過剰摂取で死亡した可能性もある」

アーシュラは両手を組みあわせ、ぎゅっと力をこめた。「アンが殺されたことは間違いないわ」

スレイターはそれについては何も言わずにやり過ごした。

「その薬をめぐってなぜ殺人が起きる?」ブライスが疑問を口にした。「その薬が非合法ってわけでもないだろうに」

「阿片は合法だが、阿片をめぐる戦争は何世紀も前から繰り返されていて、その売買によって莫大な富を築いた人間は数多い」

ブライスが顔をしかめた。「なるほど、そういうことか。たしかに阿片の売買にはきわめて暴力的な歴史がつきまとってきた。医薬品としての効能が絶大な点を考えると、残念な話だ」

「われわれがいま目のあたりにしている暴力を説明するためには、もうひとつの要素が考えられる」スレイターが先をつづける。「この数年間、阿片や阿片を使った薬物を規制する動きにはずみがついてきているんだ、大西洋の両側で。そうしたたぐいの薬物をすべて非合法にするって噂もちらほら耳にする。もしそういう事態になれば、取引はすべて地下に潜ることになる」

「そうなったら、フルブルックとコッブは膨大な利益を上げそうね」アーシュラが言った。

「二人が取引を一手に掌握できると仮定すれば、の話だけれど」

リリーが手にしたブランデーグラスをゆっくりと回した。「そういう視点から見れば、アンブロージアはまたとない商機をもたらしてくれそうだわね。阿片を入手する経路はたくさんあるから、誰かが市場を完全に独占することは不可能だけれど、いまわかっているかぎりでは、アンブロージアって植物はまだごく珍しくて、栽培がむずかしいわ。もし力のある非情な人間がアンブロージア市場を一手に掌握すれば、濡れ手で粟の一大帝国を築くことができるかもしれない」

三人がそろってリリーを見た。リリーがにっこりと微笑みかける。

「スレイターのお父さまにいつも言われていたの、きみは商売の才覚があるって。エドワードはそういうことには無関心だったのよ。ロクストン家の資産を投資するときも、いつもあたくしの助言どおりになさってらしたわ」

しばしの沈黙があった。

アーシュラは咳払いをした。「そういう方面のことがすごく得意でいらっしゃるのは間違いないと思います」

「そうなのよ」リリーがブランデーを少し飲み、グラスを置いた。「ロクストン家のお金については本当にうまく動かしたの。だからこそ、エドワードはいつもあたくしに寛大だったというわけ」

アーシュラが笑みを浮かべた。「特別なお手当てや手数料をはずまれたわけですね」

リリーが眉をきゅっと吊りあげた。「あたくし、いただけるものはいただく主義なの」

「ほらほら、脱線はそれくらいにして」スレイターが言った。

「はいはい、わかってますよ」リリーがつぶやく。

「おそらくコップは、独り勝ちを狙って計画を進めている」スレイターが話を戻した。「彼は明後日到着の予定だそうだ。ぼくは最初、彼が殺し屋を先に送りこんで、取引にかかわってきたがもう用済みの人間――取引について知りすぎた人間――を片付けさせようとしているものと思った。到着前にそうした始末がすんでいれば、彼に容疑がかかる心配がない」

アーシュラがブランデーグラスをゆっくりと置いた。「でも今夜、殺し屋はあなたを狙った。コッブがミセス・ワイアット、アン・クリフトン、ロズモントを殺すため、自分より先に殺し屋を送りこんだかもしれないという仮説はわかるわ。この何カ月間か、その三人がアンブロージア売買に関して果たしていた役割をコッブは前から知っていたにちがいないけれど、あなたは違う。新顔ですもの。それなのになぜ彼はあなたのことを知っていたの？」

「鋭い質問だ」スレイターが静かに言った。「複雑な筋書きを何通りか想定してみたが、どれもコッブが乗った船とのあいだで暗号を用いた電報のやりとりが必要になる。そこで思いついたのが単純きわまる、大いにありそうな筋書きだ。ダミアン・コッブはすでにロンドンにいるんじゃないかな」

「でも、彼からレディ・フルブルックに届いた電報には彼の到着は明後日――」アーシュラが口をつぐんだ。「そうか、あなたの言うとおりだわ。あれはニューヨークにいるコッブの使用人が打ったのかもしれない」

ブライスが顔をしかめた。「きみは本当に、レディ・フルブルックがコッブと恋愛関係にあると思っているのか？」

「ええ」アーシュラはブライスを見た。「彼女の結婚生活は悲惨なまでに不幸なの」

「それはわかるが、それでも状況を考えると、コッブはアメリカ人犯罪者だろう」

「状況を考えると」アーシュラは冷静に言った。「フルブルックはイギリスの犯罪者」

ブライスが顔を赤らめた。「そう言えばそうだな、マダム」

リリーがブランデーのデカンターに手を伸ばした。「じつはあたくしも少々調べてみたの。フルブルックと彼女が結婚したのは数年前。いやでも気になるのは、夫婦に子どもがないってことだわね」

「なるほど」アーシュラが相槌を打った。

スレイターがリリーを見た。「いったい何が言いたいの?」

「フルブルックのような地位の男が妻に望む、いちばん重大なことは跡取りよ」

一瞬、場がしんとなった。気がつけば、スレイターを除く全員がどこか居心地が悪そうなようすだ。スレイターはなんだか愉快そうにしている。

アーシュラはあわててその場を取りつくろおうとした。「リリーの言うとおりだわ。フルブルックはフルブルックで、結婚に不満を抱く理由があるのかもしれないわね」

「で、それがこの状況にどう関係がある?」スレイターが訊いた。

「フルブルックがかっとなるとすぐに暴力をふるうという話はよく知られているそうよ」リリーが言った。「もし彼が、跡継ぎに恵まれないのは妻のせいだと思っているとしたら、彼女は身の危険を感じているかもしれないわ」

「そんな状況に置かれた女としては、自分を必要不可欠な存在にしたいと強く願って当然でしょうね」アーシュラが考えを述べた。「レディ・フルブルックがアンブロージアという植物の特性を偶然知ったとしたら、夫に麻薬の売買をはじめたらどうかと提案してもおかしくないわ。製造過程で身の安全をある程度確保することができるから」

「つまり、フルブルックには妻に植物を栽培させる必要が生じるからか」スレイターが言った。「そうだな、いい仮説だ。だが、もしわれわれの推測が正しければ、レディ・フルブルックは借り物の時間を生きているような気がしているんじゃないだろうか。もしロズモントのような調合師が薬を大量に製造できるようになれば、遅かれ早かれフルブルックは植物学者や庭師を雇って植物を栽培させる決断を下すかもしれないんだから」

「どういう状況になったら、彼が妻を無用の長物として切り捨てるのか、だわね」リリーが言った。「レディ・フルブルックは自分自身のためにそれをもう推測して、結論が出ているんだと思うわ。怯えた女ならたぶんそう」

ブライスがスレイターを見た。「きみが言うように、もしイギリス側でのアンブロージア売買を打ち切ろうという計画があったとしても、今夜の出来事で頓挫の可能性も出てきたな。コッブの殺し屋はいまから、ロンドンでもいちばん身の寄せどころのない界隈で必死に生き延びなければならない状況に陥ることになる。明日になれば新聞が、紳士が集う高級倶楽部を出たところで著名な男二人がアメリカ人犯罪者に襲われた、と大々的に書き立てる。コッブは当然、自分が崖っぷちに立たされたと判断するだろうな。そうなったとき、コッブはつぎに何をすると思う?」

「論理的に考えれば、さっさと手を引いて損失を食い止めるってところだろうか」スレイターが言った。「さっき言ったように、もしすでにロンドンにいるのなら、ニューヨーク行きのつぎの船の切符を買うとか。しかし、ぼくの経験によれば、大金が絡んだとき、人間が理性にしたがって行動をとることは稀だ」

「ところで訊くが、はっきり言って、きみはぼくに何を期待している？」ブライスが訊いた。

「オリンポス倶楽部とその会員について耳にしてきたことをひとつ残らず教えてくれ」

「期待されるほどの情報はないんだが」ブライスが前置きしてからつづけた。「よく考えてみると、もしかしたら重要かもしれないことが」

「それはなんだ？」

「この二カ月ほどのあいだに上流階級の男が二人死んでいるんだ。そのひとり、メイヒュー卿の場合は狩猟中の事故と言われているが、誰もそんなこと信じちゃいなかった。もうひとりのデイヴィス卿は橋から飛び降りた」

「新聞に出ていたわね、思い出したわ」リリーが言った。「どちらに関しても、自殺だという噂ね」

「で、これが肝心なところなんだが、二人ともオリンポス倶楽部の会員だと聞いた」ブライスが言った。


それからしばらくののち、スレイターはブライスを外で待つ馬車まで見送った。雨は上がっていたものの、ロンドンの街にはまた霧が立ちこめていた。ブライスが馬車に乗りこみ、座席にすわった。ブライスは無言のままだったため、スレイターは後ろにさがって扉を閉めながら言った。

「今夜はありがとう」

するとブライスが片手を伸ばして、閉まりかけた扉を押さえた。

「さっききみが言っていたことだが、フィーバー島の一件でぼくを恨んでいないというのは本当か？」ブライスが訊いた。

「べつにきみに落ち度があったわけじゃない」スレイターは答えた。

「ぼくが故意に罠を作動させたと考えている者もいる」

「ぼくはそんなふうに考えたことはない。一瞬たりとも」

「宝飾鳥像についてだが」ブライスが言った。

スレイターがにこりとした。「あれは盗まれた。そしてもはや存在しない。きみはあれをばらばらに分解して、宝石はひとつ、またひとつと目立たないように売り飛ばした」

ブライスの表情がこわばった。「じつは、家族が破産したんだ。そんな状況でぼくが思いついた手立ては唯一、それだった」

「家族のためにすべきことをした。わかるよ」

「えっ!?」

「同じ状況に置かれたら、ぼくだってそうしたはずだ」スレイターが言った。

ブライスがしばし黙りこんだ。

「正直なところ、あの島で起きた悲劇については、きみはぼくを責めはしないかもしれないと思った」ブライスがようやく口を開いた。「だが、未知の文明の現存する唯一の遺産となったあの美術品に対する破壊行為については、けっして許してもらえないと思いこんでいたんだよ」

「フィーバー島での一年間が、ぼくの物ごとに対する見方を変えてくれた」

ブライスが彼と目を合わせた。「もしオリンポス倶楽部に関して何か耳にしたら、そのときは知らせるよ」

「感謝する。だが、用心しろよ、ブライス。事態は危険を帯びてきた」

「ああ、今夜この目で見た。ところで、長いことロンドンを離れていたが、いったい何をしていた？　噂では、父上はきみを引き戻すために金銭的援助を断ったというじゃないか。どうやって生活していた？」

「きみといっしょにやっていたことをしていただけさ——姿を消した美術工芸品の追跡。以前は発見した際の興奮が目的だったが、それをカネのためにやっていた」

「商売にするほどカネになるのか？」

「ああ、たんまりいただける」

ブライスが小さく鼻を鳴らした。「そういうことなら、宝飾鳥像がもはやこの世に存在しないことをきみが知っていても不思議はないな。探したけれど、見つからなかったわけか」

「あれほどのものになると、完全に地下に潜らせるのはむずかしいはずだ」

「そして今度は、父上に遺産管理の責任を負わされてロンドンを離れられない状況か。都会生活におさまるきみは想像しにくいよ。社交界に興味はなかったよな。そのうち退屈するとは思わないか?」

「少し前まではそれが心配だったんだが、もう大丈夫だ。趣味ができた」

「趣味?」

「噂を聞いてないのか? ぼくは地下室で疑うことを知らないレディに風変わりな性の儀式を執り行っているそうだ」

ブライスが声をあげて笑った。

スレイターは苦笑を浮かべて扉を閉めたあと、玄関前の階段に立ち、馬車が霧の向こうに消えるまで見送った。

39

墳墓都市の夢がスレイターを浅い眠りから現実に引きもどした。目を開けて、眠りと目覚めのおぼろげな境界を時間をかけて越える。

上掛けをはいでベッドのへりに腰かけた。ミセス・ワイアットの会計簿がベッドサイドのテーブルにメモを取った紙片とともに置かれている。

立ちあがってメモを手に取った。顧客の支払いの一覧だが、顧客名は頭文字のみで記されている。どう見ても得心がいかないのは数字だ。何かある。

考えをめぐらす必要があった。迷宮を歩かなければ。メモを置いてズボンをはき、フックに掛けた黒い絹のガウンを取った。

扉を開けて廊下に出た。ランプの明かりは廊下と階段をぼんやりと照らし出すくらいに落としてある。屋敷内がけっして闇に包まれたりしないように心を配ることは、ウェブスター夫婦の優先事項のひとつなのだ。スレイターはフィーバー島の迷路体験から生き延びはしたものの、いくつかの奇妙な行動が残らなかったわけではない。

音をいっさい立てずに廊下を歩くことができる。きしんだりうめいたりする床板はどれかを一枚残らず知っていて、よけて歩くことができた。そしていまそれを意識して歩いて、アーシュラの寝室の扉のすぐ手前まで来た。

足を止めて、ここへ来た動機と自分の欲望をじっくり考えてみた。そのあと、意識して床に軽く体重をかけながら扉の前を通った。彼女が起きていれば足音に気づくはずと考えてのことだ。

そこからはもう立ち止まりはしなかった。階段に向かって歩を進めながら、かすかな床のきしみはアーシュラの耳に届いただろうかと考えた。もし届いても、こんな時刻だ、わざわざ扉を開けるだろうか？　どうだろう？　たとえ扉の隙間から廊下をのぞいたとしても、階段を下りていく彼を見たら、どうするだろう？　そのまま扉を閉めて、ベッドに戻ってしまうかもしれない。

アーシュラが部屋から出てきた。片手でチンツ地の部屋着の襟をぎゅっと押さえている。ほどいた髪が肩のあたりにかかり、目は謎と不安をたたえて翳っていた。

「どうかしたの？」アーシュラがささやいた。

「いや、べつに。寝られないものだから、歩くことにした」

「これから外へ？」アーシュラが目をまんまるくした。「お庭？　こんな時刻に？」

「いや、そうじゃない。地下室だ――例の、疑うことを知らない女性たちを相手に風変わりな儀式を執り行っているという噂の」

アーシュラが肩の力を抜いて微笑んだ。「からかわないで」少しずつあとずさって部屋に戻ろうとした。「ひとりになりたい気持ちはわかるわ」

「そうじゃない」スレイターは神殿の洞窟から外に出られるかもしれない縄をつかんだときのように、片手を思いきり伸ばした。「いっしょに来てくれないか」

アーシュラはためらった。「二人でいっしょにできることなの？」

「たどり着く真実はそれぞれ違っても、お互いの調和を考えて旅することができないはずがない」

アーシュラが笑顔で彼に近づいた。「フィーバー島へ行く前もそんなふうに哲学的な物言いをしていたの？」

「これまでずっと、昔から理解できないことばかり言うやつだった、と言われつづけてきた。フィーバー島での経験もぼくの会話能力を高めてはくれなかったらしい」

アーシュラが階段を下りはじめた。

「わたしにはたまたま、暗号みたいな言葉を要約したり解読したりする能力が、少しだけどあるの」

スレイターの心が魔法にかかったように軽くなった。アーシュラの手をぎゅっとつかんだ。階段を下りきったところで曲がり、さらに廊下を進んで地下室の扉の前に来た。スレイターは鍵を取り出して、彼の秘密の王国に通じる扉を開いた。石段を見おろすところで足を止め、手提げランプに明かりを灯す。無言のうちにアーシュラに手わたすと、アーシュラはそれを高く掲げた。

スレイターがアーシュラの手を引き、石段をくだりはじめた。

「ペルセポネをさらって闇の世界に連れていく冥府の王ハデスがどうのこうのなんて言わないでくれるとありがたいね」

「そんなこと、思いもよらなかったわ」アーシュラのひと言に彼はほっとした。

「ぼくはそれしか思い浮かばなかった」

「あなたは自分が変人だという評判にそれなりに満足を覚えているんじゃないかと思ったことが何度かあるの。お母さまからメロドラマ的な傾向を受け継いでいるのかもしれないわね」

スレイターは笑みを浮かべた。「ぎくりとさせられたよ」

迷路の部屋の扉の前で足を止め、鉄製の輪から鍵を選ぶ。扉を開くと、彼は脇へよけてアーシュラを先に通した。

アーシュラは部屋の中へ数歩進んだところで手提げランプを小さなテーブルに置いたあと、床の青いタイルの入り組んだ模様にじっと見入り、スレイターはその姿を眺めた。

「精巧に描かれた迷宮ね」しばしのち、アーシュラが言った。「迷路ではなく」

「道筋に沿って歩くことで思考が冴えてくるんだ。問いをもって歩きはじめると、最後に答えが待っていることがときどきある」

「それはフィーバー島で学んだこと？」アーシュラが訊いた。

「そう、学んだことのひとつだね」

「歩く瞑想っていうのはどんなふうに？」

「べつにこれという秘訣はない。ただ、頭の中で疑問を整理して歩きはじめるだけだ。一歩一歩に神経を集中させる。はるか先のことは考えず、来た道のことも考えない。ただ、つぎの一歩がそのつぎの一歩にどうつながっていくかをじっくりと考える。関連性やつながりを熟視する。模様の中に自分を埋没させるんだ」

アーシュラはおずおずとはじめの一歩を踏み出し、一枚目の青いタイルの上で止まった。

「問いをもって歩きだすのよね」

「何かある？」

考えをめぐらすアーシュラの口もとにかすかな秘密めいた笑みが浮かんだ。「ええ、あるわ、ひとつ」

「聞かせてもらえるのかな？」

アーシュラは彼をちらっと見たあと、首をかしげて答えを考えていた。「ううん、だめ」考えた末の答えだった。「言わないでおくわ、まだ」

「この道の最後で答えを見つけたら、そのときに教えてくれるってことだな」

「そうね」アーシュラは神経を集中させて迷宮を歩きはじめた。「一歩ずつ。これでいいのかしら？」

「ああ」

スレイターはアーシュラの真摯な姿勢が放つオーラに魅了され、ふと気づくと自分はまだ入り口に立っていたことに気づいた。ただ突っ立って、彼女を眺めていた。ひと晩じゅうでもそうしていられそうだった。必要とあらば未来永劫。

ある問いが彼の心にささやきかけた。

スレイターはアーシュラのあとについて迷宮を歩きはじめた。

二人は無言のまま道を進んだ。スレイターは注意深く、先を行くアーシュラとのあいだに数歩の距離をとって歩いた。それ以上近づけば彼女に触れることができ、そうなればせっかくの瞑想による忘我の境地が壊れてしまう。もしまた彼女に触れればキスをせずにはいられなくなり、キスをすれば彼女を抱きあげて二階の寝室まで連れていきたくなる。

いつもなら、いったん旅をはじめたら時間が気になることなどない。儀式はもうすっかり体に染みついており、頭は道筋を探って進む技法に集中しているから、時間的要素は忘れていられる。しかし今夜はアーシュラの後ろを歩いている。もどかしさが竜の鉤爪さながらに自制心をぎざぎざに引き裂いてくる。実際、迷宮の中心にたどり着くまで正気を保てるかどうか自信がなかった。

アーシュラが最後の一歩を踏み、知の輪の中に入った。目を閉じて、身じろぎひとつしない。スレイターは待った。精神修養の一環としての武術の修練に入る直前のように精神を統一させて。

アーシュラが目を開いた。スレイターはもう待ちきれなかった。

「きみの問いを聞かせてくれるかな?」

アーシュラは迷宮の入り口をちらっと振り返ってから、また彼をじっと見つめた。

「わたしの問いだけど、哲学的でも知性的でもないのよ。どちらかと言えば単純で日常的な問いかけ」

「答えは見つかった?」

アーシュラの目に秘密めいた笑みがちらついた。「答えは、まだ待っているところ」

スレイターも輪の中に入り、彼女の頰の線をそっとなぞってから顎をとらえた。「それはつまり、きみの疑問の答えをぼくがもっているってことをほのめかしている?」

「まあ、なんて察しがいいのかしら。この旅がはじまったときから——わたしにとってはこの部屋に来てからではなく、寝室の扉の向こうをあなたが通り過ぎる足音が聞こえたときからはじまっていたわけだけれど——わたしの頭の中にあった問い、それは、今夜あなたはキスしてくれるかしら?」

スレイターの奥深くで火がつきながらもくすぶっていた欲望が爆発とともに炎上し、彼女を二階の寝室まで連れていくもくろみはその瞬間に灰になった。アーシュラのまなざしに淫らな熱っぽさがのぞいた。彼女がぼくを欲している。それがわかると、わずかに残っていた自制心までがどこかへ吹き飛んだ。

「ぼくがきみの問いに答える前に、まずきみがぼくの問いに答えてくれないと。きみは今夜ぼくにキスしてほしいんだね？」

アーシュラが両手を彼の肩におき、指先に力をこめた。「ええ、スレイター。あなたにキスしてほしいの。すごく、すごく、もう我慢できないほど」

スレイターはかすれたうめきとともにアーシュラを引き寄せ、唇を重ねた。彼女の両腕が彼の腰に回されたのを感じとった瞬間、全身の血がわきたった。これこそ求めてやまなかったものだ。いま。今夜。

アーシュラの甘く丸みを帯びた体を、興奮ゆえの小刻みな震えが走り抜けるのが伝わってきた。彼の唇の下でアーシュラの唇が降参と誘惑の両方をちらつかせて溶けかかると、スレイターはわれを忘れた。

両手をアーシュラの細腰へと下ろし、探り当てた部屋着の飾り帯の結び目をもたつく手で懸命にほどきにかかった。やっとのことでそれがほどけたとき、スレイターの全身は燃えあがるように熱く、もうぎりぎりのところまで来ていた。

アーシュラの肩から部屋着を引きおろして腕を抜く。部屋着が彼女の足もとの床に滑り落ちると、彼女がまとっているのは色気とは程遠い木綿のネグリジェだけ。それでも二人のあいだの濃密な親密感に目がくらみそうになる。つぎの瞬間、気がつくとアーシュラが震える指で彼のガウンの帯を解いていた。

スレイターは一歩あとずさり、ガウンをせわしく脱ぐと、戦旗を掲げるかのごとく放り投げた。重厚な黒い絹がすべての答えが待つ迷宮の中心をおおう。

再び近づいた彼をアーシュラは不思議そうにじっと見つめていた。彼はにわかに自分のズボンの布地の下で勃起したものを激しく意識した。それまでとは異なる新たな高ぶりに火傷をしそうな感覚に襲われ、無我夢中でアーシュラに迫った。はじめてのときとまったく同じように。じつはひそかに心に決めていたことがあった。もしまた機会が訪れたなら、今度は自分が慎重かつ思いやりのある恋人――時間をたっぷりかける男――であることを見せなければならないと。

やさしい言葉としぐさで彼女をそそるんだ、と自分に命じる。片手でアーシュラのうなじを包み、そっと引き寄せた。彼女の唇に唇を軽くかすめて横切ったあと、しなやかな曲線を描く首筋にキスをした。彼女のにおいに意識がぼうっとしかけたが、全神経を引き締めた。そこで終わらなかったのが不思議なくらいだ。

「きみに今夜を忘れないでもらうためならなんでもしようと思う」スレイターは誓った。

「ぼくを忘れないでもらうためなら」

アーシュラの指先が彼のむき出しの肩をなぞった。「わたしにあなたを忘れることができると思ってるみたいね、スレイター」

ズボンを脱ぎ捨てたとき、アーシュラがはっと息をのんだ音が聞こえた。彼女の目は彼のそそり立ったものに釘付けになっている。「きみが嫌がることはけっしてしないと約束しよう」スレイターは流れるような彼女の髪に指を通した。「きみを傷つけるようなことは絶対にしないよ、アーシュラ。信じてほしい」

アーシュラが視線を上げて目を合わせた。「わかっているわ。あなたを信じてる。だからこうして今夜、あなたとここへ来たんですもの」口もとをほんの一瞬、いたずらっぽい笑いがよぎったかと思うと、両手を彼の肩において体重をあずけてきた。「本当のことを言わせてもらうわね。あなたってすごく魅力的」

刺激が波となってスレイターの体に押し寄せた。スレイターはアーシュラを引き寄せ、おおいかぶさるような体勢で、毛布代わりの黒い絹の上に両手をついてそっと横たえた。

ゆっくりとしたキスからはじめ、唇を体に沿ってだんだんと下へと這わせていく。ネグリジェが邪魔になるとボタンをはずし、大切な贈り物の包みを開くように布地を静かに脇へどけた。

彼が乳首を口にふくんだとたん、アーシュラがはっと鋭く息を吸いこんだ。彼の肩をつかんだ指先に力がこもる。

唇をさらに下に向かって這わせながら、熱く甘美な刺激を悦びとともに伝えていくうち、アーシュラの高まりのにおいが彼の五感に嵐のように襲いかかってきた。

ついにアーシュラの太腿と太腿のあいだの熱く湿った部分を探り当てた。とっさに全身をこわばらせたアーシュラは、スレイターが何をするつもりなのか遅まきながら気づいたようだ。彼女の指先が彼の髪に絡みつく。

「スレイター」

スレイターは彼女の左右の太腿をきつく押さえて動きを奪った。

「ねえ、あなた、いったい——?」アーシュラの声は衝撃と高まる欲望のはざまで引き裂かれ、とぎれた。さらにその二つが絶妙にあいまって、彼女の動きがぴたりと止まる。

スレイターは彼女のその部分に想いをこめて唇を押し当て、彼女の精をたっぷりと飲みこんだ。しとどに濡れた彼女ははるか南の海と太陽と月光の味がした。彼をこれほどまでに酔い痴れさせることはどんな薬にもできるはずがなく、アーシュラだからこその陶酔感だった。どこまで追い求めても満ち足りることのないアーシュラの味。

彼女の両膝が上がり、彼の髪の中で指先に力がこもる。つづいて声にならない声とともに彼女が全身を震わせながら達した。

スレイターはすぐにアーシュラの上に体を重ね、彼女の小刻みな震えがやまないうちに勃起したものを突き入れた。彼女の波をとらえながら、彼もまたすべてが凄まじい勢いで砕け散る頂をめざしてのぼっていく。

墳墓都市の闇のどこかで、ひとりの男が上げた歓喜の咆哮が古代の石壁にこだました。まもなく男は階段を伝い、闇から陽光の下へと脱出を果たす。

40

ハバードは辻馬車から転げ落ちるように降りた。恐慌をきたしているうえに疲れ果てており、激痛に襲われてもいた。手首の骨が折れたことは間違いない。

そもそもロンドンが好きではなかったが、今夜、この地獄にも似た土地が心底嫌いになった。請け負った仕事に失敗した結果、死に物狂いで逃げ隠れするほかなくなり、さんざんな状況に陥ってしまった。複雑に入り組んだ暗くおぞましい横丁や路地にやむなく逃げこんだあげく、ある細い通りに入ると、そこは袋小路だった。男が二人、ナイフをちらつかせながら、暗がりになった建物の入り口に彼を追いつめた。さすがの彼も命の危険を感じて怯えた。

そのとき、奇跡が彼を救った。辻馬車がちょうどそこで停まり、すぐそこの売春宿をめざす泥酔男二人を降ろしたのだ。追いはぎ二人はあわてて横丁に姿を消した。ハバードは馬車に飛び乗った。

御者に行き先を尋ねられたとき、しばし考えざるをえなかった。ホテルに戻るのは得策ではなかった。コップは激怒するはずだ。ロクストンとその連れにはしっかりと顔を見られていた。間違いなくアメリカ英語も聞かれた。最悪なのは、ロクストンに錐刀を仕込んだステッキを奪われてしまったことだ。ホテルの従業員も、訊かれれば誰のものか必ず思い出すだろう。

あれこれ考慮すると、彼にとって安全な場所はたったひとつしかない――倉庫だ。しばし体を休ませ、神経を静め、医者を探す必要があった。

コッブの協力が必要になる。

街灯の下で立ち止まり、ここがどこなのか必死で考えた。ほぼ絶望的な状況だ。月明かりを受けた霧の中に建ち並ぶ倉庫のたたずまいはどれも同じに見えた。この付近にはまだ一度しか来たことがなかった――コッブがあの調合師を連れてきた夜である。

コッブはあのとき、通りのはずれにある倉庫を指差し、几帳面な指示を出した。「住所をしっかり憶えておけ。もし何か問題が生じて、ホテルで会うのが危険なときは、あの倉庫で待っていろ。何かまずいことが起きたと判断したら、そのときはおまえを探しにあそこへ行く」

ハバードは角に立つ唯一の街灯が投げかける不気味な明かりの下を離れ、不安げな重い足取りで舗道を進んだ。道の両側に人けのない倉庫がぼうっと浮かびあがる。誰かが忍び寄ってくる足音が聞こえはしないかとびくびくしながら、霧の向こうのどんな小さな音にも耳をすました。

これまで息の根を止めてきた人びとの中の少なくとも何人かは、殺される寸前に彼の存在を察知していた。首筋に錐刀を突き刺す寸前、相手を包む不自然なまでの静けさを何度か目のあたりにしてきた。近づく彼を――追い払おうと――振り返って一瞥した者もごく少数ながらいた。そんなやつらの目に浮かんだ安堵感を見てとるたび、愉快でたまらなかった。彼がこの仕事をするうえでいちばんの商売道具は、およそ怖い人間には見えない風貌だ。実際、たいていの人間は、まるで彼がそこにいないかのように、彼を通り過ぎてその向こうに視線を投げる。あの売春宿の女主人もそうだった。

だが今夜、標的は何かしら原始的な感覚で彼の動きを察知した。ロクストンはとっさに脅威を察知しただけでなく、瞬時に行動した。

短い対決だったが、何もかも知っているぞ、と伝えてくるロクストンの冷たい眼光を見てとったハバードは、この仕事がいままでとは違うことに気づいた。

もう長いこと感じたことのない真の恐怖に襲われた。こうして倉庫に向かって歩いているいまも、恐慌と恐怖はどんどんふくらんでいた。ハバードは自分に言い聞かせた。ニューヨークに帰りさえすれば、まいってしまった神経も回復するさ。手首の骨折が癒《い》えるころには。ちゃんと医者に診てもらえばの話だが。とにかく生き延びなくては。

コップの道案内によれば、もうそろそろだ。もうすぐこの悪夢の街におさらばするときが来る。

マッチをすって、ようやく倉庫の扉の位置を知った。鍵がすんなりとは差しこめず、二度三度と繰り返し試すほかなく、あきらめかけもしたが、なんとか最後には扉を開くことができた。

ほっと安堵し、震える息を吸いこんだとき、誰かが空の木箱の上に置いていった、おおい付きの手提げランプに目が留まった。それに火をつけ、高くかざしてあたりのようすをたしかめた。

最初、倉庫に人けはなかった。そこここに空の木箱や樽がぞんざいに置かれ、吊り上げ用の擦り切れた縄が上階から何本も垂れさがり、かびくさい藁が床の大部分をおおっている。しかし、目を凝らしてもっとよく見ると、何種類かの足跡が残っていた。ロズモントだな、と思った。あの調合師はこの数カ月のあいだ頻繁にここに出入りしたはずだ。薬を詰めた木箱をここに運びこみ、ニューヨークへの船荷の準備をしていたのだから。

その足跡をたどるように木箱に近づくと、木箱の前で足を止め、その一個にどっかりと腰を下ろした。外套を脱ぎ、丁寧にたたんで脇に置いた。ネクタイのせいで息苦しいような気がしたため、それをはずしてシャツの襟もゆるめた。そしておそるおそる痛む手首のぐあいを調べた。

長い夜になりそうだ。

だが、そう思ったのもつかの間、きわめて短い夜だったことがまもなくわかる。

ハバードが木箱の上に横になり、休まるはずもないが、とりあえずできるだけ体を休めようとしたそのとき、扉が開く音が聞こえた。たちまち恐慌をきたした。心臓がどきどきする。すぐさま上体を起こし、手探りでランプを手に取った。

「誰だ？」大きな声で呼びかけた。「こっちへ出てこい」

入ってきた何者かも持ってきたおおい付きの手提げランプを高く掲げた。

「静かにしろ」コップだった。

「ああ、あなたでしたか」ハバードは気持ちを静めた。依頼人に苛立ちや不安を感じとらせてはまずい。「いますぐそっちへ——ご心配なく」

「怪我をしたのか？」コップが心配そうに尋ねた。

「あの野郎に手首を折られましてね」

「ホテルに戻ってこないから、何かしらまずいことが起きて、計画どおりにはいかなかったんだろうと思ったんだ。どうした？」

「残念ですが、状況が変わりました」昔からの習い性で、ハバードはいかにもプロといった空気をただよわせ、確信をこめて言った。「こうなったからには、この一件、二十四時間以内に片付けることにします」

「いったい何があった？　詳しく聞かせてくれ」

コップの口調から察するに、ちょっとした馬車の事故、あるいは同程度のちょっとした不運について尋ねているようだ。まあ、当然だろう、とハバードは考えた。今夜、標的を仕留めそこなったことは大失態というほどではない。これまでの非の打ちどころのない仕事歴を考えれば、取るに足らないしくじりのひとつくらい大目に見てもらう権利はありそうだ。たやすく取り返しのつくしくじりなのだから。

「あの野郎がこっちに気づきましてね」ハバードの口調はあいかわらず偉そうだ。「その程度のことが結果に影響することはまずないんですが、ロクストンは平均的な男より素早く反応したんですよ」

「言い換えれば、きみは標的を仕留めそこなったということか」

「ですからいま言ったように、すぐに片付けますから」

「あの仕込み杖はどこにある？」

ハバードが赤面した。「途中でなくしてしまって。だが、心配にはおよびません。代わりの杖がもう一本、トランクに入ってます」

「トランクはホテルだな」

「ええ、そうです。もしあれをここに届けてもらえれば、ロクストンはすぐに始末します」ハバードはしわくちゃになったシャツとズボンに目を落とした。「ステッキといっしょに着替えの服も届けてもらえるとありがたいんですが」

「錐刀は現場でなくしたのか？」

「ロクストンがおれの手から叩き落としたんです。あんな拳法は見たことがない」

「ロクストンに何か言ったか？」コップが訊いた。

「えっ？　いいえ。なぜそんな必要が？」

「本当に何も言わなかったのか？　悪態をついたりしなかっただろうな？」

ハバードはにわかに、一連の質問の行き着く先を察知した。

「いいえ」ハバードは即答した。「ひと言も発しちゃいません。すぐに逃げましたよ。誰かが大声で警官を呼んだもので」

「嘘をついているな、ハバード。となると警察はもう、アメリカ英語をしゃべる殺し屋が高級倶楽部の前で紳士に襲いかかったあと、ロンドンの街なかを逃走中と踏んでいそうだ。明日の新聞はでかでかと書き立ててくれるぞ」

「そ、そんな」ハバードが言った。「ロクストンはおれの顔をはっきりと見たわけじゃない」

「はっきり見なくとも、かなり克明に人相を伝えることはできるさ。きみにはもう、着替えの服も代わりの錐刀も必要ないな、ハバード。おれにとってもはや用済みの人間だ」

大失敗にようやく気づいたハバードはとっさに顔を上げたが、遅すぎた。コップはすでに外套の内側から回転式拳銃を引き抜いていた。

「かんべんしてくれ」ハバードがまさかの表情をコップに向けた。「おれの腕はピカイチだ」

「教えてやろうか、ハバード。ニューヨークにはまだごまんといるんだよ」

ハバードが凍りついた。これまで自分が殺してきたやつらの最期とそっくりじゃないか。コップが引き金を二度引いた。一発目は胸部に命中、ハバードは後ろへ吹き飛ばされて木箱の上に仰向けに倒れた。わが身に起きたことを懸命に理解しようとあがくハバードの脳天に二発目の銃弾がぶちこまれた。

コップは死体の横に立って見おろし、死亡を確認した。面倒の種はすべて切り捨てたかった。そもそも計画は単純明白だ。この薬の製造から流通までを独り占めにし、それを利用して、ロックフェラー、カーネギー、J・P・モーガン、そのほか新聞が新興成金と呼ぶ男たちが築いた王国と肩を並べる一大帝国を打ち立てる。それも、彼らの経営戦略を用いて目的——多くの人がどれほど高くついても手に入れようとする商品を扱う独占企業の創設——を達成することである。

不運なのは立ち上がりから女が鍵となっていた点だ。経験によれば、女性はむずかしい。手がかかるうえに予測不可能だ。しかし、手持ちの駒で事を進めるほかない。レディ・フルブルックがとびきりの美人であるだけでなく、不幸な結婚生活を送っていることにはただただ感謝するばかりだ。おかげで彼女を誘惑する過程は、野暮ったく不細工な中年女が相手だった場合に比べて、さほどいやな仕事ではなかった。

何カ月もかけてニューヨークでの事業の基礎を組み立ててきた。そしてついに温室、製造所、販売人の、北米大陸を横断するネットワークが完成した。今回ロンドンに来たのは、この戦略の最後の段階を実行に移すためだ。すべてがすんなりといくはずだったにもかかわらず、ひとつ、またひとつと面倒の種が浮上してきた。

どれも結局は女たちのせいだ。ひとりは彼の帝国の鍵を握っていたが、いまやもうひとりの、アーシュラ・カーンという女が厄介な問題になった。その女のせいで、富と権力をそなえた男が運び屋だった女の死に関心を抱くことになった。あるひとつのことがもうひとつのことへとつながり、いまや凶兆がぼうっと見えている。

戦略は明白だった——ロクストンを消す。やつが殺されれば新聞は事件をこれでもかとばかりに書き立てる。はなばなしい殺人事件報道が衆目を集めているときならば、その裏でカーンを静かに始末することができる。最後にハバードの死体が発見され、警察はアメリカ人の殺し屋がロンドンの街にうろつくことはもうないと満足するはずだ。

ハバードは便利な男だったが、最高の部下でさえ代わりは必ずや見つかる。差しあたっての問題は、こうした状況ではいつものことだが、死体をどう始末するかだ。こんな場合、ニューヨークでは川を利用してきた。ここロンドンにも川はあり、しょっちゅう死体が上がっているようだ。だが今夜は、ハバードを倉庫から通りに出したあと、さらにかなりな距離を引きずっていくという難題に直面していた。誰かに見られる危険は冒したくない。

とりあえず死体を持ちあげて空の木箱の中に落とし、蓋をした。

これでよし、と。コップは手提げランプを再び手に取り、倉庫から霧の中へと出た。辻馬車の御者には二本離れた通りで待つよう命じてある。

拳銃を手に歩きはじめた。

ロンドンという街は、ニューヨークに比べて社会的に洗練されて文化的にもあらゆる点において勝っていると自負している。しかし、コップにはその魅力がわからなかった。霧、不潔で危険な通り、理解に苦しむひどい英語がいやでたまらない。辻馬車の御者、店員、使用人、上流階級の気取った俗物、そろいもそろって何を言っているのかわからない。

船の出港がまだまだ遠い先に思えた。とはいえ、船上から最後にロンドンを見るときはこのうえなく幸せな気分に浸れそうだ。

41

「つぎはなんとしてもベッドを探そう」スレイターが言った。

〝つぎ〟。そのひと言がシャンパングラスの中の泡のごとく、アーシュラの気持ちを舞いあがらせた。体を起こして黒い絹のガウンの上にすわる彼をじっと眺めるうち、けだるげで男性的で優雅な動きはいつしか彼の胸の筋肉のみならず、アーシュラの気持ちにも興味深い変化をもたらしていた。

〝つぎ〟が未来の二人を暗示しているように思えた。アーシュラは部屋着の帯を結びながら、その魅力たっぷりな言葉〝つぎ〟が意味するところをよく考えた。現実的には、きわめて限定的な未来かもしれないことは受け入れなければならないだろう。社会的階級がはるかに上の男性と恋に落ちる危うさについては、レディ・フルブルックがしきりに助言しようとしていたではないか。

だが、スレイターはこれまでに出会ったどんな男性ともまったく違ったし、彼との長期にわたる未来を阻む障害も同様である。にもかかわらず、アーシュラははじめて、その障害も克服できなくはないかもしれないと考えるようになった。

スレイターがアーシュラに目をやりながら立ちあがった。「ベッドを想像しておかしいんだろう?」ガウンをさっとすくいあげる。「もしかしたら机や冷たい石の床のほうが好みだとか? それならそれで喜んでつきあうが」

アーシュラは頬が真っ赤になったことに気づき、顔をしかめた。「こういう……こういうことをするのにベッドを使ったらどうかって考えに反対する理由はないわね」手ぶりでスレイターのガウンを示した。

スレイターは思案顔で黒い絹地の濡れた箇所をまじまじと見た。「きみとのこういうことにはつねに興味をそそられることがわかった」

アーシュラは彼に背を向けて室内履きを探した。「こんな激しい運動をしたばかりだというのに、あなたの整然とした思考がさほど影響を受けていないことにはびっくりよ」

「とんでもないよ」スレイターがしごく穏やかに言った。「頭の中は救いようがないほどくらくらしてる。じつのところ、運動に熱中しているあいだはきみのことしか考えられなかった」

きわどいことを言いながらも彼の言葉ににじむそこはかとないユーモアに、アーシュラは振り向かずにはいられなくなった。彼にしては珍しい、いたずらっぽい笑み——アーシュラが思わずはっと息をのむ笑み——が浮かんでいる。

「そんなこと……」アーシュラが小さくつぶやいた。言葉を失い、そのまま押し黙る。

「何がすごいって、そのあとに頭の中が信じられないほど明快になる瞬間が訪れるところだ」スレイターの声が鋭くなった。閃きがもたらす冷たい炎が彼の目で光る。スレイターはガウンを床に落とし、ズボンに手を伸ばした。「会計簿の数字が意味するものがわかったような気がする。きみは素晴らしいよ、アーシュラ」

スレイターがアーシュラの肩をつかみ、せわしく勝利のキスをした。

「なんて素晴らしいんだ」

スレイターは彼女を放し、扉に向かって歩きだした。「急ごう。ミセス・ワイアットの会計簿を見直さないと」

アーシュラは小さなため息をぐっと抑えこんだ。スレイターがもはや彼女のことや二人の関係のことを話してはいなかったからだ。シャンパンの泡は消えた。それでも彼のあとについて扉に向かった。

「明快になったのはなんのことかしら？」

スレイターが扉を開けた。アーシュラのそっけない口調にまったく気づいていないのは明らかだ。「今夜寝る前にあの会計簿から何かを読みとろうとしていたんだが、そのときは思考がくもっていた」

「そりゃあ、あなたは今夜殺されそうになったんですもの、驚くには当たらないわ」

「じつは重要な記載を目ではとらえていたことにいま気づかされた。最初からそれが閃かなければいけなかったんだが」

アーシュラは彼につづいて廊下に出た。「どういうことか説明して」

「収入欄に奇妙な数字が書かれている。書き込みは意味不明だが、ふつうの売春宿の奉仕料だとは思えない。経費の欄にも謎の品目が並んでいる。いまそれが何かわかった気がするんだ。ミセス・ワイアットは大量の薬をロズモントから買い入れ、それを私的な客に売っていた」

「副業としてアンブロージアを売っていたということ？」

「だと思う――コップが彼女を殺させた理由はそれで説明がつく。そう、それともうひとつ、この商売のイギリス側の組織について知りすぎていた事実」

「コップはミセス・ワイアットを商売敵とみなしたの？」

「それもなくはない」スレイターが石段の上の扉を開けた。「だが、コップにとって最大の問題はフルブルックだ。いまようやく全貌が見えてきた。それもこれもすべてきみのおかげだよ」

「わたし？ それとも運動のおかげ？」

「きみだよ」

アーシュラの寝室の扉の前まで来るとスレイターは足を止め、アーシュラの足が床から浮くほどぎゅっと高く抱き寄せて、もう一度歓喜をこめて唇を重ねた。

まもなく不意にアーシュラを床に下ろした彼は、すぐさま自室に向かって廊下を歩きだした。

「この一件、朝にはほぼ全容解明できているはずだ」振り返った彼が言った。

「すごいわね、あなたって。もちろん、まだまだ五里霧中のわたしたちにもその推論を聞かせてくださるんでしょうね」

だが、気がつけばアーシュラは誰もいない廊下に向かってしゃべっており、スレイターはすでに寝室へと消えていた。

アーシュラはかぶりを振って、ひとり笑みを浮かべ、部屋に入りかけた。そのとき、廊下を隔てた向かい側の部屋の扉が開いた。

「まあ、あなただったのね」リリーだ。いやに明るい声。「誰かが何か言っているのが聞こえた気がしたものだから。どうかしたの？」

「いえ、なんでもありませんわ」アーシュラは寝室の扉を抜けて中に入り、振り返ってリリーを見た。「またお休みになってください」

リリーがいかにも満足げな笑顔をのぞかせた。「あなた、やっぱりうちの息子にぴったりだわ」

「そうでしょうか？」

「ええ、それはもう。あの子、このごろ変わったのよ。何もかもあなたのおかげ」

「お役に立てたとしたら、それはもちろん、とてもうれしいですわ」

リリーがあっけにとられ、目をぱちくりさせた。「ううん、違うのよ、そういう意味じゃなくって――」

「わたしが自分に問いかけなければならない質問は、ミスター・ロクストンがわたしにぴったりかどうかですから」

リリーに何か言う間を与えず、扉を閉めた。ベッドのほうに何歩か歩いたところで扉の前に引き返し、ゆっくりと鍵を回して施錠した。

もしもスレイターが夜が明ける前にまた閃きが必要になっても、どこかよそで見いだしてもらわなければ。

心地よい疲労感とともにベッドに横になった。まどろみから眠りに落ちる寸前に何を考えていたかといえば、どうしても答えを知りたかったスレイター・ロクストンに関するある問いの答えがこれでわかったということ。彼が自宅の地下室で、疑うことを知らない女性に風変わりな性の儀式を執り行っているというのは間違いなく本当だった。

空が白みはじめるころ、アーシュラは誰かが扉の取っ手を回そうとするかすかな音を聞いた気がした。錠がおりていると知ったスレイターがノックをするのではないかとじっと待ったが、廊下はすぐまた静まり返った。

しばらくは目を開けて横たわったまま、扉に鍵をかけたことは正しかったと自分に言い聞かせた。もしこのままスレイターとの情事をつづけるのなら、彼に気づいてもらわなければならない大事なことがある。つまり、わたしは彼にとってたんなる都合のいい女でもなければ、創造的発想のきっかけでもないということに。

残念だが、ささやかな勝利は後悔の重みでいささか輝きを失った。

42

「前にも言ったが、コップの狙いは、この麻薬の製造から販売まですべてを掌握する独占企業をつくることだ」スレイターが言った。「そのうえ、彼はロンドンではなくニューヨークを拠点に事業を展開しようともくろんでいる。となれば、大西洋のこちら側に商売敵がいる状況は避けたい」

三人は朝食のテーブルを囲んでいた。リリーがテーブルの上座に当たる一方の端にすわり、鮭の燻製《くんせい》を少しずつ味わいながら口に運んでいる。スレイターはもう一方の端にすわり、たっぷりの卵とトーストを勢いよく口に運びながら、たどり着いた推論を二人に説明している。アーシュラは二人のあいだの席に着き、ほんの数時間の睡眠しかとっていないのに驚くほど精力的なスレイターを眺めていた。食欲も旺盛なままだ。

アーシュラの寝室の扉に鍵がかかっていたことについて、彼はひと言も触れなかった。もしがっかりしたのだとしたら、みごとにそれを隠しているようだ。説明をつづける彼の熱意と体力に、アーシュラは激しい苛立ちを覚えた。

「レディ・フルブルックは、コップといっしょにニューヨークへ逃げるときにアンブロージアの標本を持っていくつもりらしいと言ったわよね？」リリーが訊いた。

「ああ、言ったよ」スレイターがまた卵を頬張った。「少なくとも標本か種だろうな。とにかく、温室に残った植物を全部処分することは間違いないと思う。コップはレディ・フルブルックを伴ってここを出たあと、誰もアンブロージア売買が継続できないように後始末をしていくはずだ」

アーシュラが唐突にフォークを置いた。「種」

リリーとスレイターがそろって彼女を見た。

「それが何か？」スレイターが訊いた。

「アン・クリフトンの速記帳とアクセサリーを見つけたとき、いっしょにあったのが種を入れた袋。あれがアンブロージアの種である可能性は高いと思うの」

リリーがきれいに描いた眉をわずかにひそめた。「自分の庭でアンブロージアを栽培するつもりだったんじゃないかしら」

「あるいは、その種に最高額をつけてくれる人間に売ろうとしていたか」スレイターが言った。「たとえばミセス・ワイアットなら高値で買い取ったはずだ」

アーシュラの背筋を冷たいものがそっと撫でた。「アンはそれを利用して、アンブロージア売買のダミアン・コップの側に潜りこむつもりだったんだと思うわ」

スレイターはその可能性について考えをめぐらした。「うーん」

「なんて大胆不敵なことをするのかしら」リリーがつぶやいた。「コップは危険きまわりない男なのに」

「アンにはすごく大胆なところがあったんです」アーシュラが言った。「それに、考えてみれば、彼女は何カ月間もずっとレディ・フルブルックとコップの仲介役をつとめていたわけでしょう。ある意味、コップという人間をわかったような気になっていたのかもしれないわ。彼女って、とくに男好きというわけでもないのだけれど、男性を巧みに操る能力には自信があったみたいで。とにかく、とっても魅力的な女性だったから。レディ・フルブルックはコップに恋文を書きつづけていたかもしれないけれど、アンは彼を誘惑しようとしていたんだと思うわ」

スレイターが顔をしかめた。「そう思うのはなぜ？」

「まだコップからの手紙を全部は読んでいないのよ。時間がとれなくて。どれも彼がレディ・フルブルックとやりとりするときのミスター・パラディンって偽名を使って書かれているんだけれど、二人のあいだでなんらかの微妙な交渉みたいなものがおこなわれていたことは間違いないわ。文面では、パラディンはアンの書いた短編小説に関心を示しているの。でも、二人が実際に相談していたのは小説についてじゃなかったと断言できるわ」

「アンはレディ・フルブルックといっしょに長い時間を温室内で過ごしていた」スレイター

が言った。「アンブロージアの栽培に関する知識を身につけたとしてもおかしくない」

「そう考えると、彼女のノートに書かれた詩のあいだに紛れこんでいる奇妙な書き込みに説明がつくわ」アーシュラが言った。「分量とか時間とかに関する記述が五、六カ所あるの。とくに記憶に残っているのは、〝花は繊細で薬効あり〟とか〝十分の三は刺激的な幻覚をもたらす。七は死に至らしめる〟とか」

「きみの親友は危険きわまる火遊びに手を染めていたようだな」スレイターがやんわりと言った。

「そうね」アーシュラが言った。「ひとつだけ言えることがあるわ。もしコップがニューヨークに発つ前にレディ・フルブルックの温室の薬草をすべて処分するつもりだとしたら、彼のことだもの、思いきった手を打ってくるはずよ。温室内の特別な部屋にはあのくっそむかつく《ブラッディ・ダム》アンブロージアって草がこれでもかというほどぎっしり植えられているんですもの」

短い間があった。アーシュラは食べかけたトーストをまたひと口かじったが、数秒後、リリーとスレイターが揃って自分のほうを見ていることに気づいた。

「えっ？　わたし、何か言いました？」アーシュラはトーストを口に入れたまま二人に訊いた。

リリーがくすくす笑い、また鮭の燻製に視線を戻した。

スレイターが咳払いをひとつした。「ぼくたちがぎくりとしたのは、つまりその、きみが〝くっそむかつく《ブラッディ・ダム》アンブロージアって草〟なんて言い方をしたからさ。かなり頭にきているようだね」

「ええ、頭にきていてよ」アーシュラは口の中のトーストを飲みこんで、珈琲カップに手を伸ばした。「真相究明が遅々として進まないから」

リリーが眉をきゅっと吊りあげた。「あたくしから見れば、あなたとスレイター、みごとに調べを進めていると思うけれど」

「人それぞれ見方はありますけれど」アーシュラは言い、スレイターを見た。「そうだわ、ミセス・ワイアットの会計簿の数字から発見したことを聞かせてはもらったけれど、それがどういうふうにアン殺しの犯人逮捕につながる証拠になるのかしら？」

スレイターが答える間もなく、ミセス・ウェブスターが銀の盆を持って部屋に入ってきた。盆の上には封筒がひとつ、のっている。

「ただいまこちらの電報が届きました」ミセス・ウェブスターがよく通る声で伝えた。

スレイターがちょっと驚いたような面持ちで封筒を取った。

ミセス・ウェブスターは舞台の袖に引っこむような足取りで厨房へと戻っていく。

アーシュラとリリーはスレイターが封筒を開くのを見ていた。スレイターは文面に素早く目を通し、顔を上げた。

「ニューヨークの博物館の館長からだ。ぼくの思ったとおりだ。ダミアン・コッブは慈善家として名を知られている。館長によれば、コッブの富の出どころについては憶測があれこれ飛びかってはいるものの、誰もそれに関する疑問を口には出さないということだ。しかしながら、この電報が伝えてきたことの中でいちばんおもしろいのはそこじゃない」

「意地悪ねえ」アーシュラがぴしゃりと言った。「もったいぶっていないで早く教えて。メロドラマじゃないのよ。その電報が伝えてきたもっと重要なことって、いったいなんなの?」

きつい口調にスレイターはきゅっと眉を吊りあげたが、とくに何も言わなかった。

「館長が調べたところ、コッブのニューヨークの屋敷の使用人が、彼は十日前から出張で留守だと言ったそうだ」

「大西洋横断に要する時間は約一週間、あるいはもう少し短いはず」アーシュラが言った。「ほんと、あなたの思ったとおりだわ、スレイター。コッブは少なくとも数日前からロンドンに滞在している」

ミセス・ウェブスターが再び扉から姿を見せた。

「ミスター・オトフォードがいらして、お目にかかりたいとおっしゃっていますが、朝食がおすみになるまでお待ちいただくように申しましょうか?」

「いや」スレイターが言った。「こんな時刻に訪ねてきたとあれば、何かしら興味深い情報を届けにきたんだろう。お通しして」

「かしこまりました」ミセス・ウェブスターが廊下にさがろうとした。

「ついでに朝食をもうひとり分、用意してほしいんだが、ミセス・ウェブスター」スレイターが声をかけた。「彼はおそらく腹をすかしているはずだ」

「はい、承知いたしました」

ミセス・ウェブスターが出ていってまもなく、ギルバート・オトフォードがせかせかした足取りで入ってきたが、料理がふんだんに並ぶサイドボードの前でぴたりと足を止め、敬虔な表情でそれに見入った。

「おはようございます、レディズ、ミスター・ロクストン」挨拶しながらも視線は料理から離れない。

「おはよう、オトフォード。さあ、きみもいっしょに」スレイターが言った。

「なんてうれしいお誘いなんだ。ありがとうございます」

オトフォードが料理をそわそわと皿に取り分け、アーシュラの向かい側の席に着いた。皿にうずたかく盛られたソーセージ、トースト、卵。彼はさっそく夢中で食べはじめた。

スレイターは、オトフォードの腹ごしらえがひとしきりすむまで質問するのは待とうとゆったり構えていたが、アーシュラにそんなもどかしいことはできなかった。

「ミスター・オトフォード?」アーシュラが彼を見据えた。「今日はどんなお話があっていらしたの？」

「いやあ、メイドひとりと下僕ひとりを相手に無駄話するだけでもひと財産費やしましたよ」オトフォードがソーセージを口いっぱいに頬張りながら言った。「あの倶楽部で働いている連中は内部のようすについては厳しく口止めされてましてね。よけいなことをしゃべったが最後、クビなんですよ。給料も心付けも申し分ないんで、誰ひとりとしてあの倶楽部での働き口を失いたくない」

「ロクストンからお金を受け取っておいて、わかったのはたったそれだけ？」アーシュラが問い詰める。「使用人は給料をたっぷりもらっているって情報だけ？」

オトフォードが困惑顔でスレイターを見た。「彼女、よっぽど腹の立つことでもあるんですか？」

スレイターが唐突に珈琲を飲みはじめた。

「ミスター・オトフォード」アーシュラがつづける。「質問に答えてちょうだい」

「いや、ミセス・グラント――おっと――ミセス・カーン」オトフォードがあわてて言いなおした。「わかったことはそれだけじゃない。これからがおもしろいところなんだって」

「ぐずぐずしないでほしいわ」アーシュラが言った。

スレイターがまた少し珈琲を飲んでからオトフォードを見た。

「そういうことなら聞かせてもらおうか」スレイターがぎりぎり紳士的な口調で促した。

「わかってますって」オトフォードがメモ帳をぱらぱらと繰った。「思わず聞き耳を立てた情報がありましてね。あそこの会員には二段階あるんです――普通会員ともうひとつ、〝幻の部屋《ヴィジョン・チェンバー》会員〟という上級会員ですね。幻の部屋会員になると、効果をいちだんと強めた薬や特別な奉仕の注文に応じてもらえます」

「特別な奉仕？」アーシュラが訊いた。「それはどういうもの？」

オトフォードが言いにくそうにもじもじした。つぎに、救いを求めてリリーを見た。リリーがやさしい微笑を浮かべて、アーシュラのほうを向く。

「そうねえ。ミスター・オトフォードが言った特別な奉仕というのは、〈パヴィリオン・オヴ・プレジャー〉みたいなとびきり値の張る売春宿だけが提供できる奉仕のことじゃないかしらね」

「はあ」アーシュラは顔を赤らめながら椅子の背にもたれ、スレイターとけっして目を合わせないように用心した。世間知らずなところを彼はきっとおもしろがっているにちがいない。

「それじゃ先をつづけて、ミスター・オトフォード」

オトフォードは咳払いをし、メモに目を戻した。「幻の部屋会員だけが受けられる特典の例を挙げると、たとえばお楽しみの相手として男女どちらでも、年齢もさまざまいる中から好みで選ぶことができるうえ、しかるべき道具、うーん、つまりこれは肉体的な快楽を高めるために考案された器具の使用も――」

「ミスター・オトフォード、わたしは報告をつづけてと言ったのであって、幻の部屋会員に対する売春宿の奉仕の目録を詳しく説明してと言ったわけではないわ」アーシュラが声をひそめて言った。

オトフォードはぐっと唾をのみこんだ。「これはこれは、たいへん失礼いたしました。なんだか混乱してしまって」

「きみだけじゃないさ」スレイターが声を抑えて言った。

アーシュラはスレイターをじろりと見たものの、彼が気づかないふりをした。

「さ、つづけてくれ、オトフォード。オリンポス倶楽部に薬が届けられる経路をつきとめることはできたのか？」

「完璧な質問だわ」アーシュラが言った。

「それはどうも」スレイターの口調はいやに謙遜していた。

オトフォードが猛然と、早口で報告を開始した。「下僕のひとりが言ってましたが、アンブロージアは男が荷馬車で配達してくるそうです。最近では搬入予定の日にはフルブルック卿が必ずその場に立ち会って、袋の荷下ろしを監督しているとか。アンブロージアは鍵のかかる地下に酒や葉巻とともに保管されています。なおかつアンブロージアだけは特別な部屋に分けてしまってあるようです」

スレイターはそれについて考えた。「その特別な部屋の鍵を持っているのはフルブルックひとりということだな?」

「はい、その下僕によれば、そういうことで」オトフォードが片目をつぶった。「とは言ってもですね、薬が少量、ときどきとはいえ行方不明になることがなくはないようです。おれの経験からして、フルブルックみたいな身分の高い紳士はしばらくすると使用人のことなどいちいち気にかけなくなるんですよ。その下僕もときどき仲間といっしょに、ブランデーや葉巻だけじゃなく薬もやってるような感じでしたね」

「申し分のない仕事ぶりだよ、オトフォード」スレイターが言った。

オトフォードが破顔一笑する。「ありがとうございます。こいつはなかなかおもしろい。でかい――とんでもなくでかい――記事になるかもしれませんよ」

アーシュラが訝しげに目を細めた。「こんなに何人も殺されていなければ、もっと娯楽性があったかもしれないわね」

オトフォードが顔を赤くし、あわててナプキンをつかんで口に当てて咳を押し殺した。

スレイターはゆったりと椅子の背にもたれた。「つぎの仕事だが、配達人を探し出してもらいたい」

オトフォードはさも不満げだ。「ロンドンに荷馬車なんか何千台とあるはずですよ」

アーシュラがだしぬけに背筋をぴんと伸ばした。「そうだわ、ロズモント香水店の近くの貸し馬屋」

スレイターが笑顔で賛意を示した。「ロズモントがそこで馬と荷馬車を借りて、御者に関しては近くのそういう会社にたのんで調達することは大いに考えられるな」

「ちょっとちょっと、貸し馬屋の近くに香水店を開くなんて考えられない話だけど、どういうことなの?」リリーが誰にともなく問いかけた。

「それはね、ロズモントは繊細な香水など調合してはいなかったからさ」スレイターが答えた。「彼は危険な薬を、それも大量に生産していた——オリンポス倶楽部で必要な分とミセス・ワイアットのささやかな副業の分だけじゃなく、アメリカの市場にも供給できるほど大量に。船に積んでニューヨークへ送り出すとなれば、ロンドンの街を横断して桟橋まで製品を運ぶ手段が必要だったはずだ」

「それはそうと」アーシュラがつぶやいた。

三人は揃ってアーシュラのほうを向き、何か素晴らしい考えを聞かせてくれるのを待った。

「それはそうと、なんだい?」スレイターが尋ねた。

「いまふと思ったんだけれど、わたし、こういう探偵業の才能がちょっとあるかもしれないわ」アーシュラはできるだけ控え目に聞こえるように言った。

「ぼくは薦めないいね。いまのまま速記の仕事に専念したほうがいい」

「どうして?」アーシュラが苛立ちをのぞかせた。

「きみは気がついていないかもしれないから言っておくと、私立探偵を職業にして得られる収入は限られていて、微々たるものだと思うね。そのうえ、仕事にかかる経費は際限がない。たとえばこの事件ひとつでも、袖の下、報酬、そのほかの費用を合わせれば、ぼくはこれまでにいくら使ったか憶えていないくらいだ」

「うーん」アーシュラの情熱の一部はここで消えた。「わたし、財政的な角度から考えてはみなかったから」

43

「はい、旦那、さようで。ロズモントはうちの店から馬と荷馬車を借りていくことがよくありましたよ」ジェイク・タウンゼンドは言った。「ついでにうちのせがれのネッドを雇ってくれましてね、せがれはお香が詰まった袋を積んで配達してました」

スレイターはアーシュラを伴い、貸し馬屋の広い間口に立っていた。〈J・タウンゼンド貸し馬店〉の看板には〝四輪馬車、四輪荷馬車、二輪荷馬車の貸し出し〟とある。しかしながら、厩の規模から判断すると、どう見ても零細の商いをやっている店だ。奥には馬三頭分の仕切りとたった一台の古ぼけたおんぼろ馬車しか見えない。それでも厩は厩で、馬とそれに付随するさまざまなにおいが充満している。

タウンゼンドは日焼け顔の中年男、そのたくましさと強靭さはいかにも厩の周囲で生まれてから今日までを過ごしてきたという印象を与える。しかし、仕事の手を止めて話を聞かせてくれたらカネを払うとスレイターが明言したとたん、やたらと口が軽くなった。

スレイターはタウンゼンドを御しやすいと考えたが、今朝のアーシュラは彼にとって深い謎だった。再びしゃれた未亡人用ベールの後ろに隠れてしまい、表情が読みとれなくなった――朝食の席でも読みとれていたわけではなかったが。

その朝、アーシュラは階段を下りてきたときからどこか不機嫌そうだったが、それはミセス・ウェブスターがいれる最高においしい珈琲を飲んだあとも変わることがなかった。少なくともスレイターにはそう見えた。はじめのうちは睡眠不足のせいだろうと思っていたが、そのうちにひょっとして彼女が前夜の迷宮の部屋での情熱をぶつけあったひとときを後悔しているのだとしたら、と――おそるおそる――考えはじめてしまった。もしかすると彼女の書斎でのあのはじめての行為を後悔しているのかもしれない。

昨日の夜、彼女が部屋の扉に鍵をかけた事実が悪いことの予兆だったといまにして思った。

とりあえず目の前の仕事に集中することにしよう。

「つまり、ロズモントは常連客だったんだな？」スレイターは訊いた。

「そういうことです」タウンゼンドが悲しそうにかぶりを振った。「これであの人からの仕事がとぎれてしまうのか。あの人は大量のお香とポプリとかいうフランスの雑貨を売っていたんだが、こう言っちゃなんだが、あの人の店が火事になったときはうちは通りを一本隔ててよかったと感謝したもんですよ。あの爆発であの人の店が入っていた建物だけじゃなく、通りの向かい側の建物まで相当ひどいことになりましたからねえ。あそこが空き家だったのは幸運だった。そりゃあ、うちだってけっこう怖かったんですがね。もうちょっとで馬が大暴れするところだったんですよ」

「なるほどね。想像がつくわ」アーシュラが言った。

その言葉には冷たく鋭いもどかしさがにじんでいたが、タウンゼンドをせかしてはいけないというくらいの分別はあるようだ。

「新聞によれば、あの火事はガス爆発が原因だったそうだが」スレイターが言った。

「ああ、そうかもしれないねえ」さも異論があるかのように、タウンゼンドが顔にしわを寄せた。「だが、おれに言わせりゃ、火に油を注いだのはあの人が工房にたくさん置いていた袋に詰まった乾燥植物だよ。旦那、ここだけの話だが、あの人がお香やポプリをつくるのにどんな化学薬品を使っていたかはわかったもんじゃない。火事のあとはいつまでもそのにおいが消えなくてね」

「協力に感謝するよ、ミスター・タウンゼンド」スレイターがポケットからお金を取り出した。「仕事の邪魔をしてすまないが、最後にもうひとつ訊かせてくれ」

「なんでしょうか、旦那?」

「さっき、ロズモントが定期的にお宅の息子さんを雇って、荷馬車で配達をさせていたと言っていたが、いつもの配達先を知りたいんだ」

「配達先は二つだけです。ひとつは秘密俱楽部みたいな屋敷で、もうひとつは栈橋近くの倉庫。ロズモントは商品をたくさんニューヨークに船で送っていたんですよ」

44

「なぜあなたがいったん家に引き返して鉄梃棒《かなてこぼう》を取ってこようと言ったのか、そのわけがわかったわ」アーシュラは言った。「倉庫にはおそらく錠がおりていると思ったからなのね。ご明察」

スレイターは鉄の棒を戸のへりと枠のあいだの細い隙間に強引に押しこんでいたが、ふと動きを止め、無表情な視線をアーシュラに投げかけた。

「いい気分転換になりそうだな、こいつは」鉄梃棒にぐいっと力をかける。「つまり、これまでいろいろ考えてばかりいたからさ」

アーシュラは彼の言っている意味がよくわからず、目をしばたたいた。「気分転換？」

「むろん、のめりこみたくはなかったが、癖になりかけていたかもしれない」

「そうね」アーシュラがそっけなく言った。「考えすぎるって悪い癖だわ」

「ああ、たしかに」

「今朝のあなた、かなり気むずかしいわよね、スレイター」

「今朝は奇妙なくらい最高の気分で目が覚めたのに、何がきっかけでそれが変わったのかわからないよ」

アーシュラは訝しげに目を細めた。「このお天気のせいかもしれない。なんだかいまにも嵐がやって来そうだもの」

「そう、天気のせいだな、きっと」

スレイターはもう一度、前かがみになって鉄梃棒に力をかけた。錠前がぎしぎしとうめいたかと思うと、金属と木材がともに甲高い悲鳴を上げながら降参した。戸がぱっと開いた。ゆるやかに腐食していく古い材木のかびくさいにおいを、湿った空気が中からふうっと運んできた。そのほかのにおいもあった。アーシュラは不快な植物のにおいがとくに気になった。

スレイターもアーシュラの隣に立ち、薄暗い倉庫内部に目を凝らした。汚れた窓から斜めに射しこむわずかな光で、木箱や樽が床にぞんざいに置かれた状態をなんとか見てとることができた。荷を吊りあげるための巻き上げ機と縄が上階から何本も垂れさがっている。

「ついに探していた場所を突き止めたな」スレイターがそう言いながら、床についた足跡に目を凝らした。「誰かが最後にここを訪れてからそう時間が経ってはいない」

足跡をたどって蓋が閉じた木箱のほうへと進む。アーシュラも彼と並んで歩調を合わせた。わずかに鼻をくんくんさせて顔をしかめる。

「これ、ロズモントの店の奥の部屋と同じにおいだわ。ここにもあの麻薬が大量に保管されているということよね。でも、ほかにも何かにおうわ。鼠の死骸じゃないかしら」

スレイターがとっつきの三個の木箱の前で足を止めた。「これはもうがっちりと蓋が閉まっているから、このまま船積みできそうだ」

スレイターは鉄梃棒をそのうちの一個の蓋に差しこんだ。蓋が勢いよくと開くと、中にはたくさんの麻袋が整然と積まれていた。いちだんと強烈な麻薬のにおいが鼻孔を襲う。

「動かないで」スレイターが小声で言った。

やんわりとした命令にアーシュラは凍りついた。スレイターの視線を追うと、床に黒い染みが点々と見えた。身の毛がよだった。

「血、かしら？」アーシュラが声をひそめて言った。

「そうだな。しかも、まだあまり古くない」

スレイターは血をたどってひとつの木箱の前に行く。蓋がのってはいるが、閉じられてはいない。蓋を上げて中をのぞいた。

「ほう。これで疑問がひとつ解けた」スレイターが言った。

「誰――？」アーシュラが訊く。

「錐刀を仕込んだステッキの元の持ち主だ」

アーシュラはその場に立ちすくんだ。それ以上近寄りたくなかった。スレイターは箱の上に身を乗り出して、死んだ男の服を入念に探っている。

「どうやって殺されたのかしら？」

「射殺だ。二発。どう見てもプロの仕業だな」

「プロ？」

「この男を殺したのが誰であれ、こういうことがはじめてではないと言えるかもしれないが」スレイターがしばし間をおき、木箱の奥のほうに手を差しこんだ。「しかし、実践不足は否めない」

「それはどういうこと？」

「死体の身元につながるものを徹底的に取り去ってはいかなかった」

スレイターが体を起こして、アーシュラのほうを向いた。手袋をした手には小ぶりの白い業務用名刺が。

「何かしら、それ？」

「ストークリー・ホテルの住所だ。ご丁寧に靴の中に隠してあった。このよそからの客人はこのロンドンで迷子になるのがよほど怖かったと見える。ホテルの住所をけっして失くさないと思う場所に入れていたんだ」

「わたしたち、つぎはどうするの？」

「われわれはいま、殺人の被害者となったプロの殺し屋を発見した。こういうときに市民がすべきことをしよう。ロンドン警視庁への連絡だ」

リリーがトレイに置かれた二客の繊細な陶磁器のカップにポットから紅茶を注いだ。「ロンドンに帰ってきて以来、スレイターが何かにこれほど関心を示すのを見たのははじめて。本当なのよ、これ」

「たしかにアン・クリフトン殺しの件にすっかり夢中になってらっしゃるみたい」アーシュラは言った。

45

書斎の隅に据えられた背の高い時計が静かに時を刻む音が気になってしかたがなかった。文字盤にちらちらと目をやるたび、長針も短針もちっとも動いていないようなのだ。

倉庫での死体発見後、スレイターはすぐさまアーシュラを連れて屋敷に戻ると、リリー、ウェブスター夫妻、グリフィスとともに待つように言い、自分はロンドン警視庁の知り合いと話をしてくると出かけていった。そしてまた屋敷に戻ってきたスレイターは、しばらく迷宮の部屋に行ってくると言い残し、まだ地下室にこもったままだ。そろそろ一時間になろうとしている。

「あの子がこんなふうに外に出て活動するようになったきっかけが、お気の毒なミス・クリフトンが殺された事件でないことはたしかだわ」リリーが言った。「あの子が毎日生き生きしているのはあなたのおかげ」

「たしかに、この事件のことで彼に相談をもちかけたのはわたしですからね」アーシュラが言った。

「ううん、そうじゃないの。あなたに殺人事件のことを聞かされる前から、あなたに興味津々だったのよ」

「どうしてそんなことがおわかりになるんですか?」

リリーが穏やかに微笑んだ。「母親にはわかるの」

「きっとわたしをからかっているんですよ」

「ほらほら、そんな皮肉っぽくなる必要はなくってよ。あたくしがあなたたちを引きあわせたあの日、スレイターがあなたに強い関心を抱いたことは間違いないわ」

「いいですか、ご子息はロンドンに戻られる前、一年ほど僧院のようなところで過ごされ、そのあとの数年は世界をまたにかけて、行方不明になったり盗まれたりした美術工芸品を追ってらした。そうなれば、特定の相手との関係を恋愛にまで発展させる機会はおそらくあまりなかったものと考えられます」アーシュラは咳払いをした。「しかも彼は健康で元気いっぱいの青年でいらっしゃる」

リリーがうれしそうな表情を見せた。「あなた、あの子が健康で元気いっぱいの青年だと気づいたのね」

「それはつまり、わたしが彼に紹介されたあのときならば、彼は独身の女性であれば誰であれ、きっと強い関心を抱いたにちがいないということですわ」

「あたくしを信じてちょうだい。スレイターはその気になりさえすれば、好みの女性を見つけるのはとっても上手なの」

それはそうだろうとアーシュラは思い、内心がっかりした。

「新聞で読みましたけれど、彼が恋心を抱いていた若いレディは、彼がフィーバー島に取り残されているあいだにべつの殿方と婚約して結婚なさったとか」声を抑えて言った。

「それは事実だけれど、スレイターとイザベラの仲はせいぜい軽い戯れってところだったと思うわ。彼女はスレイターを利用して、最終的には彼女に求婚した紳士の気を引いたのよ。彼女の気持ちが誰かほかの人に向いていることを、スレイターはよくわかっていたけれど、フィーバー島探検のことで頭がいっぱいだったから、それでもかまわなかったんでしょう。あのころのあの子にとって、結婚なんておよそ眼中になかったはずよ」

「本当に？」

「ええ、間違いないわね。あのときスレイターは嘆いてなどいなかったもの。でもね、フィーバー島から生還したあと、さすがにあの子のことがだんだん心配になってきていたの。

傷心しなかったのは、傷心する心さえ失くしてしまったからじゃないかしらと」

アーシュラがカップから顔を上げた。「なぜそんなことを?」

「あの島の奇妙な僧院の僧たちが、あの子の情熱的な部分を壊してしまったのじゃないかと思えてきたのよ」

「そんなことありません」アーシュラはとっさに言った。「そんなこと、絶対にありませんよ。うちの秘書が殺された事件の真相究明に取り組んでいる彼はとても情熱的じゃありませんか――情熱的以外の言葉を思いつかないくらい」

「ロンドンでは毎週のように殺人事件が起きているけれど、スレイターが関心をもったことなどこれまで一度もなかったわ。あの子の関心をそそったのはあなたなのよ、アーシュラ。それについては、あたくし、言葉にならないほど感謝しているの。まるであなたが独房の扉を勢いよく開けて、あの子を太陽の下に誘い出してくれたみたいな気がしてね」

「やめてください」アーシュラはそう言いながら、受け皿をぎゅっとつかんだ。「いくらなんでもあまりにメロドラマみたいじゃありませんか。実際には、スレイターにはロンドンの生活にご自身を合わせていくための時間が必要だっただけのことかと思います」

リリーがそれに対して何かを言う前に扉が開いた。入ってきたスレイターの意を決したような冷たい表情のせいで部屋の空気がにわかにぴんと張りつめた。

「ある計画を思いついた」スレイターが言った。

ひとしきり早口で説明する。

アーシュラはぞっとした。

「いけませんよ、そんなこと」リリーが言った。

「正気とは思えないわ」アーシュラがきつい口調で言った。

「たしかにときどき新聞が、ぼくのことをそんなふうに書いていたね」スレイターが応じた。

46

フルブルック邸の裏手にある広大な庭園には霧が月光を浴びて立ちこめていた。スレイターは塀の上でしばし動きを止めた。暗がりのどこかから犬の低いうなり声が聞こえてくる。

「おお、そこにいたか」スレイターがささやいた。「いい子だ」

持ってきた大きな牛肉の塊を包みから取り出し、放り投げた。それが地面に落ちて、柔らかにどさっと音を立てる。まもなく霧の中を毛でおおわれた巨体が突進してきた。番犬のマスチフだ。肉にかぶりつく。

スレイターは縄を伝い、軽やかに煉瓦塀を下りた。犬は前足を肉にのせて身構え、警告のうなりを発した。

「肉は全部おまえにやるよ。ゆっくり食べなさい」

犬はまた豪華な間食に意識を戻した。スレイターはくるりと向きを変え、まず手近なところから仕事に取りかかることにした。

鬱蒼と茂った緑と垂れこめた濃い霧が、こちらの姿をほぼ完全に隠してくれた。実際、迷子になってもおかしくないほどだが、幸いなことに彼の鋭い方向感覚がそうはさせなかった。

それだけではない。アーシュラから屋敷の一階と庭園に関する説明を聞いたおかげで、頭の中には克明な見取り図も描かれていた。屋敷に忍びこむという彼の計画を聞くなり、アーシュラは警告を発し、思いとどまらせようとした。しかし、最後には理屈が勝った。いま必要な情報は屋敷内に隠されている可能性が高いことを彼女も認めたのだ。そしてそれを探す手段はこれ以外にない。

時間はかかった。庭園を飾るいくつもの彫像のうちの二体ほどにぶつかりそうになりながら歩を進め、屋敷の裏手の外壁までたどり着いた。アーシュラに聞いたとおりの位置に、読書室への庭側からの入り口となるフランス窓があった。

そこから方向転換し、外壁に沿ってゆっくりと進み、開き窓をひとつ、二つと数えて三つ目まで行った。アーシュラの記憶が正しければ、そこがフルブルックの書斎である。

鉄梃棒を隙間に差しこんで錠を壊しにかかると、ごく小さな音を立てただけで窓は開いた。わずか数秒で侵入成功。なんだか愉快になり、全身の血が熱くわきあがった。ロンドンに戻ったいま、行方不明になったり盗まれたりした美術工芸品の奪還を生業としていたときに磨いた技術を再び利用できる日が来るとは思ってもいなかったのだ。

暗い部屋でしばし動きを止めて耳をすました。侵入に感づいた者の叫びも、階段を駆けおりてくる足音も聞こえない。使用人の居住区画が騒然とする気配もいっさいない。

　こういうことにかけては抜群の才能に恵まれているだけでなく、その興奮を楽しんでもいた。ふと、あの仕事が懐かしくなった。

　ガス灯の明かりは低く落としてあったが、どっしりとした机と大型金庫はしっかりと確認できた。もしここに何か重要なものがあるとしたら、それは金庫の中だと見て間違いない。

　部屋を横切って扉まで行き、鍵がかかっていることを確認した。ここでまたしばし間をとって警戒し、誰かが気配を察知してようすをうかがいにきたりしていないことをたしかめた。

　金庫の前に行ってしゃがみこみ、ポケットから聴診器を取り出した。耳当てを装着、反対側の端をダイヤル錠に当てた。ダイヤルを回しながら回転金具が立てるカチリという音に耳をすました。

　金庫を開けて手を突っこんだ。大型封筒、革表紙の帳面が指先をかすめた。そのほか、何が入っているのか分厚い包みがある。

　帳面、封筒、包みを引き出して立ちあがり、机の前に行った。まず包みを開くと、中には大量の紙幣が詰まっていた。スレイターは紙幣を金庫に戻し、また机に引き返して封筒を開いた。出てきたのは数枚の写真と原板だった。画像を確認するには暗すぎた。

　数秒ほど待ち、寝入っている屋敷内に注意深く耳をすました。目を覚ました者は誰ひとりいないと確信したのち、机の上方に吊るされたランプの明るさを上げた。写真にしばし目を凝らしたあと、帳面を開いた。発見したものがなんなのかを把握するのに時間はかからなかった。

再び明かりを落とし、金庫の扉を閉めて施錠すると、窓から外に出た。

番犬が物欲しげに駆け寄ってきた。スレイターは犬の耳のあたりを撫でてから、縄を伝って塀の上へとのぼり、反対側に下りて着地した。塀を乗り越える際に使った装備を手早くまとめ、夜の闇の中へと姿を消す。

かつての仕事に戻ったことに大いなる充足感を覚え、また体を動かしたくなっていた。

47

「脅迫か」スレイターが言った。「フルブルックに関する疑問のひとつがこれで解けた。彼があの倶楽部の会員に薬を与えていたことはもうわかっていたが、今度はその理由がわかった」

アーシュラはスレイターが机の上に広げた写真に目をやった。憤りが全身を駆け抜ける。写っていたのは、絡みあってベッドで眠る全裸の恋人たち。それらの写真がもつ破壊力が何かと言えば、扇情的な痴態を写された二人がいずれも男性だという点である。

「フルブルックってとんでもなく卑劣なのね」アーシュラが言った。「レディ・フルブルックがどんなことをしてでもあの男から逃げようとしているのも無理はないわ」

リリーが一枚の写真を手に取った。「この写真の禿げた殿方、知っていてよ――メイヒュー卿」

「彼はオリンポス倶楽部の会員で、ごく最近自殺したという噂だ。ブライスから聞いたところによれば」スレイターが言った。

「写っている男性たち、みんな眠っているみたいね」アーシュラが言った。

「いや、むしろ人事不省に陥っているんだろうな」スレイターが言った。「男同士の性行為がおこなわれたあと、強いアンブロージアを与えられて人事不省に陥り、その隙に写真を撮られたのは明らかだ」

「上流階級って、女に対してはそりゃあひどい態度をとるけれど」リリーが言った。「男性同士の色恋沙汰に対しても同じように残酷。しかも、男色は法律で禁じられているわ。たいていの人は見て見ぬふりをしているけれど、こういう写真が公になってしまえば、その紳士はもう身の破滅ということだわね」

アーシュラは帳面にちらっと目をやってからスレイターを見た。「それにはいったい何が？」

「脅迫のネタがつぶさに記されている。たとえば、身分の高い貴族の令嬢の結婚の見通しが危ぶまれるかもしれない男関係の噂とかが。会員が社交界に身を置けなくなるかもしれない経済的な困窮状態に関する情報もある」

「脅迫って危ない橋を渡るようなものよね」リリーが言った。

「被害者が犯人の正体を知っている場合はたしかにそう」アーシュラが指摘した。「ご存じでしょうけれど、わたしは体験がありますから」

「そのとおりだ。ミスター・オトフォードは生きているだけで運がよかったと思っているはずだよ」スレイターが言った。

アーシュラはため息をついた。「彼には少なくともわたしを脅す理由があったわ。食べるものにも困っていたし、家から追い出されそうになっていたわけだから。でも、フルブルックの場合、そんな言い訳は通らないでしょう。あれほどのお金持ちよ。なぜこんな卑劣なことに手を染めたのかしら？」

「カネ目当てというわけでもなさそうだ。金庫にはたんまり入っていたが、一部の人間にとってはカネより魅力的なものがある。権力だ。誰かの秘密をつかめば、そいつを支配できる」

アーシュラがはっと息を吸いこんだ。「ええ、もちろんそうだわ。でも、そういう男性――被害者――はきっと犯人の正体に気づくはずだわ。行動を起こすと思うの」

「脅された身分の高い男の、たとえひとりでも脅迫の黒幕が誰なのかに気づいたなら、フルブルックの命はとっくにないだろうとぼくも思う」スレイターは机から離れて窓際に立った。

「だから、彼らは誰ひとりとして真相に気づかなかったんだと思う。フルブルックはよほど用心深く事を進めていたんだろうな。こうして写真を撮られた男たちはみんな、はっきりした記憶がないんだよ」

「お酒を飲みすぎて意識不明になった男性たちなら見たことがあるし」リリーが言った。

「阿片はそれ以上に人を酔わせるから、常習者たちはものすごく……無防備になるわ」

アーシュラはスレイターを見た。「発見したその情報、あなたはどんなふうに利用するつもり？」

スレイターがアーシュラに一瞥を投げた。「フルブルックと話をしてくる」

「おまえがみんなを脅迫していることは先刻承知だぞ、とでも言うつもり？」リリーの口調は鋭かった。

「彼に機会を与えてやろうと思う。アン・クリフトン、ロズモント、ミセス・ワイアットにはそれがなかった」

「与えるって、なんの機会？」アーシュラが尋ねた。

「生き延びる機会さ」

「よくわからないわ」リリーが言った。

だが、アーシュラには理解できた。スレイターの真意を探ろうとまじまじと顔を見た。

「ダミアン・コップのつぎの標的はフルブルックだと思っているのね？」

「ああ、確信がある」

「だとしたら、なぜ彼に警告を発したりするの？」アーシュラは手をゆらゆらさせて写真と帳面を示した。「少なくとも二人の紳士の自殺の原因をつくった脅迫の主なのよ。その二人以外にもそこに書かれている人たちがみんな、彼の脅迫のせいで生き地獄を味わっていることは間違いないわ。それに〈パヴィリオン・オヴ・プレジャー〉で働いていた女性――ニコール――のことだってあるでしょ？　彼女が死んだのだってフルブルックに直接の責任があるわ。オリンポス倶楽部に麻薬を紹介したんですもの」

「それはわかっている」スレイターは眼鏡をはずし、ポケットからハンカチーフを引き出した。

「スレイター、あんな男に警告する必要などないわ。コップに始末させたらいいのよ」アーシュラが言った。

スレイターはレンズを丁寧に拭いている。「今夜のきみは喧嘩腰だな。レディにあってはそれも賞賛に値する資質だとは思うけどね」

アーシュラは胸の下でがっちりと腕組みをした。「フルブルックには称号や立派なお家柄があるかもしれないけれど、正体は犯罪王よ。社会的な身分の高さを楯に罪を見逃してもらってるだけ。あいつを逮捕させるのに必要な証拠がわたしたちに見つけられそうもないことは、あなたもようくわかっている。たとえ証拠を見つけたとしても、あいつが有罪判決を受けて監獄に送られる可能性は低いわ」

スレイターはハンカチーフをポケットにしまい、背の高い時計を見た。「わかってる」

アーシュラは組んでいた腕をほどき、怒りにまかせて大きく開いた。「だったらなぜあいつに、コップがおまえを殺しにくるかもしれないなんて警告してやるの?」

スレイターは眼鏡をかけて、広げてあった写真をまとめた。「ぼくがやつに警告するのは、最終的には同じ結果が待っているからだ」

48

倶楽部内をいきなり包んだ沈黙と露骨な視線。しかしスレイターはそれを無視して歩を進めた。そろそろ深夜の二時だ。男たちの多くは黒と白の正装に身を固めて、革張りのゆったりとした椅子でくつろいでいた。赤ワインとブランデーの瓶がどこのサイドテーブルにも置かれている。室内は葉巻の煙で霞がかかったかのようだ。

父親の友人だった年配の男がスレイターを見て愉快そうに鼻で笑い、片目をつぶった。スレイターは会釈を返して通り過ぎ、そのままトランプの部屋をめざした。外套と帽子をボーイに渡すのを拒んだため、雨のしずくが絨毯に垂れていた。

フルブルックは三人の男とテーブルを囲んでいた。カードを手にしながら、同じテーブルのプレーヤーが口にした冗談に含み笑いをしていたとき、室内がしんとなった。ほかのみんなと同様、彼も突然の静けさの原因が誰なのかをたしかめようと扉のほうを振り返った。スレイターに気づいた彼は、何やらぶつくさ口ごもりながらカードの手を確認するふりをした。

「この倶楽部は最近、誰でも自由に出入りさせているようだな」フルブルックが仲間に向かって言った。「頭がおかしいと噂されているやつまで入れるとは」

ひとりが居心地悪そうににたにたした。残りのプレーヤーは自分の手札にじっと見入り、まるで賭け金が突然生死にかかわるほどの金額にはねあがりでもしたかのようだった。

スレイターがそのテーブルまで来た。「邪魔をしてすまないが、フルブルック、重要な話がある」

「いまは手が離せないな、ロクストン。またにしてくれ」

「この先、もしある帳面と写真の件で話しあいたいと思っても——」

フルブルックがだしぬけに立ちあがり、その勢いですわっていた椅子が後ろにひっくり返って床で音を立てた。

「きみの父上は紳士だったかもしれないが、きみのその礼儀作法は間違いなく母親譲りだな」

「母親に対する侮辱は聞き捨てならないが、今夜は先に片付けたいことがある。話の続きはここ、あるいは外、どっちがいい？　外に出て、人に聞かれることのない場所を探すか？」

「外に出よう。きみに必要以上に長くここにいられては、友人や仲間にいやな思いをさせてしまう」

スレイターは踵を返し、無言のまま扉に向かって歩きはじめた。フルブルックは一瞬ためらったのち、あとにしたがった。玄関ホールまで進むと、ボーイが彼に外套と帽子、手袋と傘を手わたした。

スレイターは先に立って外に出て、玄関前の階段を雨の中へと下りた。そして街灯の明かりが描く円のへりで足を止める。

「馬車を待たせてある」そう言いながら、通りの反対側に停まっている馬車に向かって顎をしゃくった。

フルブルックは傘を広げ、用心深く馬車に一瞥を投げた。

「私がきみと二人で馬車に乗りこむと思うとは、きみは本当にどうかしているな」

「なんとでも言うがいい。とにかく早くすませたいんだ。あんたの書斎の金庫に入っていた写真と脅迫内容を記した帳面をもっている」

「ばかを言え」フルブルックは早口でしゃべりだした。「どうやったらきみにそんなことができる……誰かを雇って屋敷に忍びこませたのか、ちくしょう。いったいなんだってそんなことを？」

「人を雇ってなどいない。ぼくが自分でしたことだ。告訴したければご自由に。しかし裁判になれば、ぼくは当然のことながら金庫の中に何が入っていたかを陪審に話さなければならなくなる」

「この野郎」フルブルックは懸命に怒りを抑えこんでいるかのようだ。「きみは法廷で自分がこそ泥であると認めるわけだな」

「そして、あんたは脅迫犯だ——しかも克明な記録が得意だ。じつに細かい点まで記録しているんで驚いた。命を絶った二人の名前は線を引いて抹消してあることにも気づいた——あんたが秘密の暴露をちらつかせて何を要求したのかは知らないが、それを差し出すより自殺の道を選んだ二人だ」

「なんだか知らんがおかしな島で過ごした時間のせいで、きみの頭はどうかしてしまったようだな、ロクストン。そうやって取引をもちかけている相手が誰なのか、まったくわかっていないようだ」

「あんたこそ、自分が置かれた立場の危うさを理解できていない。あんたがダミアン・コッブというアメリカ人と手を組んで働いてきた悪事はわかっているんだ」

「それがどうした? たしかにコッブと組んで事業を進めてきたことは認めよう。あいつは卑しい男かもしれないが、実業家として成功している。犯罪王なんかではないぞ」

「この場合、その二つに大した違いはないだろう。ついでにその男の話をしておくと、あんたがコッブについて知っておくべきことが二つある。ひとつ目は、彼にはあんたと長期にわたって手を組むつもりなどまったくないという点。彼は麻薬の製造販売を独占する会社を立ちあげて、ニューヨークから采配を振る計画だ。それがどういうことかと言えば、あんたが仕切っている製造過程や流通網は彼にとっては無用の長物となる」

フルブルックの顔が怒りのせいで引きつった。「嘘をつけ」

「彼が殺し屋を雇って、あんたの下で麻薬を製造していたロズモントを殺させたのはなぜだと思う？　運び屋のアン・クリフトン、ミセス・ワイアットについてもだが」

「ロズモントの製造所で爆発が起きた。当局の調べでは、あの男は瓦礫の下敷きになったとか」

「ニュースに疎いんだな、フルブルック。ロズモントの死体は昨日発見されたんだよ。何者かに首の後ろを錐刀で突き刺されたそうだ。ミセス・ワイアットも偶然同じ錐刀で刺されて死んでいる」

フルブルックが全身をこわばらせた。「彼女は店の客に殺されたと聞いているが」

「彼女は副業として大量の麻薬を売っていた。コップが彼女を消したのは、彼女が勝手に商売をはじめたからなのか、あるいはただ彼女が知りすぎていたからなのか、それはわからない。アン・クリフトンが殺された件については、知りすぎたからだと思っている」

「クリフトンって女は自殺か過剰摂取だろう」

「それはもうどうでもいいさ。重要なのは、イギリス側の面子の中でまだ生きているのはあんただけということになる」

「ばっかばかしい。コップに私を始末できるはずがない。あの男に薬を供給できるのはこの私しかいないんだ。きみもわかっているはずだ」

「その件についてはコップと話をしてみたらいい。彼はロンドンに来ている」

フルブルックが鼻でせせら笑った。「何を言うか。あの男が乗った船が港に着くのは明日だ」

「あいつはあんたをだましているんだよ、フルブルック。コッブと彼がかわいがっている殺し屋は数日前にロンドンに到着している。アン・クリフトンが死んだのはちょうどそのころだ」

「どうしてきみにそんなことがわかる？」

「昨日の夜、その殺し屋の死体を発見したからだ。倉庫に置かれた木箱の中。あんたもよく知っている場所だと思うが。ロズモントがニューヨークに向けて船積みされる予定のアンブロージアを届けていた場所だ」

スレイターはそこでフルブルックに背を向けて歩きだした。足を止めたのはフルブルックが腕をつかんできたからだ。

「手を放せ」スレイターが小声で告げた。

フルブルックがひるんだ。地獄の業火にでも触れたかのように、つかんでいた袖から手を離した。

「コッブがもうロンドンにいると言ったな」フルブルックの声が怯えていた。「もしそれが本当なら証明しろ。あの男はいまどこにいる？」

「確実なことは知らないが、殺し屋の死体にはストークリー・ホテルの名刺が残されていた。

使いの者に調べさせたところ、客の名前こそ違ったが、アメリカ人実業家が宿泊していることがわかった。殺し屋は彼の執事を装っていたらしい」

フルブルックは驚きのあまり口がきけなかった。「嘘だ。嘘に決まってる」

「ま、いずれわかるさ。そうだろう？　ニュースは新聞にでかでかと載るはずだ」

「なんのニュースだ？」

「あんたの訃報だよ、もちろん。あんたのように広く名の知れた社交界の名士が殺されれば、必ずニュースになる」

「私を脅そうというのだな、この変人が」

「いや、ぼくはただ、親切心からあんたに警告しただけだ。いますぐ鉄道の駅に行き、最初に発車する汽車に乗ってロンドンをあとにするといい。生き延びる道はそれだけだ」

「コッブがこの私を殺すはずがない。あの男には私が必要なんだ。間違いない」

「ぼくに言わせれば、あんたが殺されない可能性はきわめて低い」

「あの男、絞首刑にしてやる」

「まあ、彼が捕まればの話だな。しかし、たとえコッブの意図に関するぼくの仮説が間違っていたとしても、あんたにはまだ大勢の敵がいる」

「今度はいったいなんの話だ？」

「あんたがいろいろ書きこんだ帳面のページと写真と原板だが、あれを明日、それぞれの被害者に送り届ける手はずをととのえてある。添えた手紙には、これをあんたの屋敷の金庫で見つけたとしたためた。権力者たちが脅迫の主があんただったと知ったとき、あんたはいったいどれだけ生き延びられると思ってる？ いろいろ考えると、汽車の切符じゃなく、オーストラリア行きの船の予約をするほうがいいかもしれない」

フルブルックが言葉を失い、スレイターをねめつけた。「なんてやつだ。なんてやつなんだ、おまえは」

スレイターはあえて反応しなかった。そのまま通りを渡り、辻馬車に乗りこむと、馬車はすぐさま軽快な速度で走りだした。

角を曲がる直前、スレイターはちらっと後ろを振り返った。フルブルックはまだ、いましがた悪魔の訪問を受けたばかりといった面持ちで倶楽部の玄関前に立ち尽くしていた。

49

あの野郎、出まかせばかり言いやがって。ロクストンの野郎は嘘つきだ。噂によれば、フィーバー島での体験のせいであいつは頭がおかしくなったそうだ。

しかし、それはあいつがあの日誌と写真とコップとの事業提携について知りえたことの説明にはならない。納得のいく説明はたったひとつ――ロクストンは本当に屋敷に侵入して金庫を開けた。高い塀、獰猛な番犬、最新式の錠前――すべて無駄だったというのか。

辻馬車を降り、屋敷の玄関前の階段をのぼっているあいだも、フルブルックの全身はあいかわらず怒りに震えていた。扉を数回どんどんと叩き、誰も出てこないので悪態をついた。そろそろ夜中の三時。使用人はみな寝ているのだろうが、そんなことは言い訳にもならない。くそっ、どいつもこいつも。誰でもいい、早くここを開けろ。怠け者が。朝になったら、みんなまとめてクビにしてやるからな。

おぼつかない手つきで鍵を取り出し、やっとのことで扉を開けた。がらんとした暗い玄関ホールに入った。帽子は磨きのかかったテーブルの上に投げたが、気がせいて外套は着たまま奥へと進んだ。

書斎に向かって廊下を急いだ。書斎の扉の前まで来ると、またべつの鍵を取り出した。鍵穴にうまく差しこむことができず、三度目でようやく部屋に入れた。

ランプに明かりをともした。金庫の鍵がかかっているのをたしかめると、一抹の安堵感が全身を駆け抜けた。あれはおそらくロクストンのはったりだ。だが、それにしてはなぜ写真や帳面のことを知っているんだ？

金庫の前にしゃがみこんでダイヤル錠を回した。扉を開けた瞬間、彼の内に残っていた一縷の望みはたちまち消えた。帳面と写真がない。絶妙な、だがきわめて残酷な愚弄とでも言うべきか、数千ポンドの紙幣はそこに手つかずのまま残されていた。

机に移動し、倒れこむように椅子に腰かけた。両手で頭を抱え、必死で考えをめぐらそうとした。コップが私を殺そうとしているとは想像しがたい。あのアメリカ人は私を必要としているはずだ。しかし、私はできるだけ早くロンドンを離れないとまずい。この一年のあいだに脅迫を受けた被害者たちが、社会的制裁をちらつかせてカネを要求していた犯人がこの私だったとついに知ることになるのだ。ロクストンはひとつ正しいことを言っていた——脅迫した相手の中には危険人物も何人かいる、と。

とにかく考えなければならない。逃げなければならない。自分の身を守らなければならない。

フルブルックは顔を上げ、机のいちばん上の抽斗の鍵を開けた。拳銃はまだそこに入っていた。少なくともあいつはこれを持ち去りはしなかった。これもまた愚弄だ、間違いなく。弾が装塡されていることを確認してから、外套のポケットに忍ばせた。よろめく足で金庫の前に引き返すと、つかみきれないほどの紙幣をかき出し、ポケットに詰めこむ。

使用人を起こして衣類の荷造りをさせようかと考えたものの、いやいや、そんな時間の無駄はしたくないと考えなおした。

書斎をあとに二階の自室に上がった。途中、妻の部屋の扉の前で足を止めた。扉は閉まっていた。

激しい怒りがこみあげてきた。何もかもみんなこいつのせいだ。アンブロージアの特性を説明し、これを利用すれば巨万の富を築くと同時に権力者たちを支配できるなどという、まやかしの未来図を描いてみせたのはこの女だ。首を絞めてやりたかった。

しばし怒りが恐怖を圧倒した。扉の取っ手を回す。鍵がかかっていると知り、今度はこぶしで扉の板をがんがん叩いた。

「ヴァレリー、このばか女め」

反応はいっさいない。

正気が焼けつくようなけたたましさでよみがえった。扉を壊している余裕などないのだ。

もういい、ヴァレリーのことはまたあとにしよう。

廊下を先へと進み、自分の寝室に入った。旅行鞄を探すのに時間がかかった。荷造りなど使用人の仕事である。旅行に必要なものがどこに収納してあるかなど知っているわけがなかった。

鞄に必要最低限のものを詰めて蓋を閉じた。鞄を持って部屋を出ると、廊下を進んで階段を下りた。帰宅したときの辻馬車を待たせておけばよかったと気づいたが、もう遅かった。ま、いいさ。しばらく待てば、べつの辻馬車がすぐに通りかかるだろう。

玄関から外に出て、通りの角に向かって足早に歩きはじめた。びくびくしながら耳をすませてはいるものの、絶え間なく降る雨が夜のさまざまな音を抑えこんでいる。

街灯の明かりの下に外套を着て傘を手にした男が現われ、そのままフルブルックのほうに近づいてくる。一歩一歩が恐ろしいまでにゆったりとしている。

恐怖がフルブルックを引き裂いた。ぎこちなく拳銃を手で探る。

つぎの瞬間、外套の男は大きなタウンハウスの階段を上がり、玄関扉の中へと姿を消した。

大きな安堵感が全身を包んだ。そのせいで背後に忍び寄った男の存在にはまったく気づかないまま、いきなり手袋をはめた手で口をふさがれた。ナイフが喉もとを掻き切ったときも、フルブルックはまだ何が起きたのか理解できていなかった。

ゆっくりとくずおれ、あおむけに倒れた。どんよりとした目で、のしかかるように立つ男の顔を見あげ、何か言おうとするも声にならない。

「いっしょに仕事ができて楽しかったよ」コップが言った。「だが、もっと大きな金儲けの見通しがついたものでね。あんたならわかってくれるよな」

50

翌朝、アーシュラがスレイターとともに読書室で事件に関するメモを見ながら、これまでに起きたことを時系列で組み立てようとしていると、扉が開いた。

「ここで最大の疑問は、コッブがいったいいつロンドンに到着していたのかという点だ」スレイターが言った。

部屋に駆けこんできたギルバート・オトフォードを見て言葉がとぎれる。オトフォードの顔は興奮のあまり紅潮していた。

「今日の早朝、フルブルックの死体を警官が発見したそうです」オトフォードが告げた。「どうやら追いはぎに喉を掻っ切られたらしい。『フライング・インテリジェンサー』はこうしているあいだにも特別版の印刷にかかっていて、編集長は〝マップストン・スクエアの殺人。大いなる醜聞の噂〟って見出しでいきたいとか」

アーシュラの全身を不気味な衝撃が貫いた。手のひらがざわざわしたかと思うと、うなじにすうっと、墓石の下から伸びてきた手に触れられたような感触が走った。その穏やかならぬ感覚を呼び覚ましたのはフルブルック死亡のニュースではなく、スレイターがこの殺人の報告を見越していたことに気づいたからだった。

アーシュラはスレイターを見た。帳面のページを整然と並べた机を前に静かにすわり、オトフォードに向けた顔からは何も読みとれない。

アーシュラは考えた。論理を駆使して殺人者のつぎの標的が誰かを推理することはある。しかし、その論理が正しかったことが証明されたとなると話はまったくべつだった。フルブルックの死が自業自得だという事実はこの際どうでもいい。背筋を戦慄が駆け抜けたのは、ある人間が結果を予測した――しかもその結果は死――と気づいたからだ。

「死体の発見場所は？」スレイターが冷静に質問した。

オトフォードはメモに目をやった。「フルブルック邸の屋敷の玄関からそう離れていないところだ。襲われたのは辻馬車を降りたあとか、あるいは辻馬車をつかまえようとしていたときかのどちらかではないかということだが、近隣の住人は何も聞いていないし、何も見ていない」

「当然でしょうね」アーシュラが言った。

「目撃者がいないからといって醜聞が防げるというわけじゃない」オトフォードがメモ帳をぴしゃりと閉じた。「高級住宅街にある自宅の玄関先で紳士が殺害されたとなれば、必ずや世間をあっと言わせることになる。ロンドンじゅうの記者が血まなこになって記事のネタを探すが、ありがたいことに、ミスター・ロクストン、あんたのおかげで、おれひとりだけがフルブルックとオリンポス倶楽部のかかわりについて知っている。オリンポス倶楽部じゃ身分の高い紳士たちが、神秘の薬と〈パヴィリオン〉の娼婦たちの奉仕を受けているってことをね。ミセス・ワイアット殺しもこれから世間をあっと言わせることになる。というのも、おれがミセス・ワイアットの店とあの倶楽部のつながり、あの倶楽部とフルブルックのつながりをきっちり記事にしていくからだ」

「つまり、きみはまた『フライング・インテリジェンサー』の記者に戻ったってことか？」スレイターが訊いた。

「編集長が今朝、おれを再雇用してくれましてね。おれがこの一件について詳しいってことを知ってのことだが、それはさておき、おれはおれで自分の新しい雑誌の創刊号の準備は進めてますよ。雑誌名は『イラストレイテッド・ニュース・オヴ・クライム・アンド・スキャンダル』にする予定です」

「それはそれは、さぞかし広い読者層の目を引くことでしょうね」アーシュラが鼻でせせら笑った。

「そうだろう」オトフォードはいっこうに動じない。

スレイターが軽く身を乗り出し、机の上で両手を組んだ。「コップと麻薬売買について編集長に何を言った？」

「心配ご無用。アメリカ人犯罪王とアンブロージアについてはひと言も言ってませんから」

「編集長にコップのことは何も言っていない、本当だな？」スレイターが念を押した。

オトフォードが狡猾な表情をのぞかせた。「ひと言も言っちゃいませんって。あなたとおれだけしか知りませんよ。コップの件はおれにとっちゃ、言わば隠し球だからね。自分の雑誌の創刊号用に隠しておかないと。創刊号はこの事件が一件落着するのを待って印刷に回すつもりなんだ」

「わたしたち、コップはきっと何かしら失敗を犯し、事件への関与が明るみに出るはずだと考えているの」アーシュラが言った。

「やつは必ずもう一度、失敗をする」スレイターが言った。

オトフォードとアーシュラが彼を見た。

「どうしてそれが断言できるんですか？」オトフォードが目を輝かせて詰問した。

スレイターは肩をすくめた。「やつは身分の高い紳士殺害を含む何件もの殺人事件の首謀者だ。しかし、この時点では自分に容疑がかかるとは思っていない。なぜなら、やつが乗った船はようやく今日到着の予定だからだ。しかもまもなく、彼を光り輝く鎧の騎士だと信じている美女を伴い、ニューヨークに向けて出航の予定でもある。やつは犯罪王で、帝国を築きつつある。間違いない、いまこの瞬間、やつは自分は無敵だと信じている。だからこそ、最後の失敗を犯すはずなんだ」

「あんたがそう言うのなら」オトフォードはメモ帳をポケットに滑りこませた。「信じよう。これまで一度も間違ったことがないからな。それじゃ、おれはもう行かないと。一時にロンドン警視庁で記者会見があるんだ。フルブルック殺しの捜査の進捗状況なんかについての、いつもながらの退屈なやりとりになるはずだ。ばかばかしいとは思うが、編集長が記事にしたいと言うんでしかたない」

オトフォードが足早に部屋を出ていった。アーシュラはウェブスターが彼を玄関から送り出す声を聞くまで待った。

そして椅子から立ちあがり、部屋を横切って扉まで行き、そっと閉めると、おもむろに振り返ってスレイターを見た。

「たとえ警告を発したところでフルブルックの身に何が起きるか、あなたはわかっていたのね」

スレイターは立ちあがり、雨に濡れる庭園に目を向けた。「フルブルックが死ぬという確信はなかったが、そういう結果になる蓋然性はきわめて高かった。行動様式がほぼはっきり見えてはいた」

「ほぼ？」

「迷宮の中心に到達して答えがわかるまで行動様式は完全には見えてこない。方程式の元をひとつ残らず要因として考慮することは不可能だ。論理は予測不能なさまざまな感情によってゆがんだりそれたりすることもある」

「でも、今回の場合、あなたの論理はみごとに現実になった」

スレイターがくるりと向きなおってアーシュラと目を合わせた。「それは、フルブルックが理性的な行動をとることはないだろうと想定したからだ。ぼくには彼がおそらく恐慌をきたすことがわかっていた。まっすぐ家に帰って、ぼくが金庫の中にそのまま入っていると教えてやったカネを持って逃げることもほぼ読めていた」

「それだけじゃなく、コッブが物陰から見張っていることもわかっていたのね」

「コッブはロンドンの地理を知らないうえ、あの殺し屋が死んだあとは単独行動をとっている。その彼がフルブルックを尾行するために人ごみをぬい、ときには危険な街なかを思うように歩けるとは思えないが、フルブルックの屋敷の住所を知っていることは間違いない。そうなれば、彼にできることはたったひとつ、辻馬車を拾ってマップストン・スクエアに行き、フルブルックが現われるのを待つことだけだ」

アーシュラが彼に近づいていき、正面で立ち止まった。両手を彼の肩におき、爪先立ちになって唇を軽くかすめるようなキスをした。

「フルブルックは同情には値しないけれど、あんなやつのことでわざわざ暗闇まで下りていって迷宮を歩くはめになったあなたは本当に気の毒だと思うわ」

スレイターが両手でアーシュラの顔を包んだ。「ありがとう」

「何が？」

「理解してくれて」

スレイターは両腕をアーシュラに回し、きつく抱きしめた。長いこと。

51

「それじゃ、ここでお待ちしてます、旦那」御者が上から声をかけてきた。「荷物運びはせがれのトムがお手伝いしますんで、私は馬車で待たしてもらいます。このあたりは物騒なんでね」

コップはさも不安そうにあたりを見やった。まもなく夜中の十二時になろうとしている。霧にかすむ月明かりの中に倉庫が黒く浮かびあがってきた。人影は自分たち以外にないし、麻薬に近づく者がいるとも思えない。ロンドンでの仕事はうまくいった。唯一、ハバードのしくじりがあったが、それもなんとか対処できそうだ。それ以外のことはすべて予定どおりに片付いた。

「手提げランプがいるな」コップが言った。

「ここにありますよ、旦那さん」トムが答えた。

トムがランプを手に取り、御者台から跳びおりた。歳のころは十三か十四のひょろりとした少年だが、木箱をいっしょに運ばせるだけの力はじゅうぶんありそうだ。払うと約束した心づけへの上乗せを要求したくてうずうずしているのが見てとれる。

「さほど時間はかからない」コッブが言った。

トムを横にしたがえ、コッブは倉庫の入り口へと向かった。理屈ではすべてが思いどおりの状況にあったが、一日じゅう彼をつかんで放さなかった不安からはどうしても逃れられなかった。とはいえ、まもなくすべてが終わる。アトランティック号は明日ニューヨークに向けて出航する。彼とレディ・フルブルックと麻薬を詰めた木箱は海の上だ。もう二度とロンドンを訪れるつもりはない。これだけは確信があった。このじめじめした土地が大嫌いなのだ。

トムが扉の前で足を止めた。「がっちり錠がおりてる。中にしまってあるもんは、なんだかは知らないけど、よっぽど高価なもんなんでしょうね」

トムの声ににじむ好奇心に、コッブはまた不安な身震いを覚えた。もしもこいつとおやじがおれを殺して麻薬を盗む計画を立てているとしたら？　もし彼がその親子の立場だったら、間違いなくそう考えたはずだ。

この辻馬車を選んだときのことを振り返ってみた。ホテルの正面に長い列をつくって客待ちをしている馬車の中から適当に選んだのがこの馬車だ。トムとそのおやじがこちらが何者で、何をするつもりなのかを知っているはずがない。

「今夜積みこんでもらう木箱には、ニューヨークに持って帰る生地見本が入っているんだ」

コップは言った。

「生地っすか？」トムの関心は一気に薄れた。「それでもこんなにがっちり戸締りをしてるんだね。なんでも盗むやつはいるからな、たとえ生地見本でも。父さんがいつも言ってるよ、この世は正直者には危険なところだって」

「きみのお父さんの言うとおりだ」

コップはポケットから鍵を取り出して扉を開けた。暗がりから麻薬のにおいがあふれてきた。コップが一歩あとずさる。

「先に入ってくれ。ランプを持っているんだから」コップがトムに言った。

「はい、旦那さん」

トムはランプを高く掲げ、入り口から中へと進んだ。「こんなに真っ暗だと、幽霊が出てきそうだ」

コップはポケットに手を入れ、拳銃を握った。ハバードの死体が入った木箱に用心深い一瞥を投げた。死体と自分を結びつけるものが本当に何もないか、あのときたしかめはしたものの、じゅうぶんな注意を払っただろうか？　あの夜は気がせいていた。

「幽霊なんてものは存在しないよ」コップは大きな声で言った。

「母さんは幽霊はいるって。こないだも降霊会に行って、妹のメグと話してきたんだ。メグおばさんは一年前に死んだんだよ。大事にしてたティーポットの隠し場所を誰にも言わずに死んだんで、母さんはそれをずっと探していた。でも、メグおばさんの幽霊はどこに隠したか思い出せなかったって」

「だから言っただろう、幽霊なんていないんだ」コップが怒鳴った。

トムがひるんだ。

「はい、旦那さん」トムが小声で言い、あたりをきょろきょろと見まわした。「なんか変なにおいがしませんか？　きっとどっかそのへんに鼠の屍骸があるはずだ」

コップはそのとき突然、ハバードの死体を入れた木箱の中をきちんとたしかめなければ、と考えた。間違いを犯していないことをたしかめる必要がある。だが、トムに死体を見られるわけにはいかない。

「ランプをこっちにくれ」コップは命じた。

トムがランプをコップに手わたす。

「空箱が積んである向こうのほうで待っててくれ」

「はい、旦那さん」トムは鼻にしわを寄せ、部屋の反対側へとせかせかと移動した。「きっとすごくでかい鼠だと思うよ」

コップはハバードが入っている木箱に近づいた。ひと目だけでいいから死体をこの目で見なければ。誰かが死体に手を触れた形跡がないことを確認しなければ。

すぐ近くの箱の上にランプを置いた。トムがこっちを見ている気配がひしひしと伝わってきた。たぶんあの子には頭がおかしいと思われているはずだ。しかし、このままにはしておけない。なんとしてでもたしかめなければ。

木箱の蓋をはずした。あたりに漂う死臭がにわかに強烈になったが、コップは気にも留めなかった。こうした経験はこれがはじめてではない。

ハバードの死体にじっと目を落とした。蓋を閉じたときとまったく同じ状態だ、と思った。安堵感が脈を打って全身に広がった。ハバードの服を調べはじめた。後方でトムが動く気配がした。

「もうちょっと待て」あえて振り返りはしなかった。「これがすんだら、木箱を運び出して終わりだ」

「あんたが雇った殺し屋は、靴の中にホテルの名刺を入れていた」

暗がりから声が聞こえた瞬間、度肝を抜かれたコップは木箱の蓋を落とした。ポケットから銃を引き抜き、くるりと一回転する。

最初は目の錯覚かと思った。トムの姿が消えていた。つぎの瞬間、積みあげた木箱の後ろから怯えたような荒い息づかいが聞こえてきた。トムは隠れていた。だがもうトムのことはどうでもよかった。コップを激しく動揺させているのは、倉庫の奥の暗がりから聞こえた声だからだ。

「誰だ？」コップの声がざらついていた。「どこにいる？　出てこい」

「あんたが動揺するとはな」暗がりから出てきた人影がランプが放つ、ぎらついた明かりのへりで足を止めた。「事業投機のことで話しあうためにここに来た。フルブルックが消えたいま、あんたが新たな相棒を探しているんじゃないかなと思ったんだが」

コップはいったい何がどうなっているのか、必死で頭の中を整理しようとした。「誰なんだ、あんたは？」

「ロクストン」

「レディ・フルブルックが言っていた邪魔な野郎——秘書がなぜ死んだのかを知りたがってるってやつ——だな。目的はなんだ？」

「あんたの事業計画は単純でわかりやすい。アンブロージアからつくる麻薬を基礎にした独占企業を立ちあげるつもりだろう。今回ここに来たのはイギリス側での商売に終止符を打つためだ。そして草の栽培、収穫、あらゆる形状での麻薬の製造に必要なものをすべてを手に入れてニューヨークに帰ろうとしている。不可欠なのは、まず標本あるいは種、それと草から麻薬を抽出する方法を知り尽くしている園芸家だ。レディ・フルブルック」

「おれの事業についてずいぶん詳しいようだな」

「調査した」

「ハバードの死体をどうやって見つけた？　あの夜は誰も見ていなかった。自信がある」

「ロンドンはぼくの縄張りだ。精通している」

コッブはしばし考えをめぐらした。「見つけたというのに警察には知らせなかったということか」

「またとない金儲けの機会をみすみす逃す手はないだろう。あんたがなぜハバードを始末したか、それについてはぜひとも知りたいところだ。なんと言おうがこの男は、あんたがロンドンで信用できる唯一の人間だったはずだろう」

「あんたを殺しそこねたハバードは足手まといでしかなくなった」コッブが言った。

「そんなことだろうとは思ったよ。それにしても、少なくとも当面は役に立つ男だったはずだ。彼はフルブルックとあんたの関係を知る人間をつぎつぎに片付けた。しかし、ハバードがいなくなって、昨日の夜、あんたはフルブルックを自分で片付けなければならなくなった」

「おれの身辺のことをなんでそこまで知っている？　あの倶楽部にいるフルブルックの仲間のひとりかなんかか？」

「フルブルックとぼくは友人ではなかったし、いっしょに仕事をしたこともない。だが、そうだな、あんたの身辺について知ってることはいろいろとある」

「それで、おれのイギリスの相棒だったあいつの後釜にすわりたいってわけか」

「アメリカとイギリスの両方に温室と流通経路をもてば利益は二倍になるが、なぜあんたがそれをしないのか、そこがわからない。ぼくが欧州と極東を受け持ち、あんたがアメリカ全土を掌中におさめる。そういうのはどうだ?」

「あんたの用心棒はどこにいる?」コップが訊いた。「外に人の気配はなかったし、ここにはあんたひとりのようだ。もちろん、あの小僧はべつだが」

「そっちがひとりだろ? 背後を守ってくれるはずの用心棒を自分で殺してしまったんだからな」

「だから、ひとりでここに来たのか」コップが軽く鼻を鳴らした。「忌々しいイギリス人め。その傲慢さがむかつくんだ」

「あんたはここじゃよそ者だ、コップ。ぼくは違う。この距離とこの頼りない明かりだ、ぼくを一発で仕留めるどころか、傷を負わせることすらできないと見ていいだろう」

コップは拳銃をきつく握りしめた。くそ忌々しいイギリス人が明かりの輪の中にせめて一歩踏みこんでくればいいのだが。

「それじゃ、あんたから提案のあった取引について話そうか。あの草をうまく育てるために必要なもんがあんたにはないってことがわかってるのか?」

「数袋の種と栽培に関する園芸知識とそれから麻薬をつくる方法だろう? あんたは間違っているんだ、コップ。いいか、一連の知識をもった人間はレディ・フルブルックひとりだけじゃないんだ」

「そのことなら知っている。あのクリフトンって女からおれに手紙が来た。というよりもミスター・パラディンにな。そこに書かれていたのは、レディ・フルブルックを何カ月も観察していたんで、あの草の栽培法は会得できたというようなことだった。アンブロージアの種も数袋入手したと付け加えられていて、組んで仕事をしたいということだったが、死んでしまって、その話もそれきりになった」

「たしかにそのとおりだ。ミス・クリフトンはたいそう腕のいい速記者だった。それがどういうことかわかるか？」

コップの額に冷や汗が噴き出した。「ただの秘書だろう」

「アン・クリフトンは速記帳にあの植物の栽培法その他を詳細に記録していた。その速記帳がいまぼくの手もとにあると知ったら、関心がもてるかもしれないな」

「たとえそれが本当だとしても、あの草を大量に育てるためには種や標本が必要になる」

「そうそう、その種だが、速記帳といっしょに保管している」

コップはレディ・フルブルックを思い浮かべた。秘書に温室やその中の蒸留室で何をしているかを観察させてしまう世間知らず。誰かを——できることならレディ・フルブルックを——ぶちのめしたかった。だが、この状況から脱却するにはレディ・フルブルックが必要になる。少なくともニューヨークの彼の温室で草を育て、製造所を立ちあげるまでは。

「ばかな女だ。ま、仕事で女と手を組んだりしたおれがばかだったってことか」

「あんたが泊まってるホテルときたら、ご親切にも、ご滞在中のアメリカ人実業家は明日ご出発の予定です、と教えてくれた。だとしたら、あんたはきっと今夜もう一度ここに来て、死体を調べずにはいられないだろうし、荷物も運び出すだろうと踏んだんだ」

コップは胃のあたりがにわかにひんやりするのを感じた。「どうしてそれがわかった？」

「あんたは犯罪王とはいえ、ここの縄張りに土地勘はない。そうなれば、あんたの動きは手に取るように予測できるさ」

「なんて野郎だ。何ひとつ立証できないくせに」

「ぼくには何かを立証する必要などない。考えてもみろ。ぼくはロンドン警視庁の人間じゃない。ただの事業家だ」

状況はさらに悪化して大惨事へと突き進んでいる、とコップは思った。損失は昨日のうちに処理しておかなければいけなかった。今夜ここへ麻薬を詰めた木箱を運び出しにきたことが間違いだった。ロクストンの言うとおりだ——土地勘のないここで動くことは危険きわまりなかった。ロンドンを出なければ。船に乗りこむことさえできれば、身の安全は確保される。

扉のほうに一瞥を投げた。馬車は外で待っている。コップは段取りを組み立てはじめた。少年はすでに多くを知りすぎていた。死んでもらうほかない。しかしその一方で、少年を人質にすれば、父親に安全なところまで馬車を駆らせることができる。

よし、この戦略でいこう。だが、その前にまずスレイター・ロクストンを片付けなければならない。

「仕事で手を組むって話だが、本気か?」コップは訊いた。

「本気でなけりゃ、ここに来る理由がないだろう? 麻薬の詰まった木箱を持ち去ることだってできたんだ。もしそうしていれば、あんたは盗っ人の正体を知ることすらなかった」

「だが、あんたはここに来て、手を組もうともちかけている。フルブルックがあんたについて言っていたことが本当だと思えてきたよ——あんたはちょっと頭がおかしい。孤島に取り残されて、そこで一年を過ごしたせいだという噂だ」

「ぼくもそういう噂は聞いている。そのせいもあるかもしれない。とは言うものの、頭がおかしいかどうかはどうやったらわかる? そこへいくと傲慢さにかけちゃ、あんたは表彰ものだな」

「いったいなんの話だ?」

スレイターが暗がりから明かりの中へと進み出た。手には何も持っていない。コップはほっと安堵の息をついた。

スレイターが、上階から垂れさがった荷物を吊りあげるための縄の一本にごくさりげなく手を伸ばした。

「フルブルックのような身分の高い紳士を殺すとなると、驚くべき傲慢さが要求されると言う人もいるが」

コップが苦笑した。「フルブルックを殺すのはじつに簡単だった」

「ほう?」

「マップストン・スクエアの屋敷の外で待ち伏せていたら、やつが玄関から出てきたんで、あとをつけて喉を掻っ切った」

「なるほど。いまぼくにそのことを話すのはなぜか、訊いてもいいかな?」

「それはだな、おれは仕事上の相棒など探しちゃいないからだ」

コップは拳銃を握った手を上げ、いつでも引き金を引けるように構えた。

だが、スレイターはもう上階から垂れさがった縄を思いきり引っ張っていた。

コップはスレイターを一発で仕留めることばかりに気をとられていたため、上階から落ちてくる縄で編んだ重たい網には気づかなかった。網が頭の上に落ちると、その重みでコップはバランスを崩してよろけた。

反射的に悲鳴をあげながら引き金を引いた。回転式拳銃は轟音を放つものの、弾丸は見当違いな方向へ跳んだ。罠にかかったコップはもがいた。だが、もがけばもがくほど蜘蛛の巣を思わせる太い縄の網にからめとられていくばかりだった。

突如、倉庫内が警察官でいっぱいになった。木箱の中から出てきた者もいれば、上階から下りてきた者もいた。背広にネクタイ姿のひとりがコップに歩み寄った。

「警部、聞こえましたか?」スレイターが尋ねた。

「ああ、聞こえすぎるほど聞こえたよ」警部は網のあいだから手を入れて拳銃を取った。「この男の自白は大勢の証人も聞いていた。ミスター・コッブ、あんたをフルブルック卿ならびにハバードなるアメリカ人殺害の罪で逮捕する。罪状はそのほかにも出てきそうだな。ロズモント、ワイアット、アン・クリフトンの死亡に関しても真相が明るみに出るはずだ」

そのとき、扉のほうがだしぬけに騒がしくなった。明かりが見える。

「いったいどうなってるんだ？」辻馬車の御者がわめいた。「トム、トム、大丈夫か、おまえ？　せがれはどこにいる？」

スレイターは数分前にトムを隠したところへ行った。

「さ、出てきなさい。もう大丈夫だ、トム」スレイターが言うと、トムが木箱の後ろからもぞもぞと出てきた。

そして勢いよく立ちあがったとたん、目の前の光景に驚嘆の声をあげて、父親に駆け寄った。

「あの男、船に木箱を積みこんだらたんまりカネを払うって言った男だけど、誰かの喉を掻っ切ったって言ってたよ」トムが言った。

御者はトムを脇にぎゅっと引き寄せた。「よしよし、わかった。もう警察が捕まえてくれたみたいだ」

スレイターはランプが投げる明かりの中を通って進み、コッブの前で足を止めた。

「ちくしょう」コップが小さくつぶやいた。
「ロンドンへようこそ」スレイターは言った。

52

「レディ・フルブルックは田舎での隠遁生活に入るそうです」オトフォードがメモをたしかめた。「旦那が殺されたんで気が動転しているとか」

「それ、ちょっと大げさだと思うわ」アーシュラが言った。「わたしに言わせれば、〝旦那を自分の人生から追い払うことができて大いにほっとしている〟というのが、彼女の気持ちを的確に表わした表現だわね。確信があるわ」

一同はまたスレイターの屋敷の読書室に集まり、少々興奮気味のオトフォードからの報告に耳をかたむけた。アーシュラはリリーと並んで長椅子にすわり、リリーは紅茶をついでいるところだ。スレイターは机を前にすわっている。数時間前に凶悪な犯罪王と対峙した男とはとうてい思えぬ、不思議なまでに穏やかな姿が印象的だ。アーシュラはといえば、むしろ彼女のほうがそんなふうに落ち着いてはいられない気分だった。とはいえ、コップが逮捕されたと知って、大いにほっとし、満足してはいた。

オトフォードがメモ帳のつぎのページを繰った。「マップストン・スクエアのフルブルック邸にはもう誰もいませんが、たったひとり、庭師がいましてね。裏手にある門ごしになんとか話を聞き出してきましたよ。それによれば、レディ・フルブルックはその庭師ひとりを残して、使用人を全員解雇したそうです。庭師が言ってましたが、レディ・フルブルックは馬車を借りて、昼少し前に田舎の屋敷に向けて出発したとか」

アーシュラは紅茶のカップを手に取った。「レディ・フルブルックは使用人全員を憎んでいたの。いっさい信用していなかったわ。使用人たちが自分を監視していると思いこんでいたのよ」

「自宅で囚われの身になっていた」リリーが思案顔で言った。「そしていま、自由を得た」

アーシュラはスレイターのほうを向いた。「ダミアン・コップはどうなるの？」

「聞いたところでは、やつはすでにアメリカのお抱え弁護士に電報を打った。そいつがロンドンで最高の弁護士を雇う手はずをととのえることは間違いない」スレイターは机の上のメモを取りあげた。「むろん、やつが釈放される可能性もある。自白や物的証拠があるにもかかわらずだ。しかし、そんなふうに思いどおりの展開になれば、やつはきっといちばん早く出航するニューヨーク行きの船を予約するはずだ」

「まあ、ロンドンにとどまることはありえないな」オトフォードが言った。「裁判のあととなれば、その悪名はいやでも高まっている。新聞や犯罪雑誌──中でも『イラストレイテッド・ニュース・オヴ・クライム・アンド・スキャンダル』──が何カ月にもわたってやつに関する記事を載せつづけるあとのことになるからな。裁判所が無罪判決を下したとしても、一般市民の意見は正反対だ。それがどんなものかは知ってるだろう、ミセス・カーン」

「ええ」アーシュラは陶磁器のカップを受け皿に大きな音を立てて置いた。「悪名高い人間になったときの気分は痛いほどわかるわ」

オトフォードが体をこわばらせ、顔を赤らめた。「昔のことを蒸し返して悪かった。それじゃ、もう失礼したほうがよさそうだな。印刷屋と打ち合わせがあるんだ。『イラストレイテッド・ニュース』の創刊号が明日発売予定でね」そこでいったん言葉を切り、おそるおそるスレイターのほうを見た。「おれとの約束は守ってもらえますよね？　この雑誌の後ろ楯はあんただから支払いについては心配するな、と印刷屋に言ってしまったものでね」

スレイターは椅子の背に寄りかかり、組んだ両手の指で尖塔の形をつくった。「今日の午後にはきみ宛の小切手を出すよう、代理人に指示しておく」

オトフォードはうれしそうに顔を輝かせた。「ありがとうございます。あなたには『イラストレイテッド・ニュース・オヴ・クライム・アンド・スキャンダル』誌を半永久的に無料でお届けすると約束します」

「毎号、楽しみにさせてもらうよ」スレイターが応じた。

「それでは、これで失礼します」オトフォードがアーシュラとリリーに向かって軽く会釈をした。「では、よい一日を、レディズ」

そしてオトフォードは足早に扉の外へと歩き去った。

リリーがスレイターを見た。「あなた、ミスター・オトフォードの夢を本当にかなえてあげたのね」

スレイターは眼鏡をはずして拭きはじめた。「報道関係を味方につけておくことはいつだって悪いことじゃない」

「過剰な報道のためにお金を支払わなければならない雑誌でもいいの？」アーシュラが問いかけた。

スレイターが眼鏡をかけた。「出資額に見合う仕事をしてくれれば不満はないさ」

リリーがカップと受け皿をテーブルに置いた。「あたくしももう失礼しなくちゃ。買い物に行くの。フルブルック殺害のニュースがたちまち広がったでしょ、あたくしがカーン秘書派遣会社とつながりがあるというので、突然引っ張りだこなのよ。カーンの秘書のひとりがアメリカから来た殺し屋の犠牲者だってことも、もうみんなが知っていてね、今朝はあちこちからお誘いがどんどん舞いこんでいるの。この調子でいくと、あたくしの予定表は来月までぎっしり埋まりそうよ」

リリーが軽やかな足取りで部屋を出ていった。アーシュラはリリーが出ていくのを待ってからスレイターを見た。

「なんだかこれで一件落着とはどうしても思えないのよ。誰も彼もがフルブルック殺しを話題にしているけれど、わたしの頭にはアンが死んだことしかなくって」

「だろうな」スレイターがどっしりとした大きな机の向こう側からアーシュラをじっと見ていた。「コップは絞首刑を免れてニューヨークに帰る可能性がある。しかし、たとえそういうことになっても、傷ついた名誉を回復することはできない。大西洋の両側ですでに殺人犯と呼ばれている。これからもその悪評から逃れることはないだろうが、それだけではきみはまだ不足か?」

「ううん。あなたは答えを欲しがっていたわたしに力を貸してくれて、答えを出してくれた。たとえ判事や陪審員が彼を断罪できなかったとしても、あなたがその責任を肩代わりしようなどとは考えないでね。これまで闇の中をさまよっているみたいだったけれど、いまは一条の光が射しこんできたわ」

「同感だ」スレイターが窓のほうを向いた。「偶然だろうか、いまは日が射している。いっしょに散歩しないか?」

アーシュラは微笑みをたたえ、椅子から立ちあがった。「晴れた空の下、あなたと散歩ができるなんてうれしいわ、スレイター。急いで二階に行ってボンネットを取ってくるわね」

そこでしばし間をおいてから、勇気を奮い起こして言った。「散歩から戻ったら、わたし、荷造りをして自分の家に帰らなくちゃ」

スレイターは部屋を出ていくアーシュラをじっと見た。「そんなに急いで帰る必要はないじゃないか。もう何日か——いや、もっと長く——ここにいればいい。遠慮はいらないさ。そろそろ目録作成の仕事を再開するつもりでもいる。この調査ですっかり遅れてしまったからな」

アーシュラが動きを止めた。これほどたいへんな状況をかいくぐってきたというのに、彼がいちばん心配しているのは美術工芸品の目録づくりのことだなんて。

「あなたのお手伝いができるのは光栄だけれど」アーシュラがきっぱりと言った。「自宅から通ってでも仕事はできるわ」

スレイターは収集した美術工芸品を見つめながら言った。「この屋敷がなんだか……がらんとしてしまいそうだ、きみがいなくなると」

「あなたもわかっているでしょうけれど、いつまでもお客さま扱いを受けながらここに泊まっているわけにもいかないわ。やっぱり家に帰らなくちゃ。できるだけ早いほうがいいと思うの」

スレイターの表情が引きつったように見えた。二人のためにも自分が強くならなければ、とアーシュラは自分に言い聞かせた。

「それじゃ、ちょっと待っててね」アーシュラが扉に近づいた。

「アーシュラ？」

わずかな希望がめまいに似た感覚となってアーシュラの足を止めさせ、とっさに振り返らせた。

「なあに、スレイター?」振りしぼった元気を懸命に声にこめようとした。

スレイターが机の向こう側から出てきた。「ふと思ったんだが、これまでと視点を変えると、とびきり快適な状態でこのごたごたを抜け出た人間がひとりだけいる」

アーシュラの気持ちはすとんと沈んだ。「それ、ミスター・オトフォードのこと?」

「いや、ぼくはレディ・フルブルックのことを考えている」

「なるほどね。どういうことかはわかるわ」

「彼女はいまやすべてを手に入れた。そうだろう?」スレイターは腕組みをして、机の前面にゆったりともたれた。「フルブルックの財産、自身の自由、そしてアンブロージアがぎっしりと植わった温室。彼女にその気さえあれば、独自に麻薬組織を立ちあげることもできる」

「たしかにそうだけれど、わたしには彼女がそうするとは思えないわ。彼女はいま巨万の富を手にした。悲惨な結婚生活から逃れて自由の身になったことは彼女のためによかったとは思うけれど、彼女にしてみれば、いちばん欲しかったものは手に入れていないの。彼女、コップを心から愛していたのよ。詩の形式をとった手紙には彼への愛があふれていたわ。彼とニューヨークへ駆け落ちする日をずっと夢見ていたのに、その夢はもう砕け散ってしまったんですもの」

「そうとも言えないだろう」スレイターが言った。「さっきも言ったが、コップは必ずや辣腕弁護士を雇う。ニューヨークに戻れば、富と権力は思いのままだ。となれば、まだ彼がレディ・フルブルックの夢をかなえる可能性は残っているかもしれない」

「それでも、彼女の空想の中のものとは違うんじゃないかしら。だって、いまはもう彼に関する事実がいろいろ明るみに出たわけでしょ」

スレイターがうなずいた。「空想ははかないものだ。そうだろう？　いつだって現実がそれを粉砕する」

アーシュラはとっさに彼のほうを振り向いた。にわかにこみあげた怒り。自分の空想は彼に粉砕させたりしない、と心に誓った。これだけは何があろうと大切にしなければ。

「あら、たいへん」アーシュラは言った。「もうこんな時間だわ。あなたといっしょに散歩をする時間がなくなってしまったわ、ミスター・ロクストン。それじゃ、二階に行って荷造りをしなくちゃ」

スレイターはあわてて組んでいた腕をほどき、背筋を伸ばした。「でも、きみはいま賛成して……」

アーシュラは冷ややかな微笑を浮かべた。「あなた、混乱して何がなんだかわからなくなっているみたい。地下に行って、迷宮を歩いてみたらどう？　探している答えはすべてあそこにあるのよね。わたしなら、玄関まで見送ってくださる必要はないわ。ウェブスターに辻馬車を呼び止めてもらうようにたのむから。一時間以内にここから失礼するわ」

そう言うと、アーシュラはスカートをむんずとつかんで廊下へ出た。あぜんとするスレイターを尻目に、あえてゆっくりと扉を閉めた。

女性にできることはそこまでだった。あとはスレイターにひとりで考えてもらうほかない。論理ではなく、感情の問題だ。とはいえ、最終的に自分の気持ちに気づいたとき、彼はどこに行けば彼女を探し出せるかは知っている。

……もし自分の気持ちに気づくことがあれば、だが。

53

計算どおり、一時間とはかからずに自宅に戻った。

帰宅については急なことだったため、家政婦のミセス・ダンスタンに連絡するのをすっかり忘れていた。静まり返った玄関ホールに入ったとたん、家政婦はまだ娘の家にいることを思い出した。

こぢんまりしたタウンハウスはあまりにも静かで、薄暗く、寒々としていた。

「トランクは二階に上がってすぐの右側の寝室に運んでもらえるかしら、グリフィス」

「はい、マダム」

グリフィスはトランクを肩にかつぐと、重苦しい足音を立ててゆっくりと階段をのぼっていく。彼もウェブスター同様、アーシュラが出ていってしまったら、スレイターの屋敷がまた深い喪に突き落とされでもするかのように振る舞っているのだ。

「暖炉に火を入れましょうか、ミセス・カーン？」グリフィスが訊いた。「外は霧が濃くなってきている」

「暖炉の火は自分でできるわ、グリフィス。トランク、二階まで運んでもらって助かったわ、どうもありがとう」

「どういたしまして、マダム。それじゃ、ほかに何かなければ、私はこれで。床屋に行かないとね」

アーシュラは目をぱちくりさせた。「床屋？」

振り返ったグリフィスの顔は赤らんでいたが、目はきらきら輝いていた。「ミセス・ラフォンテーンが最新の舞台の切符を二枚くださったんで、ミス・ビンガムを誘ったら、いっしょに行くと言ってくれて。芝居を見たあと、遅いけれど食事をすることになっている」

「あなたが？　マッティと？　びっくりだわ。思いもよらなかった」考えてみれば、アーシュラはここのところ、スレイターへの想いとアンの死の真相究明のことで頭がいっぱいで、二人のことは気にも留めていなかったのだ。アーシュラはグリフィスに笑いかけた。「素敵だわ、グリフィス。楽しんでらっしゃいね」

「そうなるといいんですが」グリフィスが家の中を見まわした。「本当にここにひとりで大丈夫かな？」

「わたしなら心配しないで、グリフィス」

アーシュラはグリフィスを送り出して扉を閉めたあと、しばらく玄関ホールに立ったまま、自分がしたことが正しかったかどうか考えてみた。スレイターにはある意味、最後通牒を突きつけた。わからないのは、彼がその意味を理解したかどうか、そしてもし理解したとしたらどうするか、である。

もしかしたらわたしの気持ちは彼にとってあまりにわかりにくかったのではないかと思えてきた。スレイターは何を考えているのかが読みとりにくい。もしもわたしが彼の気持ちを完全に勘違いしていたとしたら？　彼がわたしを愛していると思いこんでいたのは、もしかしたらただたんにわたしが彼に恋をしたからなのかもしれない、といまになって気づいた。

わたしが勝手に想像をたくましくしていたのかもしれないと思うと、苛立ちを覚えずにはいられない。それじゃまるでレディ・フルブルックじゃないの。彼女は殺人をもいとわない犯罪王を英雄に見立てたおとぎ話を紡いでいたのだから。

「でも、これだけたしかだわ」アーシュラは誰もいない家の中に向かって大きな声で言った。「スレイターは殺人をもいとわない犯罪王ではないってこと」

その一点がたしかならば、わたしはレディ・フルブルックほど愚かではないことになる。

廊下を進んで書斎に入り、ランプの明かりを灯して机に鞄を置いた。ひざまずいて暖炉に火を入れる。あたたかな炎が狭い部屋から寒さを奪ってくれた。カーテンを開けて、霧が立ちこめる午後の陽光を部屋に招き入れた。

アンに対するレディ・フルブルックの警告の言葉が頭に浮かんだ。〝愚かな女ね、あの方。自分は賢いから、ふつうならば手の届かない殿方を誘惑できると思っていたのよ。そのせい

で死ぬことになったの、結局。ご存じでしょ？〃

アーシュラはそれについてしばしのあいだ考えた。あのときレディ・フルブルックは、アンはフルブルック卿を誘惑しようとした愚かな女だとほのめかしていたが、もしレディ・フルブルックが本当のこと――アンが誘惑しようと狙ったのはダミアン・コッブだった――を知っていたとしたらどうだろう？

この疑問が頭に浮かんだ瞬間、アーシュラは戦慄を覚えた。まさか。アンはそれほど愚かではない。袋入りの種とアンブロージア栽培の秘訣を利用してコッブを誘惑しようとしたなんてまさか。アンはすごく頭がよかった。すごく抜け目がなかった。

とはいえ、アンは死んだ。殺人者を避けることができるほど頭がよくはなかったし、抜け目なくもなかったということになる。

アーシュラは部屋の反対側へと行った。金庫の前にしゃがみこんで扉を開け、種の入った袋とミスター・パラディンからの手紙の束とアンのアクセサリーが入ったベルベットの袋を取り出した。それらを持って机に戻り、椅子にすわった。

アンの遺品を前にしばし考えこんだのち、ミスター・パラディンからの手紙を読みはじめた。

54

手提げランプの明かりが床の青いタイルの表面でちらつきはしても、部屋を満たした翳りが薄らぐことはなかった。

スレイターは迷宮の入り口に立った。そこに立つと、いつもなら正しい問いかけが舞いおりてくる。問題は、自身の感情についての問いかけに慣れていないことだ。そうした激しい感情は、僧院で教えられたとおり、葬ってしまうほうがずっと簡単なのだ。なぜなら、いったん解き放たれたが最後、どこへ突っ走ってしまうか予測不可能だからだ。怒りはいちだんと激しい怒りへと変身しかねない。欲望は人間に論理をないがしろにさせかねない。つかの間の情熱への望みをつかまえたいがためにである。恐怖はいともたやすく破壊的動揺をもたらしかねない。絶望は人間に責任を放棄させかねない。

とりわけ愛は最も危険な感情だ。しかし同時に最も激しくもある。

そのとき、彼は迷宮を歩く必要などないことを悟った。問いは明々白々であり、答えも明々白々だからだ。

〝ささやかな感謝のしるしを喜んでいただけたと知って、こんなにうれしいことはない。願わくはそれを身に着け、私を思い出していただきたい。将来にわたる末永き協力関係に期待し……〟

55

アーシュラはミスター・パラディンからの最後の手紙を脇に置き、ベルベットの宝石袋の紐をゆるめて逆さにした。アンが大事にしていた安物がこぼれ出る。

その中のひとつ、青い袋を手に取って開けてみた。優雅な銀製のメモ帳と鉛筆からなる帯飾り鎖が手のひらに落ちた。それをひっくり返して製造業者のしるしをたしかめる。店の名前が裏側に刻まれていた。ニューヨークにある宝石店だ。

アンにこれを贈ったのは、彼女に感謝した顧客ではなかった。ダミアン・コップがはるかニューヨークから彼女を誘惑すべく贈ってきたものなのだ。

56

突然、部屋の扉を激しく叩く音が響き、スレイターは白日夢から現実へと引き戻された。

「お邪魔して申し訳ございません」重厚な木の扉の向こうから聞こえるウェブスターの声はくぐもっていたが、なんとか聞きとれた。ということは、怒鳴っているのだろう。「ミスター・オトフォードがお見えになって、重大なニュースがあるとおっしゃっています」

スレイターは部屋を横切って扉を開けた。ウェブスターが廊下に立ち、こぶしを宙に上げていた。紅潮した顔で息を切らしたオトフォードがその後方に立っている。

「どうした?」スレイターが訊いた。

「コップが」オトフォードが喘ぎながら言った。

「やつがどうした?」

「ちょっと前に独房で死んでいるのが発見されました。噂じゃ毒殺だとか。今日、コップには面会人がありました。未亡人の恰好をした女で、ブランデーらしきものが入った小型のフラスクを看守に気づかれずにこっそり手わたしたものと思われます。コップは女が帰っていった直後に死亡したそうです。ミセス・カーンが法律の手を借りずに制裁を加えることにしたなんてことはないでしょうね？」

「それはないさ」スレイターは言った。「コップ殺しは蔑まれた女の仕業だと思うね。アーシュラのところへ行かなければ」

スレイターは扉から外に出ると、ウェブスターとオトフォードの横をかすめ、古い石段を一段おきに駆けあがった。

57

アーシュラはすっくと立ちあがり、パラディンからの手紙をまとめた。それを金庫の中に戻してから、書斎の扉に向かって歩きはじめた。スレイターが迷いから覚めるまで会いにいくのはよそうとの決心もそこまでだった。いますぐ彼に会って、アン殺しの真犯人がわかったことを伝えなければならない。証拠は何もないかもしれない。レディ・フルブルックが殺人を犯しながら、軽い罰で逃げおおす可能性はきわめて高い。

書斎から廊下に出たとき、厨房の扉が開く音が聞こえた。アーシュラは足を止めて廊下の先を見た。

「ミセス・ダンスタン？　ずいぶん早かったのね。明日の朝までは帰らないと思っていたわ」

喪服に身を包み、最新流行の帽子から黒いベールを垂らしたレディ・フルブルックが厨房から出てきた。優雅な手袋をはめた手に小型の拳銃が握られている。

「わたしはその逆。あなたの帰りを待っていたの」

「アンを殺したのはあなたね」アーシュラはそう言いながら、書斎の入り口に向かってじりじりとあとずさった。「コップの仕業でもなければ、彼が連れてきた殺し屋の仕業でもなく。あなたが想いを寄せていた男性——つらい生活からあなたを救い出して、おとぎ話さながらの生活に導いてくれるはずの英雄——をアンが誘惑しようとしたのを知って、それでアンを殺したんでしょう」

「数カ月間、わたしはアンがフルブルックと関係をもっているんじゃないかと疑っていたわ。フルブルックはあの女を運び屋として使っていたから、あの女が夫と寝ているとしてもわからないではなかったの。でも、それならそれでかまわなかった。どうぞお好きなように、と思っていたの。夫との関係については、そんなことではあなたもそのへんにいる売春婦と同じだわね、と忠告しようとしたけれど、あの女、いっさい耳を貸さなかったわ」

「あなたとご主人はかなり大規模な事業計画を進めていたのよね」

「わたし、事業なんて本当はどうでもよかったんだけれど、そうね、これはそもそもわたしの発想からはじまったことではあるの。こういう強い麻薬の製造販売を一手に握ればどうなるかを考えたのはこのわたし」

「オリンポス倶楽部の会員に対する脅迫を思いついたのもあなた？」アーシュラは訊いた。

「ええ、そうよ。お金ならフルブルックにはもうありあまるほどあったわ。でも、わたし、フル考えたのよ。社交界の頂点や政治の中枢で真の権力を行使する方法を教えてあげたら、フルブルックはいやでもわたしに敬意を払うことになるんじゃないかしらって。ところが逆に、それまでにもまして籠の鳥みたいになってしまったわ」

「新たに見つけた権力を教えてくれたのがあなただから、そのあなたを失うのが怖かったんでしょうね」アーシュラは言った。「ねえ、この状況でこんなことを訊くのは奇妙だってことはわかっているけれど、あなた、なぜご主人に毒を盛って殺さなかったのかしら？　そうしようと思えば簡単だったでしょう？　あなたにはじゅうぶんな植物の知識があるんですもの。現にアンを毒殺したわけだし」

「フルブルックを殺したい気持ちは結婚当初からあったわ。でも、人殺しで逮捕されるのが怖かったのね。そのうえ、屋敷の使用人全員がわたしに不利な証言をすることもわかっていたし。そんなこんなで絶望しかけたとき、ちょうどあの忌々しい夫がある実業家に会うためにニューヨークへ行くと言いだしたのよ」

「ダミアン・コッブに会ったあなたは、彼こそ自分を救ってくれる人だと確信した」

「ダミアンはわたしを愛していたの」レディ・フルブルックの手の中で銃が震えた。「本当よ。ニューヨークでわたしたち、夫の目と鼻の先でいけないことをしたの。夫はまったく気づかなかった。最高に刺激的な気分だったわ。フルブルックはダミアンを対等に扱わなければならないことがいやでたまらないくらい彼を見くだしていたから、よもやわたしが彼を魅力的だと思うなんて考えてもいなかった。だからいっそうそそられたの」

「ロンドンに帰ってきたあなたはプロの秘書を雇って、恋文を口述筆記させた。アンはその詩を、パラディンの偽名を使っているコップに送った」

レディ・フルブルックが悲しげな笑みを浮かべた。「ダミアンから来た返事では、彼はわたしの詩を高く評価する編集者のふりをしていたの。それもすごく慎重に」

「あなたが恋人と秘密の手紙のやりとりをしていることにアンが気づいたのはいつだったの？」

「速記をはじめてすぐのことだわね。アンはとても聡明で活発、それにひきかえ、わたしはすごく寂しがり屋。あの女を信じたことが間違いだったわ。アンはわたしのたったひとりの友だちで、ニューヨークからの手紙を受け取るとすぐわたしに届けてくれた――秘密の中で役割を果たしていることにわくわくしているようすだったわ。ちなみに、あの女が運び屋として使えそうだとフルブルックに言ったのはこのわたし。わたし、あの女はわたしに忠実だとばかり思っていたの。でも、それが間違いだった。あの女はわたしを裏切った。ダミアンもわたしを裏切った」

「あなたはダミアンを英雄視していたのに、じつは、彼はあなたを巧みに操っていた」

「わたしがばかだったの。でも、そんな役、二度と演じるつもりはないわ」レディ・フルブルックが言った。

「ひょっとして帯飾り鎖、じゃなくって？　アンがあれを身に着けるようになったとき、あなたはなぜかあれはコップが彼女に贈ったものだと気づいたんでしょう」

「あの女、あれを身に着けて屋敷に来たのよ」レディ・フルブルックの声が甲高くなった。

「客が感謝のしるしにくれたなんて言っていたけど、わたしにはわかったわ」

「どうして？」

「お店のしるしに気がついたの」怒りゆえの涙がレディ・フルブルックの目で光った。手にした拳銃が大きく震えた。「ダミアンはあれを、わたしへの贈り物のブローチと同じ宝石店で買ったのよ」

「コップはあなたに宝石を贈っていたのね？」

レディ・フルブルックはマントのポケットに手を入れて、小さな青いベルベットの袋を取り出した。それを机の上に放り投げる。

「それをドレスの下に着けるたび、ぼくのことを想ってほしいとあの人は言ったわ」レディ・フルブルックが歯を食いしばって小声で言った。「わたしは毎日ペチコートにそれをピンで留めていた。ほら、その裏に刻まれたしるしを見て。見てって言ってるでしょう」

アーシュラは好機を逃さず、机の後ろ側に回りこみ、レディ・フルブルックと自分のあいだを机で隔てた。とうてい砦の役割は果たしてくれそうもないが、それでもせめてもの防御だった。

アーシュラはベルベットの袋を手に取り、逆さにした。精巧な細工が施された小さなブローチが転がり出てきた。思い出したのは、温室でレディ・フルブルックがスカートを膝まで上げて駆け足で近づいてきた日のこと。ペチコートにきらきら光る小さなものが留めてあった。

ブローチを裏返して刻印に目を凝らす。

「本当だわ。両方とも同じお店で買ったものみたいね。でも、こんなことが慰めになるかどうかはわからないけれど、あなたのブローチのほうがアンの帯飾り鎖よりはるかに高価なものだと言っても間違いはなさそう。でも、考えてみれば、もしアンがすごく値の張るアクセサリーを着けて出勤したら、同僚からも顧客からもどう答えたらいいのかわからない質問をいっぱい浴びることをコップはわかっていたんでしょうね」

「わたしは質問など浴びせる必要はなかったわ」レディ・フルブルックが吐き捨てるように言った。「あの女、その帯飾りをわたしの目の前でこれみよがしに着けていたのよ。わたしが、よく見せて、とたのんだら、それはそれはうれしそうに見せてくれた。そしてあなたに話したのと同じことを言っていたわ。お客から感謝のしるしに贈られたものだって。でも、わたしはそのしるしを見てすぐに、あの女がわたしを裏切ったことに気づいたの」

「アンはあなたのブローチのことは知っていたの？」

「いいえ。わたしは人から見えるところには着けないことにしていたの。使用人がフルブルックに告げ口するかもしれないでしょ。フルブルックはわたしにブローチを買い与えたことなどないことに気づくはずよ。だからわたしは毎日秘密の場所に着けていたの」

「アンをどうやって殺したの?」アーシュラは訊いた。「あなたはお屋敷の外に出ることはままならなかった。使用人がつねに見張っていると言っていたわね」

「この数カ月間で、わたし、この麻薬を自由に調合できるようになったの。この麻薬、調合しだいで人も殺せるのよ。大小の鼠で時間をかけて実験したわ。アンがアンブロージアにはまっていることは知っていたし、ロズモントからもらった香水瓶に入れていることも知っていた。アンも常習者と言ってもいいくらいだったわね。ある日、わたし、あの女に瓶を持ってくるように言ったの。薬の最新版の見本を分けてあげるからって。あの女が試さないはずがないとわかってのことよ」

「アンさえ死ねば、あなたとコップの関係は元どおりになると考えてのことね」

「わたしが必要だと彼も気づくでしょうからね」レディ・フルブルックの声は泣き声になっていた。「アンブロージアの調合法を教えてあげられる人間はわたしひとりしかいないんですもの。そしたら、あなたがアンの仕事を引き継ぐと言って屋敷に現われた」

「なぜわたしを秘書として屋敷に入れたの?」

「あなたには隠された動機があるかもしれないと思ったから。アンはよくあなたのことを話していたの。どんなに頭がいいかだとか、大醜聞のあとにどうやって一から出直したかとか。

自分が死んだら遺産はすべてあなたが相続することになっているとも言っていたわ。それで、もしかしたらアンブロージアの秘密もすべてあなたに遺していったんじゃないかと思えてきたというわけ」

「わたしのことで不安を覚えたあなたは、二年前、わたしの評判を地に落とした記者に連絡することにした」

「あの記者や彼が記事を書いていた新聞のこともアンから聞いていたの。だからフルブルックには、あなたは危険な存在かもしれないと説明したわ。でも、もしあなたを片付けなければならない状況になって、あなたが死体で発見されたりすればスレイター・ロクストンが黙ってはいないだろうから、くれぐれも慎重にいかなければということでフルブルックとは意見が一致していたの。あなたの正体をオトフォードって記者に知らせたらどうかと夫に提案したのはわたし。あの記者なら大衆紙にあなたのことを書き立てて、これでもかって汚名を着せてくれるとの確信があった。そうなればあなたはもう終わりだと思ったの――あのロクストンだって、あなたが大醜聞事件に絡んでいたと知ればもう、いっさいかかわりをもちたくないはずよね。そうなったあとならば、あなたの溺死体が川から上がっても騒ぐ人は誰もいない」

「わたしをここに殺しにきたのはなぜなの？　わたしはアンとダミアン・コップの関係にはいっさいかかわりがなかったのに」

「大いにあるわ」レディ・フルブルックが今度は両手で銃を握った。「あの売女を屋敷に送りこんできたのはあなたですもの」

「アンとコップのあいだに恋愛関係はなかったわ。アンは彼と仕事で手を組みたかった、それだけよ」

「そんな話、わたしがこれっぽっちでも信じると思う？　それに、もし本当だとしても、もうどうでもいいわ。二人ともわたしを裏切った。あなたさえいなかったら、すべては計画どおりすんなり終わっていたはずなのよ。そしてわたしはダミアンといっしょにニューヨークに向かっていたはず」

「コップが欲しかったのはアンではなく、あなただったのよ」アーシュラは言った。「それについては証明できるわ」

嘘が驚くほどすんなりと口をついた。ピクトン離婚事件という醜聞のあと、事業をかなりうまく軌道に乗せることができたのは、こんなふうに難なく嘘がつけたからなのかもしれない。あるいは、レディ・フルブルックの気をそらせなければと無我夢中な状況でとっさに口をついただけなのか。

いずれにしても効果てきめんだった。レディ・フルブルックの驚愕は手に取るようにわかった。

「いったい何を言ってるの？」レディ・フルブルックがぽつりとつぶやく。

「アンは最後のころ、あなた宛の手紙を隠していたの。あなたには届けなかったのよ。彼女、なんとしてでもコップと組んで仕事をしたくて彼を説得しようと粘っていたみたい。あなたたち二人の関係を破綻させたかったのね。あなたがいたら、彼に必要とされないことがわかっていたから」

動転のあまり、レディ・フルブルックはその場に立ちすくみ、目は一点を見すえたままになった。

「まさか」小さくつぶやいた。

「最後のころの手紙はわたしの金庫にしまってあるわ。ごらんになりたい？　全部あなた宛なのよ」

「信じられないわ。見せてちょうだい」

「いいわ」

アーシュラは金庫の前にひざまずき、震える指でダイヤル錠を回すと、奥の暗いほうまで手を差しこんで拳銃を確認した。もう一方の手は二年前の事件に関する記事が入った封筒をつかんだ。

おもむろに立ちあがりながら、拳銃をスカートの襞の陰に忍ばせた。

「この手紙だけれど、燃やしてしまったほうがみんなのためにいいんじゃないかしらね。万が一、これが新聞記者の手にわたったりしたら困ったことになるかもしれないわ」

「だめっ！」レディ・フルブルックが甲高い声をあげた。

アーシュラは手紙を暖炉の炎めがけて投げ入れた。

レディ・フルブルックが悲鳴をあげ、部屋の奥にある暖炉に向かって駆けだした。手紙を燃やしてはならないとの必死の思いが、火かき棒をつかむために拳銃を床に放り出させる。

アーシュラが机の後ろから出て、静かに拳銃を拾いあげた。レディ・フルブルックは何が起きているのか、まったくわかっていないようだった。ヒステリックな泣き声をあげながら、火かき棒で炎を突っついている。

入り口のあたりで人影が動いた。ぎくりとしたアーシュラが素早く振り向くと、スレイターがそこにいた。彼も拳銃を手にしている。

スレイターは一瞥して状況をのみこみ、銃を外套の内側に隠してからアーシュラを見た。

「大丈夫?」スレイターが訊いた。

その声は氷のように冷たく、その目は燃えていた。

「ええ」アーシュラは答えた。スレイターと同じように冷静で抑えのきいた声で言いたかったが、自分の声が震えているのがわかった。「アンを殺したのはこの人よ」

「わかってる」

取り乱したレディ・フルブルックは身も世もなく絨毯の上にくずおれた。

スレイターは片方の腕をアーシュラに回して引き寄せ、二人はそのまましばらくいつ果てるともなく涙に暮れるレディ・フルブルックを眺めていた。

58

二日後、アーシュラはこの事件の真相究明にかかわった人たちをお茶に招くことにした。ミセス・ダンスタンは朝からずっと、めったに使うことのない客間の準備のため、興奮気味に騒がしく動きまわっていた。埃よけのおおいをはがしたり、ドレープを引いて雨ごしの陽光を部屋に入れたり。満足がいくまで徹底した掃除が終わると、つぎは厨房に引きこもり、ごちそうの準備に余念がなかった。サンドイッチにレモンタルトにプチフール。

招待客はみな、無粋なほど早く到着した。リリーは白いレースをあしらった赤のドレスをまとい、威風堂々、長椅子に腰を下ろした。オトフォードは刷りあがったばかりの『イラストレイテッド・ニュース・オヴ・クライム・アンド・スキャンダル』を小脇に抱え、銀のトレイめがけて一目散に突き進んだ。

スレイターは、いつもながらの全身黒ずくめのいでたちで、優雅に壁にもたれてサンドイッチを食べている。

「レディ・フルブルックは絞首刑にはならない。そのつもりでいてください」オトフォードはきっぱりと告げるや、ケーキをひとつ、口に放りこんだ。「ああいう連中は間違いなく免れるもんなんです。おそらくは、人目につかない精神病院に身をひそめるかなんかして、生涯をそこで過ごすことになるんじゃないかな」

「そんな結論、あたくしは買わないわ」リリーが言った。「言わせていただくけれど、あの女は大した女優よ。レディ・フルブルックが数カ月後に、現代心理学理論を実践する医者の手で奇跡的に回復したと聞いてもちっとも驚かないわ」

「精神科医ですか?」アーシュラはティーカップを持った手を宙で止めたまま、考えをめぐらした。「まいったわ。そういう可能性は考えてもみなかったから」

「今後もあの女から目を離さずにいよう」スレイターが言った。「だが、もし自由の身になったとしても、彼女はロンドンに戻ってはこないと思うよ。社交界では受け入れられないはずだ。いまや悪名高き女になったからな、ミスター・オトフォードとその同僚のおかげで」

「そう、悪名高き女なんです」オトフォードがみずからが発行する雑誌を大きく揺らしてみせた。「おれはおれで彼女に感謝したいくらいですよ。読者の目を引くには、表紙に女をもってくるのがいちばんだから」

「ちょっと見せて」アーシュラは椅子を立って部屋を横切り、オトフォードの手から雑誌をひったくるように取った。リリーの隣に腰を下ろし、手にした雑誌に目を凝らす。

表紙に描かれているのはメロドラマを彷彿させる寝室の場景で、かすかに透けるネグリジェをまとった美女が、拳銃を手にしたいかにも悪党といった雰囲気のアメリカ人の腕にすがっている。床に転がった紳士の死体は喉が掻き切られている。そしてそこに記された表題は……

フルブルック殺人事件
米国犯罪王との道ならぬ逢瀬に狂ったレディ・フルブルック！
共謀！　毒薬！　情事！

アーシュラは雑誌をぱらぱらと繰りながら、中の挿絵に目を配った。「もしもここにわたしやわたしの部下の名前を見つけたときは、ミスター・オトフォード、どういう理由があろうとけっして――」

「まあまあ、落ち着いてくれよ、マダム」オトフォードはナプキンをアーシュラに向けて振り、ケーキを頬張ったまましゃべりつづけた。「この雑誌はあんたのことになどいっさい触れてない。誓ってもいい。この部屋にいる人たちのことにもだ。ミスター・ロクストンの指示どおり、すべてはロンドン警視庁の手柄ってことにしてある」

「もしもレディ・フルブルックが病院に入るとしたら、フルブルック邸はどうなるのかしら?」リリーが疑問を口にした。

「両家の後継者ないしは後継者になる可能性のある連中が――具体的にはその弁護士たちが――遺産相続の権利行使をめぐって目下闘争中らしい」スレイターが言った。

「アンブロージアはどうなるの?」アーシュラが訊いた。

壁にもたれていたスレイターがもぞもぞと動き、壁から離れた。部屋の反対側に置かれたティートレイの前に行き、そこにのせられたものをじっと見つめる。

「偶然なんだろうが、じつは昨夜、フルブルック邸の温室で火事が起きた。火元は温室内の蒸留室で、さまざまな化学物質が保管されていた。どうやらアンブロージア製造のために特別室に蓄えていた植物を含めて、何もかもが焼失したようだ」

「ええっ」オトフォードが食べるのをやめ、メモ帳を取り出した。

アーシュラはスレイターをじっと見た。「あの屋敷にはほかにもアンブロージアがあるかもしれないわ。あの屋敷のどこかに。袋入りの種もそう」

スレイターが肩をすくめて、サンドイッチを選んだ。「おそらくこの先、誰かがあの植物を有効利用する方法を発見するだろう。よりよい薬が必要ないわけじゃない」

「そうね、たしかにそうだわ」アーシュラが言った。「ところで、きっと皆さん、なぜわたしが今日お茶にお誘いしたのか、不思議に思ってらっしゃるでしょうね」

リリーが顔をしかめた。「ああら、理由があるの? お茶のほかにということ?」

「ええ、ちょっと理由がありまして」アーシュラは珈琲テーブルの上の銀製の名刺入れを手に取った。「こうしてお集まりいただいたのは、スレイターがこれから新たな仕事に乗り出すということを発表するためなんです」

スレイターが咳きこみ、口の中のサンドイッチが飛び出した。「えっ？」

「このお茶会は彼の新しい出発をお祝いするためで、わたしは喜ばしい気分で彼のこの仕事用のはじめての名刺を贈ろうと思い、用意しました」アーシュラはぱりっとした真っ白な一枚を取ると、優雅な印字と模様がみんなに見えるように高く掲げた。

「ちょっと見せてくれ」スレイターが大股二歩でアーシュラに近づき、その手から名刺をすっと引き抜いた。「〝スレイター・ロクストン、私立調査員、秘密厳守〟」顔を上げる。「なんだ、これは？」

ほかの二人も驚きのあまり、はっと息をのんだ。その息づかいはまもなく納得のつぶやきに変わる。

「そうね、いいじゃないの」リリーが大賛成といった表情をのぞかせ、にわかに顔を輝かせた。「あなたにぴったりの職業だわ、スレイター。あたくしが思いつくべきだったわね」

スレイターは骨の髄まで揺さぶられたかのような表情でアーシュラを見た。「これがぼくの仕事？」

「そういうことなら、おれもその仕事に協力できそうだな」オトフォードもいやに乗り気になっている。「情報を掘り起こすにはどうしたらいいかを知っている人間があんたには必要だ。フルブルック殺人事件みたいに、独占記事とひきかえにおれが探偵の手足になって動くっていうのはどうだろう」

「でも、何人もの人が殺されてしまった」スレイターが言った。

オトフォードは咳払いをした。「そのとおり。殺害された。不幸な話だが」

「大切なことを忘れないで」アーシュラが言った。「もしスレイターが調査に乗り出さなかったなら、もっと多くの人が殺された可能性があるし、それ以外にも脅迫に屈するほかなかった人がいたはずよ」

スレイターは珈琲テーブルの横を回ってアーシュラの前に来ると、前かがみになって彼女の腰に両手を回し、長椅子から引きあげた。サテンの室内履きを履いたアーシュラの足が絨毯から浮きあがる。

「いったいきみは自分が何をしていると思ってるんだ?」スレイターの声が危険な響きをともなって室内に広がった。「ぼくは私立調査員なんて仕事はごめんこうむる」

「あなたには仕事が必要だわ」アーシュラは両手をスレイターの肩におき、彼を見おろした。「失われた美術工芸品を追って世界を飛びまわる生活はもう終わり。いまのあなたはここに戻ってきたのだから、生活の中に何か新しいことを見いださなくちゃ。あなたの特殊技能を活かすときが来たのよ」

「特殊技能ってなんのことだ？」

「答えを見つける方法を知っているでしょ。あれは驚くほど非凡な才能だわ。答えを見つけることが、私立調査員の仕事ですもの。実際、あなたはもう長いこと、それを実践してきたわけよね。だから、その仕事にふさわしい名刺を用意しただけ」

スレイターはアーシュラをゆっくりと床に立たせた。「これを職業だと思ったことはなかったんだが」

「それに、わたしもときどきお手伝いすることができるかもしれないわ」アーシュラが先をつづける。「秘書という仕事柄、相手に好奇心や疑問を抱かせることなく潜入できる場所も多いのよ――会社、個人の屋敷、ほとんどどこでも。誰だってときどき秘書が必要になったりするものなの」

「だめだ」スレイターの目に鋼鉄のように固い決意がうかがえた。「絶対にだめだ。ぼくが許さない」

「細かいことはあとで相談すればいいわ」アーシュラがスレイターをなだめた。

「相談することなんかない」スレイターが応じた。

アーシュラはさっと椅子に腰を下ろして、ポットを取った。「珈琲、もう一杯いかが？」

「いいかい、アーシュラ――」

「サンドイッチももうひとつどうぞ」銀のトレイを珈琲テーブルの向かい側からそっと押す。

「くそっ、いいかい、アーシュラ――」

「何度繰り返しても同じよ。さ、このチキンサラダ・サンドイッチを召しあがれ。最高においしいわ。あっ、そうだわ、ごめんなさい。菜食主義者だったわね。それじゃ、胡瓜がいいわね、たぶん。ところで、わたし、あなたを愛しているんだけれど――」

その瞬間、スレイターのアーシュラに向けた顔といったら、まるで彼女みたいな人間を生まれてこのかた見たことがないとでもいうような、彼女が実在する人間だとは信じられないとでもいうような。

「いまなんて言った?」やっとのことで言葉が出た。

「チキンサラダ・サンドイッチのこと?」

なんだかこの部屋にはわたしたち二人しかいないみたい、とアーシュラは思った。あとの二人は身じろぎひとつせず、ひと言も発しない。

「ぼくを愛しているとかなんとか」

「ちゃんと聞こえていたのね。そんなびっくりした顔をして。それくらいのこと、もう迷宮から答えを引き出していたものと思っていたけど」

「問いかけるのが怖くて今日に至ってる。冗談じゃなく、怖くて怖くて。聞きたいと思っている答えが出ないかもしれないことを想像すると恐ろしかったんだ」

アーシュラはリリーとオトフォードのほうを見た。「彼と話しあってはっきりさせたいことがあるんですけど、しばらく二人だけにしていただけません？」

リリーがぱっと立ちあがった。「ええ、もちろんよ。ゆっくり話しあってちょうだい」

リリーがそそくさと扉めざして歩きはじめると、オトフォードもあわててあとを追った。

アーシュラは珈琲テーブルをはさんでスレイターと向きあった。

「あなたが？　答えを知るのが怖かった？　申し訳ないけれど、にわかには信じられないわ」

「信じてくれよ」

「あの迷宮で答えを探さなくてよかったんだと思うわ。こうして面と向かって答えを見つけなくてはいけないこともあるのよ」

スレイターがにこりとした。彼の瞳から翳りを消し去る、めったに見ることができない微笑みだった。スレイターの手が伸びてきて、アーシュラの手を握った。そしてテーブルの反対側からアーシュラを引き寄せた。

「きみとはじめて会った日、ぼくが愛するのはこの人しかいないとわかった」

今度はアーシュラがあっけにとられる番だった。「えっ？」

「ぼくが本当にあんなガラクタの目録づくりを手伝ってもらうためにきみを雇ったと思ってるのか？　あんなもの、どうでもいいと思っていたんだ。ぼくとしては、大英博物館に丸投げしてもよかったんだよ。ぼくが欲しかったのは、とにかくきみにそばにいてもらうための口実だった」

アーシュラは喜びでいっぱいになった。突然、体がふわりと軽くなる。

「わたしを雇ったのは、わたしに恋をしたからなの？」そっとささやく。「自分はロマンティックな人間じゃないって、あなた、しきりに言っていたのに」

「これしかないって答えもあることはあって、きみもそのひとつだ」

アーシュラが笑みをたたえた。「あなたはそれでかまわないの？」

「驚くべき大発見だからぜんぜん。この場合、ひとつの問いがつぎの問いへとつながる気がする」

「つぎの問い？」

スレイターがゆったりと深みのある微笑を浮かべた。彼の内でくすぶっていた本当のことと熱い想いが垣間見える微笑。そしてアーシュラの頬を力強い両手で包んだ。

「結婚してくれるかな、いとしい人《マイ・ラヴ》？」

「その前にまず迷宮を歩かなくていいの？」

「大切なのはきみの答えだけさ」

「答えはイエスよ」

見間違いではなく、彼の目にきらりと光る涙が見えた。アーシュラは驚いてあとずさりかけた。

「スレイター？」思いとどまってささやきかける。

「どうしても聞きたかった答えが聞けた」スレイターはいかにも満足げだ。「これでまたもう一度、第三の道を進むことになる」

「どういうこと？」

「フィーバー島で生き埋めになったあの日、ぼくには三本の道からどれかひとつを選ぶことができた。戦争の道に復讐の道。でも、ぼくは第三の道を選んだ」

「なんの道？」

「恋人たちの道」

アーシュラはにこりと微笑むと、スレイターの上着の襟をつかんで背伸びをし、彼の唇に唇をそっとかすめた。

「恋人たちの道を選んだのはなぜ？」

「それはね、それが希望を与えてくれそうな唯一の道だったからだ」

スレイターがアーシュラをきつく抱きしめた。彼が唇を重ねてくると、アーシュラはそのキスと二人を待つこれからにすべてをゆだねた。

訳者あとがき

お待たせいたしました。二〇一五年発表のアマンダ・クイック最新作をここにお届けいたします。

ヒストリカル・ロマンス（アマンダ・クイック名義）のみならず、現代ロマンス（ジェイン・アン・クレンツ名義）、さらにはSFロマンス（ジェイン・キャッスル名義）をコンスタントに世に送り出してきたこの作家、ヒストリカル作品に関しては、ヴィクトリア朝、ヒロインは職業婦人という設定が多く見られますが、最新作もまさにこの黄金パターン（？）を踏襲しつつ、新たなヒロインを颯爽と登場させてくれました。

ヒロインの名はアーシュラ・カーン、秘密を抱えています。二年前にある醜聞事件に巻きこまれてさんざんな目にあったあと、過去を封印し、名前を変えて秘書派遣会社を立ちあげ、ロンドンでも評判の会社にまで成長させたきわめて有能な女性です。そしてようやくすべてが順風満帆にいくかに見えたとき、部下であり親友でもあった秘書のアンが謎の死を遂げます。警察はアンは自殺したと判断を下しますが、アンをよく知るアーシュラは得心がいかず、何者かに殺されたにちがいないと考えて、みずから真相究明に乗り出す決意を固めます。まず手始めに、アンが担当していたレディ・フルブルックの秘書の仕事を引き継いで手がかりを探ろうと考えたアーシュラは、自身が引き受けている仕事を降りたいと顧客に申し入れます。

アーシュラから突然秘書を辞める意志を告げられてショックを受けたのが、ヒーローであるスレイター・ロクストンです。考古学への造詣が高じて探検隊を率いて遠征の旅に出たりしていた彼ですが、父親であるロクストン卿の他界後、遺産管理のためにロンドンにとどまざるをえない状況に陥り、それを機にこれまでに収集してきた古代美術工芸品の目録を作成すべく、母親リリー・ラフォンテーンに秘書の紹介をたのんだところ、やって来たのがアーシュラ・カーンだったのです。

初対面の瞬間からスレイターは彼女を運命の女性だと直感していましたから、はじまったばかりの仕事を降りたいと言われて焦ります。なんとしてでもアーシュラとのかかわりを断ちたくない彼は必死にくいさがって理由を訊き出し、ついにはアン殺しの真相究明に協力したいと申し出ます。アーシュラの無謀な計画を知り、彼女の身に危険なことがあってはならないという騎士道精神の発露でもありました。

そこからの二人は秘書と顧客という関係を越え、チームとしてそれぞれの才覚をのびのびと駆使してアンの死の裏に隠された陰謀に大胆に迫っていきます。

一方、世間にはスレイターにまつわる奇妙な噂がありました。というのは、数年前、はるか南海に浮かぶ孤島での探検中に事故にあい、ひとり島に取り残されて一年、神秘体験を経たのちにロンドンに生還したからです。その後は社交の場に出入りすることもなかったせいで、いつしか変人あるいは頭がおかしくなったなどといった根も葉もない噂がまことしやかにささやかれるようになったのです。

そんな彼がひと目で心を奪われたのがアーシュラでした。ですから、スレイターはいやおうなく高まっていく想いを彼女に伝えるチャンスを待ちながら、そして一方のアーシュラは、彼にまつわる噂を知ってはいても、とびきりハンサムなうえに論理的な思考の持ち主であるスレイターにしだいに胸をときめかせるようになりながら、ともにもどかしいほど抑制をきかせてアンの死の真相究明に真摯に取り組んでいきます。このヒロインの想いとヒーローの想いがいつになったら通じあうのか、ロマンスの醍醐味もたっぷりです。

ヒロインとヒーローを囲む脇役たちもそろってなんとも愉快かつ魅力的で、軽妙なやりとりには大いに楽しませてもらいました。とりわけスレイターの母親、元女優で現在はメロドラマ作家のリリー・ラフォンテーン、大衆紙の記者ギルバート・オトフォード、スレイターの屋敷で執事と家政婦として仕えるウェブスター夫妻、御者のグリフィス、といった面々にはぜひともご注目いただきたいものです。

アマンダ・クイックは驚くばかりに多作でありながら、一作一作が読者の期待をけっして裏切ることのない作家です。どの名義であれ、これからも読み終えるまで本を置くことができないようなストーリーをつぎつぎに発表してくれることを願ってやみません。

二〇一六年二月　春の気配を待ちながら

ザ・ミステリ・コレクション

その言葉《ことば》に愛《あい》をのせて

著者　アマンダ・クイック
訳者　安藤由紀子《あんどうゆきこ》

発行所　株式会社 二見書房
東京都千代田区三崎町2-18-11
電話 03(3515)2311［営業］
03(3515)2313［編集］
振替 00170-4-2639

印刷　株式会社 堀内印刷所
製本　株式会社 村上製本所

落丁・乱丁本はお取り替えいたします。
定価は、カバーに表示してあります。

ISBN978-4-576-16022-1
http://www.futami.co.jp/

真珠の涙がかわくとき
トレイシー・アン・ウォレン
久野郁子［訳］

元夫の企てで悪女と噂されて社交界を追われ、友も財産も失ったタリア。若き貴族レオに求愛され、戸惑いながらも心を開くが…？ ヒストリカル新シリーズ第一弾！

約束のキスを花嫁に
リンゼイ・サンズ
上條ひろみ［訳］〔新ハイランドシリーズ〕

幼い頃に修道院に預けられたイングランド領主の娘アナベル。ある日、母に姉の代役でスコットランド領主と結婚しろと命じられ…。愛とユーモアたっぷりの新シリーズ開幕！

愛のささやきで眠らせて
リンゼイ・サンズ
上條ひろみ［訳］〔新ハイランドシリーズ〕

領主の長男キャムは盗賊に襲われた少年ジョーンを助けて共に旅をしていたが、ある日、水浴びする姿を見てジョーンが男装した乙女であることに気づいてしまい!?

月夜にささやきを
シャーナ・ガレン
水川玲［訳］

誰もが振り向く美貌の令嬢ジェーンに公爵の息子ドミニクとの婚約話が持ち上がった。出逢った瞬間なぜか惹かれあう二人だったが、彼女にはもうひとつの裏の顔が？

はじめての愛を知るとき
ジェニファー・アシュリー
村山美雪［訳］〔マッケンジー兄弟シリーズ〕

〝変わり者〟と渾名される公爵家の四男イアンが殺人事件の容疑者に。イアンは執拗な警部の追跡をかわしつつ、歌劇場で出会ったベスとともに事件の真相を探っていく…

一夜だけの永遠
ジェニファー・アシュリー
村山美雪［訳］〔マッケンジー兄弟シリーズ〕

ひと目で恋に落ち、周囲の反対を押しきって結婚したマックとイザベラ。互いを愛しすぎるがゆえに別居中のふたりは、ある事件のせいで一夜をともに過ごす羽目に…

二見文庫 ロマンス・コレクション

二見文庫 ロマンス・コレクション

パッション、
リサ・ヴァルデス
坂本あおい［訳］

ロンドンの万博で出会った、未亡人パッションと建築家マーク。抗いがたいほど惹かれあい、互いに名を明かさぬまま熱い関係が始まるが…。官能のヒストリカルロマンス！

ペイシエンス 愛の服従
リサ・ヴァルデス
坂本あおい［訳］

自分の驚くべき出自を知ったマシューと、愛した人に拒絶された過去を持つペイシェンス。互いの傷を癒しあうような関係は燃え上がり…。『パッション』待望の続刊！

ウエディングの夜は永遠に
キャンディス・キャンプ
山田香里［訳］

女主人として広大な土地と屋敷を守ってきたイソベルは、弟の放蕩が原因で全財産を失った。小作人を守るため、ある紳士と契約結婚をするが…。新シリーズ第一弾！

その唇に触れたくて
サブリナ・ジェフリーズ
石原未奈子［訳］

父親の仇と言われる伯爵を看病する羽目になったミナ。だが高熱にうなされる彼の美しい裸体を目にしたミナは憎しみを忘れ…。ベストセラー作家サブリナが描く禁断の恋！

今宵、心惑わされ
グレース・バローズ
安藤由紀子［訳］

早急に伯爵位を継承しなければならなくなったイアン。伯爵家は折からの財政難。そこで持参金がたっぷり見込める花嫁—金満男爵家の美人令嬢—を迎える計画を立てるが⁉

サファイアの瞳に恋して
ジュリア・ロンドン
高橋佳奈子［訳］

母と妹を守るため、オナーは義兄の婚約者モニカを誘惑してその結婚を阻止するよう札つきの放蕩者ジョージに依頼する。だが彼はオナーを誘惑するほうに熱心で…？